Stefanie Sargnagel, geb. 1986, studierte in der von Daniel Richter angeleiteten Klasse der Akademie der bildenden Künste Wien Malerei, verbrachte aber mehr Zeit bei ihrem Brotjob im Callcenter. Seit 2016 ist sie freie Autorin – und verbringt seitdem mehr Zeit bei ihrem Steuerberater. Im selben Jahr wurde sie beim Bachmann-Wettbewerb mit dem Publikumspreis ausgezeichnet, weitere Preise folgten. Ihre Bücher *Statusmeldungen*, *Dicht* und *Iowa* waren Bestseller.

«Wie bei jeder guten Reise versteht man am Ende nicht genau, wann und wie die Wochen genau vergangen sind. Saß man nicht eben noch im Flieger nach Chicago? Die Eindrücke, die Sätze, die Menschen verschwimmen, aber woran man sich erinnern wird: Es war eine gute Zeit.»
Süddeutsche Zeitung

«Eine sehr wienerische Reisereportage aus dem Mittleren Westen. Blamage und Spott gehen dabei Hand in Hand wie ein Pärchen, das besoffen, aber innig verliebt aus dem Saloon torkelt.» *NZZ am Sonntag*

«Es wird einem beim Lesen ganz warm ums Herz.»
Die Zeit

Stefanie Sargnagel

Iowa

Ein Ausflug nach Amerika

Rowohlt Taschenbuch Verlag

1. Auflage

Veröffentlicht im Rowohlt Taschenbuch Verlag,
Kirchenallee 19, 20099 Hamburg, Juli 2025

Covergestaltung Cordula Schmidt Design, Hamburg,
nach einem Entwurf von Anzinger und Rasp, München
Coverabbildung Stefanie Sargnagel
Satz aus der Questa bei Dörlemann Satz, Lemförde
Druck und Bindung GGP Media GmbH, Pößneck
ISBN 978-3-499-01130-6

Kontaktadresse nach EU-Produktsicherheitsverordnung:
produktsicherheit@rowohlt.de

MIX
Papier | Fördert
gute Waldnutzung
FSC® C014496

Mit korrigierenden Fußnoten
von Christiane Rösinger

Ich hab das Plumpsklo renoviert. Jetzt macht es richtig Spaß draufzugehen, schreibt Christiane per Whatsapp-Nachricht. Ein Besuch ihres Kleingartens ist geplant, eine Siedlung am Rande Berlins, in Pankow.

«Da gibt's keine Hipster, und du musst mir beim Kirschenernten helfen», hat sie neulich angekündigt. «Kannst du auf Bäume klettern?»

«Nicht besonders gut, aber ich werd's probieren.»

Christiane baut Kartoffeln und Erbsen an, rote Rüben, Zucchini, auch Möhren und Bohnen. «Das wird dich als Stadtkind sicherlich überfordern, kein Internet. Und duschen musst du mit dem Gartenschlauch.» Keine Gelegenheit lässt sie aus, um mir die Rolle des verweichlichten Millennials überzustülpen. Dabei war ich als Kind viel am Land, ich kenne das bäuerliche Leben. Wochenlang wurde ich damals bei Verwandten am Hof abgegeben, das hat an meinem Körper epigenetische Spuren hinterlassen; durch niedrigen Wuchs und starke Beine ist er perfekt an die Kartoffelernte angepasst. Nur meine zierlichen Künstlerhände sind für die Arbeit am Feld ungeeignet.

«Ihr jungen Leute seid so überpflegt, ihr duscht ja viermal pro Tag.» Dabei muss man laut Christiane überhaupt nicht jeden Tag unter die Dusche.[1] Früher habe man das auch nicht gemacht, das Grobe könne man einfach mit dem Waschlappen abmachen.

1 Das wird inzwischen von führenden Dermatologinnen bestätigt.

«Blödsinn», verteidige ich mich vehement. «Ich bin doch voll der Straßenhippie. Ich war oft wildcampen und Auto stoppen und mag ja Wagenplätze und so einen Scheiß. Von mir aus brauchen wir uns überhaupt nicht zu waschen, wir können gern einen Wettbewerb machen, wer mehr verwahrlost. Wer den härteren Filz im Intimbereich bildet.»

Das ist ihr wiederum zu eklig. «Ihr Österreicher seid immer gleich so arg. Das mag ich ja an euch, das Abgründige, aber ihr wisst auch nie, wann es zu unappetitlich wird.» Dass sie jeden zweiten Satz zerlegt, den man von sich gibt, muss man tapfer aushalten; man muss sie zu schätzen wissen, diese Ehrlichkeit, die nichts beschönigt. «Ich geb mir eh Mühe, lieblich-woke zu sein», sagt sie, aber auf harmoniesüchtige Unaufrichtigkeit braucht man bei ihr nicht hoffen.

Es gibt einiges zu besprechen im Garten. Ich soll in Christianes neuem Theaterstück mitspielen. «Deine Rolle ist nur ganz klein, dann musst du nicht für die kompletten Proben in Berlin sein, außerdem kommen mehr Leute, wenn du auf Instagram die ganze Zeit Stories machst. Stories. Stories. Stories.» Die Unterstellung, ich sei socialmediageschädigt und handysüchtig, akzeptiere ich. «Ich hab noch nie jemanden getroffen, der so viele Stories macht.»

Wir fahren vom Ostbahnhof los, da holt sie mich immer ab. Es ist ein Wochentag im Sommer, und die Berliner lungern im öffentlichen Raum herum. Schon vor zwanzig Jahren habe ich mich gefragt, wie die sich das alle leisten können, dabei war es damals viel einfacher, in den Tag zu leben, eine billige Wohnung zu haben und Sterni um einen Euro zu trinken. Wenn Christiane nach Wien kommt, hole ich sie auch immer gerne ab, da fühlt sie sich wohl verpflichtet. Das Leben als Auftrittskünstlerin, das wir beide führen, birgt neben dem ganzen Glamour auch Einsamkeit, da ist es aufmunternd, wenn man beim Unterwegssein auch mal abgeholt wird. Besonders nach erfolgreichen Touren, wenn man sich wochenlang im Publikumsapplaus gesuhlt hat, ist es niederschmetternd, wenn am Heimatbahnhof keiner wartet und man vom Popstar-Olymp direkt auf den Boden der privaten Probleme platscht. Die mit den normalen Berufen haben keine Zeit für einen, da müssen eben wir Künstlerinnen zusammenhalten. It's lonely at the top. Top bedeutet in unserem Fall zwar keine ausverkauften Stadien, sondern eher Publikumszahlen zwischen 100 und 500, ein Spartenpublikum aus einkommensschwachen Intellektuellen, Feministinnen, Hipstern und Punks. Marktwirtschaftlich orientierte Stimmen würden sagen: Nischenkünstlerinnen. Aber wir wollen den Mainstream ja gar nicht, wenn er uns nicht will. Eine Haltung, die mich an einen meiner Lieblingssongs von Christiane erinnert: «Mein Freund hat mit mir Schluss gemacht, ich kann ihn nicht mehr leiden.»

Als ich gerade aus der Apotheke am Bahnhof komme, schallt es mir schon entgegen: «Hallo! Was ist denn das für ein Sexbombenlook? So kenn ich dich gar nicht. Machst du jetzt einen auf Hot Goth Girl?»

Weil es über dreißig Grad hat, trage ich Shorts und ein schwarzes T-Shirt. Meint sie das ernst oder macht sie sich über mich lustig? Verstohlen schaue ich auf mein Spiegelbild in der Glastür. Ein sexy Hexi? Ich betrachte meinen Hintern. Seit zehn Jahren wird Arschfett in der Popwelt immer positiver konnotiert, weshalb ich wie viele andere Frauen auch mehr Zuneigung gegenüber meinem eigenen Zellgewebe entwickelt habe. Man ist viel beeinflussbarer, als es die Würde erlaubt. Leider bin ich zu sehr Ästhetin, als dass es mir entgangen wäre, dass es in Wirklichkeit nicht um dicke Hintern an sich geht, sondern um das Verhältnis zur Taille. Das Fett ist nur an wenigen Stellen erlaubt.

«Ich hab noch Mückenspray gekauft», sage ich.

«So was brauchst du nicht, gegen die Mücken können wir ein großes Feuer machen.»

«Ich liebe Feuermachen!»

Wie zwei Kinder vor dem Pfadfinderlager. Zwei Lausbuben. Vor dem Bahnhof steht ihr blauer VW-Bus breit im Halteverbot und ich soll schnell einsteigen. Christiane startet die Zündung, ein heiseres Geräusch, der Motor brummt, die Karosserie rumpelt. Ein richtiges Auto, ohne Automatik, Neunziger-Jahre-Autogeruch, die Kette am Rückspiegel peitscht wild durch die Gegend. Der Tour-Bus einer Punkerin. Vor mir auf dem Armaturenbrett liegen die Badehose des Enkels und schokoladenverklebtes Cornettopapier. Quietschend kurbelt Christiane die Fensterscheibe hinunter und befiehlt mir, es ebenfalls zu tun. Ein Gefühl aus der Kindheit.

«Ich hab total die Sommerdepression», sagt sie. «Grad erst die Frühjahrsmüdigkeit überwunden, und jetzt bei dem Wetter lieg ich nur zu Hause rum und hab nicht die geringste Lust, an dem Theaterstück zu schreiben. So eine drückende Hitze.» Es ist tatsächlich sehr heiß. «Ein Unterhaltungsprogramm habe ich mir jetzt nicht überlegt, weil du ja meintest, du müsstest schreiben. Aber wie ich dich kenn, schreibst du keinen einzigen Satz und kuckst nur auf dein Handy.» Sie bremst knapp für eine Radfahrerin. «Ich will ja auch nicht, dass du jetzt glaubst, ich wäre total die alte, langweilige Frau, die nichts mehr unternimmt. Wir können auch die ganze Nacht ausgehen in die angesagtesten Bars.»

«Ach, ich will echt am liebsten im Garten herumsitzen und schwimmen gehen. Schrebergarten ist grad perfekt für meine Bedürfnisse.»

Christiane ist 62, auch wenn sie darauf besteht, dass sie wie 54 aussieht.[2] Ich bin 37, fühle mich wie 16, trotzdem habe ich nur in Ausnahmefällen das Gefühl, ich hätte es mit jemand Älterem zu tun. In kurzen Momenten etwa, wenn sie kulturpessimistische Anfälle bekommt, bezüglich Wassertrinken zum Beispiel. Ich nehme einen Schluck Wasser aus meiner Trinkflasche, und schon heißt es: «Immer Wasser trinken. Es ist wie eine Religion für eure Generation. Das haben die Supermodels in den Neunzigern eingeführt. Die haben in den Interviews ständig gesagt: Mein Geheimnis? Viel Wasser trinken. Darauf seid ihr reingefallen.» Ich stecke die Flasche wieder ein. «Seitdem giltst du als total selbstzerstörerisch, wenn du nicht dauernd an der Wasserflasche hängst. Früher hat niemand Wasser getrunken, und wir waren nie durstig.» Da hilft es auch nicht, zu argumentieren, dass Menschen Wasser trinken müssen, um zu überleben, dass Wasser die Grundlage unseres Organismus ist und dass es laut App 32 Grad hat (Apphörigkeit!). In Christianes Anwesenheit wird Wassertrinken zu einer Unterwerfung unter Modetrends. «Einmal waren wir mit den Flüchtlingen, denen ich Deutschkurse gebe, nachmittags im Park, und meine

2 Hier gingen mit der Autorin wohl die Fantasie und das verinnerlichte ageistische Denken durch. Denn es ist im Alter von 62 Jahren überhaupt kein Gewinn, «für jünger» gehalten zu werden! Selbst wenn eine Sechzigjährige zehn Jahre jünger geschätzt wird, ist sie in den Augen der Öffentlichkeit eine alte Frau und tendenziell uninteressant. Das ist aber gleichzeitig der Riesenvorteil am Älterwerden: Wer als alt gilt, fällt nicht mehr unter das Schönheits- und Jugendgebot, muss nicht mehr konkurrieren, nicht mehr gefallen, nicht mehr jünger wirken – denn alt ist alt und endlich frei.

Kollegin hat alle ermahnt, auch ja wirklich genug Wasser mitzunehmen. Mindestens zwei Liter. Verstehste? Voll maternalistisch. Da sind die wochenlang durch Subsahara und die Sahara gelaufen, aber auf dem Weg zum Görlitzer Park werden sie dann verdursten.» Sie kurvt wild durch Kreuzberg und deutet hierhin und dorthin. «Die Markthalle 9, das ist das Allerschlimmste. Da geht man einfach rein, um das Zehnfache für Essen zu bezahlen wie zwanzig Meter weiter. Das ist das degenerierteste Gebäude von ganz Kreuzberg, der Gentrifizierungsmotor für die ganze Gegend.»

So wie ich die Königin von Wien bin, denke ich mir, ist Christiane die Königin von Berlin. Wir sind die Royals, die Speerspitze feministischer Kunst. Während sie beim Nörgeln also durchaus mal alt wirkt, verwandelt sie sich im nächsten Moment wieder in ein Kind. «Ach, kuck mal, da, das ist Dimitri», sagt sie, als ein Mann mit weißen Haaren gerade gemütlich den Zebrastreifen überquert. «Ich bleib mal kurz stehen.» Sie bremst mitten auf der Kreuzung. «Die hinter mir werden sich ärgern. Hehe.» Die Fahrerin hinter ihr hupt und überholt sie schimpfend. «Ach, die Alte soll sich nicht so anstellen.»

Der Mann bleibt stehen, lehnt sich mit dem Arm entspannt ans Auto, und die beiden führen durch das Fenster ein kurzes Update durch. Wo sie waren, was sie vorhaben und dass man sich doch mal auf einen Kaffee treffen könne, «wie alte Leute das eben so tun». In jeder anderen Stadt wäre dieser Mann Pensionist, vielleicht ein Beamter in Rente, der gerne in der Pfalz wandert und historische Romane liest. Aber wir sind in Berlin, und der 69-Jährige ist natürlich eine Techno-Legende und Besitzer eines Clubs. Dimitri wirft ein paar eloquente Witzchen ins Fenster, er weiß, wie man flirtet. Dann geht die Fahrt weiter. «Der ist voll oft in Detroit wegen seiner Technoschule dort. Als wir beide in Iowa waren, war er gerade auf Fastenkur in Kalifornien. Das habe ich dir ja damals erzählt.»

Damals in Iowa, das liegt jetzt tatsächlich schon ein Jahr zurück. «Dimitri ist der erste Mensch, den ich in Berlin kennengelernt habe, vor fast vierzig Jahren. Wir waren sogar kurz zusammen, und gleichzeitig war Almut mit ihm zusammen.» Sie meint Almut Klotz, mit der sie in den Achtzigern ihre erste Band gegründet hat, die Lassie Singers, eine der ersten Indiegruppen mit reiner Frauenbesetzung. Eine prägende Band für mich, für die ganze deutschsprachige Szene. Jetzt suchen wir aber erst mal einen Parkplatz. Dass es immer weniger davon gibt, daran sind laut Christiane die Grünen schuld. Hauptsache überall Restaurants.

«Der hat jetzt echt ausgesehen wie 69, oder? Voll verrückt.» Als sie einander kennenlernten, erzählt sie, war Berlin ja noch total roh, verzweifelt und düster. Mittendrin stand die Mauer, und es gab noch den Schießbefehl bei versuchter Republikflucht. Da seien nur die wirklich argen Leute in die Stadt gezogen, die, die dem Desolaten etwas abgewinnen konnten, nicht wie jetzt, wo alles schon aufbereitet ist für die Kreativen. Wohnungsnot gab's allerdings auch damals schon, aber nicht so wie jetzt, wo man sich Wohnen nicht mehr leisten kann, während Immobilienkonzerne Rekordgewinne einfahren. «Aber was erzähl ich dir, du bist ja selber Eigentumswohnungsbesitzerin.»

Scham. Seit ich eine kleine Eigentumswohnung kaufen konnte, bin ich zu meinem eigenen Feindbild aufgestiegen. Ein Klassenfeind. Wenigstens habe ich nicht geerbt. Leute, die Wohnungen erben, denken ja oft, sie seien Prekariat. Sie wollen gemeinsam übers Künstlerprekariat klagen, vergessen dabei aber immer ihren Besitz, der für arbeitende Menschen auch in zwei Leben nicht erwirtschaftbar wäre. «In Berlin hätte ich mir eh keine leisten können», verteidige ich mich lahm. Christiane ist mit Anfang zwanzig als alleinerziehende Mutter in die Stadt gekommen, zum Studieren, direkt vom Land geflüchtet, mit Aussicht auf Bafög statt ihrem Job als Buchhändlerin.

«War das nicht voll schwer, so früh ein Kind zu haben?»

«Ach, ich dachte, wenn ich ein Kind bekomm, dann muss ich wenigstens nicht mehr arbeiten gehen, aber Steffi, meine Biografie schreib ich schon selber.»

Abitur hat Christiane auf dem Abendgymnasium gemacht. Ich war auch auf der Abendschule, nur dass ich nie abgeschlossen habe.[3] Dann die Kunstuni, ebenfalls abgebrochen.

Erster Halt: Eiscafé. Ein Päuschen, bevor wir das Gepäck in ihre Kreuzberger Wohnung tragen. Da wohnt sie seit dreißig Jahren. Ein doppelter Espresso für mich, Vanilleeis für Christiane. Wie in Berliner Szenevierteln üblich sitzen lauter Eltern mit Kindern im Eiscafé. Man richtet sich ein, schaut sich um, dann knüpft man an den aktuellen Gossip an.

«Diese Rammsteinsache macht mich total wütend, besonders der Blödsinn, den man von Leuten lesen muss, die man kennt.»

«Ja, das geht eh allen Frauen um mich herum so. Das nimmt alle mit, weil ja jede solche Geschichten kennt. Ich

3 Hier ist anzumerken, dass das Abendgymnasium im Baden-Württemberg der achtziger Jahre sehr anspruchsvoll war. Es war politisch gewollt, dass nur wenige den dornigen zweiten Bildungsweg mit Erfolg beschreiten konnten. Kein Vergleich mit der bekifften Aussteigerschule, die die Autorin in ihrem Roman «Dicht» beschreibt.

hab aufgehört, irgendwas dazu zu lesen, weil's mich nur aufwühlt.»

«Mir geht es besonders nahe, weil das meine Branche ist als Musikerin, weißte, und die leben ja auch in Berlin, die kennt man ja über Ecken, und klar, alle von uns haben so was ja schon mal mitbekommen.» Aus Christianes Rucksack rinnt ein aufgeplatztes Joghurt. Die Kellnerin weist sie darauf hin, und wir beseitigen den Unfall. «Eine Freundin in meiner Jugend wurde beim Trampen vergewaltigt, und als sie Anzeige erstatten wollte, hat der Polizist eine Nadel und einen Faden vor ihr Gesicht gehalten. Er hat dann die Nadel so bewegt und erklärt: Sehen Sie, wenn die Nadel nicht will, geht der Faden auch nicht rein.»

«Als ich nach einer Vergewaltigung beim Autostoppen im Spital war, hatte ich beide Arme im Gips, und der Arzt hat mich gefragt, ob ich mir sicher sei, dass es ein Übergriff war.» Kurzes Schweigen. «In Wien sind nie so viele Kinder im Café.»

«Ja, das ist so typisch hier, dass die Kinder nach der Kita ein Eis bekommen. Früher hätten wir nicht jeden Tag ein Eis gekriegt, aber ich kling schon wieder wie so eine Trümmerfrau. Früher mussten wir uns das Eis verdienen.»

«Früher gab's halt weniger Gelegenheiten für Genuss und Spaßhaben. Da war Hedonismus noch was Progressives, eine Verweigerung vor der Leistungsgesellschaft, und nicht eine Triebkraft des Konsumkapitalismus.»

«Berliner Kleinfamilien beim Eisessen würde ich jetzt nicht als entfesselten Hedonismus bezeichnen.» So ist Christiane. Hauptsache dagegen.

Ich lenke zurück aufs Thema. «Es ist ja umgekehrt gar nicht denkbar. Also wenn man das Geschlecht umdreht. Stell dir vor, wir würden das bei Veranstaltungen machen.»

Wir sind in den letzten Jahren ein paarmal gemeinsam auf Tour gewesen. Unserer Show gaben wir den bescheidenen Namen *Legends of Entertainment*.

«Es gibt ja gar keine männlichen Groupies», wirft Christiane ein. «Das ist im heteronormativen Rollenverhältnis nicht vorgesehen.»

«Also wir würden dann auf Tour deinen Gitarristen Martin ins Publikum schicken, und der müsste dann die hübschesten und jüngsten Männer für später zusammensuchen. Er würde sagen: Na, wollt ihr Christiane und Steffi kennenlernen? Seid ihr wirklich große Fans? Und dann, wenn Denice ihren Auftritt hat, gehen wir schnell runter in die Leckbox.»

«Boah, wäre das eklig.»

«Ja, würde man einfach nicht machen, oder?»

«Würde vor allem nicht funktionieren.»

«Gut, dass es nicht funktionieren würde. Das schützt uns vor uns selbst.» Auf uns warten keine jüngeren Männer vor der Halle. Talent macht Frauen für Männer nicht attraktiver. Talent erzeugt keine Blutzufuhr in Penissen, ein starker Charakter schreckt ab, die Frau muss dominierbar bleiben, um begehrenswert zu sein. Während daher Kunst von Männern immer auch von dem Wunsch angetrieben ist, sexuell begehrt zu werden, ist Kunst von heterosexuellen Frauen reine Kunst, pure Schöpfung, allein angetrieben durch den Genius. Man opfert sein ganzes Game für das Œuvre.

Denice, unsere Bühnenkollegin und die dritte Künstlerin der Legends of Entertainment, ist lesbisch und hat immer Groupies. Junge Frauen warten nach der Show auf sie mit großen Augen. Natürlich gibt es auch männliche Bewunderer, doch der männliche Bewunderer schickt dem Lob immer auch Verbesserungsvorschläge nach, quasi zur Wiederherstellung der geschlechtlichen Ordnung. Oder er stellt die Erniedrigung vorne an: *Eigentlich fand ich dich immer scheiße, aber dieser Auftritt hat mir gefallen.* Habe ich schon oft gehört. Es gibt auch männliche Bewunderung in Form von Stalkern, die einen in Angst versetzen und umbringen wollen. Aber Groupies im herkömmlichen Sinne, Groupies gibt es nicht.

«Ich glaube, weibliche Pornostars haben Groupies», werfe ich ein. Aber die sind ja auch für die eigene sexuelle Verfügbarkeit berühmt. «Oder diese Girlbands aus Korea.» Allerdings sind diese Frauen kaum volljährig, äußern keine Meinungen, und die älteren Männer wollen sie sammeln wie Puppen und in ihre Junggesellenwohnungen stellen.

Der Garten ist größer, als ich dachte. Christiane kommt mit Tablett aus der Laube und stellt mit den Worten «Ich bin die perfekte Hausfrau» geschnittene Melone, Kaffee und ein Kännchen mit aufgeschäumter Milch auf den Tisch. «Wie im Romantikhotel. Das hab ich extra schön angerichtet, damit du so eine Instagram-Story machen kannst. Dann glauben alle, ich bin total häuslich.»

«Bäckst du eigentlich etwas? Also mit den vielen Kirschen? Kirschkuchen oder so?»

«Spinnst du? So was würd ich nie tun.» Ich fotografiere den Tisch, und Christiane sagt nachdenklich: «Ich glaub, ich hab das immer so vehement als etwas Weibliches abgelehnt. Kuchen backen, das hätte ich niemals gemacht. Oder einem Mann einen Kaffee kochen, nie im Leben. Und dem dann den Kaffee so hinstellen wie dir? Niemals.»

«Ich muss dann echt viel schreiben hier», wechsle ich das Thema. «Ich find den Text bis jetzt so blöd.»

«In einem blöden Text will ich aber nicht vorkommen. Wenn der Text blöd wird, dann streich mich bitte raus.»

«Vielleicht kannst du mir helfen, die Erinnerungen an Iowa aufzufrischen.»

«Ich hab das längst alles verdrängt.»

Mit zwei großen Koffern stehe ich vorm McDonald's am Flughafen München. Ich rauche und schaue erwartungsvoll auf die Rolltreppe, die die Leute vom Flughafenbahnhof hochbefördert. So richtig erkennen kann ich niemanden. Eine neue Brille, das war einer der Punkte auf meiner To-do-List, an denen ich gescheitert bin, neben Unterricht vorbereiten, Bücher über den Mittleren Westen lesen, alle Filme zum Thema anschauen, Führerschein machen, meinem Freund sagen, dass ich bald ein Kind will, weil die biologische Uhr tickt. Wenn die Zeit knapper wird, verliere ich das Gefühl für Prioritäten und ergehe mich tagelang in Nebensächlichem. Vielleicht sollte ich mir ADHS diagnostizieren lassen, das machen gerade alle Kreativen. Alle Begleiterscheinungen von Kreativität pathologisieren, um leistungssteigernde Medikamente auf Amphetaminbasis zu bekommen.

Meine Begleitung für die bevorstehende Reise müsste jeden Moment ankommen. Sie wird mich stabilisieren im Strudel neuartiger Erfahrungen und sie gemeinsam mit mir reflektieren. Früher wollte ich möglichst viel erleben, aber je älter ich werde, desto mehr versuche ich mich vor neuen Erfahrungen zu schützen. Die grenzgängerische Leidenschaft weicht immer mehr solider Bequemlichkeit.

Das ist sie jetzt aber. Ja, das ist sie. Schwarze Hose, offene Jacke, etwas zerzaust, sichtlich gestresst und mit einem iPhone in der Hand steuert sie auf mich zu. Ein Ladekabel baumelt ihr aus der Tasche, ein anderes Kabel hängt aus dem Koffer. Ich bin um fünf Uhr früh in Wien losgefahren, sie ist ungefähr zur gleichen Zeit in Berlin gestartet. Ein Treffen in der Mitte zum gemeinsamen Abflug, das ist fair. Gerechtigkeit ist Christiane wichtig. Mit dem typischen Christiane-Rösinger-Gang groovt sie mir entgegen, und ich schaue mich stolz um, ob auch alle sehen, dass die berühmte Sängerin aus Berlin auf mich (die berühmte Schriftstellerin) zukommt. Ich muss schon lachen, obwohl sie noch gar nichts gesagt hat.

Seit ich es als Künstlerin mit kurzen Texten im Internet zu Bekanntheit gebracht habe, konnte ich einige meiner Vorbilder persönlich kennenlernen. Viele Enttäuschungen. Die Männer meist alte Chauvinisten, die, wenn sie sich unbeobachtet wähnen, erklären, dass Frauen ja gar nicht lustig sein können. Außerdem waren sie, egal wie alt und vergreist, fast immer mit dreißig Jahre jüngeren Frauen zusammen, während sie aber nie Freundschaften mit dreißig Jahre jüngeren Menschen pflegten. Über manche war zu hören, sie würden Prostituierte in den Backstage bestellen, um sich nach Auftritten weniger einsam zu fühlen. Denn das männliche Leid ist schwer und universell und muss auf dem Rücken der Frauen ertragen werden. Moralische Entgleisungen sind mir zwar selbst nicht fremd, aber im Gegensatz zu mir schämten die sich zu wenig. Es verlangte auch niemand von ihnen, in Würde zu altern. Man erwartet es von den Frauen und meint damit, dass sie sich ab fünfzig in Luft auflösen sollen.

Christiane Rösinger jedenfalls hat mich nie enttäuscht, sondern meine Erwartungen übertroffen. Ich habe in den späten Neunzigern pubertiert und verehrte sie als Sängerin, Autorin und Entertainerin, ich saß im Kinderzimmer am Teppichboden vorm Radio, immer in der Hoffnung, dass auf FM4 eins ihrer Lieder gespielt würde. Es gab noch kein richtiges Internet, man war aufs Radio also angewiesen.

Spielten sie «Die Pärchenlüge», «Die melancholische Kompanie» oder «Sinnlos», warf ich den Kassettenrecorder an und spielte die Lieder später meinen Freundinnen vor. Damals hat man nicht viel über Feminismus gesprochen, mir war gar nicht klar, dass man feministische Lieder schreiben kann; ich fand sie einfach rührend, lustig und anarchistisch. Der heitere Trübsinn, den sie verbreiteten, fühlte sich intuitiv richtig an.

Auch jetzt, während sie auf mich zugeht, strahlt sie eine Aura aus Ironie und Verdrossenheit aus, deshalb muss ich so lachen. Ich hebe die Fäuste über den Kopf und rufe ihr: «USA! USA! USA!» entgegen. Sie schüttelt den Kopf und antwortet verzweifelt: «Frau Sargnagel! Mein Akku ist fast leer. Ich hab aus Versehen die Stoppuhr gestellt seit acht Stunden. Ach Mensch, ich brauch doch den Impfpass, wie mache ich das bloß? Ich hab alles extra runtergeladen, und jetzt finde ich es nicht. Du musst mir helfen wie so einer verwirrten alten Frau!»

Ich habe aus Vorsicht alle Unterlagen und Informationen vorher ausgedruckt. «Wir finden das schon alles», sage ich wie eine Zivildienerin.

«Nein, das ist komplett weg, und das Handy geht auch nicht mehr.» Völlig überfordert sieht sie mich an. Das Ladegerät fällt zu Boden.

«Zur Not können wir das Handy doch bestimmt irgendwo laden», beruhige ich sie.

«Aber wo denn, wie soll das denn gehen?», ruft sie weinerlich. Ich hebe das Ladegerät auf und rede ihr weiter gut zu. Das fängt ja großartig an. Eine Stewardess am Schalter erklärt sich bereit, das iPhone kurz zu laden. «Am Morgen war es ganz voll!», rechtfertigt Christiane sich vor ihr. «Wirklich.»

Mit fünf Prozent Akku werden wir nach Amerika fliegen. Chicago. Dort müssen wir erst einmal umsteigen und eine Maschine nach Des Moines nehmen, das ist die Hauptstadt von Iowa. Iowa ist das Endziel. In Iowa werden wir gemeinsam leben, schaffen und uns entfalten. Im ländlichsten Staat der USA, der Kornkammer der Vereinigten Staaten, dem Zentrum der Mastschweinzucht. Über 90 Prozent Iowas sind landwirtschaftliche Flächen. Wir werden zusammen im Maisfeld stehen, Slipknot hören, einander zunicken und dann mit Waffen auf rostige Bohnendosen schießen.

Außerdem sollen wir unsere Kunst ein paar DeutschstudentInnen an einem privaten, linksliberalen Elitecollege vorführen. Um einen Eindruck von der Institution zu bekommen, habe ich mir in den Tagen zuvor Videos auf Youtube angeschaut. Die Uni hat einen eigenen Kanal, auf dem wöchentlich neue Filme online gestellt werden. StudentInnen berichten aus ihrem Alltag, zeigen, wie sie ihre Unterkünfte eingerichtet haben, und verleihen ihrer Hoffnung Ausdruck, dass dieses Studium ihr Leben prägen wird. Man identifiziert sich offenbar stark mit seinem College, wenn man hier studiert. Alle blicken optimistisch in die Zukunft, ein erfolgreicher Lebensweg ist vorgezeichnet.

Bei einer kurzen Kaffeepause vor dem Einchecken zeige ich Christiane die Videos am Handy. «Die wirken alle so wahnsinnig uninteressant», ruft sie sichtlich schockiert. «Wie so totale Streber.»

«Na ja, vielleicht interviewen sie nur die Streber. Sie werden ja jetzt nicht die abfilmen, die alles scheiße finden.»

«Hoffen wir mal.»

Am Check-in-Schalter geht ihr Handy wieder aus. Kurz droht alles zu eskalieren. «Ich schwöre, es war heute Morgen voll.»

«Wieso hast du's nicht einfach ausgedruckt?», frage ich noch einmal ganz konstruktiv vorwurfsvoll.

«Das Ding war vor einer Stunde noch geladen.»

Am Ende steckt es ein Mitarbeiter wieder an, und wir finden auch die Dateien irgendwo in den Sofaritzen des Handys und können den Beweis erbringen, dass wir die Seuche nicht exportieren. Endlich können wir uns Richtung Gate bewegen. Jetzt kommen die Spritzen zur Thrombosevorbeugung. Ich habe das noch nie gemacht, aber Christiane hat noch eine übrig, die sie mir verschwörerisch zusteckt. Bei meinem Kettenrauchen vielleicht keine schlechte Idee, sagt sie. Das Rauchen könne ich mir überhaupt abgewöhnen. Sie würde jede Zigarette bereuen, die sie jemals geraucht hat.

«Aber du rauchst doch immer noch! Nach Auftritten!»

«Das ist ja was anderes», sagt sie. «Kuck, du musst jetzt einfach nur so eine Falte nehmen, hier am Bauch.» Sie zwickt durch den Pullover hindurch meine Schwarte. «Ah, siehste, is ja genug vorhanden bei dir, hahaha. Und dann drückst du's einfach rein.»

Wir trennen uns, und im Klo injiziere ich mir mit Herzklopfen das Zeug, wie ein Junkie aus Angst vorm Entzug. Als alles drin ist, verdrehe ich die Augen und stöhne. Mein Blut verdünnt sich.

Die ersten Hürden haben wir also hinter uns, jetzt kann es nur noch einfacher werden. Die Euphorie kickt ein, ich strecke die Fäuste in die Luft und rufe wieder «USA, USA, USA!». Das ist ein Homer-Simpson-Zitat, Christiane erkennt es nicht. Sie denkt wahrscheinlich, das ist wieder was Österreichisches.

Ob diese Reise eine gute Entscheidung gewesen ist, weiß ich immer noch nicht. Ich schätze eben mittlerweile das Vertraute. Je stärker mein Schriftstellerinnendasein durch Touren und Lesungen geprägt ist, desto mehr sinkt im Privaten die Lust auf Ortswechsel. Ein warmes Nest, alte FreundInnen, regelmäßiges Krafttraining an der Langhantel, am Abend ein Nudeltopf und kuscheln, keine neuen Leute kennenlernen. Das sind mittlerweile die Eckpfeiler meines Lebens. «Ist der Freund erst auf dem Sofa, hilft kein Auto und kein Mofa», sagt Christiane dazu.

All das habe ich nun hinter mir gelassen für die wilden, unerforschten Weiten des Mittleren Westens, für Abenteuer und Risiko. Dabei bewerbe ich mich nie auf Aufenthaltsstipendien, wie sie für Künstlerinnen wie mich oft ausgeschrieben werden. Erstens, weil ich mit Ablehnung nicht umgehen kann. Zweitens klingt es in der Theorie gut: schreiben in einem Häuschen in der Toskana, kreativ werden in einem Mecklenburger Schloss, Stadtschreiberin von Wels sein, dichten im Ruhrpott. In der Praxis sind diese Wagnisse vor allem umständlich und einsam. Die neuen Eindrücke lenken einen sowieso vom Schreiben ab, oft wollen Mäzene und örtliche Kulturenthusiasten dann außerdem von der anwesenden Künstlerin mit snobistischen Gesprächen über die Bildungsferne unserer Zeit unterhalten werden wie von einer Art Hofnarr, dabei möchte man selbst eigentlich in die primitivste Kneipe und über arrogante Bildungsbürger herziehen und wie dümmlich sie den Wein beschnuppern. Ab Mitte dreißig hat man als Bohemienne auch nicht mehr das Rudel arbeitsscheuer Penner im Freundes- und Bekanntenkreis, das sich bereitwillig für ein paar Wochen miteinzeckt, egal wo, Hauptsache gratis. Die Gesellschaft hat sich auch bereits in die wüstesten Punks verzahnt, sie mit Terminen eingemauert, TherapeutInnen haben ihnen die Drogen ausgeredet. Vielleicht sollte man sich einfach jüngere Freunde suchen – auch eine Fähigkeit, die ich an Christiane bewundere. Aus einem Beisl voller Zwanzigjähriger ziehe ich mich mittlerweile respektvoll zurück, aus Angst, mich anzubiedern, eine Hängengebliebene zu sein. Christiane dagegen ist noch mit fünfzig mit der Zwanzigjährigen-Band «Ja, Panik» durch Deutschland getourt. Und von außen betrachtet ist das gar nicht merkwürdig. Das sollte man eigentlich genau so machen.

Im Flugzeug sitzen wir nicht nebeneinander. Wir ergeben uns den Entertainment-Optionen, die man am Bildschirm auswählen kann, in Europa noch nicht erschienene Filme, HBO-Serien. Ich bin noch nicht weit gereist in meinem Leben. Als mein Schwerpunkt Freizeit war, hatte ich kein Geld, und als es mit dem Geldverdienen anfing, hatte ich keine Freizeit. Das ist die gefinkelte Falle des Kapitalismus. Meine früheren Reiseziele lagen in Osteuropa, das war interessant, individualtouristisch und vor allem günstig. Wenn wir durch Albanien autostoppten und uns von Toastbrot ernährten, gaben wir weniger Geld aus als zu Hause. Und es waren alles Länder, in die man mit einem österreichischen Pass einfach so einreisen konnte. Das Visum für die Staaten beantragen zu müssen war für mich also eine neue Erfahrung. Wochenlang war ich mir daraufhin nicht sicher, ob das ganze Projekt nicht an meiner Bürokratieinkompetenz scheitern würde. Wenn ich ein Formular sehe, schlafe ich sofort ein, eine körperliche Reaktion, für die ich nichts kann. Und für die Einreise in die USA muss man online einen zwanzigseitigen Fragebogen ausfüllen, um überhaupt einen Termin am Konsulat zu bekommen. Hatte ich endlich und unter Aufbringung aller Kräfte zehn Seiten ausgefüllt, hängte sich die Webseite auf. Offenbar eine Zermürbungsmethode, denn nach einem halben Tag vorm Computer und nach dem vierten Ausfüllversuch ist man sich plötzlich nicht mehr sicher, ob man nicht doch ein Waffenschieber ist oder an einem Genozid beteiligt war.

In Wien bekommt man die endgültige Einreisegenehmigung für die USA nicht in der Botschaft, sondern in einem unauffälligen Hintergebäude eines großen Hotels, als würde man nicht in das mächtigste Land der westlichen Welt reisen, sondern in einen halblegalen Schurkenstaat. Als ich den schmucklosen Eingang in einem Zwischengeschoss endlich fand, stand dort eine Schlange bis in den Gang hinaus. Vor der Tür ist ein muskulöser GI stationiert. Stramm steht der Uniformmann vor der USA-Flagge. Hier beginnt schon die Fiktion, Anfangsszene eines Actionfilms, man erwartet den Alienangriff, die Zombies, den Russen. Wenn man sich falsch hinstellt oder den Aufzug blockiert, brüllt er einen im Befehlston zur Ordnung, und man antwortet: «SIR, YES, SIR!»

Aber irgendwie habe ich es doch hingekriegt, und nun sitze ich behördlich legitimiert im Flugzeug und schaue Serien. Nach einer Stunde schon kommt das erste Flugzeugessen, ein Highlight. Die dreieckigen Teller, die aussehen, als kämen sie aus Science-Fiction-Filmen der siebziger Jahre. Im Kopf gehe ich nun durch, wovor ich mich *ab jetzt* fürchten könnte. Auch nach Durchlaufen der Einreisebürokratie ergeben sich Möglichkeiten zum Scheitern.

Ich soll in einem College unterrichten, obwohl ich selbst nicht mal Abitur habe. Die Kunstuni, an der ich kurz gewesen bin, habe ich aus Prinzip nur betrunken betreten. Meine Annahme, man würde dort mit anarchistischen Geistern die Gesellschaft durchschütteln, wurde schnell durch die Kunstweltrealität enttäuscht, stattdessen überhebliche Richkids, die dabei konkurrierten, Dekorationsobjekte für gelangweilte Millionäre anzufertigen und ihr Bedürfnis nach Investitionsobjekten unterwürfig zu bedienen. Mein Ego war zu groß für die Erniedrigung, den Sammler zu umschwänzeln. Bevor ich bei Artist Dinners mit Adligen über Segelyachten rede, dachte ich mir damals, saufe ich mich lieber tot. Das war's dann mit der Uni. Wie soll ich irgendwas glaubhaft unterrichten? Und kenne ich überhaupt die Codes amerikanischer Wokeness? Ich bin gerade mal woke genug für österreichische Linke. Darf ich fragen, aus welchen Ländern die StudentInnen kommen, oder geht es dann gleich zu einem psychologischen Beratungsgespräch bei der Antidiskriminierungsstelle? Muss ich nach Pronomen fragen? Oder ist es im Gegenteil anstößig, nach Pronomen zu fragen? Will ich mich überhaupt den vermuteten Verhaltenscodes intellektuell elitärer Milieus fügen oder nicht lieber die jungen Leute mit einer echten österreichischen Proletin konfrontieren? Möchte ich etwas bewegen? Und wenn ja, wohin? Möchte ich Diskussionen anregen oder abwürgen? In Wirklichkeit will ich schon eher eine ruhige Kugel schieben. War es eine gute Idee, die Antidepressiva vor so einer Reise abzusetzen? Die Psychiaterin hat es vorgeschlagen, ich sei mittlerweile langweilig genug, um als normal durchzugehen. Werde ich noch dicker werden?

Der Anflug auf Chicago beginnt. Draußen ist es dunkel. Nach der Landung treffen Christiane und ich uns beim Ausgang. Nun muss alles schnell gehen, damit wir den Umstieg in die andere Maschine schaffen. Aufgrund der Übermüdung fetzen mir alle Reize ungefiltert ins Köpfchen. Wahrscheinlich ein ADHS-Symptom. Irgendeine der tausend neuen Stimmen sagt, dass wir noch mal durch Sicherheitskontrollen müssen.

«Wie soll sich das denn ausgehen? Wo müssen wir hin?», sage ich weinerlich und verwundbar wie ein Baby. Christiane wird stärker durch meine Schwäche, da ergänzen wir uns gut. Entschlossen nimmt sie mich am Arm: «Jetzt beruhig dich mal, kuck mal, wir fragen jetzt einfach den netten Mann da.» Ein freundlicher Flughafenangestellter zeigt uns alle Wege. «Siehst du, ist doch alles kein Problem. Komm, jetzt bin ich deine Betreuerin.»

Eine Stunde später sitzen wir in einem Regionalflieger nach Iowa. So etwas habe ich noch nie gesehen. Ein kleines Flugzeug, klapprig wie ein alter Bus, der sich windschief durch die Wolken schiebt. Das Interieur wirkt wie aus den Achtzigern, die Gurte sind abgewetzt, die Sitze breit genug für vom landwirtschaftlichen Überfluss wohlgenährte Körper. Inlandsflüge sind hier seit Jahrzehnten selbstverständlich, die Leute hocken so entspannt da wie in der U-Bahn, die Atmosphäre ist heimelig wie auf einer durchgefurzten Couch. Christiane sitzt neben einem älteren Mann mit roter Knollennase und weißem Haar. Ein großväterlicher Professorentyp, der sie gleich fragt, woher sie kommt. «DSCHÖRMANI!», sagt sie fröhlich. Ich fühle mich nicht in der Lage, mit fremden Menschen zu sprechen. Small Talk ist wirklich nicht meine Stärke, im Umgang mit normalen Menschen beherrscht mich der Gedanke, vorspielen zu müssen, dass ich nicht gerade aus der Psychiatrie geflüchtet bin.

Christiane plaudert entspannt dahin, ihr liegt es eher, sie hat eben eine lockerere Art als ich. Der ältere Herr erklärt ihr gerade, dass unser Reiseziel mit seinem College für die Verhältnisse in Iowa «sophisticated» sei, ich vertiefe mich derweil in die Zeitschrift der Fluggesellschaft. Ein Zahninstitut in Texas wirbt für Porzellankronen, man sieht drei Damen mit Lockenstabfrisuren, die diese amerikanischen Zähne haben, mit denen man schon Mitte zwanzig so aussieht, als hätte man die Dritten drin. Auf der nächsten Seite ist ein attraktiver, älterer Mann im Arztkittel abgebildet. Einer der Top Doctors in Amerika, steht über seinem Kopf. Haartransplantationen sind sein Gebiet, aber auch Operationen an der Wirbelsäule, je nachdem. Als ich weiter umblättere, blickt mir ein noch besser aussehender Arzt entgegen. Er trägt Anzug und strahlt schmierig wie ein Autoverkäufer. Sein Gebiet ist die Neurochirurgie, er operiert in Michigan am offenen Gehirn; in den Händen hält er darum eins aus Plastik. Offenbar soll seine strahlende Erscheinung die KundInnen der Fluggesellschaft davon überzeugen, vielleicht doch einen Kredit für den Gehirntumor aufzunehmen.

Die nächsten Seiten sind weniger bemerkenswert, eine Urlaubsreportage aus der Toskana. Christiane beugt sich zu mir rüber, streckt den Hals umständlich zu meinem Heft und sagt demonstrativ interessiert: «Ach kuck, Italien, da war ich auch schon mal. Warst du da schon mal, Steffi?» Offenbar will sie doch aus dem Gespräch befreit werden. Im Vergleich mit den eigenen Defiziten wirken andere immer viel patenter und sicherer, aber soo kommunikativ ist sie dann doch nicht. «Nein, aber da soll es sehr schön sein», antworte ich und schaue sie ernst an. «Italien soll schön sein.»

«Mensch, war der anstrengend», sagt Christiane, als wir aus dem Flugzeug steigen. «So behäbig.»

«Ach so, ich dachte, du bist voll am Flirten.»

«Spinnst du?», ruft sie laut, «siehst du mich echt mit so jemandem? So einem weißhaarigen Opi? Der war ja mindestens siebzig!»

«Na und, du bist doch auch sechzig?»

«Ja, aber ich wirke viel jünger.» [4]

«Ich hätte mir das gut vorstellen können.»

«Igitt.»

Der Flughafen von Des Moines ist winzig und riecht nach Flohmarkt. An den Wänden hängen Bilder von Kriegsveteranen, die im Irak oder in Afghanistan gefallen sind, dekoriert mit Plastikblumen. Von der Hektik Chicagos ist hier nichts mehr zu spüren. Die Menschen bewegen sich langsam, weil sie Wurzeln haben, tief ins Leben hinein, sie tragen Baseballkappen und weite Pullover. Die Decken sind niedrig, die Farben trüb. Über die Realität legt sich ab jetzt ein beigebräunlicher Schleier. Das hier ist der vergilbte Teil der USA.

Draußen vor dem Flughafen ist die Nacht angebrochen, aber da steht ein weiß leuchtender Wagen mit der Aufschrift GRINNELL COLLEGE. Er hat auf uns gewartet, und wir steigen benommen ein.

Plötzlich im Land der Geschichten, eingestiegen in den Fernseher, in alle Erinnerungen an TV-Momente meiner

4 Ageistischer Sprechakt der Autorin, vgl. Anm. 2. Ich reagiere allerdings tatsächlich empfindlich, wenn mich Freundinnen mit gleichaltrigen oder älteren Männern verkuppeln wollen, und zwar weil Männer in meinem Alter leider meistens ungenießbar sind: Opfer autoritärer Erziehung – Nachkriegskinder – keine Ahnung von angewandtem Feminismus – oder bereits lebenssatt, resigniert, dazu kommt oft eine hormonell bedingte toxische Griesgrämigkeit, bei gleichzeitig ungebrochenem männlichen Dominanzverhalten. You name it. Grundsätzlich ist es durchaus möglich, auf reizende, eloquente 75- bis 80-jährige Männer zu treffen, und auch die 20- bis 45-Jährigen geben Anlass zur Hoffnung. Die Generation der 55-plus-Männer hingegen ist leider verloren.

Kindheit, die so echt sind wie Erinnerungen an Selbsterlebtes. Man kennt jedes Detail, allem haftet Magie an. Ich dränge Christiane, vorne zu sitzen, weil ich mich nicht unterhalten will. Seit ich stundenlang auf Bühnen spreche, bin ich privat schüchtern, eine eigenartige Wechselwirkung. Christiane wehrt sich kurz und versucht, mich nach vorne zu bugsieren, aber ich schiebe sie einfach an die Beifahrertür, ich bin kräftiger vom Gewichteheben der letzten Monate. «Du plauderst doch so gerne.» Ich spüre, wie sie nachgibt und schließlich vor meiner Muskelmasse kapituliert.

Der Fahrer ist um die sechzig und heißt Bob. Nachdem wir uns ebenfalls vorgestellt haben, beginnt er zu erzählen: Für ein kleines Trinkgeld übernimmt er in seiner Freizeit derartige Fahrjobs für das College. So hat er Gelegenheit, interessante Leute zu treffen, sagt er. Letztens erst habe er einen Nobelpreisträger gefahren. Deutschland kenne er gut, ja, da war er mal. Mit der Army, ein Jahr, in Heidelberg. Das ist die Gegend, aus der Christiane ursprünglich kommt. Super, haben sie schon mal ein Thema. Gut, dass sie vorne sitzt. Das Thema Heidelberg ist allerdings nach wenigen Minuten erschöpft. Der Fahrer interessiert sich weniger für regionale Besonderheiten und mehr für Hummelfiguren. Christiane wird mir später erklären, dass es sich dabei um kitschige Kleinplastiken aus Porzellan handelt, von denen die Amerikaner besessen seien. Sehnsuchtsobjekte aus der alten Welt, ursprünglich hat sie eine künstlerisch begabte Franziskaner-Ordensschwester namens Berta Hummel erfunden. Nach ihren Zeichnungen spielender Kinder wurden die Figürchen gestaltet und bald in großen Stückzahlen in die USA importiert, Soldaten brachten sie als Mitbringsel für die Liebsten nach Hause. Pausbäckige kleine Kinder, die mit Spatzen oder Rehlein spielen, unschuldige Szenen einer friedvollen Welt. So reaktionär, wie einem das vorkommt; unter den Nazis waren die verträumten, pummeligen Figuren sofort als entartete Körper klassifiziert. Man sah in ihnen fette Weicheier, dem Ideal strammer, kruppstahlharter Knaben und Mädel widersprechend, die statt dem Exerzieren nichtsnutzig auf die Blumenwiese schielten. Die verträumte Kindlichkeit war dem Faschismus suspekt, die Amerikaner aber lieben sie. Bei großen Hummelfiguren-Tauschtreffen kommen in den USA Tausende Menschen zusammen und erfreuen sich an ihrem gemeinsamen Hobby. Auf deutschamerikanischen Volksfesten gibt es sogar regelmäßig Hummel Lookalike Contests. Die niedlichsten Kinder werden in selbstgenähte Trachten gesteckt und mit Weidenkörbchen vor gemalte deutsche Berglandschaften gestellt.

Für unseren Fahrer sind Deutsche daher in erster Linie mögliche Connections, um an den heißen Hummelstoff zu kommen, das vermittelt er deutlich. Bevor er weiter erörtern kann, ob Christiane nicht zufällig was dabeihätte, wechseln wir das Thema und befragen ihn zur Universität.

«Ja, da sind viele schlaue Köpfe. Junge, intelligente Menschen. Die lernen viel und arbeiten hart. Haben das ganze Leben vor sich.» Ganz unkritisch sieht er das aber nicht. «Ich bin ein Liberaler, deshalb arbeite ich gern fürs College, aber man muss auch sagen, diese jungen Leute denken, die ganze Welt dreht sich um sie.»

«Genau wie du», sagt Christiane nach hinten gerichtet.

Draußen zieht Iowa an uns vorbei, in der Dunkelheit erkennt man allerdings nicht viel. Rote Windräderlichter blinken am Horizont und scheinen auf und ab zu hüpfen. Die Fast-Food-Kettenrestaurants am Wegrand sind dagegen unbeleuchtet, die Straßen kaum befahren. Alles ist still, es ist, als flögen wir durch ein Vakuum.

«Braucht ihr noch was von der Tankstelle?», fragt Bob. Ich habe schon wieder ein bisschen Hunger. Wir halten, Christiane bleibt mit dem Fahrer im Auto.

Neue Welt. Meine ersten Schritte in der freien Wildbahn. Die Schiebetüren öffnen sich, und vor mir tut sich das Amerika auf, von dem ich immer geträumt habe. Eine psychedelisch grelle Farblandschaft, alle Simpsons-Folgen auf einmal. Ich erblicke zwanzig verschiedene Getränkespender, sogenannte «Fountains». Die kleinsten Becher fassen einen Liter, die größten vier, spektakulär. Ich bin die Protagonistin aller tragischen Indie-Movies über eine verlorene Kleinstadtjugend. Am Schalter arbeitet passenderweise ein Mädchen, das die Augen mit schwarzem Kajal untermalt hat, die Stirnfransen sind grün gefärbt, sie trägt ein Metal-T-Shirt und strahlt bedeutungsvolle Zukunftslosigkeit aus. Sie ist die Protagonistin, ich bin nur Zuschauerin. Ihre Grunge-Band wird die Welt erobern, drogentot mit 24. Ich lächle sie an, während ich immer noch im Eingang stehe und die Schiebetür immer wieder aufgeht. Kurz muss ich mich sammeln und wieder in Erinnerung rufen, dass das echte Menschen sind und dies ihr echter Alltag ist, dass sie niemand als Kulisse vor mir aufgebaut hat. Ich muss jetzt etwas zu essen holen oder zumindest so tun.

In der Mitte des Raumes sind nebeneinander drei Stände mit Wärmeplatten aufgebaut, auf denen sich Tausende kleine Würstchen unterschiedlicher Form und Struktur drehen. Pork Dog, Vegetable Eggroll, Ranchero Steak and Cheese, Monterey Jack Chicken, Cheesy Buffalo Ranch Chicken, Chicken Caesar, Cheddar Wurst Smoked Sausage.

Endlose Variationen von Hot Dogs scheinen sich hier seit Jahren im Eigenfett zu wälzen, Kruste um Kruste aufzubauen wie Panzer gegen Verderblichkeit. Ich schaue zu, schaue, wie sich alles dreht, und weiß nicht mehr, wie lange mich die Würste hypnotisiert haben, die anderen müssen sich schon Sorgen machen. Auf einem Schild steht: *All I Care About is Hunting and Like 3 Other People*. Das Grungemädchen schaut mich skeptisch an. Sammeln, normal bleiben. Ich entscheide mich für ein Turkey Sandwich, eingeschweißt, es kostet sieben Dollar. Eine letzte Runde drehe ich noch. Das Mädchen kassiert und verabschiedet mich freundlich.

Mit aufgerissenen Augen steige ich wieder ins Auto. «Christiane, das war so großartig da drinnen, das war so surreal, es ist so ein Wahnsinn.»

«Steffi ist verrückt geworden», sagt Christiane.

Ich gebe ihr die Hälfte des Sandwiches, und durch die Dunkelheit des Mittleren Westens rollen wir weiter wie Tumbleweed.

Das Gebäude, vor dem wir schließlich parken und das unsere Heimat für die kommenden Wochen sein wird, ist ein gelbes Holzhaus mit zwei Stockwerken und einer Garage. Die Assistenzprofessorin, die uns eingeladen hat, winkt uns schon vom Eingang zu. Sie sieht jung aus, hat einen Nasenring und strahlend weiße Zähne. In der Küche hat sie drei Flaschen Wein und vier Dosen Bier bereitgestellt. Wir stoßen kurz mit ihr an und fallen bald im nächstbesten Bett in einen langen, tiefen Schlaf.

Am nächsten Morgen sind wir beide erstaunlich ausgeschlafen und reißen ungläubig die Augen auf. Iowa. Wäre es nicht so kalt, würde ein Vöglein zwitschern. Stattdessen eisige Luft auf der Veranda. Die Fenster lassen sich im gesamten Haus nicht öffnen. Nachdem wir uns einigermaßen orientiert haben, beginnen für Christiane und mich die Verhandlungen über die Schlafzimmer. Aber zuerst gehen wir das Haus ab. Es hat eine Küche, wie man sie genau so aus zahlreichen TV-Serien kennt, mit einem Ausgang zum Garten, wodurch sich in Verwechslungskomödien unwahrscheinliche Situationen ergeben. Unten ist ein großer Keller, in dem soll man sich im Falle eines Tornados verstecken.

«Ich hoffe, wir erleben auch wirklich einen echten Tornado», sage ich. «Das wär so cool!»

«Du wünschst dir für Instagram eine Naturkatastrophe.»

«Ich könnte eine Story machen, wo du so herumgewirbelt wirst.»

«So lustig ist das, glaub ich, gar nicht.»

Wir forschen weiter. Ein Wohnzimmer, ein Essbereich. Im oberen Stockwerk sind zwei Schlafzimmer und ein Bad. Unten gibt es den Master Bedroom mit Dusche. Ich biete Christiane das untere Zimmer an, aus Respekt. «Dann musst du nicht immer die Treppen hochsteigen.» Christiane ist entrüstet und besteht nun auf dem oberen Zimmer. Altersgemäßen Komfort lehnt sie meistens ab, und über Gebrechen jammert sie nur, wenn man sie sehr gut kennt, während ich mit Mitte dreißig gar nicht aufhören kann, über jede kleinste vorzeitige Alterserscheinung ausführlich Bericht zu erstatten. Außerdem, argumentiert sie, hätte sie oben ihre Ruhe, wenn wir vielleicht doch mal eine Party machen, die länger geht.

Das Haus befindet sich direkt am Collegegelände, das wir noch nicht genauer erkundet haben. Es gehörte zuvor einem Professorenehepaar, das es in seinem Testament für Gäste wie uns vermacht hat, die das intellektuelle Leben der Uni beflügeln sollen. Über dem Eingangsbereich hängt ein Portrait der beiden. Man sieht zwei Menschen in ihren Siebzigern, die sich an den Händen halten. In den freien halten sie

Bücher mit Lederrücken. Es könnte die Bibel sein oder vielleicht Lexikonbände. Er trägt einen weißen Bart, sie einen Kurzhaarschnitt, sie lächeln einander zugewandt an, tiefes Vertrauen im Blick. «Die sehen aus wie Amish People.»

Unter dem Foto ist ein kleiner Text, demzufolge sich zwischen 1950 und 1980 StudentInnen vor dem Kamin der beiden versammelt hätten, um gemeinsam Latein- und Altgriechisch-Lesezirkel abzuhalten. Das habe allen viel Freude bereitet.

«Du hast ja eine Waage mitgenommen!», tönt es ungläubig aus meinem neuen Badezimmer. Aus Bequemlichkeit ist Christiane doch bei mir gegangen.

«Ja, ich hab oft eine dabei, wenn ich unterwegs bin.»

«Das find ich jetzt aber krass, dass du wirklich eine Waage mitnimmst.»

«Jetzt sagst du das, aber ich kann mich noch genau erinnern, als wir mal auf Tour waren, hast du erzählt, dass es immer so Feministinnen gibt, die meinen, man soll seine Waage wegwerfen. Aber wenn du das tun würdest, hättest du innerhalb kürzester Zeit vierzig Kilo mehr. Und dass das mit dem Wegwerfen nur so ein blöder Spruch sei für dünne Frauen.»

«Na ja, aber extra eine mitnehmen?»

«Das ist jetzt irgendwie Waagen-Shaming. Ich hab halt eine starke Veranlagung zum Übergewicht, wenn ich mich nicht regelmäßig wiege, nehme ich ganz schnell zehn Kilo zu. Ich schäme mich jetzt sicher nicht für meine Waage. Das ist eine Protestwaage!»

Einerseits muss man gegen den Diätwahn protestieren, andererseits muss man gegen den feministischen Druck protestieren, so zu tun, als wären einem Ideale völlig egal. Die Waage ist Doppelanti. Es ist eine ehrliche Waage.

«Ja, na ja, vielleicht wiege ich mich auch manchmal.»

«Du hast dich doch sicher grad gewogen.»

«Ja, und ich habe schon ein Kilo abgenommen, toll.»

«Ich glaub, in Iowa gelten wir sowieso als total dünn. Die werden uns dauernd ansprechen: ‹Are you models from Europe? You are so skinny!›»

«Stimmt, für die Verhältnisse hier sind wir ja zwei Magersüchtige. Die schicken uns noch in die Klinik zur Zwangsernährung, wenn wir nicht schnell ein bissl zulegen.»

Da wir kein Auto haben, hat die Professorin angeboten, mit uns zu Walmart zu fahren. Walmart. Der größte Supermarkt der USA, mit den größten Parkplatzflächen der USA. Aber zuvor werden wir in einen kleinen Diner zum Frühstück ausgeführt. Die Professorin wartet schon vor der Garage auf uns. Wir müssen erst den richtigen Ausgang finden, da das Haus drei hat. Den erwähnten aus der Küche, aber auch einen zur Garage und dann noch einen vorne beim Haupteingang. Die kommenden Tage werden wir noch öfter konfus im Haus umherirren, hilflos nach einander rufen und uns erschrecken, wenn eine von uns plötzlich unversehens aus einer Ecke auftaucht.

In diesem Diner gebe es das beste Frühstück, erklärt uns die Professorin, und hervorragenden Kuchen. Die Autofahrt über die breiten, leeren Landstraßen dauert zwei Minuten. Ein flaches, braunes Gebäude mit beiger Holzverkleidung und roter Neonschrift: «West Side». Hellbraun, Dunkelbraun, Braun, Ackerbraun, Blassbraun, Gelbbraun, Beige, Ockerbeige, Rotbraun, Eierschale, Senf sind die Farben, mit denen das Schicksal die kommenden Wochen ausmalt. Vor dem Diner stehen die Pick-up-Trucks aufgereiht. Jeder zweite Einwohner fährt einen Pick-up-Truck, denn die Ladefläche ist praktisch für die erlegte Beute bei der Jagd und für die Utensilien, die man braucht, wenn man im Leben anpackt, schraubt, verkabelt, ausweidet, enthornt, abschleift und sich sein Leben nicht von Ikea und Amazon bestimmen lässt. Im West Side wartet ein fröhlicher Kellner mit dichtem Schnurrbart auf uns. Alles an ihm ist lang und dünn, außer dem runden Kopf und dem runden Bauch, sein offenes Lachen schiebt zwei pralle Wangen zur Seite, die rot glühen wie Äpfel. Seine Freundlichkeit ist überwältigend und ehrlich, er glänzt, als hätte ihn jemand in Karamell getaucht. Beim Sprechen machen seine Hände tänzelnde Bewegungen, er wirkt schwul, also «gay» im doppelten Sinne, gleichzeitig kann ich es mir nicht so recht vorstellen, dass man sich als Homosexueller eine ländliche Kleinstadt im ländlichsten Bundesstaat Amerikas als Wohnort aussucht. Er ist *Iowa nice*, eine Eigenschaft, die der Bundesstaat als Aushängeschild pflegt, gemeint ist damit ein tief empfundenes Grundvertrauen gegenüber seinen Mitmenschen. Jedenfalls ist dieser Kellner der liebste Mensch auf der ganzen Welt. Als ich einige Monate später die Serie «Ted Lasso» schaue, erkenne ich ihn in der Hauptfigur wieder.

Und rund um ihn sitzen die ersten echten Amerikaner, die ich nun ausgeruht betrachten kann. Sie stammen erkennbar von Dänen oder Deutschen ab, rötliche Haut, helle Haare, Äderchen im Gesicht. Nur die Kräftigsten haben die Auswanderung überlebt, das erkennt man am Phänotyp: Die Unterkiefer sind amerikanisch breit, die Schultern im Durchschnitt stärker als in der Alten Welt. Sie tragen Flanellhemden, und fast jeder wiegt über 100 Kilogramm. Ein gemütliches, familienorientiertes Leben strahlt warm aus ihren Runden aus. Man redet darüber, wie es in der Kirche war. Anständige Leute, mit einfachen Weltbildern, Bratensoße, Butter auf Maiskolben, ein gottesfürchtiger –

«Du starrst die Leute so an», sagt die Professorin peinlich berührt, und ich komme wieder zu mir.

«Sorry, ich war nicht ganz da», antworte ich und schüttle meine Gedankenflüge ab. Ich war kurz davor, Leute zu betasten, um ihre Konsistenz zu erforschen. Als Fremde werden wir nicht arglistig beäugt, sondern herzlich begrüßt. Das ist ein großer Unterschied zu Österreich, wo traditionell das ganze Wirtshaus in Stille verfällt und sich die Augen boshaft verengen, wenn ein Unbekannter das Lokal betritt, als würde schon die Planung des Meuchelmordes in allen Schädeln rattern.

«Was bestellst du?»

Es gibt Eiergerichte zur Auswahl, Rührei oder Sunny Side up, gebratenen Speck, Pfannkuchen. Als «Iowa Breakfast» wird eine Kombination aus Spiegeleiern und einem 300 Gramm schweren Rinderkotelett angepriesen. Zu allem gibt es Hash Browns, geriebene frittierte Kartoffeln mit brauner Kruste. Ich entscheide mich für Crab Cakes, weil das nach Abenteuer klingt. Krabbenfrikadellen, Hunderte Kilometer von der nächsten Küste entfernt. Gewagt. Die geschmacksarmen Häufchen werden üppig mit fetter Sauce Hollandaise übergossen serviert. Dazu bestelle ich Pancakes mit Sirup, ausschließlich wegen der Ikonografie, denn ich bin an sich keine Süße. Der Kaffee wird uns aus der Kanne serviert, eine dünne, bittere Suppe ergießt sich in die Tassen mit dem West-Side-Aufdruck. Man kann sie kaufen, genau wie bedruckte T-Shirts. Immer wieder wird nachgeschenkt, aber der Koffeinkick, der die Verdauung morgendlich in Schwung bringen würde, bleibt auch beim dritten Becher aus. Alles will drinbleiben. Es traut sich noch nicht. Das Trinkwasser kommt in Plastikgläsern, die bis an den Rand mit Eiswürfeln gefüllt sind, dabei schneit es draußen gerade.

Christiane ist keine große Frühstückerin und entscheidet sich zurückhaltend europäisch für French Toast. Alles schmeckt entsetzlich, unangenehm fettig und klebrig süß. Weil wir noch nicht daran gewöhnt sind, wissen wir nicht, dass dies eine der besten Mahlzeiten gewesen sein wird, die wir die ganze Woche zu sehen bekommen, dass wir uns noch danach sehnen werden, wieder ins West Side zu gehen, weil es dort richtig gut ist, vergleichsweise.

Nun will die Professorin wissen, wie wir zwei einander kennengelernt haben. Die Geschichte ist schnell erzählt. Ich war ja schon seit meiner Jugend Fan, und als ich begann, kurze Texte ins Internet zu stellen, machte eine Freundin Christiane auf mich aufmerksam mit dem Kommentar: «Das ist deine Schwester im Geiste.»

«Ich war natürlich sehr skeptisch», sagt Christiane am French Toast kauend. «Aber dann fand ich's gar nicht mal so blöd.»

«Nach einer Lesung haben wir zusammen was getrunken. Und dann kamen die Touren.» Als bei mir immer öfter Anfragen für Veranstaltungen eintrudelten, wurde mir schnell bewusst, dass mein neuer Arbeitsalltag als Solokünstlerin eine trostlose Angelegenheit sein würde, besonders die Lesereisen, die man sich wirklich nicht aufregend vorstellen sollte, denn in Wahrheit verbringt man Wochen verkatert in deutschen Zügen. «Das hat sich echt wie eine Verschwendung von Lebenszeit angefühlt.»

«Ohne Band würde ich auch nicht touren wollen», ergänzt Christiane. «Dafür kriegste allein mehr Geld.»

«Und ich wollte dann mit Denice Bourbon auf Tour gehen, die war noch nicht so bekannt und sollte vor mir auftreten und mich außerdem abschirmen. Das Anstrengendste am Auftreten ist nämlich gar nicht der Auftritt, sondern dass man jeden Abend Small Talk mit den VeranstalterInnen und BesucherInnen führen muss. Das zehrt an einem, und das kann man dann ganz einfach an die anderen abwälzen, wenn man jemanden mitnimmt.»

«Und Denice kann das ja sehr gut.»

«Ja, die liebt es ja, Fans zu umarmen, das könnte ich nie.»

«Nee, ich auch nicht.»

Denice ist eine große, extrovertierte Schwedin, die viel Parfum trägt und Stand-up-Comedy in queeren Wiener Undergroundclubs macht. «Außerdem ist sie sehr politisch. Sie ist zwar immer so glamourös im Auftreten, aber sie kommt eigentlich aus einer finnischen Unterschichtfamilie.» Christiane meint, es wäre normal, dass die Leute aus den Arbeiterfamilien in der Kulturszene immer zueinanderfinden. Man verstünde sich einfach besser, weil die lustiger sind, nicht so steif und prätentiös wie Kinder des Bildungsbürgertums, die glauben, sie müssten einander in ihrer Artikuliertheit übertreffen. «Jedenfalls», versuche ich den Faden wieder zu finden, «hab ich mich mit Denice auf ein paar Bier verabredet, um eine gemeinsame Tour zu planen, und so voll besoffen mitten in der Nacht meinten wir, es wäre das Coolste, wenn Christiane Rösinger auch dabei wäre. Weil wir ja beide so Fans sind.»

«Zu Recht», sagt Christiane.

«Und wir wollten unbedingt mit ihr befreundet sein.» Denice hatte als Partyveranstalterin einen Kontakt, also schrieben wir gleich eine besoffene Mail. Für uns fühlte es sich unwahrscheinlich an, als würden wir Mick Jagger fragen, ob er mit uns Tischtennis spielen will. Am nächsten Tag war die gemeinsame Show ausgemacht, *Legends of Entertainment* war geboren.

«Wir wollten einen möglichst größenwahnsinnigen Namen», erklärt Christiane. «Wie diese ganzen blöden alten Typen.»

Seitdem touren wir alle paar Monate gemeinsam durch die deutschsprachigen Länder. «Es ist sehr lustig», sagt Christiane, «aber auch sehr anstrengend.»

«Christiane tourt ja seit vierzig Jahren, von der können wir viel lernen.»

Die Professorin nickt interessiert. Sie ist Germanistin und stammt ursprünglich aus einer oberösterreichischen Kleinstadt. An den Geschichten, die sie einstreut, merkt man auch ihr ein gewisses Klassenbewusstsein an. Die Herkunft aus einer Arbeiterfamilie in der Pampa zu betonen, ist ihr merklich wichtig, denn der Aufstieg zur Uniprofessorin war harte Arbeit. Nun forscht sie hauptsächlich zu jüdischer Literatur. Die Anekdoten aus ihrem Heimatdorf: düstere Geschichten über gescheiterte Frauenleben, Alkoholismus und Nazis. In Grinnell lebt sie mit ihrem Freund zusammen, der ebenfalls einen Job an der Uni hat. Sie haben sich bei einem Forschungsaufenthalt in Jordanien kennengelernt. Auf einer Onlinedating-Plattform, die ohne Fotos läuft, waren nur zwei aktive User, Clitsucker2000 und er. Sie hat sich für ihn entschieden, und so leben sie ein beschauliches Gelehrtenleben an der Privatuni.

«Hier kann es wahrscheinlich schon arg langweilig sein», formuliert Christiane höflich.

«Aber sicher ist es eine gute Umgebung, wenn man Kinder haben will», werfe ich ein.

«Oh Gott, nein, keine Kinder», sagt die Professorin energisch. «Ich hab so viele Frauen erlebt, deren Leben durch Kinder ruiniert war.» Da hat sie natürlich nicht unrecht. «Am liebsten wäre ich endlich schon in den Wechseljahren. Das wär schön.»

«So lustig ist das gar nicht», meldet sich Christiane.

«Aber knickt man nicht auch ein vor einer frauenfeindlichen Welt, wenn man deshalb keine Kinder bekommt?», frage ich. «Man lebt nur einmal, und ein Kind gebären ist sicher interessant. Außerdem bedingungslose Liebe und so was.»

Christiane, die einzige Mutter unter uns dreien, wirft ein: «Ich versteh schon, dass man keine Kinder will, aber wenn ich ganz ehrlich bin. Man verpasst schon sehr viel.»[5]

Mit meinen 36 Jahren fühle ich mich schon längst in die Knie gezwungen. Bald heißt es jetzt oder nie. Ich wünschte, ich hätte noch zehn Jahre. Die Pandemie hat jetzt schon zwei gestohlen. Babys sehen löst mittlerweile körperliche Reaktionen aus. Wie die Gier, wenn man hungrig ist.

«Dann biste aber erst mal ein paar Jahre weg», warnt Christiane. «Dann gibt's auch keine Legends mehr.»

«Künstlerisch kann es den Tod bedeuten. Die meisten Künstlerinnen, die ich kenn, kriegen keine.»

«Die erfolgreichen männlichen Künstler haben ja meist eine Frau an ihrer Seite, die alles macht. Und dann, mit fünfzig, gründen sie eine zweite Familie, wo wieder die Frau alles macht.»

Die Professorin ist eher Tierfreundin. Sie hat einen traumatisierten Hund, und am Wochenende geht sie zu einer älteren wohlhabenden Dame, die zwei Meilen vom Campus

5 Wer nun mehr verpasst im Leben, konnte bis dato noch nicht abschließend geklärt werden. Fest steht allerdings, dass keine Kinder mehr Geld, mehr Freizeit und weniger Sorgen bedeuten. Andererseits sind Kinder und Enkelkinder zwischendurch schon auch was Schönes. Sie können aber – und da ist sich die Forschung einig – keinen fehlenden Sinn im Leben ersetzen.

eine Pferdezucht betreibt, um die Tiere zu striegeln und auszureiten. Die Liebe der Tiere genüge ihr.

Während des Gesprächs schaue ich mich immer wieder im Raum um. Neben dem Eingang hängt die Einladung zu einer Ladies' Night vom «Alpha Women's Center». Bei diesen Abenden, klärt die Professorin auf, finde man sich zusammen, um Gottes Güte zu feiern. Als ich die Toilette aufsuche, in der Hoffnung, meine Reiseverstopfung würde sich langsam lösen, laufe ich an Dutzenden Schwarz-Weiß-Fotografien vorbei, die alle einen Schimpansen zeigen. Auf einem Foto trägt er Kinderkleidung, auf dem nächsten Hemd und Fliege, auf dem dritten raucht er eine Zigarre. Man sieht ihn auf Rollschuhen und bei einer Familie mit Lätzchen am Esstisch sitzen, vor ihm ein Teller Kartoffeln. Neben den Bildern hängt ein verblichener Zettel, auf dem mit Schreibmaschine eine Erläuterung verfasst ist:

> Ich bin Eddie Andersen, der Manager der kleinen Fabrik «Tiny Acres» und der Rollschuhbahn in Grinnell. Meine Chefin Edith und ihr Mann Dude haben früher im Zirkus Hunde dressiert. Eines Tages sagte sie mir, sie würde gerne mit einem Schimpansen arbeiten, und wir dachten uns, das wäre doch eine gute Werbung für unsere Rollschuhbahn. Wir bestellten einen aus Boston, und er wurde per Express in einem kleinen Käfig geliefert. Als ich den Käfig knackte, schlang er sofort die Arme um meinen Hals und blieb so, bis wir zu Hause ankamen. Von diesem Tag an war er mein Schimpanse, und ich nannte ihn Tony. Nachts nach der Arbeit brachte ich Tony das Rollschuhfahren bei. Er hatte einen guten Gleichgewichtssinn und fiel nie hin. Auf der Rollschuhbahn brachte ich den Kindern

das Fahren bei, ich hielt ihnen die Hand und hob sie auf, wenn sie stürzten. Bald half auch Tony mit. Er lernte auf einem Bein zu fahren und sprang sogar über Hindernisse. Er verstand alles, worüber ich mit ihm sprach.

Später wollte Edith einen neuen Schimpansen für sich. Wir nannten ihn Skipper. Wir zogen ihn mit der Flasche groß und hatten viel Freude mit ihm. Eines Tages rief mich Edith während meines Auswärtsdienstes bei Sterling Manufacturing in Laurens an und sagte, Tony sei ausgerissen. Er war mittlerweile sehr groß, die Leute hatten Angst vor ihm. Als ich eine Reifenpanne hatte und nochmals anrief, sagte Edith, dass die Polizei Tony erschossen hatte. Ich kam zu spät und konnte nichts mehr tun. Ihr Mann Dude bekam kurz darauf einen Tumor im Gesicht und starb. Edith erlitt drei Monate später einen Herzinfarkt. Skipper gab ich an den Zoo, doch dort biss er dem Zoodirektor einen Finger ab. Da erschossen sie auch Skipper.

Das war das Ende meiner Arbeit mit Schimpansen.

Ungläubig frage ich den Kellner, ob das eine wahre Geschichte sei. Ja, klar, sagte er, die Bahn befinde sich eine halbe Meile nördlich des Diners.

Ich informiere die anderen über das tragische Schicksal von Eddie Andersen, und nach einem Augenblick der betroffenen Stille bemerkt die Professorin: «Eigentlich ist es sehr friedlich hier.»

Wir trinken die letzten Schlucke Kaffeesuppe und brechen auf. Wieder tuckern wir durch die verlassenen Straßen, vorbei an dem Achtziger-Jahre-Logo der verwaisten Videothek «Family Video», deren Logo ich aus der Serie «Stranger

Things» kenne. Vorbei an McDonald's, an Taco John's und an Bailey's Funny Farm, das ist ein Tierfrisör. Unser Tagesziel ist der legendäre Hypermarkt-Gigant Walmart, bei dem achtzig Prozent der amerikanischen Bevölkerung mindestens einmal die Woche einkaufen gehen. Insgesamt gibt es in Grinnell drei Supermärkte. Gegenüber vom College Campus befindet sich McNally Foods, ein kleinerer Shop mit Bioprodukten, europäischen Käsesorten, asiatischen Lebensmitteln und einer großen Auswahl an Weinen, beliebt bei StudentInnen und ProfessorInnen. Etwas weiter entfernt gibt es eine Filiale von Fareway, einer Lebensmittelkette, die mit 130 Läden ausschließlich im Mittleren Westen vertreten ist, und weiter draußen, nur mit dem Auto erreichbar, der alles verschluckende Riese: das Walmart Supercenter.

USA-Touristen, die einen Road Trip machen, ist Walmart auch deshalb ein Begriff, weil man ganz legal auf dem Parkplatz vor den Stores übernachten darf. In den Gebäuden gibt es in der Regel öffentliche Toiletten und Duschen. Hunderttausende von Menschen, die in den USA obdachlos in ihren Autos leben, nutzen diese Möglichkeit gerne, oft leben sie deshalb praktisch vor Walmart. Eine Übereinkunft, von der beide profitieren. So bindet man auch die Allerärmsten an sich. Das Erste, woran wir natürlich denken, als wir Walmart hören, ist die durch Michael-Moore-Dokus verbreitete Geschichte, dass man dort Schusswaffen wie Kaugummis kaufen könne.

«Da war ein Opossum», ruft die Professorin, während Christiane und ich an der Fensterscheibe kleben. Am Asphalt liegt ein totes, rattenähnliches Tier. Die Highways sind hier mit Roadkill belegt wie ein Brot. Alle paar Meilen sieht man irgendein überfahrenes Tier beachtlicher Größe. Zermatschte Gürteltiere, halbierte Waschbären, ein ganzer

Hirsch ohne Kopf. Abends wühlen die Aasgeier fröhlich in den Kadavern herum.

Der Parkplatz vor Walmart ist erwartungsgemäß riesig, und der Wind, für den der Mittlere Westen bekannt ist, bläst über die leere Fläche. Draußen über dem Eingang hängen zwei Lautsprecher, aus denen den ganzen Tag über Musik übertragen wird. Die Töne werden durch die Parklücken zwischen den Pick-up-Trucks in alle Himmelsrichtungen geweht und verzerren sich zu einer schmerzhaft tragischen Geräuschkulisse, die kontinuierlich vom Scheppern ineinander gestoßener Einkaufswagen unterbrochen wird. Eine Szene aus einem Katastrophenthriller, bald ist der Tornado da. Ich habe starke Gefühle. Christiane und ich machen Fotos vor dem Hypermarkt. Im Eingangsbereich stehen kleine motorisierte Einkaufsfahrzeuge, Trolleys, auf denen man sitzend durch die Gänge rollen kann, während man die Ware in einen vorne befestigten Korb legt. Christiane hält mich davon ab, einen auszuleihen. «Steffi, die sind doch nur für die Leute, die so dick sind, dass sie nicht mehr laufen können.»

Die Lebensmittel sind alle teuer, nicht mal Toastbrot gibt es unter fünf Dollar. Am allerteuersten ist das Klopapier, zehn Dollar für zehn Rollen.

«Wie macht ihr das mit dem Klopapier?», frage ich die Professorin. «Das ist ja arg teuer. Lasst ihr euch das aus Europa schicken?»

«Wir bestellen das einmal pro Monat bei Amazon.»

Wir decken uns mit Grundnahrungsmitteln für die nächsten zwei Wochen ein. Aufstriche, Butter, Tomatensauce, Toastbrot, Gemüse. Christiane und ich haben noch nie gemeinsam eingekauft. Wir sind nicht eingespielt.

«Kochst du denn dann?», fragt sie mich.

«Na ja, irgendwas müssen wir essen.»

«Und was kochst du so für Sachen? Was kannst du?»

«Meistens so simple Sachen, die man in einem Topf machen kann. Kartoffelgulasch zum Beispiel.»

«Igitt», ruft Christiane angewidert. Sie steuert auf die Keksabteilung zu.

«Ich ess nicht so viel Süßes», sage ich, während sie freudig Ding Dongs in den Wagen packt.

«Oh, und Oreos. Mein Enkel nennt die immer schwarze Kekse. Schwarze Kekse!»

«Ja, ok, aber dann reicht's.»

Sieben Packungen Oreos landen im Wagen. Als ich bei den Nudeln bin, entdecke ich ein Regalfach mit Amish-Produkten. Eine Amischensiedlung befindet sich eine Stunde südlich von Grinnell, allerdings weiß ich nicht, ob es wirklich die Amish von hier sind, die diese Nudeln gewalzt haben, ob es also authentisch fundamentalistische Teigwaren sind, aber immerhin sehen sie so aus: dicke, flache Bandnudeln von bräunlicher Farbe, die nahrhaft wirken. «Made the old fashioned way», wird auf der Packung versichert. Hinten steht, man muss sie sieben Jahre kochen, bis sie weich sind. Über dem Logo in Fraktur – die Marke heißt «Essenhaus» – sieht man eine kleine Pferdekutsche. Ich packe gleich zwei davon ein. Die sind sicher gesund, davon wachsen die Hände, und die Eizellen beginnen zu blühen.

Vor dem Erdnussbutterregal mit 75 Sorten zur Auswahl steht ein Mann mit krausem Bart, langen Haaren und einer Militärmütze am Kopf. Ich mustere ihn ausführlich und schamlos von der Seite. Neben ihm steht ein etwa zehnjähriger Junge, wohl sein Sohn. Beide sind von Kopf bis Fuß in Camouflage gekleidet. Die wenige Haut, die man im Gesicht sieht, wirkt gegerbt vom Outdoor-Leben, rötlich und rau. Ich sehe den Mann jagen, fischen, Beef Jerky abbeißen. Aus seinem krausen Bart taucht kurz ein kleines Eichhörnchen hervor, schnappt ein Glas Erdnussbutter und verschwindet wieder in den Tiefen des Gestrüpps. Der Junge lächelt mich an, ihm fehlt ein Schneidezahn. Die Menschen, die so aussehen, als würden sie einen jeden Moment erschießen, sind immer freundlich. Vater und Sohn riechen stark nach Treibstoff. Irgendwo habe ich das mal gelesen, dass Einreiben mit Benzin gegen Mücken hilft.

Christiane kommt mit zwei Dosen Baked Beans an: «Die haben wir früher immer von den bei uns stationierten Kanadiern bekommen, die müssen wir unbedingt essen! Das ist so amerikanisch.» Während ich Vorräte methodisch anlege, scheint sie eher Impulskäuferin zu sein. Ständig schmeißt sie unvernünftige Snacks und Süßwaren in den Einkaufswagen. Zwei Packungen Oreos habe ich bereits wieder in ein Regal gesteckt, heimlich, damit sie nicht weint. Aber nun wollen wir endlich zu den Waffen. Die sind in der Outdoor-Abteilung, wo wir auch die ganzen Camouflage-Outfits finden. Wie NRA-Influencerinnen posieren wir mit Knarre und fotografieren uns gegenseitig. Später werden uns die Freunde in der Heimat, denen wir die Bilder schicken, erklären, dass es sich dabei um Luftdruckgewehre handelt, die man auch bei uns überall problemlos kaufen kann.

Am Rückweg halten wir noch in einem Thriftstore. Die Professorin kauft ihre Kleidung nur secondhand. Sie findet auch gleich ein schwarzes Kleid, einen schönen Blazer und ein paar Hosen. Für mich mit Größe 44 sind Secondhandläden ein weiterer Ort der Demütigung, da gibt es nur Schürzenkleider zum Keksebacken mit den Enkeln. Von jungen, dünnen Menschen, die meinen, man solle aus ökologischen Beweggründen keine neue Kleidung kaufen, fühle ich mich verhöhnt. Umso begeisterter bin ich von dem Ramsch, der in Glasregalen angehäuft liegt und eine reiche Ausstellung amerikanischer Alltagskultur bildet. Ein Glas mit Elmer-Fudd-Aufdruck, das ist der dämliche Jäger, der Bugs Bunny erfolglos mit der Schrotflinte durch die Wälder jagt. Ein Parfümfläschchen in Form eines Stinktiers. Ein Waschbär, der einen Maiskolben hält, als Salzstreuer. Ein Footballspieler aus Porzellan. Ein Teller mit Gravur, die den hundertfünfundzwanzigsten Geburtstag der Stadt Kellogg feiert. Eine Tasse, die für einen Raubvogelpark in Alaska wirbt. Üppig Dekomaterial für den 4. Juli. Handarbeitsbücher mit Anleitungen zum Nähen von Quilts, den traditionellen Patchwork-Steppdecken, die hier überall zu finden sind und das beliebteste Hobby traditioneller Hausfrauen darstellen. Ein kleiner Hund aus Plastik mit Cowboystiefeln und einem Sheriffstern. Süß.[6]

....

6 Das waren mit die dunkelsten Stunden meines Iowa-Aufenthalts: Ausflüge in trostlose Secondhandshops, in immer neue, aber gleichermaßen trostlose Kleinstädte. Stundenlanges Warten auf Madame Steffi; wenn man Glück hat, steht ein fleckiges Sofa im hinteren Ende des Ladens. Immer wenn Hoffnung aufkeimt, dass es endlich weitergeht, findet sie ein weiteres Restekörbel in der letzten Ecke und betrachtet minutenlang versonnen selbstgebastelte Engelsfiguren mit abgebrochenen Flügeln und anderen Schrott. Um im ageistischen Sprachbild der Autorin zu bleiben: Ich bin in jedem Thriftshop um zwei Jahre gealtert, bin aber trotzdem immer wieder mitgetrottet, denn im Reich der tödlichen Langeweile kann sogar die Qual eine Abwechslung sein. Immer wieder gingen mir in Iowa die Zeilen Heinrich Heines aus der «Winterreise» durch den Kopf:

Zu Aachen langweilen sich auf der Straß
Die Hunde, sie flehn untertänig:
Gib uns einen Fußtritt, o Fremdling, das wird
Vielleicht uns zerstreuen ein wenig.

Christiane und ich kaufen uns eine Trivial-Pursuit-Edition und das Spiel «Tabu», bei dem man Begriffe beschreiben muss, ohne dass dabei die Wörter verwendet werden dürfen, die auf einer Karte aufgelistet sind. Auf Deutsch ist das Spiel zu einfach, auf Englisch können wir vielleicht noch etwas lernen. Dass Christiane gerne spielt, habe ich schon in Berlin gemerkt, als ich nach einem gemeinsamen Auftritt verkatert aus ihrem Arbeitszimmer kroch und sie am Esstisch vorfand, wie sie gerade «RIEN NE VA PLUS» rief, während ihr elfjähriger Enkel die kleine Silberkugel ins Rouletterad warf. Nicht jeder mag Gesellschaftsspiele, ich liebe sie allerdings auch. Denn sie automatisieren Gesprächsverläufe, wie Alkohol. Sie ordnen die Verhältnisse und erhöhen den Puls, wenn man sie ernst nimmt. Keine peinlichen Pausen, alles geschieht unter Anleitung. Ein «Du bist dran» ersetzt die mühsame Themenfindung in unvertrauten Runden und löst meine soziale Verklemmung. In Phasen völliger Alkoholabstinenz klammere ich mich erbittert an Spieleabende.

Die beiden gebrauchten Kartons kosten jeweils einen Dollar, und wir bezahlen bei der Verkäuferin, die eine fünfzig Zentimeter hohe, rot gefärbte Turmfrisur trägt wie Marge von den Simpsons. Angelegt ist sie allerdings eher wie ein Vokuhila. Unter dem massiven Lockenberg wachsen ihr lange fedrige Haare ins Genick und legen sich über ihre Schultern. Sie trägt Indigenenschmuck, ein violettes T-Shirt mit Fransen an den Ärmeln und sagt: «That's two dollars, Honey.»

Den restlichen Tag spaziere ich mit Christiane zum ersten Mal durch die Stadt. Es ist kurz nach sechs, und alle Geschäfte haben schon geschlossen. In der Ferne ragt ein stählerner Wasserturm empor, auf dem der Name der Stadt steht. Am meisten spielt sich noch auf der Broad Street, der

Park Street und der Main Street ab. Wir schauen neugierig in die Schaufenster, von denen die meisten halb leer sind, weil die Flächen zu groß sind. Alles ist hier groß und leer. Nach einer ausgiebigen Runde kehren wir zurück auf den Campus. Die Universitätsgebäude und die Wohnheime wirken unbelebt, es ist noch Spring Break. Nur die StudentInnen, deren Heimatländer zu weit weg sind, sieht man hin und wieder am Weg zum Supermarkt. Sie sind übrig geblieben.

Zurück in unserem Häuschen sitzen wir die Möbel ein. Christiane wird für die nächsten Tage die Couch vereinnahmen. Wenn wir fernsehen, legt sie sich seitlich darauf. Ich ziehe ab acht meinen Onesie an. Ein Einteiler, den ich für die Stunden der Behaglichkeit in den Koffer gepackt habe. Man schlüpft in die Beine und schließt dann mit dem Reißverschluss den weichen Stoff bis unter den Hals ab. Das Körpergedächtnis wird an die Strampelanzüge der Säuglingsjahre erinnert, dadurch stellt sich sofort ein Gefühl der Wonne ein.

«Der Onesie ist so gemütlich! Nur das Klogehen ist blöd.»

«Du brauchst vielleicht noch eine Erwachsenenwindel», merkt Christiane ganz richtig an. Während sie also ihren Stammplatz unwiderruflich erobert hat, besetze ich den Fernsehsessel. Ein Möbelstück für den Herrn im Haus. Ein Sockel für den Patriarchen, den die Familie nicht stören darf, wenn er auf seinem Thron hockt. «Wehe, ich erwische dich in meinem Sessel», sage ich zu Christiane. Wenn man einen Hebel unter der Armlehne drückt, springt eine Beinablage vor, auf der man die Füße ablegen kann, der Oberkörper sinkt tief nach hinten, die Beine schweben leicht über dem Bauch. Das Blut kann perfekt zirkulieren, und zwischen den Füßen ist genau genug Platz, um den Bildschirm in den Blick zu nehmen.

«Oh Gott, ist das bequem!», stöhne ich und strecke meine Wampen raus.

Christiane fragt: «Hast du eigentlich Probleme beim Schuhebinden?»

«So dick, dass ich mich nicht bewegen kann, bin ich nun auch nicht», antworte ich entrüstet.

«Nein, so war es doch gar nicht gemeint, aber manchmal ist das ja schwer, wenn der Bauch im Weg ist.»

«Ich bin erst Mitte dreißig, ja, ich kann mir die Schuhe binden. Ich kann mich auch noch auswischen.»

Christiane hat die Ding Dongs geöffnet auf den Couchtisch gestellt. «Ach, ist das schön, wie wir uns schon voreinander gehen lassen.»

«Ich find, das ist immer der schönste Teil einer Beziehung. Vielleicht fangen wir noch an, entspannt zu furzen, weil wir uns so vertrauen.»

«Hoffentlich nicht.»

«Der Furz als Ausdruck von Intimität wird völlig unterschätzt. Blähungen sind eigentlich viel intimer als Sex. Man furzt wirklich nur gelassen, wenn man sich bedingungslos geliebt fühlt.»

«Der arme Freund.»

«Mich würde es weniger stören, wenn mein Freund mit jemand anderem Sex hat, als wenn er vor einer anderen furzt.»

«Das sagst du jetzt aber auch nur, weil es gut klingt.»

«Stimmt.»

Die Geschichte von Eddie Andersen und seinem Schimpansen Tony lässt mich nicht los und ich recherchiere im Internet. Dabei stoße ich auf einen Blog zur Geschichte Grinnells und auf diesem auf eine weitere unerhörte Begebenheit rund um die Rollschuhbahn. Der Besitzer, besagter

Dude Murphy, der später vom Gesichtskrebs dahingerafft wurde, hatte Ende der Sechziger die Idee, eine Wohnanlage zu eröffnen, und kaufte dazu einige ehemalige Militärbaracken auf. Er stellte sie also wie einen Trailerpark rund um seine Rollschuhbahn auf und vermietete sie hauptsächlich an einkommensschwache Arbeiterfamilien. In einen der Container zog ein junges Paar, Bobby Gene Mullins und Ann Black. Bobby hatte als Hilfsarbeiter bei einer Baufirma im Ort eine Anstellung gefunden, Ann blieb zu Hause und kümmerte sich um den Sohn aus ihrer ersten Ehe. Sie war vierzehn Jahre alt, mit elf war sie verheiratet worden, mit dreizehn hatte sie sich scheiden lassen. Bobby war bekannt für seine Gewaltausbrüche, und Ann flüchtete regelmäßig zu den Nachbarn. Eines Abends kam ihr Bobby aber hinterher, er trat zur Tür herein, sagte: «Honey, ich habe ein Geschenk für dich» und schoss ihr mit einer 22-Kaliber-Pistole zweimal ins Gesicht. Anschließend erschoss er sich selbst. Der Mann, der kurz darauf in den Container kam und die Leichen neben dem weinenden Kind vorfand, war Eddie Andersen von der Rollschuhbahn, drei Jahre bevor er seinen Schimpansen verlor.

Ich erzähle die Geschichte Christiane, und plötzlich haftet unserer neuen Heimat etwas Unheimliches an.

Lieber fernsehen! Auf amerikanisches Fernsehen und amerikanische Werbung habe ich mich schon die ganze Zeit gefreut. Alles ist größer und lauter, und bei Fox News erhält man Einblick in den Propagandaapparat, der Trump aufgeblasen hat. Vielleicht gibt's sogar diese Sender, auf denen charismatische Prediger gequälte Seelen in Massenhallen erlösen. Epileptisch zu Boden fallende, um Heilung flehende Evangelikale. Ein Phänomen, das auch immer mehr in den deutschsprachigen Raum kippt, nur dass die Prediger sich dort Coaches nennen und Gott durch ein erfolgsorientiertes Mindset ersetzt wurde. Die Hoffnung auf Heilung und Halt ist geblieben, denn die Menschen lieben unbeirrbare Pächter der Wahrheit. Dabei gibt es keine Heilung, es gibt nur den politischen Kampf, denke ich mir pathetisch. Ich schalte ein und schaue erwartungsvoll auf den großen Bildschirm, über den jetzt Blitze fetzen, aus den Lautsprechern klingt Krachen, dann Rauschen. Ich drücke ein wenig herum. Rauschen auf jedem Sender. Die Enttäuschung ist groß. «Kannst du da gar nichts machen?», fragt Christiane und blickt mich vorwurfsvoll an. Ich versuche meine technischen Fähigkeiten zu aktivieren. Sie erhebt sich ächzend und haut mit der flachen Hand auf das Gerät. «Alter Boomertrick.» Funktioniert nur nicht. Jetzt tritt sie gegen die Steckdose.

«Lass lieber mich ran.» Ich lasse digital für 15 Minuten Sender suchen und neu programmieren, immer und immer wieder. Nichts. Ich stecke Stecker in neue Steckdosen, probiere alle erreichbaren Löcher aus, reibe die Fernbedienung.

«Mach doch was.» Christiane wird jetzt richtig ungeduldig.

«Ich tu doch alles, was ich kann», sage ich traurig.

«Ach Mensch. Ich dachte, wenn du das mit deinen gebenedeiten Millennialhänden anfasst, wird alles von alleine gut.»

Das TV-Programm bleibt unerreichbar. Zermürbt schalte ich ab. «Das ist die größte Enttäuschung meines Lebens», sagt Christiane bekümmert. «Was sollen wir denn jetzt machen, wir haben uns doch überhaupt nichts zu sagen.»

«Wir können eine Runde spazieren gehen. Vielleicht haben sie die Schaufenster umgestaltet.»

«Mach keine Witze.»

«Wir könnten ‹Real Housewives of Beverly Hills› am Laptop schauen?», schlage ich vor, und die Idee kommt gut an. Christiane und ich sind beide große Fans der Realityserie, aus purem Zufall sind wir beide über Wochen darauf reingekippt. Eine Lebensphase, in der ich mich freute, abends nach Hause zu kommen, um die Damen aus der Show wie alte Freundinnen zu treffen. Man schaut einer Gruppe reicher Frauen aus Los Angeles zwischen dreißig und sechzig, also genau unser Alter und damit hohes Identifikationspotenzial, dabei zu, wie sie Champagner trinken und ihre sozialen Machtkämpfe mittels Lästern und Intrigieren austragen. Genau wie wir. Ihre Gesichter sind alle operativ straff nach hinten gebunden, die maskenhaften Fressen findet man anfangs erschreckend, je vertrauter man aber mit den Charakteren wird, desto schöner werden sie. Die mangelnde Mimik gerät zu einer ganz eigenen Art von stoischer Eleganz, und die sarkastischen Bemerkungen wirken dadurch noch trockener, noch gleichgültiger gegenüber der Welt. Auch die Gestik der Ladys ist lapidar, ohne viel Aufwand, die wenigen Schritte, die man sie in High Heels zwischen Cocktail, Lunch und Schönheitssalon gehen sieht, wirken so gelassen, als hätten sie sich die Muskelmasse absaugen lassen, dabei gleichen sie die mangelnde Bewegung, die der Reichtum mit sich bringt, durch Personal Training wieder aus. Die Personal Trainer sind jung und attraktiv, sie flirten, und man ist sich sicher, dass sie auch sexuelle Dienstleistungen verrichten müssen. Für alles haben sie Dienstboten. Sie müssen nichts selbst tun. Diese kalte, ausdruckslose, eloquente Erhabenheit bekommt man nur, wenn man sich seiner finanziellen Überlegenheit gegenüber 99 Prozent der Weltbevölkerung bewusst ist. Die zu bewältigenden Aufgaben ihres Alltags beschränken sich auf Charity Events, Städtetrips, Yachturlaube oder Kindergeburtstagspartys um 100 000

Dollar, bei denen Vierjährige mit Clowns, Ponys, Riesentorten, Hüpfburgen und Diamantenanhängern überhäuft werden. Feindliche Dynamiken bilden sich, lösen sich wieder auf oder verhärten sich für immer und brechen über Wochen aufgestaut in Kleinstkonflikten wieder hoch.

Da Lästern und Tratsch auch Christianes und mein Interessengebiet sind, erkennen wir uns stark wieder in den Protagonistinnen. Tratsch ist eine meiner größten Leidenschaften im Leben, und das Reden über andere zu dämonisieren ist meiner Meinung nach antifeministisch. Der Hang zum Tratschen wird fälschlicherweise als Charakterschwäche eingeordnet, dabei ist Tratschen durch das Interesse an anderen Menschen angetrieben und damit zutiefst humanistisch. Verschiedene wissenschaftliche Theorien sehen in der Lust am Tratsch den Ursprung der Sprache an sich. Den Rest hätte man auch durch Laute organisieren können, ausdifferenziertes Sprachvermögen schult sich erst am Lästern. Menschen, die nicht gerne tratschen, sind einer weitverbreiteten Ansicht zum Trotz nicht besonders edel oder integer, sondern oft ignorant. Sie interessieren sich nicht genug für andere Menschen oder sind vom Gedanken verängstigt, es könne auch über sie getratscht werden. Aber über sie wird trotzdem getratscht. Mit dieser Art von Menschen fehlen mir die Themen. Tratsch dient dem gegenseitigen Verständnis, dem Ausmerzen von Gefahren, man stellt fest, wer gerade Fürsorge braucht, welche Missstände geglättet werden müssen. Tratsch ist die Essenz von Gemeinschaft, er reguliert das Miteinander im Verband, wird aber als traditionell weibliche Praxis gegenüber überflüssigen Männerhobbys wie Fischen oder Schach abgewertet. Sinnbefreite Tierquälerei wird eher verklärt als die Schönheit der tratschenden Frau, das Nervensystem der Gesellschaft. Als oberflächlich verunglimpft wird die Tratschtante, während der sich vom Familienleben abkapselnde Mann, der Stunden über ein Schachbrett gebeugt von Feldzügen fantasiert, als komplex denkender Spezialist gilt. Dabei ist gut ausgeführter Tratsch die wahre Kunst strategischer Überlegung. Sich Tratsch zu verbieten ist verinnerlichte Misogynie.

Wenn man es zum ersten Mal sieht, erweckt «Real Housewives of Beverly Hills» den Anschein von oberflächlichem Berieselungstrash. Aber je tiefer man in die Welt von Lisa, Kyle, Brandy oder Adrienne einsinkt, desto deutlicher sichtbar werden die Abgründe, die Frauenleben über alle Klassenschranken hinweg vergleichbar erscheinen lassen. Die Medikamenten- und Drogensucht von Kim, der Tante von Paris Hilton, poppt zwischen Shopping und Champagnertrinken immer wieder als Thema auf, wird wieder verdrängt, unter den Teppich gekehrt, als offenes Familiengeheimnis akzeptiert. Genauso wie der Verdacht, dass Taylors Mann sie schlägt. Sobald zu viel getrunken wird, werden Taylors Andeutungen über Gewalt in der Ehe explizierter, das Munkeln wird konkreter, und tatsächlich dringt Folge um Folge deutlicher ans Tageslicht, dass ihre glitzernde Millionärinnenwelt grobe Störungen hat. Taylor hat einen gebrochenen Kiefer und Angst, von ihrem Mann erschlagen zu werden. Eine Staffel später hört man nichts mehr davon. Nur bei einer Gartenparty, einer Fête Blanche in Malibu, in einer ganz kurzen Szene, lässt jemand in der Gesprächsrunde die Information fallen, dass der Ehemann, nachdem sie die Trennung geschafft hatte, Selbstmord begangen habe. Sie fand ihn im Pool. Dann kommt der nächste Gast, und alle sagen, wie amazing dieser aussieht, der Botoxdoktor meldet sich und die Cocktails werden serviert. Das ist der Zauber der Serie.

«Am meisten mag ich, wie sie einander begrüßen, wenn sie so schreien, Oh my god, hi, you look amazing», schwärmt Christiane, «und bei jeder Staffel wird das Begrüßungsgeschrei eine Oktave höher. Immer höher und immer lauter.»

«Ich mag's, wie die Münder beim Kauen nur so winzige Bewegungen machen, damit das Gesicht nicht zerreißt.»

«Aber auch die Körper. Das ist doch nicht normal, dass man so eine Taille hat, oder, die sind schon auch operiert?»

«Ja, klar. Die würden ohne Operationen genauso kuschlig aussehen wie wir.»

Das Thema entfacht Leidenschaft. Obwohl wir die Reichen hassen, lieben wir die Housewives.

«Ich find das so toll, dass Lisa Vanderpump so viele Hunde hat. So würde ich auch gerne leben. An diesem Hang in Kalifornien, umgeben von kleinen Hunden.»[7]

Dann habe ich eine Idee. Man könnte einen TV-Stick auf Amazon bestellen, damit wir zumindest ein paar Serien auf dem Fernseher anschauen können. Christiane ist skeptisch: «Glaubst du wirklich, Amazon liefert hierher in die Einöde?»

«Ja, die liefern von Deutschland alles auch nach Iowa –»

«So blöd bin ich auch nicht, ich weiß, dass die hier auch Amazon haben. Wieso bestellst du da denn was?»

«Na ja, es ist halt praktisch.»

«Das ist wieder typisch eure Generation. Alles muss politisch korrekt sein, aber bei scheiß Amazon bestellen, damit habt ihr gar kein Problem.»

7 Richtigstellung: Ich hätte gerne einen Infinity-Pool wie alle Ladys in RHOBH, aber keinen kleinen Hund. Ich will einen großen schwarzen Punkerhund. Lisa Vanderpumps kleine Hunde finde ich affig, rattenartig.

«Ich bin doch gar nicht so politisch korrekt. Ich habe noch nie behauptet, ein guter Mensch zu sein. Außerdem habe ich für ethischen Konsum zu wenig Impulskontrolle.»

«Auch wie ihr eure Daten einfach völlig gedankenlos all diesen Konzernen zufüttert, das ist doch total dumm.»

«Also, die linksradikalen Leute, die ich kenne, machen das eh nicht. Die haben präparierte Handys. Und Überwachung ist so abstrakt. Die meisten Menschen freuen sich ja, wenn jemand ihre Daten sammelt, damit sich zumindest irgendjemand für sie interessiert. Sie werden gesehen. Wenn sie dann in fünfzig Jahren von hundert Schlachtroboterdrohnen gejagt werden, die immer wissen, wo sie sind, fühlen sie sich wahrgenommen.»

Nur wenige Stunden später liegt der Stick verpackt vor unserer Türe. Der Kapitalismus ist magisch, die Arbeit ist unsichtbar, die Lieferketten sind wie Geisterhände.

Aber bis es so weit ist, schauen wir «Irgendwo in Iowa» auf meinem Laptop, einer der wenigen Filme mit Iowabezug, die wir gefunden haben. Der junge Johnny Depp und der dreizehnjährige Leonardo DiCaprio, der Johnny Depps behinderten Bruder spielt, leben im Nirgendwo mit einer stark übergewichtigen Mutter, die vor lauter Scham über ihren Körper das Haus nicht mehr verlässt. In der ersten Szene sieht man ein Stadtfest, auf dem ein Hot-Dog-Stand eröffnet wird, eine Ansammlung von hundert Leuten.

«Das ist doch total unrealistisch», sagt Christiane. «Da ist viel zu viel los.»

Nach einer Liebesgeschichte und Momenten der Freiheit für Johnny Depp stirbt die Mutter. Um ihr die Demütigung des Abtransports ihres Leichnams mit einem Kran zu ersparen, zünden die Kinder das Haus an.

Christiane isst ein Ding Dong und sagt: «Glaubst du, die

müssen am Ende auch das Haus hier anzünden, weil sie uns nicht mehr durch die Tür bekommen?»

Vor dem Schlafengehen rauche ich auf der kleinen Gartenveranda bei der Küche eine letzte Zigarette und sehe, wie kleine Häschen durch unseren Vorgarten hoppeln. Unglaublich. Christiane ruft von der Couch, ich solle weniger rauchen. Meine Haut sei schon ganz grau. Um zehn gehen wir schlafen.

So weit entwickelt sich also alles ganz gemütlich. Der einzige belastende Umstand am Aufenthalt ist, dass ich unterrichten muss, aber selbst diese Last erweist sich zumindest zeitlich als nicht sehr aufwendig. Jeweils zwei Stunden und sechs Einheiten soll ich innerhalb von sechs Wochen mit kreativen Sprachübungen gestalten. Klingt nicht so schlimm. Da ich als erfolgreiche Künstlerin eingeladen bin, die der Universität Weltgewandtheit und Prestige verleihen soll, und nicht als Sprachlehrerin, die den deutschen Konjunktiv erklärt, werden didaktische Fähigkeiten nicht wirklich vorausgesetzt. Trotzdem bereiten mir die formalen Herausforderungen am meisten Sorge. Was, wenn die Zeit zu langsam vergeht und ich mit meinen fünf Ideen verloren vor zehn großäugigen StudentInnen stehe? Wie bringt man eine schüchterne Gruppe dazu, in einer fremden Sprache ungezwungen zu plaudern? Wie strukturiert man eigentlich Unterricht? In der Vergangenheit habe ich schon mehrmals Workshops gegeben, unangenehme Stunden, in denen man mir jede Minute anmerkte, dass ich keine Ahnung habe, was ich tue. Ich kann Autorität ausstrahlen, aber nur solange ich auch weiß, zu welchem Zweck. Ich kann schwer überspielen, wenn ich ratlos bin. Andererseits: Genügt die Anwesenheit von jemandem mit offiziellem Autorinnenstatus nicht schon, um die lebenshungrigen StudentInnen zu beeindrucken? Ist nicht automatisch alles interessant, was ich als echte Schriftstellerin aus Europa erzähle? Was ich frühstücke, welche Hautpflegeprodukte nötig sind, um dem Geist eines Genies die angemessene Fassade zu sichern? Es gab auch schon Workshops, die ich gemeistert habe. Auf der Insel Zakynthos zum Beispiel. Dort gibt es eine kleine österreichische Enklave, ins Leben gerufen von einem kunstaffinen österreichischen Juristen um die sechzig. Alleinstehende Lehrerinnen, oft nach Scheidungen, und Ärztefamilien urlauben ein paar Wochen in Olivenhainen und dürfen sich in Malerei, Schauspiel oder Schriftstellerei versuchen. Man sehnt sich nach Selbstverwirklichung, kreativem Ausgleich, oft schwingt auch der Wunsch mit, vielleicht einen aufgeschlossenen, der Kunst zugewandten Mann oder einen schönen Einheimischen kennenzulernen. Der Wunsch wird im Laufe der Woche enttäuscht, da auf vierzig Frauen ein Mann kommt, der meistens merkwürdig ist. Die Idee, mehr vom Leben zu wollen, nachdem die Kinder aus dem Gröbsten sind, ist weiblich und eine wichtige Triebkraft beispielsweise für die Esoterikindustrie. Der Anwalt, der das Ganze veranstaltet, ist Idealist; man kauft es ihm ab, dass er in erster Linie einen Ort der Entfaltung schaffen will. Er hat schulterlange weiße Haare und trägt meist einen flatternden Kaftan. Obwohl die Workshops bis auf die Reise- und Aufenthaltsspesen nicht bezahlt werden, lassen sich namhafte KünstlerInnen darauf ein. Ich tat es einerseits aus Neugier, andererseits als Übung für künftige Jobs.

Am besten funktionierte die Aufgabe, die TeilnehmerInnen Texte im eigenen regionalen Dialekt schreiben zu lassen. Wenn sich die Hobbykreativen an gesprochener Sprache orientieren, fangen sie erst gar nicht an mit den großen Gefühlen und dem Kitsch. Sie schreiben über Großmütter und Wirtshäuser und ersparen mir die Fremdscham, die unweigerlich einträte, wenn ich mich mit Landschaftsbeschreibungen oder schwülstigen Gefühlen auseinandersetzen müsste. Waren die Teilnehmer allerdings so bürgerlich sozialisiert, dass sie überhaupt keinen Bezug mehr zur Alltagssprache normaler Menschen hatten, fühlten sie sich durch diese Übung angespornt, die untergriffigsten Fäkalwörter auszugraben und so richtig die Sau rauszulassen. Dann musste ich sie vor dem ganzen Workshop ermahnen, ihre Klassenverachtung zu reflektieren.

Diese Übung kommt bei amerikanischen Deutschlernenden natürlich nicht infrage, deshalb muss ich mir was überlegen. Christiane, die als Ergänzung zum prekären Popstarleben angefangen hat, nebenberuflich Geflüchteten Deutschunterricht zu geben, rät mir zur «Stadt, Land, Fluss»-Strategie. «Wenn du merkst, dass dir eine halbe Stunde übrig bleibt, dann machste einfach Stadt, Land, Fluss mit witzigen Kategorien.» Das regt den Wortschatz an, und alle sind unterhalten.

Aber heute schauen wir uns mit der Professorin erst mal den College Campus an. Dass die StudentInnen hier im Alter von 18 bis 22 Jahren, also in dieser sehr prägenden Zeit, fern von urbanen Strukturen und Subkulturen ihr Leben in einer Betreuungssituation verbringen, kommt mir problematisch vor. Ein Ort ohne Junkies, ohne Verrückte, ohne arme Menschen. Ohne Bettler, ohne Straßendealer, ohne spontanes Auf-Konzerte-Gehen. Sie lernen in den Kursen zwar viel über Townships in Südafrika und die Abholzung in Kambodscha, werden aufgeklärt über allerhand gesellschaftliche Konflikte, machen Auslandspraktika in Krankenhäusern in Puerto Rico, leben aber ansonsten über Jahre unter einer Glasglocke kuratierter Begegnungen. Es hat allerdings den schönen Nebeneffekt, dass die StudentInnen hier Konzerte, Bars und Partys selbst veranstalten. Die Riot-Grrrl-Bewegung der Neunziger, hat mir eine Freundin mal erklärt, entstand auf den Campussen von Liberal Arts Colleges, die meist in langweiligen Kleinstädten angesiedelt sind. Liberal Arts Colleges haben den Ruf, weniger hierarchisch zu sein, kleinere Klassen mit individuellerer Betreuung und mehr Raum für das Eintauchen in verschiedene Felder zu bieten, da man sich nicht sofort auf ein bestimmtes Studienfach festlegen muss. Softe Colleges mit lockerem Flair und fünfstelligen Studiengebühren pro Semester. Auffällig ist, wie viele chinesische StudentInnen es gibt. Wie kehren die wohl zurück aus der amerikanischen Wellnessuni in ein Land, das von Strenge, Überwachung und Kollektivdenken geprägt ist?

Nach einem Gang durch die beeindruckende Bibliothek, die in mir tatsächlich einen Hauch akademischen Ehrgeizes auslöst, werden wir durch die naturwissenschaftlichen Labore geführt. Von einer Wand blickt Robert Noyce herab, nach dem der Wissenschaftstrakt benannt ist. Noyce ist Mitbegründer des Tech-Giganten Intel und damit eines der größten Aushängeschilder des Colleges. Über den Mann, der sich als einer der frühen Unternehmer in der kalifornischen High-Tech-Industrie den Spitznamen «Bürgermeister von Silicon Valley» erworben hat, wird hier gern erzählt, wie er als Student einem Farmer aus Grinnell ein Schwein gestohlen habe, um es für eine hawaiianische Studentenparty zu schlachten. «Deshalb sind wir auch so reich», sagt die Professorin. «Weil wir Intel-Anteile haben. Das College hat ein Budget von über zwei Milliarden.»

Die Gebühren für ein Studium hier addieren sich auf um die 70 000 Dollar, erklärt sie uns. Aber es gebe auch viel finanzielle Unterstützung, vor allem für Minderheiten. Es geht hier dementsprechend extrem divers zu für Iowa, dessen Bevölkerung zu über 90 Prozent aus Weißen besteht; am College ist nur die Hälfte weiß. Ich habe noch allerhand Fragen zu den Studierenden hier und wie sie ticken, die Professorin gibt freizügig Auskunft. Im Laufe unseres Aufenthalts wird sie sich immer wieder selbst widersprechen; vermutlich je nach Stimmungslage ihres Arbeitstages verwandelt sich das Bild junger großartiger Menschen voller Idealismus und Tatendrang schnell in eins von verwöhnten Bengeln, die meinen, jedes ihrer Bedürfnisse wäre ein Politikum. Am meisten überrascht bin ich, als die Professorin vom großen und steigenden Stellenwert der Religion spricht. Sogar die queeren Studierenden seien momentan sehr religiös. Sie erklärt es sich durch das Weitwegsein von zu Hause und die quälende Isolation während der Pandemiejahre. Auch hier hat sehr lange Fernunterricht stattgefunden. Manchmal erzählt sie, die Anforderungen am College lägen sehr hoch, dann wiederum meint sie, es sei eigentlich nicht möglich durchzufallen.

Das Campus-Gelände geht fließend in die normale Stadt über, die lose Grenze ist der Highway 6. Über fünf Straßen verteilen sich Häuser, in denen vor allem Unterrichtende und StudentInnen leben. Eine große Schwimmhalle, ein Fitnesscenter und Sportplätze umgeben die Hauptgebäude. Am Ende des Campus breitet sich ein riesiger Golfplatz aus. Dahinter sind nur noch Felder bis zum Horizont. In der Golfplatzgegend wohnen die wohlhabenden Leute von Grinnell. Die Gebäude der reichsten sind die flachsten der Stadt. Im Rasen der Vorgärten stecken Schilder mit der US-Flagge und der Aufschrift «Pray for our Country». Vor den Häusern der Liberalen stehen Tafeln mit der Aufschrift: «No matter where you are from. We're glad you're our neighbor». Der Satz ist auf Arabisch, Spanisch, Chinesisch und Hindi aufgedruckt.

Ein Viertel der StudentInnen kommt aus dem Ausland, vor allem aus Indien, Südkorea und China, und ungefähr ein Drittel aus den Bundesstaaten der direkten Umgebung, Wisconsin, Illinois und Iowa.

Am südlichen Ende des Campus befindet sich die Kunstgalerie. Wir hatten uns gefragt, wo Christianes Auftritt stattfinden sollte; der ursprünglich geplante Ort, eine Aula in der Mitte des Geschehens, war für den Termin doppelt belegt. Nun steht die Idee im Raum, dass es dieses kleine Museum für zeitgenössische Kunst werden soll. Im Vorraum hängt ein hip wirkendes Gemälde mit homoerotischer Thematik, im Hauptraum der Galerie stehen fragile Lichtinstallationen. Dünne, ältere Frauen sitzen an Tischen und achten darauf, dass man nichts anfasst.

Die Professorin stellt uns als berühmte KünstlerInnen aus Europa vor, doch als sie hören, dass hier ein Konzert stattfinden soll, verziehen sich die Gesichter der Damen. Christiane erklärt, sie bräuchte nur einen Tisch, kein großer Aufwand. Das würde aber die Wirkung der Installation schmälern, wirft eine der blutleeren Kunstfrauen ein. Man sieht ihr an, dass sie ihre Kindheit am Klavier verbracht hat. Einmal im Jahr gab es eine eisige Umarmung der Porzellanmutter, die sie zusammenzucken ließ vor Kälte. Am Esstisch keine Gespräche. Statt Cartoons und Süßigkeiten Kammermusik und Knäckebrot. Eine Gitarre in die Galerie zu bringen, setzt sie nach, so einen sperrigen Gegenstand, das sähe sie sehr kritisch, das könnte in einen Tumult ausarten. Christiane wird immer unrunder, ihre Zermürbung ist greifbar, und ich spüre, dass sie gleich die Lust verliert.

Die Künstlerseele ist fragil und leicht zu kränken. Unsere Professorin wirft sich ins Zeug, um ihren internationalen Star zu verteidigen, und lässt auch nicht locker. Ich gehe derweil rauchen, weil mich die Situation nervlich aufreibt und ich sowieso nichts ausrichten kann. Am Ende hat man einen Kompromiss gefunden und die Kunstfrau darf wieder an die Arbeit, ätherisch in der Ecke lauern und mit spähendem Blick ihre Glasfaserskulptur überwachen.

«Ich hab jetzt echt keine Lust mehr aufzutreten», sagt Christiane draußen bedrückt. «Wenn man so wenig willkommen ist, das macht doch keinen Spaß. Und wer soll denn da überhaupt kommen? Ich seh schon, das wird so eine richtige Demütigung.»

Dass man Christianes Genie nicht ausreichend würdigt, beleidigt mich persönlich. Genug kulturelles Kapital der Indie-Kultur trägt sie als beste Songwriterin Deutschlands und zentrale Figur des Berliner Szenelebens auf ihren Schultern, und trotzdem wird sie weniger gewürdigt als verblichene Männer derselben Generation. Zu Füßen werfen sollte man sich ihr, jedes Wort aus ihrem Mund anbeten. Wäre sie ein Mann, hätte sie längst ihre eigene TV-Show, aber Männer bekommen ja immer mehr, als ihnen zusteht. Noch bevor es hip war, sprach Christiane sich gegen die romantische Zweierbeziehung aus, das Thema der Klassenverhältnisse trieb sie schon um, bevor die Aufstiegserzählungen zum Sachbuchtrend wurden. Das ist so eines ihrer Probleme, sagt sie: Oft ist sie zu früh dran mit ihren Sachen. «Kuck mal», wird sie mir in den nächsten Tagen sagen. «Da ist wieder ein Buch über die glückliche Singlefrau in den Bestsellerlisten. Dabei kam mein Anti-Beziehungsbuch schon 2011 raus – aber da galt die Idee noch als völlig verrückt. Und jetzt schreibt alle zwei Wochen eine Journalistin in ihrer

Kolumne, wie angenehm das Singleleben doch sein kann.» Dann schaut sie abgeklärt ins Weite. «Manchmal muss man sich damit abfinden, dass man seiner Zeit voraus war.»

Als ich sie einmal betrunken in einem Kölner Backstage fragte, warum sie eigentlich nicht reich sei, schließlich würde sie doch von so vielen KünstlerInnen verehrt, bemerkte die anwesende Musikjournalistin Paula Irmschler mahnend, ich würde im Suff ganz schön unsensibel werden, das klinge ja wie ein Vorwurf. Christiane sagte, sie sei schon mit Anfang zwanzig alleinerziehende Mutter gewesen und prekäres Dasein von daher gewohnt, und wenn man eine Band habe, müsse die Gage halt auch geteilt werden. Außerdem seien ihre Projekte nie kommerziell erfolgreich gewesen, vielgeliebt, aber nicht genug verkauft. Und ja, so wie ich das gesagt hätte, klinge das wirklich, als sei das alles ihr Fehler. Schuldbewusst presste ich meine rotweinverschmierten Lippen zusammen und hielt den Mund. So hatte ich das doch gar nicht gemeint. Dabei bin ich nach wie vor überzeugt, wäre Christiane ein Mann, müsste sie sich mit sechzig keine Sorgen um Altersarmut machen.

«In Österreich habt ihr eh eine viel bessere Altersvorsorge. In Deutschland kriegst du ja nur Bürgergeld als Grundrente, und das reicht nicht zum Leben, und ihr kriegt immer noch 300 Euro mehr Mindestrente. Außerdem kann man sich in Wien das Wohnen als normaler Mensch noch leisten. In Deutschland siehste überall die Rentner Flaschen sammeln, obwohl die ihr Leben lang gearbeitet haben», sagte Christiane. Die gepflegt wirkenden Senioren, die in Städten wie Düsseldorf am Flughafen höflich fragen, ob man nicht vielleicht eine Plastikflasche für sie hätte, bevor man die vor der Sicherheitskontrolle weggeben muss, sind mir tatsächlich schon oft aufgefallen. «Weißte, wie mal so junge Yuppies durch meine Wohnung spaziert sind, um zu kucken, ob das nicht als Anlageobjekt für sie interessant sein könnte, das war so demütigend. Da hab ich auch einige Lieder darüber geschrieben. Ein ganzes Theaterstück hab ich zu dem Thema gemacht.»

Als ich Christiane das erste Mal in ihrer Kreuzberger Wohnung besuchte, schickte ich meinen Freundinnen ein Foto vom Klingelschild, weil ich es nicht glauben konnte, die privaten Gemächer des Idols besuchen zu dürfen. Es war die erste Probe der Legends of Entertainment.

Seit 30 Jahren lebt Christiane in derselben Achtzigquadratmeterwohnung im vierten Stock. Um das Hotel zu sparen, sollte ich anschließend in ihrem Arbeitszimmer übernachten. Wahnsinn. Ich war gespannt darauf, wie eine coole Musikerin um die sechzig so lebt. Ich kannte ja keine. Ich verbringe viel zu wenig Zeit mit sechzigjährigen Frauen. In der Öffentlichkeit stehen ja auch kaum welche, gerade in Medien und Kultur ist für Frauen mit fünfzig oft Schluss. Ein Idol für punkiges Altern war mir jedenfalls noch nie begegnet. Christiane sagt zu dem Thema, das einzige Role Model in der Literaturgeschichte für cooles Altern als alleinstehende Frau sei die Hexe.

Ich streckte die Hand zum Klingelknopf. Wie würde wohl ihre Wohnungseinrichtung aussehen? Sammelte sie etwas, war es kuschlig und gemütlich oder eher stylish und kühl? Hatte sie viele Pflanzen, gar Zierdeckchen, Familienfotos, eine Hausbar? Gemälde? Modernistische Tische? Eine Gewürzvitrine, eine erlesene Sammlung von Essigen oder anderen Delikatessen? Kochte sie?

Tatsächlich sah ihre Wohnung einfach meiner sehr ähnlich. Alles wirkte ein bisschen improvisiert. Der alte Holzboden voller Splitter. Die Möbel hatten beiläufig ihren Weg in die Wohnung gefunden, die Deckenlampen hatten keine Schirme. Die Pflanzen waren wild, verwahrlost, aber nicht vertrocknet.[8] Ein Leben, das sich um andere Dinge dreht als um Interior Design. «Ich war nie so der visuelle Mensch.» Hin und wieder lag auch mal ein Taschentuch am Boden oder eine vergessene Schokoriegelverpackung. Im Vorzimmer standen Kisten voller Spezi, Christianes Lieblingsgetränk, von dem man sich nach besonderen Tagesleistungen ein Fläschchen gönnen durfte. «Das Kokain der kleinen Frau», sagt sie immer, bevor sie eine zischend öffnet. Außerdem überall Bücher, sie stapelten sich in allen Ecken, und weil Christiane gerade ein Theaterstück dazu schrieb, lagen vor allem Romane und Sachbücher zum Thema Klasse in der Gegend herum. In der Ecke ein Kachelofen, den sie nicht benutzte. Darin ein kleiner Schacht, eine Wärmestation mit Schiebegitter. «Die nenn ich die Hölle, weil es so gruslig dunkel aussieht, wenn man da in die Luke reinkuckt. Wenn ich früher nicht wusste, wo ich etwas hintun sollte, sagte ich zu meiner Tochter: Stell's in die Hölle.»

In Christianes Wohnung gab es außerdem einen großen Fernseher, ein MacBook am Wohnzimmertisch, eine Espressomaschine und ein Klavier. Auf den Arbeitstischen lagen

8 An dieser Stelle wird klar, dass Stefanie S. leider gar keine Ahnung von Flora und Fauna hat. Es handelte sich bei den unzureichend beschriebenen Pflanzen um eine Bougainvillea, die ich wie durch ein Wunder im Winter zum Blühen gebracht hatte, um eine Grünlilie und um eine vierzigjährige zwei Meter hohe Begonia maculata. Wahrscheinlich fiel ihr nur auf, dass meine Pflanzen nicht so kunstvoll instagramlike drapiert waren wie in den Homestorys ihrer Mit-Influencerinnen.

mindestens sieben Brillen verteilt. «Das sind meine Lesebrillen. Die klau ich immer bei Rossmann.»

Im Laufe unserer Beziehung wird sie immer wieder meine Brille einstecken. Vor Kurzem habe ich sie nach einem gemeinsamen Auftritt in Wien verloren, vergebens beim Veranstaltungsort angerufen, jede Ecke meiner Wohnung durchsucht und sie dann in Berlin, als ich an Christianes Schreibtisch saß, in ihrem Brillenhaufen wiedergefunden. Als sie Denice und mich bei unserem ersten Treffen begrüßte, sagte sie unmotiviert: «Ich koche jetzt nicht für euch, so was mach ich einfach nicht, aber wir können was vom Vietnamesen bestellen.»

Die Badezimmertür schloss nicht optimal. Der Balkon war voll mit Gerümpel[9]. Am Fernseher war Netflix aktiviert. Jede Anspannung fiel von mir ab, und ich dachte mir: Man kann ja auch mit sechzig noch genau so sein, wie man ist. Man muss niemals eine Klischeefrau werden. Man muss nicht plötzlich anfangen, Filzketten, Wollmäntel und bunte Brillen zu tragen. Lippenstift, Botox und Designkleidung sind nicht nötig, um dem Altern Status entgegenzusetzen. Man kann lässig bleiben, chaotisch, trotzig und charmant. Für immer Punk. Noch nie hatte ich eine weibliche Zukunftsvision gesehen, die mich so zuversichtlich stimmte.

Aber jetzt ist Christiane deprimiert, und das überspielt

....

9 Wer immer nur aufs Handy schaut und sich auf einem Balkon höchstens mal nach einem Aschenbecher umblickt, dem entgeht natürlich, dass im tiefsten Winter dort naturgemäß nicht viel geboten ist. Da werden dann Gießkannen, Blumentöpfe und mit Zweigen abgedeckte Blumenkästen schnell einmal leichtfertig als Gerümpel abqualifiziert.

sie nie. «Die war so schrecklich, die Frau, die hat mir so das Gefühl vermittelt, ich würd mich da aufdrängen.»

«Das wird bestimmt voll cool. Vielleicht finden sie noch einen anderen Raum», rede ich ihr gut zu. Man muss Christiane oft gut zureden. Wir spazieren wieder in die Stadt. Die Luft ist eisig.

«Oh Gott, mir ist so kalt», sagt Christiane. «Bitte, lass uns irgendwo reingehen.»

«Ich find's nicht so schlimm, wir müssen uns nur bissl bewegen.»

«Dir ist das natürlich egal, du bist ja so eine Wikingerin. Aber ich friere so.»

Also gehen wir wo rein. In Grinnell gibt es acht Gastronomiebetriebe für acht Stimmungen und Bedürfnisse. Atmosphäre und Essensqualität müssen dabei ständig gegeneinander aufgewogen werden. Wir entscheiden uns heute für die Sportsbar «Hometown Heroes». Das Lokal ist riesig und leer. Alles in Grinnell scheint überdimensioniert für die wenigen Menschen. Wie eine Bahnhofshalle, in der niemals Züge ankommen. An jeder Ecke hängen zwei Bildschirme, die wir nicht weiter beachten. Ein dünner, schwarzer Typ mit Dreadlocks und lässigem Hiphop-Style bedient. Eine untypische Erscheinung für Grinnell, wahrscheinlich Student. Er hat lange Wimpern und lächelt mich bei der Bestellung lange an. Ich werde so gut wie nie von Kellnern angeflirtet. Einerseits bin ich nicht der Typ Frau, andererseits, weil ich Flirtattacken als Machtspiel empfinde, das mich nervös machen soll, und darum sofort in Abwehrhaltung gehe. Einer der Gründe, warum ich diese Mann-Frau-Sache noch nicht im Griff habe. Ich reagiere auch jetzt verstört, und dann fällt mir auch noch das Handy zu Boden. «Coca-Cola», sage ich.

«Der hat voll mit mir geflirtet», raune ich Christiane aufgekratzt zu, als die Bedienung gegangen ist.

«Steffi, das ist ein Kellner, der war einfach nur nett. Das ist sein Beruf.»

«Nein, wirklich. Ich werd sonst nie angeflirtet. So was bild ich mir doch nicht ein.»

«Oh, Mann, du glaubst das *wirklich*. Das wusste ich ja noch gar nicht, dass du so bist. Dass du gleich denkst, alle flirten mit dir. Mich hat der auch angelächelt, Steffi. Weil er freundlich ist.»

«Geh bitte, das denk ich sonst *nie*.»

«Steffi, die verdienen voll wenig, anders bekommen die ja gar kein Trinkgeld.»

«Ich schwöre!»

«Oh Gott, der arme Junge. Macht einfach seine Arbeit, und du denkst sofort, er steht auf dich. Das werde ich allen erzählen. Steffi glaubt, sie wird von allen Männern angeflirtet. Ich bin die süße Steffi, alle flirten mit mir!»

Der Kellner kommt wieder, wir bestellen Burger.

«Hast du das jetzt nicht gemerkt, wie der geschaut hat?»

«Steffi, der muss dich doch anschauen, wenn du was bestellst. Mensch. Wo soll er denn sonst hinschauen?»

Vielleicht bin ich in Iowa eine 7. Iowa hot. Die Burger kommen, sie werden mit Cole Slaw und Onion Rings auf kariertem Papier serviert und sind erstaunlich wohlschmeckend. Burger gehen anscheinend meistens. Burger können sie in Amerika. Auch das Coca-Cola ist tadellos zubereitet mit den Geheimzutaten.

«Wer begleitet dich jetzt überhaupt musikalisch?», frage ich Christiane.

«Die Professorin hat da so ein paar Studenten, die Gitarre spielen. Ein chinesischer Student hätte Interesse. Der kriegt dann auch Geld dafür. Ich hoffe, das ist nicht so ein Streber. In China wird man ja von Kind an gedrillt, sagt das Vorurteil. Aber manchmal stimmen sie eben, die Vorurteile. Vielleicht kann der dann auch nur so Klassikstücke spielen und verachtet meine einfachen Melodien.»

In der ganzen Uni wurden schon Flyer verteilt für Christianes Abend, er heißt «Overrated Love: Songs and Stories». Das ist einer von Christianes beliebtesten Songs, «Liebe wird oft überbewertet». Auf dem Flyer sieht man sie rauchen und verträumt ins Leere schauen.

«Der Typ kommt dann zum Proben in unser Haus. Ich bin schon echt gespannt.»

Von hinter der Bar zwinkert mir der Kellner zu. «Jetzt hat er mir sogar zugezwinkert», flüstere ich Christiane erregt zu.

«Steffi, der hat wahrscheinlich einfach was im Auge. Das ist ein ganz normaler Typ, der ganz normal seine Arbeit macht.»

Nach dem Essen beginnt wieder das Laufen durch die Stadt. Die Gebäude liegen herum wie Ziegelsteine. Alles ist rechteckig lose nebeneinander verteilt. Die meisten haben zwei Stockwerke. Außer uns ist wie immer keine Menschenseele zu Fuß unterwegs, über die breiten Straßen kommt nur hin und wieder ein Pick-up-Truck heran. «Schau, der Fahrer hat mit dir geflirtet», sagt Christiane, als wieder eins an uns vorbeigefahren ist. «Kuck, der Wasserturm flirtet dich voll an.» Sie zeigt in die Ferne.

Wir gieren nach Exotik und Abenteuer, während wir unsere Kreise ziehen wie die Geier über den totgefahrenen Waschbären. Über Iowa hängt noch tiefster Winter. Der Himmel ist seit Tagen grau. Wir gehen am Chiropraktiker vorbei, an einem Versicherungsbüro, am Schönheitssalon.

Am Fenster hängt ein großes Pappkartonschild, auf dem mit Filzstift «New! Offering Botox!» geschrieben steht.

«Wenn ich hier leben würde, würde ich mich nicht botoxen lassen», sagt Christiane. «Für wen denn?»

Es ist schon kurz nach sechs, und es haben nun auch alle Geschäfte und Boutiquen zugesperrt. Wir schauen wieder in die halb leeren Auslagen. Auf und ab gehen und durch Auslagen in dunkle Ladenräume schauen. Als es zu schneien beginnt, schlägt Christiane den Rückweg vor. Unser Haus ist zehn Minuten von der Stadtmitte entfernt. Wir müssen nur den Highway 6 überqueren, auf dem die wenigen Autos sofort stehen bleiben, wenn sie uns sehen. Die Menschen lächeln uns durch die Windschutzscheibe an. «Schau, wie die alle flirten.» Ich reagiere nicht mehr darauf. Als der Schnee stärker wird, hält ein Wagen neben uns. Durch das geöffnete Fenster blickt uns eine Frau mit Kurzhaarschnitt an und fragt, ob sie uns irgendwohin mitnehmen soll, weil es doch so kalt ist. Freundlich lehnen wir ab. «It's only a few meters. But thank you so much.» Als wir den Wagen von hinten sehen, sagt Christiane: «Hier halten sie dich für völlig verrückt, wenn du zwanzig Meter zu Fuß gehst.»

Im abgehobenen Professorensupermarkt kaufen wir uns zwei Donuts. «Für den Kaffee.» Das sind die einzigen omahaften Anwandlungen, die Christiane hat, ritualisierte Nahrungsaufnahme. Zum Nachmittagskaffee, den man ordentlich mit warmer Milch vom Herd zubereitet, sodass eine dünne Haut entsteht, gibt es auch eine feine Mehlspeise. Meine Großmutter nahm die Haut immer mit den Fingern runter und saugte sie mit spitzen Lippen ein. Das war eine Delikatesse. In Berlin schäumt Christiane die Milch auf wie eine Barista. Nach dem Kaffee, das haben wir beschlossen, werden wir heute das erste Mal ausgehen. Eine Disko gibt es nicht. Konzerte sind rar. An der Straße habe ich eine Ankündigung für eine Cher-Imitatorin namens Lisa Irion gesehen. Sie tritt in der Nachbarstadt Brooklyn im Gemeindesaal auf. Aber als ich auf das Datum schaue, stelle ich fest, dass das schon letzte Woche war. Man muss immer informiert bleiben.

Um acht Uhr sind wir wieder in der Stadt verabredet. Die Professorin fragt, ob sie uns abholen soll, aber wir gehen die siebenhundert Meter einfach zu Fuß, weil wir Punks sind, abenteuerlustig und verwegen. Sie führt uns heute aus, zeigt uns die Szene, die Bars, die angesagten Ecken. Meistens trifft man sich abends in der Weinbar «Soleras». Ein halb leerer Raum, dem ein paar Ohrensessel und Sofas Gemütlichkeit verleihen sollen, an den Wänden hängen private Fotos, manchmal spielt eine Jazzband, sagt die Professorin. Kultiviert bestellt man sich Wein um fünfzig Dollar die Flasche, und die wird dann geteilt, wie in Paris.

Mein persönliches Trinkverhalten hat die jugendliche Exzessphase schon lange hinter sich gelassen, ein Suffpunk-Dasein, bei der mit Dosenbier gefrühstückt wurde und man die in Österreich so beliebten Doppelliter-Weinflaschen einfach wegsteckte. Das ging später schleichend in eine noch problematischere Phase über, geprägt durch Liebeskummer, Komasaufen und Blackouts, selbstzerstörerischen Habitus und Witze darüber, dass man wohl nicht alt werden würde. Mittlerweile hat sich das eingependelt, und ich bin eine stabile österreichische Durchschnittsalkoholikerin, hin und wieder ein Damenspitz. Phasenweise war ich komplett abstinent, was kulturell bedingt ein Kampf gegen gesellschaftliche Konventionen ist. War ich auf Lesungen, wurden mir ungefragt geöffnete Weinflaschen vor die Nase gestellt, Verlage schickten mir zu Weihnachten Schnaps, Menschen waren enttäuscht, wenn ich die gemeinsame Rauscherfahrung verweigerte, und sahen das als Verrat. Aber irgendwann muss man anfangen, sich zusammenzureißen. Nun halte ich mich an guten Wein, was nicht bedeutet, dass ich Ahnung hätte davon, was gut wäre, sondern dass ich mehr Geld ausgebe und mir davon weniger grausame Kater erwarte. Was ich vom Alkohol habe, ist mir im Grunde unklar, wirklich gut finde ich eigentlich Cola, Kakao oder Eistee. Eine Tendenz zum Schnelltrinken, wenn ich mich in sozialen Situationen unwohl fühle, habe ich allerdings immer noch. Die gilt es zu kontrollieren, dann bleibt man sozial verträglich. Den ungezwungenen Umgang normaler Menschen, die ihr Leben im Griff haben, mit dem bitteren Nervengift, kenne ich nicht. Umso verbundener fühle ich mich Leuten, die die richtig harten Abgründe des Exzesses auch kennen. Es ist, als hätte man dieselben Reisen gemacht, als hätte man eine ähnliche Herkunft. Richtig missen möchte man die Erfahrung ja auch nicht, man hat einen verständnisvollen Blick auf die Kaputten dieser Welt, wenn man selbst angeknackst ist.

Neue Leute kommen in die Bar. Ich werde nervös, muss mich aus meinem Kopf rausgraben und an den regen Gesprächen teilnehmen, und ich möchte mich an der Flasche festhalten wie am Hosenbein eines Elternteils, wenn man drei Jahre alt ist. Gott sei Dank ist ja Christiane dabei. Sie ist eine erfahrene Entertainerin. Sie kann dieses oberflächlich Fröhliche, wenn es die Situation erfordert, sie singt gern Karnevalslieder, sie weiß, wie das geht. In Gruppen dreht sie sofort auf und bringt alle zum Lachen. Das ist schon eine ganz andere Mentalität. In Wien kultiviert man das Depressive.

Wir begrüßen die Neuen erst mal. Umarmen? Nicht umarmen? Die soziale Distanz während Corona war eine Erleichterung in Sachen Begrüßungsritualen. Christiane mag Umarmen auch nicht. Sie spielt Umarmen immer. Am schlimmsten, sagt sie, sei es bei ihrer Arbeit am Theater, am Theater würde immer wahnsinnig viel umarmt. So therapeutisch umarmt, da reibt man sich erst mal zehn Minuten den Rücken, dann hält man die Schultern fest und fragt: «Wie geht's?», so mit ganz tiefem In-die-Augen-Schauen. Für mich persönlich eigentlich schon schwere Körperverletzung.

«Das Rückenrubbeln ist das Schlimmste, und das dauert ewig»[10], erläutert Christiane. «Die Zeit, die dafür draufgeht! Ich war so froh bei Corona, da konnte man immer so sagen, ach, herrje man darf ja nicht, leider, leider, und dann ein verlogen enttäuschtes Gesicht machen.»

Ich schiebe meinen Umarmungsunwillen auf meine Sozialisation. In unserer Familie schüttelt man sich zur Begrüßung die Hände, das ist für mich die natürlichste Art der Begrüßung. Der Fistbump, also das Einschlagen mit der Faust während der Pandemie, war aber die beste Zeit. In Wien hat sich Ende der Neunziger das französische Küsschengeben etabliert, ich erinnere mich genau, wie ich lernte, das

10 Es ist auch ein kulturelles Missverständnis. Umarmungsfans interpretieren den Unwillen, bei der Bussi- und Umarmungsgesellschaft mitzutun, als ein Defizit, eine Verklemmtheit, als gestörtes Berührungsmuster. Aber ich umarme nun einmal nicht gerne Leute, zu denen ich keine tiefere Beziehung habe. Ich finde die ständige Umarmerei lächerlich und aufgesetzt. Außerdem ist sie ein Zeitfresser. So ein Theaterteam besteht manchmal aus 30 Leuten, und wenn die sich alle gegenseitig ausführlich umarmen, fallen an die 90 (? Bin keine Mathematikerin) Umarmungen an.

Zusammenzucken zu überspielen. Aus Ritualen der Zuneigung will man aber auch nicht ausgeschlossen sein, und so überwindet man sich, lässt schaudernd Berührungen der Lippen und des Oberkörpers über sich ergehen. Am allerschlimmsten war die Phase, in der es meine Clique kurzzeitig progressiv fand, sich auf den Mund zu küssen. Heute frage ich mich, wie ich das überlebt habe.

Die Umarmungen sind zum Glück kurz und schmerzlos, niemand will das künstlich verlängern. Die Professorin hat ihre Nachbarin mitgebracht, eine Sportlehrerin aus der öffentlichen Schule. Auf den Stühlen liegen überall Patchwork-Decken, das bewahrt aber auch diese Räumlichkeit nicht vor der Iowa-Leere. Der ewige Wartesaal. Die Akustik hallt wie in einem verlassenen Gebäude. Als der Laden sich weiter füllt und die Leute sich unterhalten, hört man so gut wie gar nichts mehr. Zum Bestellen hinterlegt man seine Kreditkarte an der Bar und öffnet damit ein «Tab». Das bedeutet, dass das Barpersonal die Kreditkarte einfach behält und neben andere lose verteilt liegende Kreditkarten legt. Ein unangemessen scheinender Vertrauensvorschuss; selbst in heruntergekommenen Bars in Chicago drücken die Menschen ihre Kreditkarten bereitwillig in die Hände dubioser KellnerInnen.

«Können die die denn nicht einfach missbrauchen?», frage ich die Professorin.

«Doch, ja, meine Kreditkarte wurde schon mal in New Orleans belastet.»

Die Frau an der Bar ist gleichzeitig die Besitzerin. Sie hat zwei Zöpfchen, eine Brille mit dickem Gestell und trägt einen violetten Pullunder. Überdreht begrüßt sie die Professorin und fängt übergangslos an, eine Geschichte zu erzählen. Es geht um einen Abend, an dem alle als Dinosaurier verkleidet waren. Nein, sie haben an einem Wettlauf teilgenommen, alle als Dinosaurier verkleidet. Oder war es eine Party? Ich kann nicht folgen, die Professorin lacht. Die Wirtin gibt uns ein Zeichen, ihr zu folgen, und sie führt uns nach hinten, an den Toiletten vorbei, zu einem zweiten Ausgang. Vor uns sind jetzt ein Hinterhof und die nächtliche Silhouette Grinnells. Man sieht nur spärlich beleuchtete Gebäuderückseiten. Sie zeigt auf eine Fassade, wir schauen hoch. Ein sechs Meter großer Dinosaurier ist da hingemalt. Man sieht ihn von hinten, wie er sich an einem Waschbecken die Zähne putzt. Er hält die Zahnbürste in der Hand, kann aber mit den kurzen Armen die spitzen Zähne gar nicht erreichen. «Den hab ich gemalt», sagt die verrückte Wirtin und wackelt mit den Zöpfen.

«I love it. It's amazing», versuche ich mich in amerikanischem Enthusiasmus. Meine Begeisterung ist nicht gespielt. Einer Weinbarbesitzerin, die gerne Dinosaurier auf Fassaden malt, kann ich etwas abgewinnen. Kunstwerke, die aus Eigeninitiative entstehen, werden uns in Iowa immer wieder begegnen; angesichts der Eintönigkeit scheinen alle mal ein bisschen durchzudrehen.

«In Austria, Stefanie is a famous artist», sagt die Professorin. Als wir wieder reingehen, holt die Barbesitzerin hinter der Bar zehn Dinosaurier aus Plastik hervor. Was will sie jetzt damit? Sie grinst uns an. Christiane, ich und die Professorin bekommen jeweils einen: Es sind Trinkbecher.

«Das ist alles so ulkig», sage ich zu Christiane, obwohl ich dieses Wort sonst nicht verwende. Aber es ist einfach ulkig, nicht komisch, nicht lustig: einfach eindeutig ulkig. Die Besitzerin könnte eine der verschrobenen Stadtbewohnerinnen aus dem Umfeld der Gilmore Girls sein. Sie ist *quirky*, und das englische Wort trifft es lautmalerisch noch besser als ulkig, weil es dem Ulkigen das Schrullige hinzufügt. Ulkig klingt nach Schluckauf. Schrullig verdrehter. Quirky klingt auch ein bisschen wie eine Fahrradhupe. Eine ganz alte. Als wir die Dinosaurier in der Hand halten und mich Christiane mit ratlosem Blick leise fragt, was sie damit machen soll, sage ich nur: «Das ist quirky.»

Sie schüttelt den Kopf: «Ihr Wiener immer mit euren Anglizismen. In Wien müssen immer alle zeigen, dass sie Englisch können. *Quirky. Weird. Random. Awkward.*»

«Manche Anglizismen passen halt einfach besser. *Awkward* zum Beispiel. Das klingt genau so, wie sich awkward anfühlt.» Meiner Theorie zufolge ist es die wkw-Kombination, über die man beim Sprechen so stolpert, dass es awkward ist.

«Schon seltsam», sagt Christiane. «*Weird* haben die Wiener schon vor Jahren gesagt. Ein Millennialding ist das nicht.»

«Mir fallen die deutschen Adjektive oft gar nicht mehr ein. Was könnte man statt weird sagen?»

«*Seltsam* halt.»

«Aber weird klingt viel weirder als seltsam.»

Ich verstehe ja, was Christiane meint. Wenn ich jüngeren Leuten als mir selbst zuhöre, besteht schon fast ein Drittel von deren Sprache aus Englisch. Sie streuen immer wieder ganze Sätze ein. Am besten gefällt mir die scheinbar wörtliche, inhaltlich aber falsche Übersetzung von englischen Wörtern ins Deutsche, also etwa *literarisch* für *wörtlich*, weil *literally* ja genau das heißt, oder *basisch* (wie *basically*) für *grundlegend*. Ein ganz neuer Trend, ein ganz eigener Humor, weil ihre Gehirne schon ganz anders funktionieren.

«Im Wienerischen gibt's ja auch mehr Lehnwörter aus

dem Französischen wie bei euch, vielleicht sind wir immer so offen.»

«Ehrlich? Was denn zum Beispiel?»

Ich zähle auf: *Plafond* statt *Zimmerdecke. Lavoir* statt *Waschschüssel. Fauteuil* statt *Sessel. Trottoir* statt *Bürgersteig.* «Das Lustige ist aber, dass eher die richtigen Dialektsprecher das benutzen. Das ist kein distinguiertes Französisch, es sind eher so Wörter, die die alte Hausmeisterin aus dem Gemeindebau benutzt.»

Christiane hat sich eine Weißweinschorle bestellt. Sie säuft eigentlich gar nicht, am liebsten trinkt sie nur ein Gläschen Crémant, das liegt an ihrer badischen Herkunft. Frankreichnähe. Genusskultur.[11] Ich fülle mein Rotweinglas, bis es überläuft. Die Professorin macht es genauso, und daran erkenne ich sofort: Das ist kein Genusstrinken, das ist österreichisches Trinken. Mein Säuferradar schlägt aus. Der dicke Rebensaft wird mich entspannen, wird mir die Angst davor nehmen, zum Abschied umarmt zu werden.

11 Gegendarstellung: Diesen Vorwurf weise ich entschieden zurück. Es ist historisch verbrieft, wir haben schon als Lassie Singers mehr getrunken als die ganze Hamburger Schule zusammen. An einem Abend in der Flittchenbar am Ostbahnhof wurden pro Kopf in einer Nacht mindestens 5 Caipirinhas (die waren '97 noch neu und exotisch), viele Gläser Sekt, viertelstündlich 4-cl-Wodkas zum Anstoßen und morgens dann Jägermeister zum Aufräumen getrunken. Aber man wird nicht jünger, der Körper verlangt sein Recht, der Mensch hat in einem bestimmten Alter genug von der Ausgehgesellschaft. Das betrunkene Gerede der anderen ist bei der siebenhundertsten Wiederholung auch nicht mehr so interessant, ein klarer Kopf am Morgen dafür mehr wert als eine versoffene Nacht.

Mein mediterraner Liebhaber meint, wir Österreicher würden ganz anders mit dem Alkohol umgehen als andere. Er ist ein südländischer Genießer, der nippt und sinniert, er liebt es, sich über Jahrgänge zu informieren, statt das Zeug einfach runterzuschütten. Bei ihm zu Hause trinkt man auch mal mehr als ein Bier, aber man isst dazu, man bekommt Nüsschen, kleine Imbisse, man plaudert, man musiziert und lässt sich Zeit. Die Österreicher, die er kennt, kippen die sieben Bier runter, als würden sie gezielt irgendwas in sich beschädigen wollen. Und essen tun sie erst, wenn sie nicht mehr stehen können. Dann würgen sie in den geschundenen Magen eine Käsekrainer oder eine Schnitzelsemmel hinein, fetttriefend, in tagealtes Brot geklemmt, und dieses suizidale Konsumverhalten nennen sie dann Würstelstandkultur.

Auch das romantische Leben ist in Österreich von Alkoholmissbrauch gezeichnet. Keine spielerischen Flirts, keine Rendezvouskultur. Erst kurz vorm Filmriss kann die Annäherung überhaupt anfangen. Danach säuft man sich gemeinsam ins Blackout, und mit der Person, neben der man aufwacht, ist man dann zusammen. Das ist auch was Kulturelles, dieser Stopfhabitus, was Katholisches vielleicht. In der Berliner Bohèmekultur abseits der amphetamintriefenden Technoschuppen geht man auch ganz anders aus, öfter, täglich und auf ein, zwei Drinks, nicht einmal die Woche als obszöne Niederstreckung.

Während wir ungezwungen plaudern und ich die Hälfte des Gesprächs aufgrund der zerfahrenen Hallenakustik nicht verstehe, ruft die quirky Barbesitzerin mit der Pippi-Langstrumpf-Frisur, dass sie in zwanzig Minuten, also um halb zehn, zusperren würde. Die Flaschen sind noch halb voll. Ich gehe noch einmal raus, eine Zigarette rauchen, als einziger Mensch im gesamten Lokal. Rauchen, hat mir die Professorin erklärt, ist hier eine Sache des Proletariats und am Collegecampus nicht nur verpönt, sondern auch verboten. Man strahlt mit der Zigarette eine gewisse Verwahrlosung aus, signalisiert mangelndes Gesundheitsbewusstsein und abstoßende Maßlosigkeit. Seit ich das weiß, macht mir das Rauchen besonders viel Spaß. Es ist keine lästige Sucht, sondern ein Statement. Wie ich vor dem Lokal stehe, fühle ich mich widerständig, scheiß auf die bornierten Konventionen der Upper Class, und als ein Pick-up-Truck mit einem Raucher am Steuer vorbeifährt, sind wir sofort verbunden, wir Rebellen gegen die liberalen Snowflakes, die den einfachen Arbeiter am liebsten kastrieren und auch sonst seiner Männlichkeit berauben würden. Wir winken einander mit unseren Gewehrpenissen zu.

Die Professorin und ich teilen uns in den letzten zwanzig Minuten natürlich schnell noch eine halbe Flasche Wein. «Gehen wir danach noch in die Dive Bar?», frage ich mit leuchtenden Augen. Wir sind untertags schon daran vorbeigekommen, und die dreckigen Glasscheiben, hinter denen Neonschilder erkennbar waren, flüsterten mir zu: «Versumpfe hier». Da die Professorin keine abgehobene Bürgerstochter ist, sondern eine bodenständige Intellektuelle vom Land, kennt sie die Spelunke gut. Sie hat vorhin wieder ausführlicher über die Abgründe ihres oberösterreichischen Nazidorfes erzählt. Christiane sagt immer, das macht uns einfach aus: Man ist immer ein bisschen stolz auf das Kaputte und nimmt sich dadurch selbst als irgendwie draufgängerischer wahr als die steifen, protestantischen Deutschen.

«Ich mag das ja auch an den ÖsterreicherInnen. Deshalb hab ich mich mit denen immer gut verstanden. Man kann gleich viel härtere Witze machen, die sind nicht so empfindlich», sagt sie. «Aber es ist oft auch so wahnsinnig distanzlos. Manchmal übertreibt ihr einfach. In Wien hab ich letztens mit so einem jungen Szenetypen geredet, und der meinte über so einen Journalisten: Ach, das ist doch der, der den Vierzehnjährigen gerne ins Gesicht wichst. Das ist mir dann auch zu arg. Ich muss nicht nach zwei Minuten darüber reden, wer ein Kinderficker[12] ist.»

«Ich weiß, wen du meinst», sage ich nur und exe meinen feinen Tropfen.

Die Professorin hat, wie gesagt, keine Berührungsängste mit der Dive Bar. Ganz im Gegenteil. Als wir drei Minuten später ein paar Häuserecken weiter vor dem Eingang stehen, wird sie wie ein Stammgast begrüßt. Die «Rabbitt's Tavern» sieht aus wie die ranzige Filmkulisse eines bedeutend trostlosen Filmes. Vor der Tür steht eine Bank für die Raucher. Ein älterer Mann mit langem Bart und Base Cap sitzt da und raucht. Mir geht das Herz auf. An der Eingangstüre hängt ein Poster, auf dem eine durchgestrichene Handfeuerwaffe abgebildet ist. «NO GUNS ALLOWED.» Die Tür knarrt, und wir betreten einen Linolboden mit Schachbrettmuster, die Wände sind mit dunklem Holz verkleidet. Neben Barhockern und drei Tischen gibt es noch zwei Billardtische, die von flackernden Neonröhren beleuchtet werden. Rund um die Bar blinkt Leuchtreklame für Bud-Bier. Die Professorin legt wieder ihre Kreditkarte auf den Tresen. Ich bestelle

12 Und kaum redet man drüber, folgt der Beweis auf dem Fuß: «Kinderficker» habe ich natürlich *nicht* gesagt – das hätte die Autorin mit ihrem österreichtypisch übertriebenen Faible für das Abgründige wohl gerne. Ich habe vielleicht «Päderast» gesagt oder «der ekelhafte, räudige alte Typ».

einen Wein, und die Barkeeperin, eine Frau Mitte vierzig in Jeans und Flanellhemd, das sie unter dem Nabel verknotet hat, antwortet, so was hätten sie leider nicht im Angebot. Sie ist freundlich, und ihre Augen haben etwas Trauriges, Niedergedrücktes, als hätte sie schon oft Angst gehabt im Leben. Ich könne ein Bier haben, es kostet nur zwei Dollar.

Auf dem Bartresen stehen zwei durchsichtige Plastikgefäße mit Schraubverschluss. Sie fassen jeweils 10 Liter und sind mit dem Logo der Firma «KICKASS» beklebt. Im ersten Tank schwimmen ungefähr vierzig Eier in einer trüben Lake. «Pickled Eggs», die gibt es also wirklich, ich hatte das für einen Mythos aus den «Simpsons» gehalten. Aber je länger ich in dieser Gegend bin, desto klarer wird, dass jedes Detail aus den Simpsons brillant verarbeitete amerikanische Realität ist. Das hat man zwar immer schon vermutet, aber so deutlich wird es einem nur, wenn man es mit eigenen Augen sieht. Auf dem anderen Fass steht «Cooked Turkey Gizzards». Graue Gewebefetzen treiben in der Flüssigkeit. Das sind gekochte Truthahnmägen.

Fast alle hier trinken Light-Biere, am beliebtesten ist Bud Light, für das auch am meisten Werbung herumhängt. Männer mit Vollbärten, breiten Schultern, Kappen und karierten Hemden halten die kleinen Flaschen mit dem niedrigprozentigen Inhalt in den Pranken. Die Professorin begrüßt einen Typen mit Glatze und kleiner rechteckiger Brille. Er sieht unscheinbar aus, ein normaler Typ in einer normalen Bar. Auf seinem linken Unterarm steht in riesigen Lettern «Homer» tätowiert, das ist tatsächlich sein Name. Unglaublich. Homer nimmt ein paar Dollarmünzen, geht zur Jukebox, die in der Ecke neben dem Eingang blinkt, und klickt auf «Rusty Cage» von Johnny Cash. Die Professorin muss mich schon wieder aus meiner Begeisterungsstarre lösen, aus der heraus ich alles anschaue wie einen Breitband-Kinofilm. In einer Ecke sitzt ein Mann mit einem Sportshirt der Iowa Hawkeyes.

«Von dem Typen kann man alle möglichen Substanzen beziehen», flüstert sie mir zu. Christiane ist mittelbegeistert. Dreckige Kneipen geben ihr weniger als mir. Wenn wir gemeinsam auf Tour sind und sich die immer seltener werdende Situation ergibt, dass wir nach einem erfolgreichen Auftritt noch einen draufmachen wollen, rümpft sie bei den Spelunken, die ich auswähle, eher die Nase. «Gibt's hier keine Szenebar? Wo so MusikerInnen abhängen?» Sie ist halt ein Indiestar der Neunziger, dreckige Kneipe ja, aber ein paar Intellektuelle müssen schon drinsitzen.[13]

Ich sehe das dann so: In ihrer Generation war man froh, die Eintönigkeit und Uniformität der Kleinstädte hinter sich zu lassen und in der großen Stadt in den coolen Kneipen abhängen zu können, in denen man endlich unter seinesgleichen über die neuesten Platten reden und interessante Gespräche führen konnte. Meine informations- und kulturveranstaltungsübersättigte Generation sehnt sich nach den einfachen Kneipen am Eck und nach normalen Menschen mit normalen Problemen. Allerdings war ich oft auch allein in den Eckkneipen, weil es meine Freundinnen zu deprimierend fanden. Vielleicht ist es doch ein Kindheitsding,

13 Abermals irrt die Autorin hier. Da ich mich über dreißig Jahre lang in Szenebars aufgehalten habe und in Berlin sehr unter der Verhipsterung der Kneipenkultur leide, gehe ich Musikeransammlungen seit Längerem konsequent aus dem Weg, besuche dafür ab und an aber gerne ganz normale Eckkneipen, Beisl, Spelunken, Kaschemmen und Absturzläden.

mein Vater hat mich schon als Fünfjährige in ranzige Beisl mitgenommen, wenn er auf mich aufpassen musste, und zu kleinen Kindern sind die Leute da in der Regel besonders lieb. Die meisten Menschen zieht es unbewusst an die Orte ihrer Kindheit.

Homer hat eine hohe Stimme, er lädt uns auf eine Runde Dart ein. Neben der Dartscheibe steht sein Freund Mike, der trägt eine Wollmütze, die oben absteht wie der Zipfel eines Kondoms. Er hat sich lange nicht rasiert und schwankt.

«Schau, dein Ex ist auch da», flüstert Christiane von der Seite. «Warum hast du eigentlich mit dem Schluss gemacht?» Das ist eine ihrer Lieblingsbeschäftigungen: mir Liebesbeziehungen mit besonders verwahrlosten Männern zu unterstellen.

«Mike, come on, let's play with the college people», ruft Homer. Und los geht's.

Nach dem Dart spielen wir noch eine Runde Billard. Ich fühle mich wie in diesen Filmen, in denen eine foxy Lady mit Cowboyhut und engen Jeans in den Truckersalon kommt, und während sie sich über den Billardtisch beugt, schauen ihr alle auf den Arsch. Als ich mich umdrehe, starrt allerdings niemand auf meinen Arsch, die Blicke richten sich alle auf die Professorin, die mit ihren langen blonden Locken an eine Countrysängerin erinnert. Das fällt mir erst jetzt durch die männliche Aufmerksamkeit auf, die sie erregt. Gefangen in den Ambivalenzen einer Frau nehme ich dies mit Mitgefühl zur Kenntnis, aber auch mit Empörung darüber, in der Hierarchie des Begehrens versoffener, alter Männer nach unten gestuft worden zu sein.

Es ist vor allem ein Mann an der Bar, der sie hartnäckig angafft, langsam wird es wirklich unangenehm. Insgesamt sind nur neun Leute im Raum. Der Typ, dick, blass, um die sechzig, hat sein weißblondes Haar zu einer traurigen Tolle geföhnt. Unter seiner schwarzen Lederjacke lugt hinten sein Maurerdekolleté (die *Ritze*) hervor, wie ich von meinem Platz aus gut sehen kann. Er wirkt wie eine ausgeblichene Version von Donald Trump oder wie der Bösewicht aus «Zurück in die Zukunft». Die Barkeeperin schaut noch bekümmerter, und als sie uns eine Runde Bier bringt, warnt sie die Professorin, dass der Typ die ganze Zeit rüberspannt und schon nach ihrem Namen gefragt hat. Der Problemgast macht ihr sichtlich Sorgen. «I have never seen this guy before», sagt sie. Dass ein schräger Vogel in der Absturzgastronomie die Bedienung so verstört, wundert mich, so was müsste hier doch öfter vorkommen. Aber Gefahren wahrnehmen war nie meine Stärke. Vermutlich würde ich auch im Krieg noch verwundert die Szenerie betrachten, statt mich in den Graben zu werfen. In wie viele gefährliche Situationen bin ich schon geraten, nur weil ich neugierig mit wildfremden Gestalten mitgegangen bin. Da nun aber alle alarmiert scheinen, reiße auch ich mich zusammen und versuche, die Situation angemessener zu bewerten. Das allgemeine Misstrauen hat vermutlich auch mit den Waffen zu tun, die im amerikanischen Alltag bekanntlich überall präsent sind. Ein unangenehmer Psycho ist hier immer auch potenziell ein unangenehmer Psycho mit Sturmgewehr.

Die Barkeeperin wendet sich nun an ihre Stammgäste, alle starren den Mann an, und die Professorin geht direkt auf ihn zu, um unmissverständlich ihr Desinteresse auszudrücken. Die anderen Männer beginnen einen Kreis um ihn zu schließen.

«I'm just sitting here, drinking my beer», sagt der Typ gereizt.

«You are making the girls uncomfortable», sagt Homer,

und die Barkeeperin ergänzt: «Maybe you should go somewhere else.»

Der Mann schaut wütend in die Runde. «This place is a shithole.» Er trinkt sein Bier auf ex, knallt das Glas auf den Tresen und geht. Die Barfrau ist erleichtert, jetzt kann der Abend weitergehen.

Als ich auf die Damentoilette gehe, hängt dort ein Poster von Daryll, einem Helden aus der Serie «The Walking Dead». Ich habe zehn Staffeln gesehen: Nach einer Zombieapokalypse ziehen die Überlebenden durch die Wälder Amerikas und versuchen, die Gesellschaft neu aufzubauen, während sie gegen die bluthungrigen Zombies kämpfen müssen. Daryll verkörpert in der Serie den Redneck, der weiß, wie man jagt und Tiere ausnimmt. Ein wortkarger, einsamer Wolf, außen hart, innen weich, der im Verlauf der Geschichte immer mehr Zugang zu seinen Emotionen findet. Von Loyalität und einem ehrenhaften Gerechtigkeitssinn getrieben, schützt er seine Freunde wie sein eigenes Leben. Ich fand ihn in der Serie ja auch am geilsten, und es passt, dass so ein Sexsymbol an einem Ort wie diesem (Iowa, Damenklo) weibliche Sehnsüchte bedient. Neben den Toiletten ist ein Whiteboard angebracht, auf dem mit Filzstift die neuesten Witze notiert sind:

> Eine alte Frau kommt zu einem sehr alten Zahnarzt und spreizt die Beine. Der Zahnarzt: Ich glaube, Sie sind im falschen Zimmer. Die Frau: Sie haben da letzte Woche das Gebiss meines Mannes reingesteckt. Das muss einfach wieder raus.
> Was sagt der Hurrikan zur Palme? Halt deine Nüsse fest, das ist kein normaler Blowjob.
> Warum ist Durchfall vererbbar? It runs in your genes.

Neben den Witzen Sportveranstaltungsankündigungen. Ein ausgedruckter A4-Zettel wirbt für eine Tombola zugunsten der versehrten Kriegsveteranen von Iowa. Fast alle Benefiztätigkeiten in der Region kommen den Veteranen zugute, die traumatisiert und verwundet aus imperialistischen Kriegen als gefeierte Helden zurückkehren und zu Hause vor dem wirtschaftlichen Ruin stehen. Für zehn Dollar kann man ein Los kaufen. Der Hauptpreis: die 12 Gauge Beretta A300, ein halbautomatisches Jagdgewehr.

Mit der Professorin fahre ich am nächsten Tag durch die menschenleeren kleinen Städte der Umgebung. Christiane ist zu Hause geblieben, um für ihren Auftritt zu proben. Wir müssen nach Malcom, um für mich eine Sozialversicherungsnummer zu beantragen. Die Stadt ist vierzig Minuten von Grinnell entfernt.

«Da gibt es ein voll gutes thailändisches Restaurant», schwärmt die Professorin. «Und einen Aldi!» So etwas ist hier ein Highlight. Wie wenn man am österreichischen Land das erste Moped bekommt und endlich zu McDonald's fahren kann. Beide sind wir einigermaßen verkatert und hören stumm Radio. Ein Mann erklärt gerade mit tiefer Stimme, welche Wörter schlecht sind, also *malicious*, was noch drastischer klingt, nämlich teuflisch, frevelhaft, listig. Wörter, die den Plan haben, uns zu verderben und Satan in unseren Hirnwindungen zu installieren, und die deshalb zu meiden sind. Vielleicht, denke ich mir, wurzelt diese amerikanische politische Korrektheit auch in der christlich fundamentalistischen Alltagskultur. Es gibt, sagt der Mann im Radio beschwörend, Wörter, die uns verhexen und dem Bösen die Tore zu unseren Seelen öffnen. Eine reinere Sprache hingegen macht uns zu reineren Menschen. Wir müssen das Hässliche ganz weit von uns fortschieben, damit wir unbefleckt bleiben.

Die Professorin beginnt von den immer häufiger vorkommenden *Book Bans* zu erzählen. Lokale Schulbehörden ordnen an, dass als schädlich erachtete Bücher aus dem Unterricht oder den Stadtbibliotheken entfernt werden. Während man in Europa Cancel Culture gerne mit linkem Belehrungswahn assoziiert, kommt hier in den Staaten die reale Zensurwelle eindeutig von rechts. Sie trifft Bücher, denen man Obszönität unterstellt, weil in ihnen Homo- oder Transsexualität vorkommt, oder Schriften zur Theorie der «Critical Whiteness», die als angeblicher Rassismus gegen Weiße Panik auslöst. Dabei trifft es auch alles andere als sektiererische oder linksradikale Bücher. «Der Report der Magd» von Margaret Atwood ist schon ebenso aus Bibliotheken reaktionärer Bundesstaaten entfernt worden wie Bücher der Nobelpreisträgerin Toni Morrison.

Nachdem ich in einem Ziegelklotz mein Sozialversicherungsformular ausgefüllt habe, nehmen wir uns am Nachhauseweg noch mittelmäßige Nudeln und Frühlingsrollen von dem Bahnhofshallen-Thai mit.

Christiane sitzt mit Lesebrille auf der Couch, das Wohnzimmer ist aufgeräumt. «Was hast du so gemacht?», frage ich sie.

«Ach, nichts Besonderes, üben, aufräumen. Ich hab gerade erfahren, dass ein Exfreund von mir gestorben ist.»

«Oh, wie furchtbar. Das tut mir echt leid.»

«Ach, weißt du, das ist doch ganz normal. Das wirst du auch noch erleben. Es kommt irgendwann das Alter, da geht man einfach zu mehr Beerdigungen als zu Geburtstagen.»

«Wir könnten einen Kaffee trinken gehen», schlage ich vor.

Wieder machen wir uns fertig für den täglichen Stadtspaziergang, wieder starren wir in halb leere Schaufenster.

«Was wollen wir denn eigentlich am Wochenende machen?», fragt Christiane.

«Hm, gute Frage. Wir haben halt kein Auto.»

Der nächste Autoverleih ist in Des Moines. Des Moines ist eine Stunde Fahrt entfernt, und es geht nur einmal am Tag ein Bus, der fährt um sieben in der Früh. Das ist unsere einzige Chance rauszukommen. Der Bus fährt allerdings nicht zum Autoverleih, denn der ist am Flughafen, der wiederum eine Stunde Fußmarsch von der Greyhound-Bushaltestelle entfernt liegt. Zum Flughafen fährt laut Internet ein Linienbus, mit dem man allerdings auch mehr als eine Stunde unterwegs ist. Sollten wir dann aus irgendeinem Grund kein Auto ausleihen können, kämen wir nicht mehr weg vom Flughafen und auch nicht mehr nach Grinnell.

«Ich fühle mich langsam richtig eingesperrt», sagt Christiane. «Ich bin ja in so einem Dorf aufgewachsen, weißte, da ist man gefangen, bis man den Führerschein hat, da kommt man einfach nicht weg. Das hier erinnert mich an meine schlimmsten Zeiten in Hügelsheim. An manchen Tagen war ich so gelangweilt, dass ich mich einfach ins Bett gelegt habe.»

«Es gab ja auch kein Internet.»

«Ja, genau. Manchmal bin ich zwanzig Minuten zum nächsten Kiosk gefahren, nur um stundenlang in Zeitschriften zu blättern.»

«Vielleicht kann uns ja die Professorin helfen», schlage ich zaghaft vor.

«Ach, ich muss mich erst mal eh auf mein Konzert vorbereiten. Bis dahin lohnt sich der Aufwand ja gar nicht.»

«Oder wie wär's, wir nehmen uns ein Uber?», fällt mir noch ein. «In den USA ubern ja alle die ganze Zeit.» Ich suche auf meinem Handy die App, die ich das letzte Mal vor einem Jahr genutzt habe. Das nächste Fahrzeug, das angezeigt wird, befindet sich 60 Kilometer entfernt, in Des Moines. Käme es nach Grinnell, würde das 300 Dollar kosten. Wenn es überhaupt käme. Ich verrate das Christiane lieber nicht, da ich die ersten Quellwolken einer depressiven Verstimmung wahrnehme.

Wir spazieren an Taco John's vorbei. Auf einem großen, weißen Schild steht mit schwarzen Buchstaben, dass sie gerade Leute suchen. Es gibt 12 Dollar die Stunde. Auf der Google-Karte ist ein «Lucky Cat Coffee» markiert. Ein Café! Das kennen wir noch nicht. Als wir ankommen, sehen wir, dass es ein Drive-Through ist, an dem man ohne Auto nicht bedient wird.

«Nicht mal einen Kaffee bekommt man ohne Karre», sagt Christiane niedergeschlagen. Die Wanderung geht weiter, die Straßen kennen wir jetzt schon.

«Schau mal, ein Autoreifengeschäft. Das ist mir noch gar nicht aufgefallen», sage ich, und Christiane antwortet: «Ja, aber wir können nicht alles auf einmal machen, wir müssen uns auch ein paar Highlights für später aufheben.» Auf der Hauptstraße gibt es ein Kino, in dem jeden Tag ein Film gespielt wird. Gegenüber ist eine kleine Bäckerei, aber an der Tür steht, sie hätten immer nur samstags für vier Stunden offen.

«Was machen die Menschen denn hier den ganzen Tag?», fragt Christiane nun schon deutlich verzweifelter.

Ich versuche sie zu beruhigen und zeige auf ein Schild, auf dem «Frontier Café» steht. «Schau mal, da vorne, da ist was. Vielleicht ist das ja ok.»

Es ist ein Diner, und er hat tatsächlich geöffnet. Wieder betreten wir eine halb leere Messehalle. Braun marmorierter Laminatboden, Sitzbänke aus rotem Kunstleder. Am Eingang hängt eine kleine Holztafel mit der Aufschrift «All I Need is Football and My Dog». An der Wand riesige Bilder von den typischen roten Scheunen des Mittleren Westens. Auf dem größten Bild ist dagegen ein Wasserfall zu sehen. Zwischen den einzelnen Sitzgruppen befinden sich Plexiglasscheiben, in die dekorative Eisenbahnmotive eingraviert sind.

«Züge», sagt Christiane und seufzt. «Mit denen könnten wir wo hinfahren.» Es gibt zwar Schienen in Grinnell, ab und zu hört man sogar Pfeifen, aber es handelt sich lediglich um einen kleinen Güterzug, der einmal pro Tag durchfährt. «Vielleicht schaffen wir's aufzuspringen.»

Die Gäste im Café sind alle übergewichtig. Christiane schaut sie nachdenklich an. Für mich ist Übergewicht immer auch ein Zeichen von Geborgenheit. Meine Vorfahren waren Bauern, man hat immer viel gegessen, und nachdem die Landwirtschaften aufgegeben und die körperlichen Tätigkeiten durch Dienstleistungsjobs ersetzt wurden, wuchsen die Bäuche eben. Für meine Großmutter gab es nichts Schöneres als dicke Kinder, das Springen von Knöpfen war für sie wie Musik. «Guat schauns aus.» Ein Ruhekissen aus Kinderfett. So wurden auch wir tüchtig gemästet. Dünn war ich nie.

Christiane beugt sich zu mir vor und sagt: «Wenn Menschen so dick sind, dann sehen sie ein bisschen aus wie Berge. Sie ruhen in sich.»

«Das ist Fatshaming, Christiane.»

«Das ist gar kein Fatshaming.»

«Ich find's angenehm, wenn die Menschen nicht alle so ideale Figuren haben. Das nimmt den Druck raus.»

«Ja, aber du idealisierst auch.» Sie deutet auf den Parkplatz, auf dem sich gerade ein vielleicht Fünfzigjähriger mit Gehhilfe zum Auto schleppt. «Das fällt dir nicht auf, weil du noch jung bist, aber die Leute hier haben echt Probleme mit dem Bewegungsapparat. Man sieht, dass man sich hier nicht einfach mal eine Hüftoperation leisten kann.»

Der Kaffee wird serviert. Ein dünnes schwarzes Wasser, das wir mit Kaffeeweißer zu strecken versuchen. Das Weiße, was auch immer es ist, klumpt. Dazu bestellen wir eine Platte Frittiertes. Zwiebelringe und Maisbällchen, Schrimps, alles schmeckt gleich.

«Das ist ja wie eine Vergiftung», jammert Christiane.

«Ich finde das alles exotisch», sage ich und schaue aus dem Fenster.

Der graue Himmel hängt seit Tagen tief über Grinnell, und die mit toten Tieren übersäten Straßen strahlen noch intensiver als sonst die Anmutung aus, sie würden nirgends hinführen. Wenn wir einfach eine Straße irgendwohin nehmen würden, wären wir am Ende wahrscheinlich wieder in Grinnell. Man kann sich schon vorstellen, wie man zwischen Beton und Wolken langsam zerquetscht wird. Allerdings wirken die Menschen hier zufriedener, als wir Besucherinnen aus der Großstadt mit unserem herablassenden Mitgefühl vermutet hätten. Sie sind wahrscheinlich ausgelastet mit ihren Beziehungen. Und ein bisschen Programm gibt es dann doch immer: Ich entdecke eine neue Veranstaltungsankündigung an der Scheibe, durch die man auf den Parkplatz blickt. Ein älteres Pärchen tritt als Double von Dolly Parton und Kenny auf. Leider war auch das schon gestern.

Christiane fährt gedankenverloren mit der Gabel über den Tisch. Sie fängt an zu singen: «Grinnell, Grinnell. Boring as hell.» Das macht sie wieder fröhlicher. Kreativität ist eine Überlebensstrategie. Christiane kann aus jeder Situation heraus spontan ein Lied dichten, das ist eines ihrer vielen Talente. Als wir gezahlt haben und wieder auf der Straße sind, geht sie noch mehr aus sich raus. «Grinnell, Grinnell, boring as hell. Juwel der Prärie. So fad war mir noch nie!» Nun tanzt sie sogar.

«Wir können uns noch was Süßes aus'm McNally's holen», schlage ich vor.

«Unser Alltag dreht sich immer mehr um Essen», stellt Christiane fest. Dann fängt sie wieder an, ihren neuen Hit zu singen, den ganzen Weg nach Hause.

Grinnell, Grinnell.
Die Zeit verging so schnell.
Grinnell, Grinnell.
Boring as hell.
Juwel der Prärie.
So fad war mir noch nie.

Als wir wieder unsere Positionen eingenommen haben, ich am Fernsehsessel mit erhöhten Beinen aufs Smartphone starrend, Christiane auf der karierten Couch mit Lesebrille vorm Laptop, entscheide ich, Tinder runterzuladen. «Schauen wir mal, was hier datetechnisch so geht.»

«Wie läuft's eigentlich mit deinem Liebhaber?», fragt Christiane.

Ich habe ihn während Corona übers Internet kennengelernt. Für Onlinedating hatte ich mich nie interessiert, doch im Lockdown blieb mir nichts anderes übrig. Mein Freund davor wurde verrückt, paranoide Schizophrenie. Im Wahn überschätzte er seine körperlichen Grenzen so stark, dass er einen Herzstillstand erlitt und daran starb, da waren wir aber schon nicht mehr zusammen. Das musste ich erst einmal verarbeiten. Und als ich nach ein paar Jahren wieder so weit war, mich auf Männer einzulassen, blieb wegen Corona eben nur noch Onlinedating.

«Früher dachte ich immer, ich hab gar keinen Typ. Aber auf Tinder hatte ich dann nur Matches mit bärtigen, molligen Männern, mit dunklen Haaren und braunen Augen.»

«Ich suche immer mein Gegenteil. Ich bin ja selbst ganz dunkel und wollte immer so einen dünnen, blonden David-Bowie-Freund.»

«Meine Seite mit den Matches sah jedenfalls aus wie das Braunbärgehege im Zoo.»

«Und wie läuft's mit dem Spanier?»

«Ach, der ist so lieb und immer für mich da. Und er kuschelt so gern.»

«Das klingt bei dir immer so, als würdest du von einem Hund sprechen», sagt Christiane. Sie ist prinzipiell gegen Paarbeziehungen.

«Mich hat noch nie ein Mann so gut behandelt wie er. Ich sehe den als Therapieerfolg. Eigentlich sollte ich meiner Therapeutin für jedes Treffen mit ihm Tantiemen bezahlen.» Ab Mitte dreißig hört man dann doch auf, ungesunde Beziehungen voll dramatischer Auseinandersetzungen mit Leidenschaft zu verwechseln.

«Eigentlich wär's ja interessant, hier jemanden kennenzulernen. Einfach, um etwas über das Land mitzubekommen. Vielleicht finde ich ja auch jemanden für dich. Da gibt's auch Ältere.»

«Nee, danke! Damit habe ich abgeschlossen. Alleinsein hat viel mehr Vorteile. Und das letzte bisschen Sexualität, das kann man auch selber machen. Ich hätte lieber einen Hund. So einen kleinen schwarzen.[14] Das wär schön.»

Im Tinderprofil, das ich während der Lockdowns angelegt habe, ist noch das Foto von mir, von dem ich mir die wertvollsten Kontakte versprochen habe. Bei einer Freundin sitze ich im Schneidersitz auf einem Perserteppich und beuge mich über das Brettspiel Malefiz. Auf meinem Kopf sitzt ihr Wellensittich. Ich trage eine Brille und einen weiten Pullover. Die Überlegung dahinter war, Männer anzusprechen, die Interesse an Hobbys und Humor haben. Beziehungsmenschen, die eine Gefährtin für Brettspielabende daheim suchen. Häusliche Nerds mit Interessen wie Comics, Kochen oder Live-Action-Rollenspielen. Keine hedonistischen Szenemacker, keine Drogenopfer, keine gequälten Seelen, die eine Betreuerin suchen, keine Gewalttäter, keine Narzissten. Die meisten Künstler, das lernt man mit der Zeit, wollen keine erfolgreiche Künstlerin als Partnerin, sondern eine Frau, die in ihrem Schatten steht, zu ihnen aufschaut und die Organisation des Alltags übernimmt. Keine linken Männer mit polyamourösen Beziehungsmodellen, die Gesellschaftskritik als Ausrede nehmen, sich einen Harem anzulegen, weil die romantische Zweierbeziehung ja eine Erfindung des Bürgertums sei. Ich respektiere Polyamorie als Beziehungskonzept, schließlich schlich sie sich bei jahrzehntelangen Ehen ohnehin oft ein, man redete nur nicht darüber. Die tolerierte Affäre oder der akzeptierte

14 Ich möchte keinen kleinen Hund! Ich träume seit dreißig Jahren von einem großen schwarzen Punkerhund! Weil das im 4. Stock nicht so passend wäre, würde ich allerdings auch einen halbhohen akzeptieren!

Bordellbesuch, meistens profitiert der Mann davon. Anhänger polyamouröser Partnerschaften, die mit bestem Gewissen versuchen, emotionale Verantwortung zu praktizieren, die gibt es ja auch. Trotzdem halte ich das Konzept in einem Erwachsenenleben mit Vollzeitarbeit für kaum realisierbar. Dreimal die Woche Beziehungsplenum, das ist was für Studentinnen. Eine gesunde heterosexuelle Beziehung zu führen ist ein feministisches Lebensprojekt, weil es eine Ambivalenz an sich darstellt, feministisch und hetero zu sein, und eigentlich auch eine Demütigung. Außerdem date ich nur Männer, bei denen es unwahrscheinlich ist, dass sie mich als Künstlerin kennen. Chemiedoktoranden aus Estland, rumänische Mathematiker oder britische Krankenpfleger. Unschuldig und unvoreingenommen begegnen sie mir als Frau und nicht als Genie.

Der Radius, den ich für die Suche angebe, ist 50 Kilometer, und als die ersten Männer auftauchen, wird mir bewusst, dass wir denen möglicherweise im Rabbitt's über den Weg laufen könnten. Homer und Mike würde ich ungern über meine Verfügbarkeit informieren, also wechsle ich schnell das Foto zu einem, auf dem man mich kaum erkennt. Der erste Mann, Mitte dreißig, der mir zulächelt, ist Justin. Er hat blitzblaue Augen und kniet von oben bis unten in Camouflage gekleidet auf einem erlegten Hirsch. Mit den Händen hält er sich am Geweih fest, damit der Kopf des toten Tieres in die Kamera blickt. Die leblosen Augen des Tieres sollen Justins Attraktivität steigern, es ist die Aussicht auf ein Ragout oder ein dekoratives Jagdgeweih. Im Hintergrund ist ein See. Justin arbeitet bei der Army, Infanterie, ein Fußsoldat der Landstreitkräfte mit uneingeschränktem Schusswaffenzugang.

Mike, die nächste Delikatesse am Midwest-Männerbuffet, steht mit einem Kumpel vor einem gerahmten Wolfsgemälde. Sie tragen beide Jagdkleidung und vor ihren Füßen liegen zehn erschossene Fasane, darüber steht in einem Textfeld: «Wir haben den Jagdwettbewerb gewonnen». Sie halten beide jeweils einen Finger hoch, was wohl für erster Platz steht.

Jake hat einen roten Vollbart und hält einen Falken auf der Hand. Er fällt sofort positiv auf, weil das Tier noch lebt, der Falke sitzt auf seinem Handschuh. Sein T- Shirt hat einen schwer zu entziffernden Aufdruck. *Leishmaniac*? Neugierig recherchiere ich im Internet. Leishmaniac, ja, das gibt es, das ist ein Medikament gegen Infektionskrankheiten bei Hunden. In Jakes Selbstbeschreibung steht: Glaube, Familie, Outdoor. Das Motto der Region. Die Jagd, die Familie, die Kirche und die unendliche Liebe zum Hund wie zur Waffe, es ist, als würden sich alle in einem permanenten Überlebenskampf befinden, Survivaltraining von Kindesbeinen an.

Der bärtige Cole aus Newton im Präriegras. Um ihn ein Arrangement aus verstreuten kleinen Geweihen, von denen die Köpfe schon abgetrennt wurden. Ein Konfetti aus Knochen. «Love the Outdoors», steht unter dem Bild.

Mike aus Altoona hat sich eine lebendige Schlange um den Hals gewickelt, ihr Kopf ruht auf seiner Brust. Während die anderen Männer militärische Kurzhaarschnitte tragen, hat er ein klassisches Mullet: ein uriger Vokuhila, der unter seiner Baseballkappe hervorwächst. In Berlin trägt man das wieder, in Iowa noch.

Tim ist der Einzige, der kein Camouflage trägt. Er hat eine sportliche kurze Hose, ein T-Shirt ohne Aufschrift und zielt mit seinem Gewehr direkt zwischen die Augen der Betrachterin.

Franky streckt seinen Unterarm in die Kamera, auf dem ist ein Rosenkranz tätowiert. Mit dem anderen Arm umarmt er sich selbst, während er einen lasziven Schlafzimmerblick in die Kamera richtet, der auf ein Meth-Problem hindeutet. Seine Hobbys sind Countrymusik und Tattoos.

Nick hat ein kleines Kind mit auf der Jagd, das einen dicken Schlauchschal im Camouflagelook über das Gesicht gezogen trägt, man sieht nur die Augen.

Colter aus Benton ist Staff Sergeant. Sein Maschinengewehr hängt ihm um den Hals.

Beeindruckt lege ich das Handy zur Seite. «Ich glaub, ich lasse es vielleicht eh, das mit dem Treffen.»

Christiane sitzt mit ihrer Lesebrille auf der Nase und löst ein Rätsel aus der ZEIT von der Vorwoche.[15] «Sag ich doch», murmelt sie, ohne aufzuschauen.

Beim letzten Swipe entdecke ich Kenny. Er sitzt mit einem Guns-n'-Roses-Shirt und heruntergelassenen Hosen auf der Toilette. Die Boxershorts, die an seinen Waden hängt, ist mit kleinen Flammen bedruckt. Er hat lange, graue, wellige Haare, einen Cowboyhut und um den Hals einen Silberanhänger in Form eines Skorpions. Das Foto ist so nachbearbeitet, dass rund um ihn ein Feuer brennt. Witziger Typ.

«Schau mal, Christiane, der ist Ende fünfzig. Der wär doch vielleicht was für dich.»

15 Die Autorin möchte hier wohl das Bild einer alten Frau zeichnen, die sich wochenlang über dasselbe zerfledderte Rätselheft beugt. Das Rätsel heißt aber in meinem Falle «Buchstabiene», ist digital und recht knifflig, weil man aus einzelnen Buchstaben möglichst viele Worte zusammensetzen muss, und das in sämtlichen im Duden vorkommenden Fällen, Flexionen und regionalen Varietäten.

Christiane schaut auf den Bildschirm: «Oh Gott, bitte hör auf damit.»

«Wieso, der hat doch Humor. Und Bildbearbeitung kann er auch, also habt ihr schon mal das Kreative gemeinsam.»

«Steffi, bitte triff niemanden. Die erschießen dich vielleicht, wenn du dich verweigerst.»

«Ja, stimmt, das muss man natürlich bedenken. Ich lass Kenny mal, vielleicht überlegst du's dir noch.»

«Such mir lieber einen Hund. So einen halbhohen schwarzen.»

«Man schätzt Männer oft falsch ein. Manchmal sind die stumpfesten Typen total gut im Bett. Ich hab schon oft feministische, linke Typen gedatet, die sich dann anstellten, als wüssten sie nicht, was eine Klitoris ist.»

«Ich brauch gar nicht so viele Details», sagt Christiane. «Ehrlich.»

«Was wollen wir eigentlich zu Abend essen? Soll ich was kochen?»

«Ich weiß nicht, was kochst du denn so?»

«Ich könnte Erdäpfelgulasch machen.»

«Igitt.»

«Oder ich könnte zu Casey's gehen, uns eine Pizza holen.»

Als ich für den Aufenthalt die gastronomischen Highlights Iowas recherchiert habe, stand in sämtlichen Top-Ten-Listen die Pizza von Casey's. Casey's ist eine Tankstellenkette. Besonders empfohlen wurde die «Breakfast Pizza», eine Käsepizza, belegt mit Würstchen, Speck und Rührei. Ansonsten gilt das «Loose Meat Sandwich» als kulinarisches Aushängeschild des Mittleren Westens. Das ist ein Burgerbrötchen, in das mit einem Schöpflöffel gehacktes Fleisch geleert wird. In der Fernsehserie «Roseanne», die ja auch im Mittleren Westen spielt, eröffnet Roseanne in der dritten Staffel einen Imbiss, der Loose Meat Sandwiches verkauft. Die Sitcom war eine der ersten Serien, die den Arbeiterklassenlifestyle der ländlichen USA darstellte. Wir haben uns alle darin wiedergefunden. Roseanne lebt mit ihrem Mann, dem übergewichtigen John Goodman, in einem Einfamilienhaus. Er ist Handwerker, sie arbeitet in einer Fabrik, in der sie Plastikbesteck sortiert. Roseanne ist sarkastisch und lässt sich nichts gefallen. Als sie gegen ihren Chef aufbegehrt, wird sie entlassen. Eine Kämpferin gegen Autoritäten; der eigene Schnellimbiss verspricht den Ausweg vom Fließband. Ich liebte auch die Figur der Tochter Darleen, mit der sich jedes Mädchen identifizierte, das mit femininen Rollenbildern nichts anfangen konnte. Im Gegensatz zu ihrer mädchenhaften Schwester Becky interessiert Darleen sich nur für Basketball und Comics, in einer späteren Staffel geht sie sogar auf die Kunstakademie und wird Comiczeichnerin, genau wie ich. Leider wurde die echte Roseanne eine Trump-Anhängerin, die immer irrere Verschwörungstheorien propagierte. Das Loose Meat Sandwich habe ich noch nirgends gesehen.

«Also, was ist? Soll ich eine Pizza von Casey's holen?»

«Nee, dann lieber das eklige Gulasch.»

«Freust du dich schon auf den Auftritt morgen?»

«Geht so.»

«Das wird sicher toll.»

«Da fällt mir ein, hast du vielleicht ein Schwämmchen?»

«Was für ein Schwämmchen denn? Ist das ein alter Ausdruck für einen Tampon?»

«Ach Quatsch, ich hab doch keine Tage, Steffi, ich bin sechzig! Nee, so einen kleinen Schwamm zum Make-up-Auftragen.»

«Nein, leider nicht, ich schmink mich kaum, ich hab ja so schöne Haut.»

«Ach verdammt, das wollte ich mir noch besorgen und hab's vergessen.»

«Wir können ja noch zu Walmart gehen. Das ist eine halbe Stunde zu Fuß. Dann erleben wir heute sogar noch was. Ich bräuchte auch eine Fieberblasencreme.»

Seit dem Anbruch des Maskenzeitalters sprießen ununterbrochen Bläschen auf meiner Oberlippe, die man nur mit teurer Fieberblasencreme in Zaum halten kann, sofern ich sie früh genug auftrage. Nach dem zwanzigstündigen Dauer-Maskentragen beim Fliegen kribbelt's schon wieder.

«Na gut, dann nehmen wir eben den beschwerlichen Weg auf uns. Besser als der Tinderquatsch und deine Sexgeschichten.» Christiane erhebt sich ächzend von der Couch.

Wir gehen die lange Straße entlang, bis wir den riesigen braunen Walmart-Block erreicht haben. Meine Fieberblasencreme finde ich nach fünfzehn Minuten Frage und Antwort in der Medikamentenabteilung. Christiane ist bei der Suche nach einem kleinen Schwämmchen, mit dem sie sich für den Auftritt zurechtmachen kann, weniger erfolgreich. In der Make-up-Abteilung gibt es nur komplette Schminksets um 20 Dollar, mit verschiedenen Schwämmchen in unterschiedlichen Größen. Ich schaue zu, wie sie das Set stirnrunzelnd dreht und wendet. Plötzlich reißt sie unauffällig die Plastikverpackung auf, zupft ein Schwämmchen heraus und steckt es sich unter den BH-Träger.

Ich schaue sie fassungslos an, sie grinst listig. Ideologisch unterstütze ich Klauen am geeigneten Ort zwar, persönlich war ich aber immer zu feige. Als Egozentrikerin (Die ganze Welt dreht sich um mich) neigt man naturgemäß zu Paranoia (Die ganze Welt beobachtet mich). Main character vibes nennen die Jugendlichen es heutzutage, wenn sich jemand offensichtlich für die Hauptperson des eigenen Films hält. Narzissmus sagen andere. Eine beliebte Verwechslung, denn Egozentrik und Narzissmus sind zwei grundlegend unterschiedliche Dinge. Während der Narzisst empathielos ist, hat der Egozentriker oftmals ein höheres soziales Verantwortungsbewusstsein. Man muss sich nämlich schon für wirklich wichtig halten, wenn man denkt, man könnte etwas in der Gesellschaft verändern. Nur der Egozentriker ist zu wahrem Idealismus in der Lage. Größenwahn ist nämlich das Gegenteil von Ohnmacht. Jedenfalls denke ich, dass ein geschultes Auge an meiner Körperspannung sofort jeden Diebstahlsakt erkennen würde. Christianes Leichtsinn macht mich richtig nervös.

«Komm, wir gehen, nichts gefunden», sagt sie und zieht mich an der Hand weg von den Regalen. An der Kasse zahle ich mit feuchten Händen meine Salbe, in der Hoffnung, dass Christianes kriminelle Energie nicht auf mich ausstrahlt. Als wir den Hyperstore verlassen, beginnt eine Sirene zu piepen. Ach du Scheiße. Die jungen Walmart-Angestellten, sie sehen aus wie fünfzehn, bitten mich, meinen Rucksack zu öffnen, und als sich dort nichts Verdächtiges befindet, winken sie uns durch. Schnell marschieren wir quer über den Parkplatz in die Nacht. Nur nicht umdrehen.

Ein Polizeiwagen fährt langsam an uns vorbei. Christiane ruft mit gepresster Stimme: «Subjekte erfasst. Zugriff. Hahaha.»

Paranoid sehe ich mich um, doch der Wagen fährt weiter.

«Uff, Christiane, meine Nerven!»

«TATÜTATA! Stehen bleiben! Hände hoch!», ruft sie.

«Alter, sei leise! In den USA kommst du wegen jedem Scheiß in den Knast.»

Das stimmt. Das Gefängnissystem ist ein Industriezweig, der das Land zusammenhält, jeder Gefängnisinsasse eine billige Arbeitskraft, jedes Gefängnis ein lukratives Unternehmen. Stolz zeigt mir Christiane das kleine Schwämmchen, es ist nur zwei Zentimeter groß.

«Stell dir vor, das Grinnell College müsste eine Kaution für dich zahlen.»

«Ach, Steffi, ihr Millennials seid solche Angsthasen.»

«Stell dir vor, sie würden so Phantombilder von dir aufhängen. WANTED: THE BERLIN SPONGE GANGSTER!»

Am Rückweg sind wir ganz high vom Adrenalin und holen uns wagemutig einen Hot Dog von der Tankstelle. Jetzt kann uns nichts mehr umbringen.

Hatten mich die Tankstellensnacks hier anfangs noch angewidert, finde ich die Tag und Nacht im Eigenfett rotierenden Würstchen mittlerweile ganz ansprechend. Die Handgriffe kennen wir inzwischen: Aus einer Lade unter der Grillanlage nimmt man sich ein eingeschweißtes Brötchen, das weich wie Plüsch ist, groß wie ein Daumen und unnatürlich gelb leuchtet, als wäre es mit Safran gefärbt. Mit den Fingern trennt man behutsam das Gewebe auf. Aus den zwanzig verschiedenen Perversionen wählt man das Wunschwürstchen und legt es in das Teig-Etui. Dann kann man das Ganze mit Ketchup oder Senf vollpumpen, mit Dillgurkenscheibchen und braunen, getrockneten Zwiebeln belegen. Alles sehr vorsichtig, denn im Vergleich zu den überdimensionierten Getränken sind die Hot Dogs mikroskopisch klein.

Christiane nimmt nur Ketchup. «Willst du es gar nicht verfeinern?», frage ich mit einem Zwiebelhäufchen auf der Hand.

«Lieber nicht.»

Wir verspeisen die Hot Dogs vor der «Kum and Go»-Tankstelle, deren Name Anlass zu zahlreichen Witzen ist, weil man den Namen auch mit «Abspritzen und Verschwinden» übersetzen kann. Seit Johnny Knoxville in der Serie «Jackass» ein T-Shirt mit dem Firmenlogo getragen hat, ist es als Merchandise sehr populär. Wie ein schnelles Abspritzen fühlt es sich auch an, als wir die Schweinerei im Dunkeln mit zwei Bissen verschlingen.

Zu Hause angekommen nehmen wir wieder unsere Positionen ein und beschließen, unsere neuen Spiele aus dem Thriftstore auszuprobieren. Die Spielschachteln aus dem Secondhandshop lagern im Bücherregal des Professorenhaushalts neben den Altgriechisch-Lexika. Wir entscheiden uns für eine Runde «Tabu». Die Begriffe sind einfach, manche kennen wir trotzdem nicht. Ich habe das Wort «Nose» und versuche es zu beschreiben, ohne die tabuisierten Begriffe wie «Smell, Mouth, Face» zu verwenden.

«I have it on my head. It's under my eyes», sage ich zu Christiane.

«HERPES!», ruft sie und lacht laut.

«Nein.»

«A moustache!»

Nein. So geht es weiter.

«A double chin.»

«Nein.»

Christiane beschreibt «Sing»:

«Something I am really good at.»

«Lying around!»

«Nein.»

«Eating sweets!»

«Nein.»

«Complaining!»

Nach einer Stunde gegenseitiger Beleidigungen, knapp an der Kippe zu echten Kränkungen, gewinnt Christiane 7 zu 5 und beginnt ihr Siegerlied zu singen:

«Ich bin so begabt. Du bist unbegabt. Ich bin so begabt!» Dann folgt der Refrain, zu dem sie mit großer Geste auf mich deutet: «UNBEGABT UNBEGABT UNBEGABT!!»[16]

Nach dem Spiel versuchen wir uns weiter in amerikanischer Popkultur zu bilden. Wir schauen «American Honey», ein Roadmovie über eine Gruppe von Außenseitern, die in einer Drückerkolonne arbeiten.

«Drückerkolonnen gab's früher in Deutschland auch», sagt Christiane. «Schon ein Skandal, dass so was erlaubt ist.»

«Ich hab das noch nie gehört.»

«Ehrlich? Die sind durchs ganze Land gefahren und haben gutmütigen Omis an der Haustür Zeitungsabos verkauft. Im Spiegel wurde dann aufgedeckt, dass die ganz schlimme Arbeitsbedingungen haben.»

Am Ende möchte Christiane den Film analysieren. In so etwas bin ich allerdings nicht gut, da läuft sie ins Leere mit Sätzen wie: «Die Szene, wo sie in den Teich steigt, das ist ja ein bisschen so wie eine Taufe. Oder eine Wiedergeburt.»

16 Wiederum irrt die Autorin hier. Das kurze Spottlied lautet wie folgt:
«Begabt, begabt, ich bin so begabt.
Und du, und du bist leider unbegabt».
Der mehrmalige Ausruf: Unbegabt! gehört nicht zum Kurzlied, sondern war in der beschriebenen Situation ein spontanes Zitat aus dem Schlusssong unserer «Legends of Entertainment»-Show. Dort hieß es: «Ungewiss, Ungewiss, Ungewiss, Ungewiss» – gesungen auf ein Motiv aus «We Are the Champions» von Queen.

«Keine Ahnung», antworte ich. Sie schaut mich enttäuscht an.

Trotzdem fühlt sich das gemeinsame Fernsehen gut an, dieses Bonding in Jogginghosen bringt uns einander täglich näher. Davor waren wir noch distanzierter, so gut kannten wir uns ja noch gar nicht. Jeden Morgen nach dem Aufwachen freue ich mich, Christiane wiederzusehen. Immer wieder verspüre ich den Impuls, sie zu umarmen. Bin ich verknallt? Kuscheln könnte ich mir vorstellen.

Morgens bin ich in der Regel schweigsam, depressiv, von der Welt und ihren Anforderungen verunsichert. Immer wieder gehe ich zum Rauchen auf die Terrasse und trinke zwei starke Kaffees aus der Espressokanne, die ich von Zuhause mitgebracht habe. Christiane dagegen ist schon gleich nach dem Aufstehen lustig und gesprächig, sie lenkt mich ab von meinen Grübeleien und werkelt dabei noch in der Küche. Überall liegen Süßigkeiten herum. Eine Herausforderung für meine Impulskontrolle. Jede Stunde ein Oreo. Die Ding Dongs schmecken mir zum Glück nicht. Ein altes Radio, das ich in einem Schrank gefunden habe, spielt jetzt immer den Radiosender KNWI. Gerade ist es das Lied: «Jesus Loves Me». Ein Countryduo. «Jesus loves me. This I know», singe ich mit.

Christiane hat Frühstück gemacht, das heißt, sie hat eine Dose Baked Beans aufgewärmt und serviert sie nun stolz auf Tellern. Dazu gibt es Toast.

«Die sind so komisch süß», stelle ich nach den ersten Bissen fest. «Kannst du das wirklich essen?»

Das Zeug schmeckt, als bestünde es zur Hälfte aus Zucker.

«Das ist ganz normal, die sind immer so. Iss deine Bohnen, Steffi.»

«Nein, das ist nicht normal, die sind ja richtig sirupartig», sage ich und schiebe den Teller weg. «Ich kann das nicht essen.»

«Das gehört so. Ich kenn das von früher, so sind die amerikanischen Baked Beans. Das ist dieser spezielle Geschmack. Iss jetzt deine Bohnen.»

«Ich hab schon mal Baked Beans gegessen. Das sind keine normalen Bohnen.»

«Du hast halt nicht die richtigen gehabt. Das sind die echten, ich kenne die von den Kanadiern, die in Hügelsheim stationiert waren. Das ist gut so.»

«Hör mal, die schmecken, als wäre da Coca-Cola drin.»

«Ach Quatsch, die geben doch kein Cola in die Bohnen. Du tust so, als würden die Amerikaner überall Cola reinschütten. Die sind einfach etwas süßlich.»

«Das ist ungenießbar.»

«Einmal koche ich etwas, und dann tust du so abgehoben.»

Ich stehe auf, gehe in die Küche und hole die Dose aus dem Mülleimer. Auf dem Etikett steht groß: «DR. PEPPER BAKED BEANS. SWEET & A BIT SASSY». Daneben ist eine Colaflasche abgebildet.

Mit der Dose in der Hand marschiere ich wieder ins Esszimmer. Ich halte sie Christiane vors Gesicht. Jetzt kann sie es nicht mehr leugnen.

«Schau, das sind Baked Beans mit Cola. Da ist eine Colaflasche drauf.»

Christiane schüttelt energisch den Kopf. «Das hast du doch jetzt selbst draufgemalt, nur damit du recht hast.» Ungerührt isst sie die Baked Beans weiter. «Mhhh. Du weißt gar nicht, was du verpasst!»

Nach dem Frühstück machen wir wieder unseren Stadtspaziergang. Die Frühlingsferien sind vorbei und am Campus kehrt Leben ein. Anfang Zwanzigjährige wandeln in Dutzenden Kleingrüppchen über die Wiesen. Das Seltsame am Altern ist, dass man es vor allem dadurch merkt, wie die Leute um einen jünger werden. Die Studierenden sehen für mich aus wie Vierzehnjährige.

In den Innenräumen der Universität werden wie selbstverständlich FFP2-Masken getragen, nirgends sonst in Iowa haben wir Masken gesehen. Die Studierenden haben verschiedene Hautfarben, alles ist viel diverser als in der Stadt, einige wirken queer, ein junger Typ trägt ein enges Kleid mit Tigermuster und fällt damit nicht weiter auf. Über die Hälfte der Grinnellians, hat uns die Professorin erzählt, heiraten mal einen andern Grinnellian.

Heute hat ein Café in der Hauptstraße geöffnet, das bis jetzt immer geschlossen war. Es ist anders als die typischen Diner hier, fast kommt es einem vor wie eines dieser Berliner Hipstercafés, die wiederum amerikanischen Hipstercafés nachempfunden sind. Entgegen europäischen Gepflogenheiten wird man nicht bedient, Trinkgeld soll man aber trotzdem geben. Immerhin gibt es echte Espressomaschinen, echte Cappuccinos. An allen Tischen sitzen StudentInnen vor MacBooks. Christiane ist selig, weil sie richtigen Kaffee bekommt. Dazu essen wir Chocolate Chip Cookies. «Endlich Cappuccino. Endlich Leben, endlich junge Menschen!», ruft Christiane fröhlich.

Später bin ich zum German Table eingeladen, an dem immer eine Handvoll StudentInnen, die Deutsch als eines ihrer Fächer belegt haben, mit den DozentInnen sitzen, und wir dürfen kostenlos in der Mensa essen. Der Speisesaal ist voll, die Studierenden stehen mit ihren Tabletts in der Hand in langen Schlangen. Wir, also ich und die Professorin, werden vorgelassen, da wir in der Hierarchie über ihnen stehen. An den Essensausgabestationen herrscht Vollbetrieb. Frische Burger werden gegrillt, Salate mit Zangen auf Teller gehäuft. Ich muss an gestern denken, als ich in der Küche stand und Christiane sich von hinten an mich ranschlich und mir mit in einer Salatzange von der Seite in den Bauch zwickte. Als ich mich umdrehte, blitzten ihre Augen dämonisch. «Ich bin der Zwicker!», grummelte sie mit tiefer Stimme, und als ich schutzsuchend vor ihr floh, verfolgte sie mich durchs ganze Haus bis ins Wohnzimmer, wo ich mich hinter einem Sessel verbarrikadierte. «Der Zwicker kommt!», schrie sie und jagte mich die Treppe hoch in den zweiten Stock. Irgendwann ließ sie von mir ab und warf sich auf die Couch. Die Salatzange ließ sie auf den Teppich fallen. Ich nahm sie unauffällig und versteckte sie im obersten Regal meines Kleiderschranks.

Die Auswahl in der Mensa ist wirklich beachtlich. Es gibt ein veganes Buffet, ein Halal-Buffet, ein Buffet ohne Gluten. Getränkespender mit Softdrinks. Schreckliche Kaffeevariationen. Ketchupspender, Senfspender, Ranchsoßenspender. Eiscreme, Süßigkeiten.

Neben normalen Angestellten arbeiten auch StudentInnen, die Geld verdienen müssen, in der Mensa. Die haben vor Kurzem eine Gewerkschaft gegründet und am gesamten Campus Flyer aufgehängt. Das ist gerade großes Thema, da dies amerikaweit die erste von Studierenden initiierte Gewerkschaft ist, sogar die Teen Vogue hat berichtet. Ich liebe den aufkeimenden Rebellenpathos junger StudentInnen, auch wenn er mich gleichzeitig peinlich berührt, weil ich ihm sofort unterstelle, nur eine Simulation des echten gesellschaftlichen Lebens zu sein, ohne den Antrieb wahrer existenzieller Bedrohung. Eine Art Ausprobierzeit unter der

Eliteuni-Käseglocke. Vielleicht tue ich den Studierenden unrecht, vielleicht bleiben sie so. Manche kommen aus reichen Familien, aber viele werden ihr Leben lang Schulden haben. Und hier geht es zumindest um einen echten Kampf und um keinen rein symbolischen. Auf den Zetteln, die im College verteilt hängen, vergleichen sie den Stundenlohn anderer Gastronomiebetriebe in der Stadt mit dem Stundenlohn am Elitecollege. Im Hipstercafé verdient man 15 Dollar die Stunde, bei Taco John's 12 und bei McDonald's 13. Arbeitet man in der Mensa, verdient man 9 Dollar 70. Angeblich, so erzählt es die Professorin, haben so gut wie alle Angestellten aus dem Verwaltungs- und Instandhaltungsbereich einen zweiten Job, um zu überleben, dabei ist das College wirklich reich.

Christiane ist nicht mitgekommen, weil sie noch mit Kevin für die Abendveranstaltung proben muss, das ist ihr neuer Gitarrist. Er freut sich schon sehr. Vielleicht kann er in seinen Lebenslauf schreiben, dass er mit dem Zwicker gespielt hat.

Beim German Table machen wir Small Talk, der mir sogar ganz gut gelingt. Neben den ProfessorInnen ist noch ein schweigsamer chinesischer Student dabei und ein künstlerisch interessierter Amerikaner, der im Art Departement des Colleges gerade Siebdrucke macht und mit dem man mich interessensmäßig verkuppeln möchte. Ich muss mir seine Drucke am Handy anschauen und versuche, Begeisterung auszudrücken, was mir nicht so recht gelingt, da ich in sozialer Schauspielerei minderbegabt bin. Dabei finde ich sie sogar gut, ich bin nur nicht völlig aus dem Häuschen, habe aber das Gefühl, wenn ich weniger als Begeisterung zeige, wird es unhöflich. Als ich also sage, ich fände die Bilder «amazing», fängt meine Tonlage an zu schlingern wie bei einem Teenager im Stimmbruch, alle schauen betreten. Das Schlimme an einer latenten Soziophobie ist das Bewusstsein, dass sich niemand wohlfühlt in Gegenwart von jemandem, der sich nicht wohlfühlt. Also versucht man Wohlfühlen zu spielen, wodurch man sich noch unwohler fühlt. Eine Abwärtsspirale. Wie angenehm sind dagegen Menschen, die sich so unbedarft und selbstverständlich entspannt geben im Umgang mit anderen, dass es auf einen abfärbt. So ein Typ ist der Professor, alle nennen ihn Dan, und er hat etwas leichtfüßig Eloquentes, ohne dabei überheblich zu wirken, ganz im Gegenteil zeigt er geradezu kindliches Interesse auch an Kleinigkeiten, von intellektueller Arroganz keine Spur. Die schlechten Deutschkenntnisse der Anwesenden helfen mir, weil ich mit ihnen wie mit Kindern reden muss und nicht so auf Nuancen und Zwischentöne achten muss. So meistere ich die Situation, und das sogar ohne eine Christiane, hinter der ich mich verstecken kann.

Nach dem Mittag spaziere ich noch über das Collegegelände. Eichhörnchen hüpfen um mich herum über den Rasen. Sie sind kräftiger, grauer, extrovertierter und optimistischer als die verschreckten, depressiven europäischen Pendants. Die Studierenden wirken ja auch so zufrieden, engagiert und lebenshungrig. Ob es hier trotzdem Dropouts gibt? Leute, die die Institutionen von Grund auf ablehnen, weil es kein richtiges Leben im falschen gibt? AnarchistInnen, depressive TrinkerInnen, die voll auf anti sind und alles sabotieren wollen? Lässt sich das überhaupt mit einer Universitätskultur vereinbaren, in der man 70 000 Dollar für ein Studienjahr zahlt? Und wird nicht jedes Rebellentum von dem liberalen, durch Protestkultur geprägten Geist dieses Colleges absorbiert und damit zahnlos gemacht? Hätte ich es in Amerika je auf eine Uni geschafft oder wäre ich in meinem Trailerpark verrottet? Wäre eine Slackerkarriere wie meine, abgesichert durch Gemeindebauten und soziale Mindestsicherung, in den USA überhaupt möglich oder schaffen es hier wirklich nur die ekelhaft Ehrgeizigen in die Kunst?

Christiane sagt, wenn man mit amerikanischen Expats in Berlin ausgehen will, müssen die immer arbeiten, selbst die KünstlerInnen, die gar keinen Erfolg haben. Die kennen das gar nicht, dass man als Bohémien jahrelang einfach nur rumhängt.[17] Ausgeht und schläft und ausgeht und schläft. Die normale Sozialisation mitteleuropäischer UndergroundkünstlerInnen. Bin ich ein Produkt der Sozialdemokratie, des roten Wiens, der österreichischen Antriebslosigkeit? Wahrscheinlich.

Ich gehe in mein gelbes Haus zurück und beschließe, Wäsche zu waschen. Christiane und Kevin sitzen am Küchentisch und proben. Sie scheinen sich gut zu verstehen. Er sieht nett aus, ordentlich, freundlich. Ich lasse sie erst mal in Ruhe. Christiane hat die berührendste Gesangsstimme, die ich kenne, ganz hell und hoch, aber auch rau und erfahren, allein schon der Klang macht heiter. Beschwingt gehe ich in

17 Auch hier hat die Autorin schlecht recherchiert: Ich kenne gar keine amerikanischen Expats, habe aber vor Jahren einmal eine Kolumne eines amerikanischen Künstlers gelesen, der sich verwundert zeigte, dass die Berliner Maler und Musikerinnen so oft in Cafés und Bars rumsitzen. Er verstehe das gar nicht, denn wenn man Songwriter oder Künstlerin sein wolle, müsse man doch die ganze Zeit Songs schreiben oder Kunst machen, um sich immer mehr zu improven. Er hatte nicht verstanden, dass das Rumsitzen in Bars die eigentliche Kunst ist.

den Keller hinunter. Die Waschküche erinnert wieder stark an eine Filmkulisse. Die Waschmaschine ist ein rustikaler Toplader, einen Trockner gibt es auch. Die Beschriftungen wirken wie aus den Fünfzigern, wie auf einer Juke Box im Musical «Grease». In dieser Kellerkulisse zu stehen vermittelt einem das Gefühl, als müsste jeden Moment etwas Furchtbares passieren. Es ist einer dieser Spannungsmomente, die sich langsam aufbauen und die ich so unerträglich finde. Man betrachtet sich sozusagen von außen, aus verschiedenen Kameraeinstellungen. Das Licht habe ich mithilfe einer kleinen Eisenkette eingeschaltet, die von der Decke baumelt, die Neonröhren flackerten und knisterten, und genau diese Szene kennt man aus zig Horrorfilmen. Im Kino würde ich mir jetzt die Augen zuhalten. Ich versuche, nicht in die Winkel zu sehen, aus denen im Spinnengang das Gruselkind krabbeln könnte, und leere meine und Christianes Wäsche in die Trommel. Dann gehe ich auf mein Zimmer und vertiefe mich in die sozialen Medien. Die Likes und Kommentare zu meinen Iowa-Bildern bringen mein Belohnungszentrum zum Blubbern, ich versinke im Dopaminrausch wie in Treibsand. Nach einer Stunde klingelt der Wecker, und ich muss runter, um alles in den Trockner zu werfen. Hoffentlich verbrennt nichts. Hoffentlich wird mein gutes Kleid strahlend sauber für den großen Auftritt. Es ist das einzige ohne Brandlöcher von der Glut meiner selbstgedrehten Zigaretten.

Der Veranstaltungsort, das kleine Kunstmuseum, ist nur fünf Minuten Fußweg von unserem Häuschen entfernt. Als ich ankomme, stehen da schon circa fünfzig Studierende. So viele. Die Hälfte sind AsiatInnen, wahrscheinlich FreundInnen von Kevin.

«Da ist ja richtig viel los», sage ich zu Christiane, die

schon vorher losgegangen ist, und schüttele sie euphorisch am Ellbogen.

«Ja, ich kann es selbst nicht glauben.» Man merkt, ihr schießt die Vorfreude ein, sie ist voller Energie. Das Adrenalin hält die Auftrittskünstlerin jung. Die Rampensau scharrt mit den Hufen. Die Professorin hat beim Veranstaltungsdepartement Käse und Wein bestellt statt wie hier eher üblich Kekse und Kaffee. Die StudentInnen scharen sich um den kleinen Tisch mit der Käseplatte und greifen zu, denn Gorgonzola, Brie und Camembert sind rare Hervorbringungen europäischer Dekadenz, kein normaler Mensch kann sich so was leisten. Ich drehe mir eine Zigarette und rauche sie zum Käse. Die Professorin weist mich dezent darauf hin, dass am gesamten Collegegelände Rauchen auch im Outdoorbereich verboten ist. Ich dämpfe die Zigarette auf meiner Schuhsohle aus und bemerke erst jetzt die entsetzten Blicke.

Langsam bewegt sich die Menge in die Galerie und nimmt Platz. Die Professorin, die zur Feier des Tages einen Blazer trägt, stellt dem Publikum Christiane als feministische Ikone, Musikerin und Popstar vor. Es sei ihr eine Ehre, sie ankündigen zu können, eine Ehre für das College, dass sie hier auftrete. Christiane sitzt anfangs am Tisch, ihren satirischen Beziehungsratgeber «Liebe wird oft überbewertet» vor sich, und fängt langsam an, von der Pärchenlüge zu erzählen. Sie erklärt dem Publikum in gewandtem Englisch, dass man, wenn man jung sei, die Liebe für das Wichtigste im Leben und die einzige Ausflucht im Kapitalismus halte. Das sei aber grundlegend falsch. Das Publikum lacht da bereits sehr. So was haben sie noch nie gehört, verrückt. Ich freue mich, dass sich Christianes spitzbübischer Charme auch im Englischen überträgt. Wie die Studierenden ihr an den Lippen hängen, bestätigt mich darin, dass eine Sechzigjährige mit Kurzhaarschnitt und ohne groß aufgetakelt zu sein, mit ihrer Präsenz den Raum einnehmen kann, obwohl es Frauen ab einem gewissen Alter allgemein abgesprochen wird. Frechheit und Punkgestus funktionieren auch noch mit sechzig tadellos.

Christiane teilt aus ihrem Erfahrungsschatz mit, warnt besonders davor, sich in Liebesbeziehungen selbst aufzugeben, und steht dann auf, um von Kevin begleitet das Lied von der Pärchenlüge zu singen. «Pärchen, verpisst euch, keine vermisst euch.» Und dann, auf Englisch: «Couples, get lost!» Die StudentInnen brechen in Gelächter aus. Begeistert filme ich alles mit meinem Handy. Weiter geht's, Christiane singt jetzt «Faible für Idioten» auf Englisch: «I think I have a soft spot for idiots. I think I have a soft spot for you.» Die Übersetzung gelingt gut. Sie warnt davor, Künstler zu daten, das würde einen nur unglücklich machen, man solle lieber selbst Künstlerin werden. Die jungen StudentInnen jubeln, es folgt langer Applaus.

Wie schön, damit hätte sogar ich als Fan nicht gerechnet. Als wir draußen noch ein bisschen Wein trinken, bedanken sich zwanzigjährige Chinesinnen bei Christiane. Auch in den folgenden Tagen winken ihr immer wieder StudentInnen auch von Weitem zu und rufen, wie awesome es gewesen sei, und jedes Mal singt Christiane dann: «Ich bin so beliebt, du bist unbeliebt. Ich bin so beliebt!» [18]

18 Seltsam, wie die doch eigentlich talentierte Frau Sargnagel einfachste Liedzeilen durcheinanderbringt. Dieses Spottlied folgt dem einfachen Schema des Spottliedes aus Anm. 16 und geht so:
«Beliebt, beliebt – ich bin so beliebt!
Und du, und du – bist leider unbeliebt!»

«Vielleicht ist es auch immer dieselbe Person», versuche ich sie von ihrem Höhenflug runterzuholen. «Bei den Masken kann man sich ja nicht sicher sein.» Ich gönne ihr den Erfolg, aber ein bisschen neidisch bin ich schon. Noch Monate später schreibt uns die Professorin von Studierenden, für die das eine der besten Shows gewesen sei, die sie je gesehen hätten. Ich werde mit keinem Wort erwähnt. Immerhin habe *ich* dafür gesorgt, dass Christiane als Gast mitkommt, ein bisschen ist es also auch mein Triumph. Das ist generell ein gutes Konzept, um sich vom Talent anderer KünstlerInnen nicht bedroht zu fühlen: Man bringt sie auf die Bühne, dann ist ein gelungener Auftritt auch ein Kompliment an den eigenen Geschmack, und am Ende, davon möchte ich überzeugt bleiben, ist Kooperation immer besser als Konkurrenz. Die ersten kooperativen Leute, die ich auf der Kunstuni kennenlernte, waren die ComiczeichnerInnen, weil es für sie ökonomisch sinnvoller war, zusammenzuarbeiten, Druckkosten zu teilen und kollegial miteinander umzugehen. Mit Comics wird sowieso niemand reich.

Ein junger Typ kommt zu Christiane. Er hat halblange, strähnige Haare, stellt sich als Austauschstudent aus Berlin vor und trägt dabei eine Arroganz vor sich her, die Christiane später als Selbstverliebtheit eines Schönlings interpretiert und ich als nerdige Tollpatschigkeit. Er spricht Christiane an, die ihm vorher kein Begriff gewesen sei, und erklärt, wie sehr ihn ihre Paarkritik abgeholt hätte. Die Leute würden Beziehungen total überschätzen, das sei auch seine Meinung. Christiane und ich schauen einander wissend an. Das kennen wir schon. Oft nehmen Männer feministisch motivierte Kritik am Paarkonstrukt als Bestätigung ihrer eigenen Beziehungsunfähigkeit. «Weißt du», sagt Christiane, die im Gegensatz zu mir weniger Hemmungen hat, direkt zu sein, «es geht eigentlich mehr um die Frauen. Weil die ja viel mehr zurückstecken aus Hoffnung auf Liebe. Eigentlich geht's nicht um die Männer.» Er reagiert verwirrt. Ich habe ihn schon am German Table kennengelernt, wo er ebenfalls mit einer Aussage für Irritation sorgte und dann verstört von den Reaktionen war. Ich halte meine Einschätzung für richtiger als Christianes. Auf mich wirkt er verloren, auf Christiane wie ein eitler Hipster.

Nach dem Event werden wir zum Essen ausgeführt. Es geht ins Los Girasoles gegenüber von Walmart, ein mit Sonnenblumen dekorierter Mexikaner. Die Gäste trinken Margaritas aus Gläsern mit dreißig Zentimeter Durchmesser. Auch wir bekommen gleich einen hingestellt, und ich finde sofort Gefallen an dem süß-säuerlichen Drink, dessen Kombination aus Zitronensaft, Zucker und Tequila direkt in die Blutbahn schießt. Der Professor und die Professorin überreichen Christiane ein Geschenk. Alle sind gut gelaunt wegen der gelungenen Vorstellung und noch ganz aufgedreht von der Show. Christiane reißt das Papier auf: ein Collegesweater mit dem Namen des Colleges, die Professorin hatte mich zur Beratung herangezogen. Christiane zieht ihn gleich über und sieht sofort aus wie eine Sportlehrerin. Dann kommt auch schon das Essen, riesige Fleischplatten. Nach drei weiteren Drinks löst sich die Runde langsam auf. Am nächsten Tag, verspricht uns der Professor, bringt er uns nach Des Moines zum Flughafen, und wir bekommen endlich ein Auto.

«Ein Auto, ein Auto!», ruft Christiane fröhlich. «FREIHEIT!»

Nach dem Frühstück am nächsten Morgen holt Christiane die restliche Wäsche aus dem Keller. Die Arbeitsteilung funktioniert schon ganz intuitiv. Aus dem Wohnzimmer, wo sie am Tisch die Wäsche sortiert, höre ich sie rufen: «Steffiiii, du musst mir helfen.» Sie streckt mir ein paar schwarze Unterhosen entgegen. «Ich weiß einfach nicht, welche mir gehören und welche dir.»

«Ja, schwer zu sagen, die sehen wirklich vollkommen gleich aus.»

«Wir haben genau dieselben Unterhosen. Wie Zwillinge.»

Es stimmt. Beide scheinen wir großzügig geschnittene schwarze Baumwollschlüpfer zu bevorzugen. Nicht nur der Schnitt, auch die Größen sind genau gleich.

«Ich hätte dich ja eher als Tangaträgerin eingeschätzt», sage ich zu Christiane.

«Ich habe noch nie im Leben einen Tanga getragen!», antwortet sie empört.

Ratlos wühle ich in den schwarzen Unterhosen. «Wir haben's halt gern gemütlich, gell.» Nach ein bisschen Rätseln haben wir eine faire Aufteilung gefunden, jede bekommt fünf Stück.

Gleich darauf klingelt es, der Professor steht mit dem Auto vor der Tür. Christiane ist immer noch glücklich, und deshalb bin ich es auch. Die Straße in die Hauptstadt sehen wir auf der fünfzigminütigen Fahrt Richtung Westen zum ersten Mal bei Tageslicht. Ich bestaune die vielen Fastfoodketten entlang der Interstate 80. Arby's, Wendy's, eine Tankstelle heißt Love, sie hat drei Herzen als Logo. So viele neue Eindrücke. Ein Vergnügungspark. Ein riesiger Store für Jäger und Angler.

Der Professor lebt mit seinem Partner und drei Collies, die Namen aus der Nibelungensage tragen, in der Hauptstadt. In Des Moines zu wohnen sei angenehmer als im kleinen Grinnell. Auch wenn man die Leute dort nicht unterschätzen dürfe, im persönlichen Kontakt seien auch die konservativsten meist freundlich und hilfsbereit, fühle er sich doch in der Stadt wohler. Wir könnten, sagt er, jederzeit in Des Moines bei ihnen übernachten.

Wir machen weiter Small Talk. Heute, erzählt er, sei er wegen fehlender Maske von einer Studentin gemaßregelt worden, das habe er als respektlos empfunden. Er sei immerhin geimpft, aber bei den Masken gehe es im Moment viel um Virtue Signaling, das demonstrative Darstellen moralischer Überlegenheit. Das ist genau Christianes Thema. Die beiden fangen gleich an, über überkorrekte junge Leute zu lästern, die alles richtiger machen wollen als die anderen. Ich vertrete sofort die Gegenposition, da ich prinzipiell die Gegenposition vertrete. Die Lust mancher Leute daran, andere zu ermahnen, raubt mir selbst oft den Nerv, allerdings bin ich speziell beim Thema Corona entschieden der Meinung, dass man laut aktueller Faktenlage trotz Impfung eben sehr wohl andere anstecken kann. Dass kein vernünftiger Mensch die Möglichkeit von Impfschäden bestreite, aber Schäden durch Long Covid eben viel häufiger und meist viel drastischer seien. Christiane erzählt von einer Theaterproduktion, bei der sie als Regisseurin ständig von den ProjektteilnehmerInnen zum Maskentragen gedrängt wurde, und das, obwohl man jeden zweiten Tag getestet wurde und verpflichtet war, keine Kontakte außerhalb des Teams zu haben. Dabei höre sie fast nichts, wenn alle Maske tragen, und eigentlich sei sie dort die einzig echte Vertreterin einer Risikogruppe gewesen. «Früher waren wir immer alle gegen Regeln, aber manchmal hab ich das Gefühl, die jungen Leute heute hätten gerne noch mehr Regeln.»

«Ok, Boomer», sage ich von hinten.

«Steffi wollte mir ja mal das Autofahren verbieten, weil ich *eine* Weißweinschorle getrunken hatte.»

«Ich dachte halt, du wärst besoffen. Ich kannte dich ja noch nicht so gut und wusste nicht, dass du immer so fährst.»

«So sind die heute. Die rufen dann, nein, da kannst du nicht parken, da ist Parkverbot, das ist ja gegen die Regeln.»

«Also, du übertreibst jetzt aber.»

«Gar nicht übertreibe ich. Ihr seid alle so links und strebt die herrschaftsfreie Gesellschaft an, aber macht euch in die Hosen, wenn ich fünf Minuten im Halteverbot stehe.»

«Man weiß halt einfach noch wenig über Corona, vor Kurzem sind viele Menschen noch gestorben. Das ist ja keine normale Situation.»

«Meine Güte, ich trag doch eh Maske», sagt Christiane, und dann zum Professor: «Aber heimlich bin ich Querdenkerin. Haha.»

Schnell sind wir bei den anderen Standardgesprächsthemen. Cancel Culture, Triggerwarnungen in Literaturklassikern, zu denen wir alle drei Einerseits-Andererseits-Argumente hervorbringen. Meiner Meinung nach ist das ja ein Phänomen amerikanischer Privatunis, die Angst vor schlechtem Image und vor Klagen haben. Wenn ich 70 000 Dollar pro Semester zahle, möchte ich halt auch, dass auf meine Gefühle Rücksicht genommen wird. Dann wechselt das Gespräch zu Thomas Mann, den der Professor sehr verehrt. Christiane hat ihr Studium der Literaturwissenschaften ja sogar abgeschlossen, Anfang dreißig, neben Kind, Partys und Band im räudigen Berlin.

«Ich wollte ja das Bafög nicht verlieren», sagt sie und fängt an, ihre Lieblingsromanciers aufzuzählen. «Ich mochte die russischen Klassiker immer sehr gern. Am besten gefällt mir ‹Oblomow› von Ivan Gontscharow. Kennst du den?», fragt sie den Professor. «Da geht es um Oblomow, der den ganzen Roman lang, über mehrere Hundert Seiten im Bett liegt. Mit dem habe ich mich identifiziert. Ich war ja immer so müde vom Ausgehen.»

Wir sind jetzt in der Innenstadt und fahren am Iowa State Capitol vorbei, das Senatsgebäude mit dem goldenen Dach, aber Christiane ist noch nicht fertig mit dem Thema Literatur.

«Steffi liest gar keine Romane mehr, die schaut sich die Autoren nur noch auf Instagram an.»

«Ich lese immer alle Rezensionen zu allen Neuerscheinungen und schau mir dann die Selbstdarstellung auf Social Media an, dann weiß ich meist schon so viel, dass mich das Lesen nicht mehr interessiert.»

«Siehste, so sind die jetzt», sagt Christiane triumphierend. Als im Radio Morrissey gespielt wird, der mittlerweile bei allen als rechter Spinner und Anhänger von Verschwörungstheorien in Ungnade gefallen ist, beginnt die Diskussion «Künstler vom Kunstwerk trennen». Man einigt sich, dass es prinzipiell heikel sei, die Kunst nach dem Menschen zu beurteilen, weil ja so gut wie alle Künstler Arschlöcher sind, außer uns. Die Macht verändert die Menschen.

«Auch Patti Smith?», fragt der Professor.

«Nee, ich glaub, Patti Smith ist ok.»

«Ja, ich glaub, Patti Smith ist echt ein guter Mensch.» Alle sind sich sicher, dass Patti Smith eine anständige Person ist.

Als der Professor einparkt und wir aussteigen, regnet es. Ein eisiger Wind weht uns scharf ins Gesicht und friert mir die Wimpern ein. Braune Backsteinbauten, graue Hochhäuser, ein Stadtbild wie ein verwaschener Feinrippsweater. Alles ist vergilbt wie ein altes Computergehäuse. Es ist so beißend kalt, dass man es keine zwei Minuten auf der Straße aushält.

«Wenn ihr möchtet, könnt ihr ein bisschen in der Stadt spazieren, ich muss noch etwas aus dem Pet Store holen.»

Also tun wir das. Wir sind in Downtown, wo, wie in den USA üblich, nur Bürogebäude stehen. Des Moines hat circa 200 000 Einwohner und ist das drittgrößte Versicherungszentrum der Welt, alle führenden Versicherungskonzerne der USA haben hier ihren Hauptsitz. Entstanden ist es aus einem Fort zur Bekämpfung der indigenen Stämme in der Region. Später entstand hier ein großes Kohlerevier, und inzwischen ist es eben Versicherungshochburg. Neben einer Handvoll historischer Gebäude wie dem State Capitol (das mit einer großen Sammlung von Puppen punkten kann, der First Lady Doll Collection, die die Frauen früherer Gouverneure darstellen) oder Terrace Hill gibt es einen Botanischen Garten unter einer Glaskuppel, einen Skulpturengarten, dessen Trostlosigkeit wir schon im Vorbeifahren bewundern konnten, es gibt ein hippes Viertel mit queeren Bars und ein rund um die Uhr geöffnetes Casino mit Pferderennbahn, das Prairie Meadows Casino.

Des Moines ist aber auch dafür bekannt, dass hier die Vorwahlen der Präsidentschaftskandidatur stattfinden und man an jeder Ecke Politprominenz antreffen kann. In keiner Phase des Wahlkampfes, heißt es, wird so viel Volksnähe produziert.

Das berühmteste Aushängeschild ist aber wohl die «Iowa State Fair». Über eine Million Menschen strömt dafür jedes Jahr nach Des Moines. Es wird aber auch viel geboten: Es gibt einen gigantischen Rummelplatz und die berühmte Butterkuh, ein kunstvoll aus mehreren Tonnen Butter geformtes Tier in Lebensgröße. Zu dieser größten Landwirtschaftsmesse der gesamten USA reisen die Leute mit Wohnmobilen Tausende Meilen weit an, um sich ein paar Tage bei

Jodel-, Cowboy- oder Holzhackwettbewerben zu vergnügen. Iowa rühmt sich, durch den Viehhandel auf der State Fair die prächtigsten Tiere auf der ganzen Welt zu besitzen. Die zartesten Lämmchen, die kräftigsten Pferde, die fettesten Marktschweine und die geilsten Ziegen. Wochenlang wird das Vieh aufgepäppelt und verwöhnt, um den höchsten Marktwert zu erzielen und als knuspriger Braten auf den Esstischen braver Christenmenschen zu landen. Die Stiere werden gebürstet, die Schafe schamponiert, die Ziegen kriegen das feinste Kraut. Es gibt die Wahl zum größten Bock, zum speckigsten Hasen, zum kräftigsten Wildschwein, zur schwersten Taube und zur fettesten Wachtel. Kuriose Wettbewerbe werden ausgerufen: ein Ziegen-Kostümwettbewerb, bei dem man die Tiere in Hochzeitskleider oder Lederhosen steckt. Der Heuballenweitwurfwettbewerb, der Bartwuchswettbewerb, die Wahl des makellosesten Maiskolbens. Grillwettbewerbe, Schachturniere, ein Cowgirl Contest. Es wird der hübscheste Teller Äpfel gekürt. Außerdem im Programm: Kuhfladenweitwurf, Mr. Leg – der Mann mit den schönsten Beinen, der Zwillingswettbewerb, der Drillingswettbewerb, der Kürbiswettbewerb, Gewichtheben, der Buchstabierwettbewerb und natürlich die Wahl zur Miss State Fair. Neben Wettbewerben und Verkaufsständen für Traktoren oder Mähdrescher gibt es Paraden und Fahrgeschäfte. Es gibt sogar ein Schweineballett. Das ist leider erst im August.

«Ihr könntet ein bisschen durch den Skywalk spazieren», schlägt der Professor vor. Der Skywalk ist ein System aus Brücken, das die Hochhäuser, Parkgaragen und Veranstaltungszentren der Innenstadt miteinander verbindet. Ein verglastes Gangsystem, in dem sich unbeeinflusst von Wind und Wetter von einer Versicherung zur anderen wandeln lässt. Es ist das größte Skywalksystem nach demjenigen von Minneapolis und eine Sehenswürdigkeit. Das halten wir für einen guten Vorschlag. Der Professor verabschiedet sich mit dem Versprechen, er werde uns in einer Stunde wieder hier abholen, und wir treten neugierig an die Schiebetür, die sich automatisch öffnet. Vor uns erstrahlt eine Rolltreppe, über der ein Schild angebracht ist: Führt zu Level 3. Oben auf Level 3 ist eine Übersichtskarte, die das Brückenlabyrinth veranschaulicht. Insgesamt ist das Wegesystem vier Meilen lang, es verbindet 55 Gebäude. Wir tauchen ein und lassen uns einfach treiben. Ich habe auf Google Maps ein Café entdeckt, das wählen wir als vorläufiges Ziel aus. Wir laufen und laufen auf dem braunen Teppichboden, rechts und links hinter dem Glas beige Versicherungsfirmen und leere Straßen. Bis jetzt ist uns noch kein anderer Mensch begegnet. Wir treten in einen neuen Gang ein. Diesmal blauer Teppichboden, wieder gehen wir einige Hundert Meter, bis wir im nächsten Gebäude landen. Wir fahren eine Ebene runter. Level 2. Langsam bekomme ich das Gefühl, Figur in einem Computerspiel zu sein. Level 3. Im nächsten Gebäude, das wir erreichen, hängt an der Wand die Werbung einer Versicherung. «Endlich was zu sehen», sagt Christiane. Es ist eine große gelbe Tafel, die mittels einfacher Grafiken die Risiken einer durchschnittlichen Biografie visualisiert, gegen die man sich versichern sollte. Es beginnt im Alter von elf Jahren mit einem Ausweis-Piktogramm: CHILD IDENTITY THEFT. Gestrichelte Linien führen drei Jahre weiter im Lebensweg. Mit vierzehn drohen Mobbing und Cybermobbing, drei Jahre später Verkehrsstrafen, und noch einmal zwei Jahre später juristischer Ärger wegen UNDERAGED DRINKING. Mit 21 folgen Probleme mit dem Vermieter, mit

25 Risiken rund um die Eheschließung, mit 30 rund um die Familiengründung, mit 32 steht der Hauskauf an, mit 38 ist der Schuldenberg nicht mehr im Griff, Scheidung mit 40. Die gestrichelte Linie führt weiter, mit 42 ist das Haus zu renovieren, mit 48 wird ein Elternteil pflegebedürftig, erste schwere Krankheit mit 55, Testament mit 60. Mit 70 wieder dasselbe Piktogramm wie am Anfang: IDENTITY THEFT.

Die niedrigen Decken der Gänge sind mit Gipsplatten verkleidet, Neonröhren flirren über unseren Köpfen und blenden, wenn man hinsieht. Endlose Gänge, die nirgends hinführen. An allen Wänden Bildschirme, überall Versicherungswerbungen im Dauerloop. Immer wieder Bildstörungen. Ein Druck legt sich auf die Brust. Bis jetzt sind wir durch vier Gebäude gegangen, ein sich dehnender Schwellenzustand, nirgends hat man das Gefühl anzukommen. Ich suche auf Google Maps noch einmal nach dem Café. Dort, wo uns die Karte hinführt, ist wieder nur ein leerer Gang.

«Steffi, das ist so unheimlich», klagt Christiane.

«Ich bring dich schon durch!», beruhige ich sie. «Schau, ich hab noch Oreos mit.»

Liest man die Bewertungen dieser Sehenswürdigkeit online, verwendet die Hälfte der Rezensenten das Wort «Apokalypse.» Ein Bildschirm, an dem wir vorbeitrotten, wirbt ausnahmsweise mal für Pick-up-Trucks. Der Teppichboden wechselt von Braun zu Grau-Gestreift, dann wieder zu Braun.

«Das ist der schlimmste Ort, an dem ich je war», murmle ich und bekomme einen Lachanfall, der mir selbst unheimlich ist.

«Wieso lachst du denn so irre?», fragt Christiane.

«Ich lache normalerweise gar nicht so viel.»

«Wir müssen jetzt wirklich langsam hier raus.»

Als wir um die nächste Ecke biegen, wird das Licht greller und kälter, sonst verändert sich nichts. Dann die erste Anomalie: Mitten im schmucklosen Gang, der rundum verglast zwischen zwei Hochhäusern über der Stadt hängt, liegt auf dem Teppichboden ein Mann. Er liegt einfach da und schläft. Hoffentlich. An einer Steckdose lädt sein Handy, das neben ihm liegt. Sein Kopf liegt auf dem Arm, tiefe Atemzüge sind zu hören.

«Ein Hindernis», flüstert Christiane, leise, um ihn nicht aufzuwecken. Wir nehmen uns an den Händen und steigen über den schlafenden Mann, drehen uns noch mal kurz zu ihm um und marschieren hastig weiter.

«Das ist so sonderbar», raunt Christiane. «Was soll das alles?»

Der Skywalk wurde in den Achtzigern errichtet. Wahrscheinlich hat der Mann sich damals hier verlaufen.

«Vielleicht sind wir zur falschen Uhrzeit hier. Oder es hat etwas mit der Pandemie zu tun. Oder wir haben uns von der Wirklichkeit abgelöst.» Der nächste Gang endet vor einer leeren Eventhalle. Auf einem Poster ist eine Benefiz-Tanzveranstaltung angekündigt, die natürlich Geld für Veteranen erbringen soll. «Wir sollten bald wieder zurück zum Professor», sage ich laut und erschrecke mich vor meiner eigenen Stimme. Sie hallt mir entgegen wie ein fremdes Echo. Ich habe jedes Zeitgefühl verloren.

Sind wir seit Stunden hier, seit Tagen, möglicherweise seit Jahren? Ich versichere mich, dass Christiane noch neben mir läuft. «Weißt du, von wo wir gekommen sind?»

«Nee, ich hab doch auch keinen Orientierungssinn. Kannst du das nicht mit deinem Handy rausfinden?» Draußen beginnt es wieder heftig zu regnen, es klopft von allen Seiten, als würden die Seelen der im Skywalk Verirrten sich Gehör verschaffen wollen. Alles ist wohltemperiert. Nicht zu warm, nicht zu kalt, sondern schal wie die Landschaft Iowas. Nachdem wir ein paar weitere Brücken und Gänge hinter uns gelassen haben, kommen wir wieder an dem am Boden liegenden Mann vorbei. Er schläft noch immer. Nur sein Arm liegt jetzt anders. «An den Mann kann ich mich erinnern!», sagt Christiane. Wir sind im Kreis gegangen. Was für ein Glück. Nicht mit Absicht, aber so finden wir wieder den Eingang zur Central Street, in der wir gestartet sind.

Der Professor steht frierend vor der Tür. Wir sind glücklich, ihn wiederzusehen, waren wir doch nicht sicher, ob es je wieder dazu kommen würde.

«Wie hat es euch gefallen?», fragt er erwartungsvoll. Ich kann wieder atmen.

«Es war interessant», sagt Christiane, und hinter diesen höflichen Worten spüre ich tiefe Erschütterung.

Der Professor bringt uns jetzt wie versprochen mit seinem Wagen zur Autovermietung draußen am Flughafen. Vor zwei Wochen sind wir dort angekommen, noch ganz jungfräulich in unserem Iowa-Bild, noch nicht eingesessen, naiv und frei von Erwartungen. Jetzt kennen wir Land und Leute schon besser. Ich schaue mir die Portraits der jungen Männern in Uniform, die über den ganzen Flughafen verteilt an den Wänden hängen, genauer an. Sie sind alle gestorben im Kampf für die Freiheit, erläutern die Beschriftungen. Manche haben die Ausgehuniform an und stehen vor der US-Flagge, andere sieht man im Kampfanzug im Kriegseinsatz. Daneben haben die Angehörigen kleine Bilder aus dem Privatleben aufgehängt. Hochzeitsfotos, Familienszenen, Bilder von Baseballspielen, das Kleinkind im Arm. Keiner ist vierzig Jahre alt geworden. Die Andenken sind geschmückt mit USA-Fähnchen und Rosen aus Plastik. Die Autovermietung American Rent-a-Car ist gleich daneben. An der Tür hängt ein Plakat mit einem Weißkopfadler, der die Klauen angriffslustig dem Betrachter entgegenstreckt, seine Flügel sind zu US-Flaggen stilisiert. Nach einem kurzen, unkomplizierten Gespräch mit einer trägen, aber freundlichen Frau haben wir einen Autoschlüssel in der Hand. Magisch!

Die Mietautopreise sind seit der Pandemie um 200 Prozent gestiegen, wir zahlen für das billigste Modell 100 Dollar pro Tag. Wir suchen unser Fahrzeug am Parkplatz des Unternehmens und finden einen kleinen blitzblauen Hyundai mit dem Kennzeichen von Florida. Drei Orangen sind darauf abgebildet. Ein Gute-Laune-Urlaubs-Auto, Christiane beginnt vor Freude mit den Armen zu wedeln: «Ein Auto, ich glaub's nicht!»

Ich singe ihr ihren eigenen Song vor: «Rumfaaaaahren, waren wir schon in Frankfurt? Dreh mal die Kassette um. Die Landschaft hier ist fucking brill!» Christiane hat sich schon auf die Motorhaube gelegt. Wir küssen das Auto, ohne es mit den Lippen zu berühren. Der Professor ist erheitert von unserem Spiel. Er hat etwas wirklich Freundliches, in seinem Tweed-Jackett mit seiner Halbglatze.

«Danke, danke, Dan!», sagt Christiane. Wir schütteln einander die Hände und er wünscht uns viel Glück on the road. «Ach, ist das toll!», sagt Christiane, als wir im Wagen sitzen, und ich nicke.

Als Stadtkind ohne Führerschein hatte ich nie eine emotionale Bindung zu Autos, aber jetzt kann ich zum ersten Mal nachempfinden, was es heißt, endlich aus dem Dorf rauszukommen, mobil zu werden, wenn man mit achtzehn endlich den Deckel hat, und in die nächste Disko zu fahren, um danach betrunken seinen ersten Unfall zu bauen.

«Ich bin eine sehr schlechte Beifahrerin, aber ich versuch mein Bestes», warne ich Christiane vor, aber sie hört gar nicht richtig zu.

«Wir haben sogar ein Autoradio», jauchzt sie. «Stell dir vor, wir würden jetzt einfach wegfahren, immer weiter bis nach Kalifornien.»

«Oder nach Mexiko.»

«Nach New Orleans.»

«Oder nach Kanada rauf.»

«Wir könnten ein Leben führen als Landstreicherinnen. Ich mache Straßenmusik, du verkaufst deine Zeichnungen.»

«Ich kann auch ein bisschen jonglieren.»

«Wir könnten Iowa für immer hinter uns lassen.»

«Ich muss halt bald unterrichten, sonst wären wir wirklich frei», hole ich sie langsam in die Realität zurück. «Wir müssen zurück nach Grinnell.»

Es dämmert draußen schon, und die Tankstellen warten darauf, an uns vorbeizuziehen. Mit dem Handy versuche ich, uns zu navigieren. Grob hat uns der Professor den Weg beschrieben. Trotzdem verfahren wir uns erst mal und nehmen die falsche Ausfahrt. Auf Schildern stehen vielversprechende Ziele wie Minneapolis.

«Da kommt Prince her», sagt Christiane.

Einen richtigen Plan für die nächsten Tage haben wir noch nicht, aber die Welt steht uns offen. Die Welt, das bedeutet Iowa. Wir sind nur eben auf dem falschen Highway.

«Du musst umdrehen, Christiane. Wir sind falsch», sage ich.

«Steffi, das ist eine Autobahn. Man kann auf einer Autobahn nicht einfach umdrehen.»

«Aber wir müssen in die andere Richtung.»

«Ja, nur funktioniert eine Autobahn so nicht. Du musst die richtige Abfahrt finden.»

«Was meinst du mit Abfahrt?»

«Oh Gott, das kann doch nicht sein, dass du nicht weißt, was eine Abfahrt ist.» Wir verpassen die Abfahrt. «Steffi, bitte reiß dich zusammen.»

Ich konzentriere mich, und irgendwann befinden wir uns auf der Straße nach Iowa City, die über Grinnell führt.

«Wir können jetzt einfach stehen bleiben, wo wir wollen, wann wir wollen!», sage ich. «Das ist so cool!»

Also halten wir bei Taco John's. Den gibt es fußläufig von unserem Haus zwar auch in Grinnell, aber hier draußen ist es weltmännischer. Die Burritos, die wir bestellen, sind mit einem braunen Brei gefüllt und schmecken entsetzlich.

Restaurantbesuche zählen nicht gerade zu meinen Interessen, und Christiane ist sowieso verärgert, wenn Menschen behaupten, Essengehen wäre irgendwie Kultur, weil man ja keinerlei Voraussetzung dafür braucht, außer Geld, einen Magen, einen Darm.

«In Berlin ist das unerträglich geworden mit der Fresserei. Überall, wo früher lustige Kneipen waren oder irgendwelche linken Läden, sind jetzt Restaurants. Alles ist den Restaurants gewichen. Sogar die politischen Leute reden nur noch über Essengehen. Dabei braucht doch kein Mensch zehn Restaurants in einer Straße.»

«Ich geh eigentlich hauptsächlich essen, wenn ich unterwegs bin auf Tour. Sonst aus Faulheit. Mit Freunden koch ich eigentlich lieber. Dann kann man plaudern, während man Gemüse schneidet.»

«Nee, das ist auch nicht so mein Ding. Ich bestell ja schon total oft Essen, allerdings hab ich da immer ein schlechtes

Gewissen. Weil mir diese neuen Dienstbotenjobs so auf die Nerven gehen. Das ist so schrecklich. Aber manchmal schaff ich's einfach nicht, die Einkäufe in den vierten Stock zu tragen.»

«Das ist doch nicht schlimm, wenn du dir die Getränkeflaschen liefern lässt.»

«Ich bin ja spezisüchtig, weißte, wenn ich kein Spezi daheim habe, das ist nicht gut.»

«Du musst sowieso mal umziehen. Auf Dauer kannst du nicht ohne Aufzug bleiben. Du musst ans Altwerden denken. Wenn du irgendwas hast, irgendwas am Knie, kommst du nicht mehr raus.»

«Ach, der vierte Stock hält mich doch fit.»

Sogar ich breche bei Besuchen beinahe zusammen, wenn ich den Koffer die steilen Berliner Holztreppen hochwuchten muss. «Du kannst das Altwerden nicht ignorieren.»

«Ja, aber du stellst dir das so einfach vor. In Wien ist ja der Wohnungsmarkt nicht so kaputt gemacht wie in Berlin.»

«Noch nicht. Der Kapitalismus zerfrisst alles. Mein Lover sagt immer, bald werden die Gemeindebauten alle privatisiert.»

«In Berlin findest du keine bezahlbare Wohnung mehr. Es gibt einfach nichts. Und plötzlich fällt dir auf, wer alles Immobilien erbt. Ehrlich, ich krieg da einen richtigen Hass. Da wird einfach so klar, wer in welcher Klasse ist, weißte. Die müssen sich alle keine Sorgen machen.»

Wir kauen weiter an den entsetzlichen Tacos. Ich überlege, wie man Geld für eine barrierefreie Berliner Eigentumswohnung organisieren könnte. «Weißt du, was das Schlimme an diesem ungesunden Essen hier ist? Es macht nicht mal Spaß.»

Um wieder etwas optimistischer in die Zukunft zu blicken, überlegen wir, welche Ausflüge wir machen könnten, jetzt, wo wir den Wagen haben. Zu weit dürfen wir die Ziele nicht stecken, denn nur Christiane kann Auto fahren, und Übernachtungen sind aufgrund meiner Unterrichtseinheiten ausgeschlossen. Für Abenteuer bleiben uns nur ein paar wenige Tage, da Christiane bald abreist. Während die besichtigungswürdigen Orte, die ich im Netz recherchiere, in Europa als Kuriositäten für Liebhaber des Ungewöhnlichen gelten würden, sind es hier die einzigen Angebote. Der größte Truckstop der Welt ist in Iowa, eine Art Einkaufstempel für Trucker mit Entertainmentangebot, eine Huldigung an die einsamen Männer der Straße, mit eigenem Museum und der jährlichen Wahl zum schönsten Truck Iowas beim «Super Truck Beauty Contest». Dazu zahlreiche Geschäfte, in denen es alles für gestaltungswütige LKW-Fahrer gibt, LED-Lichter, Metallschilder, exzentrische Hupen, eine unendliche Anzahl an Lenkraddesigns. Dazu Fast-Food-Angebote für jeden Geschmack. Etwas weiter gibt es eine Steingrotte: Sie heißt die Grotte der Erlösung. Ein deutscher Priester und studierter Geologe hat sie Anfang des 20. Jahrhunderts aus Muscheln, Edelsteinen und Fossilien gebaut, die er in der ganzen USA zusammengesammelt hat. Im Nordosten Iowas steht diese prunkvolle katholische Koralle. Einen Besuch wert ist auch das Setting des Films «Die Brücken am Fluss» in Madison County. Am Rande des Städtchens Eldon dagegen steht das Haus, welches als Vorlage für das bekannte Gemälde «American Gothic» gedient hat. Der Geburtsort des fiktiven Captain Kirk aus der Serie «Raumschiff Enterprise» befindet sich ebenfalls in Iowa. 2228 wird er in Riverside zur Welt kommen, deshalb hängt die Kleinstadt voller Kirk-Portraits, und überall im Ort weisen Schilder zu dem Denkmal, in das «Future Birthplace of Captain James T. Kirk, March 22, 2228» eingraviert ist. Den größten Popcornball der Welt findet man in Sac City. Er wurde 2016 gebraten (gebacken? gepoppt?), wiegt 9370 Pfund und ist der Stolz der Stadt. In Waterloo gibt es die höchste Dichte an Museen: Man kann zwischen dem John-Deere-Traktormuseum, dem Grout Museum für Wissenschaft und Geschichte oder dem Wrestling Museum, das sich weniger dem Showsport als dem klassischen Ringen widmet, hin- und herlaufen. In Austin steht die meistausgeraubte Bank des Staates (7 Überfälle). Wir könnten auch nach Minneapolis, das wäre vier Stunden entfernt. «Die haben den größten Skywalk der USA», lese ich Christiane aus dem Internet vor.

«NEIN!», ruft Christiane panisch.

«Oder wir fahren an den Mississippi.»

Mit einem Mal verklärt sich Christianes Blick. «Oh ja, an den Mississippi will ich!» Etwas ist entfacht. Tom Sawyer und Huckleberry Finn. Onkel Toms Hütte. Vom Winde verweht. «Ach, ich würde so gern den Mississippi sehen. Mississippi! Mississippi!» Sie hört gar nicht mehr auf.

«Ok, dann machen wir Mississippi, ist notiert.»

Ein weiteres von vielen Seiten empfohlenes Touristenziel sind die Amana Colonies, Siedlungsplätze einer aus Deutschland stammenden Glaubensgemeinschaft, nicht zu verwechseln mit den Amish, mit denen man sie oft durcheinanderbringt. Sie sind ganz anders als die Amish. Alle denken immer an die, dabei gibt es viel mehr kommunal lebende Christensekten deutschen Ursprungs: die Hutterer. Die Mennoniten. Und die Amanas eben. Auf der Website der Amana-Gemeinschaft wird in einem großen roten Textfeld darauf hingewiesen, dass sie *keine* Amish seien, damit niemand die Amish erwartet und dann enttäuscht wird. Im Gegensatz zu den Amish sind die Amanas nämlich modern, sie waren immer an Innovation interessiert, eines der ersten Telefone Iowas befand sich in den Amana-Kolonien. Landesweit bekannt sind außerdem die Amana-Kühlschränke, deren Produktion aber mittlerweile beim multinationalen Konzern Whirlpool liegt. Die Kolonien führen sich auf hessische Auswanderer zurück, die sich die Bewegung der «Inspirierten» nannten, eine radikalere Abspaltung der Pietisten, die wiederum ... Es ist schwer, den Überblick zu behalten bei den Hunderten christlichen Glaubensgemeinschaften und ihren Hunderten Aufspaltungen: die Baptisten, die Quäker, die Mormonen, die Episkopalen, die Kongregationalisten, die Pfingstler, die Täufer, die Presbyterianer. Die zentrale Idee der Inspirierten war, dass der Heilige Geist durch jeden sprechen, also in jeden ihrer Anhänger einfahren und dort werken und wüten könne. Die Geschichte Amerikas ist auch die Geschichte von Menschen, die wahnsinnigen Predigern vertrauensvoll ans andere Ende der Welt in ein neues Leben folgten.

Ich respektiere Religiosität. Allerdings respektiere ich sie auf dieselbe Art, auf die ich Kleinkinder respektiere, wenn sie mir in der Sandkiste einen «Kuchen» anbieten. Ich schaue anerkennend, agiere so, als würde ihre Fantasie auch in meine Realität Eingang finden, und lächle wohlwollend von oben herab.

Zentral für das Tourismuskonzept der Amana-Kolonien ist das Versprechen unverfälschter deutscher Kultur. Man rühmt sich deutscher Küche, zünftiger Brauereien, ehrlicher Handwerkskunst, des besten Oktoberfests außerhalb Münchens und köstlichen Sauerkrauts. Christiane und ich schauen ein Video über das Oktoberfest am Handy an: Man sieht mit großen Kürbissen geschmückte Straßen, auf denen Leute mit Baseballkappen und roten Plastikbierbechern spazieren, wie man sie aus amerikanischen Highschool-Filmen kennt. Eine Polka-Band in Lederhosen spielt dazu «Living Next Door to Alice», beim Refrain schreien alle mit: «Alice, who the fuck is Alice».

Ganz nach bayrischer Art essen die Menschen Popcorn und Maiskolben, in den Vorgärten stehen bunte Vogelscheuchen. Manche Besucher tragen Polyesterdirndl und giftgrüne Hüte aus Filz. «Das ist ja noch deprimierender als das Berliner Oktoberfest», analysiert Christiane.

Abends vor dem Fernseher blättere ich weiter vorfreudig die Broschüren über die Amanakolonien durch, während Christiane ihr Zeit-Rätsel löst. Überall in dem Infomaterial findet sich das Wort GEMUETLICHKEIT in Großbuchstaben. Sie wird als typisch deutscher Zustand beschrieben, in dem man ganz man selbst sein kann und der einen die Welt um sich vergessen lässt. «Here you can be your true self.» Ich betrachte Christiane von der Seite. Sie sieht wirklich sehr gemütlich aus.

Ursprünglich war die Kolonie eine Kommune ohne Privatbesitz und Geldwirtschaft und wird daher als Beispiel eines amerikanischen Kommunismus angesehen. Das Wort benutzen sie natürlich nicht als Aushängeschild, das finde ich in einem Artikel eines deutschen Soziologen. Die Amana-Kolonien, schreibt der Forscher, seien kommunistischer als die Sowjetunion gewesen und hätten auch länger als die UDSSR existiert: 70 Jahre. Es gab keine privaten Küchen, fünfmal am Tag durfte sich jeder von den Frauen aus der Gemeinschaftsküche Essen holen. Die Produktionsmittel gehörten allen Mitgliedern gleichermaßen, im Warenhaus gab es alles, was man brauchte. Wirtschaftlich war die Kolonie eine der erfolgreichsten Kommunen der USA, die

Exilhessen galten als entspannt arbeitsam und das Leben als frei von Existenzangst. Ein unbeschwertes Dasein in den Fesseln der Glaubensgemeinschaft, die sie vor den Nagezähnen des Kapitalismus schützte. Motiviert waren sie natürlich nicht durch Klassenkampf, sondern durch Gottesfürchtigkeit. Hierarchisch am höchsten stand die Person, die die meisten göttlichen Eingebungen empfing, diese Person mit der direkten Antenne zum Himmelsvater nannte man «das Werkzeug».

Doch dann, in den Dreißigern, folgte der Niedergang der kommunalen Wirtschaft. Mit der Eisenbahn kamen die Verführungen der Außenwelt. Die Jugend wollte Baseball spielen, die Frauen raus aus den Küchen, und in der Wirtschaftskrise gab es zu wenig Abnehmer für die Produkte. Die Krise des Kapitalismus zerstörte die Grundlage ihrer Ökonomie, und die Zeitungen des Mittleren Westens titelten hämisch: «Der Kommunismus in Iowa ist zusammengebrochen!»

«Fahren wir da morgen hin?», frage ich Christiane.

«Ja, das klingt doch gut. Die Welt steht uns jetzt offen, wir sind frei, viel mehr Möglichkeiten, enttäuscht zu werden.»

Das blaue Auto wartet schon. Es geht zwei Stunden lang Richtung Osten. Den Schildern folgend biegen wir am Ende in eine kleine Backsteinsiedlung ein. «Willkommen», steht auf einem der Schilder und darunter: «The Handcrafted Escape».

«Wie soll man das denn übersetzen?», frage ich Christiane.

«Der handgearbeitete Ausbruch?», schlägt sie vor. «Die gebastelte Flucht?»

Die Leute, die man durch die Autoscheiben sieht, tragen keine Kleidung, die sich von den anderen Bewohnern Iowas abheben würde, keine Hauben oder Strohhüte. Pick-up-Trucks stehen auch hier in den Auffahrten. Amana besteht aus kleinen Teildörfern: West-Amana, Süd-Amana, Ost-Amana, Mittel-Amana, Amana vor der Höhe und Amana. Im Zentrum des Besucherareals, dem Infocenter, hängen große Bilder von Frauen in Dirndln, die um einen Maibaum tanzen, und darunter werden die Events angekündigt: Winterfest, Maifest, Oktoberfest, Tannenbaumfest, Wurstfest. Beim Wurstfest findet auch das berühmte Dackelrennen statt, in dem der schnellste «Wiener Dog» Iowas ermittelt wird. Saisonunabhängig gibt es: Quilting, Polkabands, Folksingers im «Brau Haus», Dinnerpartys, die mit «lecker Hühnersoße» werben. Im September findet der «Volksmarsch» statt, so wird nicht etwa Exerzieren mit Blasmusik und Deutschlandfahnen genannt, sondern ein harmloses Picknick.

In den fröhlichen Amerikanergesichtern um uns herum ist kein Zug deutscher Strenge zu entdecken. Wir parken das Auto beim ältesten Geschäft der Amanakolonien, ein nostalgischer Gemischtwarenladen mit hundertjährigem Mobiliar. Als wir eintreten, läutet eine gusseiserne Glocke, die über der Tür befestigt ist. Der Boden knarrt. Die ältere Verkäuferin kommt in einem Schürzenkleid aus einer Ecke geschlurft und spricht uns auf Deutsch an. Es ist ein aus der Zeit gefallenes Deutsch mit lustigen englischen Einsprengseln, wie «callen» statt anrufen. Deutsch würden aber nur noch die Alten sprechen, erklärt uns die Frau. Einmal die Woche gibt es einen Gottesdienst in der hessischen Mundart. Sie hält uns einen geflochtenen Korb mit hartgekochten Eiern entgegen. Die Eierschalen wurden mit Zwiebeln und Pflanzen gefärbt.

«Ach wie schön, das ist ja wie früher. Das hat meine Mutter auch gemacht», sagt Christiane ganz gerührt. Daneben liegt eine Schachtel spitzer Holzpflöcke, Setzhölzer, mit denen man Löcher in den Boden bohrt, um Setzlinge zu pflanzen. Christiane macht selig Fotos, um sie ihrem Bruder in Hügelsheim als gemeinsame Kindheitserinnerung zu schicken. «Wie bei uns auf dem Bauernhof. Ganz genau wie bei uns damals.» In den alten Regalen stehen selbstgebraute Limonaden in Glasflaschen und Dosen mit «Gemeindebrau» aus New Ulm, Minnesota. Bilderbücher über das schöne Leben in den Kolonien stehen neben englischen Ausgaben des Struwwelpeters, «Slovenly Peter», übersetzt von Mark Twain. Dazwischen gibt es Handgemachtes, wie aus gemustertem Stoff genähte Hühner mit Knopfaugen und Patchwork-Decken. Auf dem Verkaufstresen liegen Halsketten, die aus Baumwollbändern gefertigt sind und in deren Mitte eine Münze geknüpft ist. Es ist die alte österreichische Fünf-Schilling-Münze, mit dem Edelweiß. Jetzt bin auch ich gerührt. «Schau, Christiane, damit haben wir früher in Österreich gezahlt. Fünf Schilling, dafür hat man früher eine Wurstsemmel bekommen. Mit ganz dick Extrawurst drinnen. Nur fünf Schilling. Das wären heute 30 Cent. Euro ist Teuro.»

Ich kaufe noch ein lokal gebrautes Cream Soda in einer Nostalgie-Glasflasche. Es schmeckt nach flüssiger Zuckerwatte, ekelhaft, untrinkbar. Dann erkunden wir die restliche Kolonie. Bis auf zwei, drei Museen und die alte Kommunalküche ist Amana weniger Freiluftmuseum als Freilufteinkaufszentrum. Überall Boutiquen, Geschenkartikel, Antiquitäten, Süßigkeiten. Die Waren sehen überhaupt nicht nach uriger Handwerkskunst aus, sie sind erkennbar aus chinesischen Sweatshops in Containern bergeweise nach Iowa verschifft. Plastikdekoration, aus den Händen ausgebeuteter Fließbandarbeiterinnen, global austauschbaren Zierrat einer modernen überproduzierenden Welt. Da sehnt man sich zurück nach der Feldarbeit patriarchaler Bibelsekten. Im berühmten Amana-Weihnachtsshop leuchtet, bimmelt, zuckt und blinkt es in zwei mit Dekoschrott aus Plastik angefüllten Stockwerken, und an jedem Tag des Jahres spielen sie hier Weihnachtslieder. Alle drei Sekunden schreit wer: «Oh, my gawd, that's soooo cute.»

Ich schüttele gerade eine große Schneekugel mit einem durch LED-Lichter flimmernden Jesus drin, sein Heiligenschein blinkt grünlich, als mich Christiane von der Seite anstupst. «Steffi, ich halte das nicht mehr aus», sagt sie und schüttelt den Kopf, aber ich bin noch nicht durch mit dem Sortiment. In einer Ecke gibt es deutsche Lebensmittel: Wie edle Delikatessen in Strohkörben drapiert liegen Packungen «Kartoffelland Semmelknödelmischung», «Maggi Fix Käsespätzle» und «Maggi Fix für Kohlrouladen». Darüber eine Reihe von Oktoberfest-Shirts: «Ein Bier bitte!», «Ein Prosit» und «Eins, zwei, g'suffa!». Lange stehe ich vor einem T-Shirt, das sich in einer Wutrede an Snowflakes richtet, also selbstbezogene, liberale Weicheier, die empfindlich wie Schneeflocken sind:

HEY SNOWFLAKE!
IM ECHTEN LEBEN GIBT ES KEINEN POKAL FÜRS TEILNEHMEN!
NICHT JEDER IST EIN GEWINNER!
ES GIBT KEINE SAFE SPACES!
NUR WEIL DU SCHREIST, HAST DU NICHT RECHT!
NIEMAND SCHULDET DIR WAS!
HEULEN LÖST KEINE PROBLEME!

AUF DER WELT GIBT'S NICHTS GRATIS!
MENSCHEN SAGEN DINGE, DIE DU NICHT MAGST
UND
(ganz groß)
DU BIST NICHTS BESONDERES!»

Aggressive proletarische Selbstbehauptungsrhetorik ist mir eigentlich näher als die verlogene Höflichkeit bürgerlich liberaler Kreise, lieber ein ehrlicher Unterschichtbully als ein Erbe mit gewaltfreier Kommunikation, aber das hier ist natürlich eine Falle. Es ist Trump-Rhetorik, die sich alle Rechten weltweit zunutze machen. Die da oben attackieren mit authentisch chauvinistischem Hinwegwalzen jene, die Rücksicht nötig hätten.

Wir flanieren noch durch Läden mit langweiligen Aquarellen, seltenen Mineralien und modernen Spielwaren. Dann kommt eine Reihe Antiquariate.

«Da gehen wir jetzt aber nicht in alle rein», sagt Christiane erschöpft. «Ich muss mir wirklich nicht jedes sinnlose Produkt dieser Einkaufsmeile anschauen. Ich hab schon Rückenschmerzen.» Sie kann Trash nicht so viel abgewinnen wie ich. Vielleicht gibt es noch Konzerte oder Lesungen am College, denke ich mir, solange sie noch da ist. Sie verkraftet Iowa immer schlechter. Der Höhenflug des Konzerterfolgs hat nur einen Tag lang angehalten.

«Nur ganz kurz noch», bettle ich.

«Na gut, du darfst in *einen* Antiquitätenladen, aber ich warte hier drüben, in dem Café.» Sie deutet auf eine kleine Zuckerbäckerei, die Cappuccino um sieben Dollar führt.

«Ok.» Ich betrete ein Holzhaus und wühle mich hastig durch alte Postkarten, die die Einwanderungsgeschichte der Iowa-Deutschen illustrieren. Die Ansichtskarten zeigen österreichische Orte wie Wiener Neustadt und Baden. Grüße aus der alten Welt in unleserlicher Kurrentschrift. Krems an der Donau. Die Wiener Mariahilfer Straße, anfang des zwanzigsten Jahrhunderts. Tamsweg im Salzburger Land. Ansichten von Swakopmund, einer Küstenstadt in Namibia, ehemals Deutsch-Südwest. Alle an einen Mann namens Gustav Pech in Oranienburg adressiert. Damals, bevor er sich aufmachte über den großen Teich. Alltagsgegenstände auf den Regalen zeigen rassistische Stereotype. Eine Keksdose aus Keramik in Form einer schwarzen «Mammy», eine dicke Frau, in Kittelschürze, ein Tuch um den Kopf gebunden, ein gutmütiges Lächeln und in den Händen das Serviertablett. Die schwarze Haushälterin. Daneben eine schwarze Puppe mit Knopfaugen, aus Strumpfstoff genäht. Braune Wollhaare, ein roter gestickter Mund. Sie steckt halb zerfallen auf einer Weinflasche. Drei tanzende blonde Matrosen der Navy aus Holz auf Rollen, die man an einer Schnur ziehen kann. Alle drei haben eine Zigarette im Mund. Cowboypuppen. Bunte geschnitzte Marterpfähle. Christiane schreibt mir per Whatsapp, dass sie wartet. Auf einem Notenständer liegt eine antiquarische Lederstrumpf-Ausgabe aufgebahrt wie eine Bibel. James Fenimore Cooper war einer der ersten Schriftsteller, der die USA zum Schauplatz seiner Geschichten machte. Romane über einsame Wildtöter und Indianer im Kampf mit der Natur, in Deutschland liebte man die Geschichten. Seine Darstellung der Indianer gilt als für die damalige Zeit differenziert, sein Blick auf den weißen Siedlerkolonialismus als Kritik an Ausbeutung und Industriekapitalismus. Dahinter hängen Reklameposter, amerikanische Ureinwohner mit langen Pfeifen bewerben Zigarettenmarken. Für Winchester-Gewehre wird so geworben: Ein kleiner Cowboybub reicht einem noch kleineren

Indianerbub das neueste Waffenmodell, sie stehen vor einem Tipi. Darüber steht: «So much fun for so little Wampum!» Wieder eine Schachtel alter Postkarten, die ich mir vornehmen will, doch Christiane hat schon wieder eine Nachricht geschrieben: «Es reicht jetzt. Ich hab Hunger.» Dann folgt eine Sprachnachricht. Aber das ist bei ihr immer ein Versehen. Rauschen. Ein versehentlicher Videoanruf. Jetzt muss ich wohl wirklich. Brav komme ich aus dem Holzhaus getrottet und winke ihr zu.

«Wollen wir was essen im Brauereihaus?» Das urige Gasthaus wartet 200 Meter entfernt. «Vielleicht ist es ja gut. Und frisch.»

«Na ja, versuchen können wir's ja», sagt Christiane zerknautscht.

«Magst du deutsche Hausmannskost?», frage ich.

«Nee, am liebsten geh ich zum Vietnamesen.»

Das Gasthaus ist voll, Holzstühle stehen an Tischen mit karierten Decken. Laut ist es, dampfend, die Leute stehen Schlange, aber schnell bekommen wir einen freigewordenen Tisch zugewiesen. Die Wirtsfrau hat einen großen Busen, an den sie fünf Wasserkrüge drückt, starke Arme, eine Dirndlschürze. Das Eis in den Krügen klackert gegen das Plastik. Man kennt dieses Klackern nicht aus dem Leben, sondern aus dem Fernsehen. Wie kann man sich die Eiswürfelbesessenheit der Amerikaner erklären? Als radikale Abkehr vom Tee? Die Vermarktung von Schwarztee gelang in den USA erst mit der Erfindung des Eistees. Ich bestelle eine Hühnersuppe und Christiane einen Salat. «Ich dachte, du hast Hunger?», sage ich. Auf Tour macht sie sich immer lustig über jeden, der beim Essen vor dem Auftritt einen Salat bestellt. Mitarbeiterinnen vom Veranstaltungsort bringen einem die Speisekarte des nächstgelegenen Pizzaservice, und man entscheidet sich für den Salat. Schon ruft Christiane: «Ah ja, die Magersüchtige des Tages!»

«Salat ist antifeministisch», sage ich.

«Ich brauche so was einfach mal wieder, ich merk, dass mein Körper diese Breigerichte nicht mehr verkraftet.»

«Dabei könntest du hier einen zünftigen deutschen Sauerbraten essen.»

«Wer weiß, was das wieder ist.»

Das Essen kommt, und gerne würde ich die Amanas für ihre authentische, die Auswanderbewegungen überdauernde Küche loben, ganz wie in den Zitaten der Touristenbroschüren, aber es wäre gelogen. «Which dressing would you like?», fragt die resche Wirtin und zählt Variationen auf, bis Christiane entschlossen auf «French» besteht. In einer kleinen Papierschale wird die Soße serviert, rot und cremig. Christiane taucht ein Salatblatt in die dicke Soße und sagt verzweifelt: «Steffi, das ist Ketchup.»

«Das ist doch kein Ketchup», antworte ich ungläubig. Christiane ruft die Wirtin herbei. Ich würde nie etwas reklamieren und bin gleich peinlich berührt. Vor einigen Wochen erst habe ich einen nicht ordentlich aufgewärmten Strudel im Kaffeehaus halb aufgegessen, er war innen gefroren. Die Wirtin versichert Christiane, doch, das sei das typische French Dressing.

«Vielleicht ist es eine Mischung», sage ich und koste mit der Löffelspitze. «Vielleicht sieht es nur ... Nein, das ist wirklich Ketchup.»

«Das ist so furchtbar», jammert Christiane und schiebt sich die losen Blätter rein. «Es ist nur saurer als Ketchup. Vielleicht haben sie es mit ein bisschen Essig verfeinert. Ich werde mich nie wieder über den Berliner Gastronomiewahnsinn beschweren.»

Wir machen uns auf.

«Na ja, aber interessant war es schon», sagt Christiane überraschend wohlwollend, als der Salatteller abgeräumt ist.

«Die Amish sollen authentischer sein», merke ich an.

«Mich erinnert das alles an meine Verwandten in Amerika. Ich hab ja so Tanten, die sind mit amerikanischen Soldaten ausgewandert.»

«Mit denen hast du noch Kontakt?»

«Ganz wenig. Aber ich war sie mal besuchen.»

Ich bestelle noch einen Apfelkuchen. Jetzt ist schon alles egal.

«Die sitzen da in ihrem kleinen Städtchen in Pennsylvania und machen eigentlich nicht viel anderes als einkaufen, arbeiten und vielleicht mal ein Barbecue. Und die sind total rassistisch, obwohl sie ja selbst eingewandert sind. Das war echt schlimm.»

«Komisch. Man muss doch irgendwie weltoffen sein, wenn man einfach auf die andere Seite des Globus zieht.»

«Ja, aber das ist es überhaupt nicht. Die sind gar nicht neugierig. Und die fürchten sich, wenn ein Schwarzer in ihre Nähe zieht. Da kaufen sie gleich noch mehr Waffen.»

Der Apfelkuchen schmeckt überraschend natürlich. «Meine Familie kommt ja auch aus einem ganz kleinen Dorf, aber die sind eigentlich immer neugierig auf neue Leute.»

«Meine Eltern waren auch nicht so. Das waren so lustige Bauersleute, gastfreundlich und aufgeschlossen.»

«Das ist aber eher die Ausnahme, glaub ich.»

«Wenn Freunde von mir gekommen sind, wurden die immer bewirtet. Meine Mutter hat denen gleich Erdbeeren aus dem Garten mitgegeben. So waren die.»

«Der Apfelkuchen ist echt gut.»

Die Wirtin bringt uns die Rechnung. «Ach ja, jetzt reicht's wieder mit den Erlebnissen.»

Wir packen unsere Sachen, satteln unser Pferd und reiten zurück in die Prärie, tief in die flache Weite, lassen die Farmen mit ihren roten Scheunen hinter uns und auch die Holzhäuser mit den US-Flaggen. An einem Haus mit einer halben Couch und einer alten Karosserie im verwahrlosten Vorgarten hängt ein Stoffbanner unter vom Schmutz undurchsichtigen Fenstern: *Trump 2020 – Make Liberals Cry Again.* Christiane trabt voran und singt Freddy Quinn:

Der Wind der Prärie
ist voll Melancholie.
Das Herz wird uns schwer.
Wir sind einsam wie er.
Der Wind der Prärie
ist voll Melancholie.
Er streichelt das Gras
ohne Liebe und Hass.[19]

«Schau mal das Schild!», rufe ich. «Fahr langsamer!»

Eine rostige Metallplatte mit Aufschrift aus rotem Sprühlack: HAUNTED BARN. Daneben rote Abdrücke menschlicher Hände. Wir rollen an einer Scheune vorbei, der helle Lack blättert von den Brettern. In der Einfahrt liegt ein umgefallener Basketballständer. Gottverlassen.

19 Richtigstellung: Niemals würde ich einen Schlager von Freddy Quinn singen. Seine Songs sind zutiefst rechts (*Hundert Mann und ein Befehl*/*Wir*/*Eine Handvoll Reis*). Angeblich ist er in den sechziger Jahren auf NPD-Wahlveranstaltungen aufgetreten.

«Können wir kurz stehen bleiben?», bettele ich.

Misstrauisch schaut Christiane über die Schulter zu dem Gebäude. «Wenn es dein jugendlicher Forschergeist so will.» Sie dreht um und rollt vor die Scheune. Der Eingang ist halb geöffnet, auf den linken Torflügel hat jemand ein schwarzes Kreuz gemalt, darüber steht RIP. Auf dem rechten Flügel prangt in Giftgrün ENTER HERE, darunter ein Pfeil.

«Bitte, gehen wir da kurz rein?»

«Noch mehr Erlebnisse?»

«Bitte, bitte, bitte.»

«Ich weiß nicht ...»

«Bitte, bitte, bitte, bitte.»

«Ist das nicht privat?»

«Nein, da steht doch, dass man reingehen soll.»

«Man muss aber nicht alles tun, was ein Serienmörder einem befiehlt.»

«Serienmörder gibt's doch nur im Film.»

«Nee, in Amerika gibt's die wirklich. Schaust du nie True-Crime-Serien? Die gibt's hier überall. Das Schlimmste ist, wenn sie einen auch noch essen.»

«Du musst dir einfach denken: Serienmörder haben viel mehr Angst vor dir als du vor ihnen.»

«Na gut, dann kucken wir. Aber nur kurz.» Christiane macht den Motor aus, schaut aber weiter skeptisch. Ich steige aus, und da ich nicht sicher bin, wie man sich vor einer Haunted Barn verhält, rufe ich erst mal laut: «HELLO?»

«LO LO LO LO», imitiert Christiane ein unheilschwangeres Echo. Der Präriewind pfeift, die Scheunentore knarzen, kurz halten wir inne. «Das ist jetzt aber wirklich wie in einem Horrorfilm», sagt Christiane leise. Im Halbdunkel sehe ich eine Gestalt, ein Totenschädel mit grauem Umhang. Das nimmt mir die Angst. «Bitte, gehen wir rein.»

Widerwillig lässt sich Christiane von mir Richtung Scheune schieben. Dann weicht sie zur Seite aus und stellt sich hinter mich: «Du gehst vor. Du kannst dich besser verteidigen.» Sie betastet meine Oberarme. «Kuck, wie stark. Du überwältigst die locker.» Ich öffne das Holztor etwas, damit mehr Licht einfällt. Vor uns steht eine alte Jukebox, aus der der Kopf einer Schaufensterpuppe ragt. An die Wand ist ein hölzernes Kreuz genagelt, rote Eingeweide und Körperteile aus Kunststoff hängen daran. Blutflecken überall. Ich rufe noch mal: «Hello?» Am Boden liegt ein Fuß. Ich bücke mich.

«Steffi, lass das eklige Ding liegen», sagt Christiane empört. «Man muss nicht alles anfassen!» Die Bretter der Scheune quietschen nun beinahe melodiös. Die Melodie der Prärie. Klingt nach Nekrophilie. Christiane hat endgültig genug und dreht abrupt ab. «Du, Steffi, mir ist kalt! Ich warte im Auto.»

«Lass mich nicht allein!», rufe ich und greife nach ihrem Arm.

«Ich will da jetzt wirklich nicht mehr rein. Das ist doch krank.»

«Ach, komm, nur ganz kurz.»

«Nee, nee, das musst du schon allein machen. Das ist wieder so ein Österreichding, dafür bin ich zu sensibel.» Schon ist sie verschwunden, und ich bin ganz allein. Wie auch bei echten Horrorfilmen, die ohne Ton jeden Schrecken verlieren, ist auch hier die Akustik das Schlimmste, aber bevor ich mir so etwas entgehen lasse, gebe ich mir einen Ruck und untersuche weiter die Umgebung

Halloweenparty-Deko, denke ich mir, amerikanischer Einödenhumor, Cover Art für das neue Slipknot-Album. Ich schalte die Videofunktion meines Handys ein, das schafft einen ironischen Abstand zur Realität. So hat auch Blairwitch Project begonnen, aber am Ende wurden sie trotzdem von der Hexe gefickt. Mit dem Fuß stoße ich an einen Horrorclownkopf. Er rollt über den Boden, dann bleibt er liegen. Aus seinem geöffneten Maul hängt eine lange rosa Gummizunge. Es. Ich befühle die Zunge. Glatt wie ein Schwimmflügel. Der enthauptete Körper lehnt in bunten Kleidern an der Wand. Ich seufze. Ein weiterer Horrorclown mit feuerroten Haaren und spitzen Zähnen hockt in einem Eisenkäfig, der an einer Kette von der Decke hängt und im Wind baumelt. Seine bunten Hosen sind heruntergelassen, er hat keine Geschlechtsorgane. Gut oder schlecht? Schwer zu sagen. Ein mit Seilen wie ein Rollbraten verknoteter Leinensack hängt vom Balken. Es soll wohl so aussehen, als würde eine Leiche drin stecken, aber der Kopf ist viel zu groß. Im Zentrum der Scheune steht eine alter Buick mit Holzmaserung aus Vinyl. Ich taste ihn ab. Daneben eine Videospielkonsole, Gummispinnen, Fledermäuse. Ich befühle den Leichensack und er fällt zu Boden. Ich schreie erschrocken auf, doch der Aufprall ist weich, der Sack ist offenbar nur mit Zeitungen ausgestopft. Alles wird greifbarer, vertrauter, je genauer ich es mir anschaue, und verliert seine Unheimlichkeit. Als ich alles inspiziert habe, gehe ich zurück zu Christiane in den Wagen.

«Gut, dass du wieder da bist, Steffi», sagt sie und wirkt erleichtert.

«Wer ist Steffi?» Ich greife ihr ins Gesicht.

«Ach, hör doch auf mit dem Unsinn.»

«Hast du dir Sorgen gemacht?»

«Ehrlich? Ich wäre dich nicht suchen gekommen, wenn du nicht mehr rausgekommen wärst.»

«Hätte nicht gedacht, dass du so feige bist.»

«Du, da stehe ich dazu.»

«Sonst tust du immer so draufgängerisch, aber in Wirklichkeit bist du ja voll ängstlich.»

«Das ist mir ganz egal, ich wäre nach einer Stunde einfach weggefahren. Ich wäre da nicht mehr rein. Ich wär einfach alleine zurück nach Grinnell und hätte denen gesagt, die Steffi, die ist mit so einem Rocker durchgebrannt. Ihr wisst ja, Künstlerinnen.»

«Und was hättest du den Leuten zu Hause gesagt?»

«Irgendwas wäre mir schon eingefallen.»

«Die Scheune ist wahrscheinlich einfach das Hobby von einem ein bisschen abartigen Farmer. Finde ich eigentlich sympathisch.»

«So was findest du sympathisch?»

«Na ja, fantasievoll irgendwie.»

«Gut, dass du Tinder wieder gelöscht hast.»

Was ich Christiane nicht gesagt habe: Ich habe etwas aus der Scheune mitgenommen. Etwas, das ich nicht genau erklären kann.

Abends gehen wir noch auf eine Runde Bud Light ins Rabbit's. Ein halbes Jahr später wird der Musiker Kid Rock medienwirksam mit einer automatischen Waffe auf eine Reihe Bierflaschen dieser Marke schießen, weil in einem einzigen Werbeclip eine Transfrau vorkam. Amerikanische Männer werden Videos posten, in denen sie Sixpacks in Supermärkten umstoßen und den Inhalt der Flaschen auf den Boden leeren. Aber noch sind unsere Flaschen Bud Light unbelastet von den kulturkämpferischen Verwerfungen des Zielgruppenmarketings. Noch symbolisieren sie nichts außer einen gemütlichen Abendausklang.

Die Bar ist fast leer, Homer allerdings ist wieder da. Auch

die Kellnerin ist dieselbe wie beim ersten Mal. Die eingelegten Eier stehen auf dem Tresen. In der Ecke der Bar sitzt ein betrunkener Mann um die dreißig, Vollbart, Flanellhemd, Base Cap. Er fragt uns gleich, wo wir her sind, und als wir ihm den Grund unserer Anwesenheit erklären, sagt er: «Ah, College People.» Ich frage ihn, ob man College People hier selten sehe. Er meint, manchmal kämen die schon auch her, aber das sei die Ausnahme. Was für eine Sprache wir denn da sprächen, wo genau unsere Heimatländer lägen, in der Nähe von Russland? Kann man nicht so sagen. Wobei, nach amerikanischen Standards vielleicht schon. Homer sagt, er solle die Ladys nicht volllabern.

«Fuck you, Homer!», sagt der Typ und lacht, und gleich darauf: «Sorry for rambling.» Er sei schon ziemlich bedient. «College people from Germany! It's so awesome, that you are here. All the way from Europe.» Dann trinkt er wieder an seinem Bier. Homer spielt an der Juke Box herum und entscheidet sich für Dinosaur Jr. Das überrascht mich, weil ich die Band eher mit Musiksnobs aus der Indieszene verbinde. Aber wahrscheinlich ist das hier ähnlich wie in England: Was bei uns als Musik für Kenner gilt, ist da eben Alltagskultur.

«What's your name?», fragt Christiane.

«Luke», sagt Luke. «But my friends call me Loki. Like the God.» Vorher, erklärt er dann, sei sein Spitzname Marshmallow gewesen, aber seit er dreißig Kilo abgenommen habe, passe das nicht mehr. Dann sagt er noch einmal «Sorry for rambling».

Ich möchte jetzt endlich mal Turkey Gizzard ausprobieren. Einer kostet einen Dollar, die Barfrau drapiert ihn mir auf eine Serviette. Wir sind touristisch amüsiert, während gekochte Truthahnmägen für die Barfrau das Gewöhnlichste der Welt sind. Ganz versteht sie unsere Heiterkeit nicht. «I never tried something like this before», erkläre ich ihr. Loki lacht.

Die Gewebeprobe schmeckt nach Essig. Fermentiert. Sie ist zäh und schwer zu kauen. Danach ist mir ein bisschen schlecht. Loki fragt, was wir am College so machen würden, und ich erkläre es ihm. Er ist aber schon etwas zu betrunken, um beeindruckt zu sein, und als ich ihn frage, was er vom College hält, antwortet er: «Na ja, ich weiß nicht, wie ich es sagen soll. Collegeleute, das sind halt ... liberals. Sie reden immer nur über ihre Unsicherheiten, es geht immer um ihre Gefühle. Alle nehmen sich so wichtig. So bin ich nicht aufgewachsen. Aber es ist schon ok.»

Christiane und ich spielen noch eine Runde Billard, dann verabschieden wir uns und gehen nach Hause. Früher hätte ich nach einem Bier nicht einfach aufhören können, ich hätte erst aufgehört, wenn nichts mehr reingegangen wäre. Plötzlich geht es. Manchmal wächst sich Alkoholismus auch einfach aus.

Alle verabschieden sich herzlich von uns, und Loki ruft uns nach, wir sollen öfter kommen. «You guys are awesome.» Kein Vergleich zu einer österreichischen Spelunke. Wir gehen durch die tote Stadt nach Hause. Es ist ganz still. Wir sind beide müde und schweigen. Nur unser Gleichschritt ist zu hören. In die Stille hinein fragt Christiane: «Warum hast du eigentlich Schluss gemacht mit dem Luke?»

Unser Zuhause. Our little house in the prairie. Wir ziehen die gemütlichen Sachen an. Das WG-Leben mit Christiane ist so harmonisch. Immer liegen Kekse bereit, wie im Schlaraffenland. In einer Kommode habe ich Pantoffeln mit Karomuster gefunden, wenn ich jetzt auf meine Füße schaue, auf den Übergang von nackten Knöcheln zu weicher Pantoffel, fühle ich die Zufriedenheit eines müden Familienvaters. Christiane nimmt ihre Couchposition ein, ich meine Fernsehsesselposition. So war es immer, so sind wir es gewohnt seit fünfzig Jahren. Die Fußablage stelle ich ganz nach oben. «Aaaah!» Die Säfte fließen rückwärts. «Das ist das beste Gefühl der Welt!»

«Morgen könnten wir ja nach Dubuque», sagt Christiane. Ein malerischer Ort am Mississippi, der Professor hat uns dieses Ausflugsziel schmackhaft gemacht. Beim Wort Mississippi fängt Christiane wieder fast an zu weinen. «Weißt du, ich würde gerne einmal wieder was Schönes sehen. Keine Plastikteller, keine Horrorscheunen, einfache Schönheit.»

Dubuque ist die älteste Stadt Iowas, von dort aus nahm die große Besiedelung des Bundesstaats ihren Lauf. Hier wurde die Saat gelegt, die unsere Abenteuer ermöglichte. Benannt ist sie nach dem kanadischen Pelzhändler Julien Dubuqe, ein treuer Freund und Gefährte der Meskwaki, so steht es geschrieben. Von Dubuque kann man bis nach Wisconsin und Illinois blicken. Das klingt bedeutungsvoller, als es ist. Weil ich Regelschmerzen habe, bin ich auf der zweieinhalbstündigen Fahrt Richtung Osten schweigsam bis unfreundlich.

«Ach, bin ich froh, den Scheiß nicht mehr durchmachen zu müssen», sagt Christiane beschwingt. «Alt werden hat auch seine Vorteile.»

«Seit ich auf die vierzig zugehe, denke ich immer an die Eier, die ich abstoße. Dass die jetzt weniger werden.»

«Ja, dann musst du dich bald drum kümmern, wenn du eine kleine Steffi willst.»

«Das ist so demütigend. Das halbe Leben versucht man, Schwangerschaften zu vermeiden, und plötzlich ist man der Biologie unterworfen und muss sich beeilen.»

«Du musst aber noch in meinem Theaterstück mitspielen», ermahnt mich Christiane. «Warte besser noch.»

«Ich kenn ja einige, die wirklich keine Kinder wollen. Aber für mich fände ich das voll traurig. Ein Leben ohne Kinder.»

«Na, dann musst du's deinem Liebhaber sagen.»

«Das ist auch schlimm, dass man plötzlich Druck machen soll. Wir sind doch noch gar so nicht lange zusammen.»

«Vielleicht freut er sich ja, ist doch auch ein Kompliment, wenn so eine berühmte Künstlerin ein Kind von einem will.»

«Hm, so habe ich das noch nicht gesehen.»

Wir fahren in die unspektakulär wirkende Stadt ein. «Viele nehmen jetzt auch ein Pflegekind, das ist eigentlich viel sinnvoller, die Welt ist eh bald unbewohnbar», sage ich Christiane, während sie am nächstbesten freien Flecken parkt. Ich weise sie auf die Parkuhren hin, die am Bordstein stehen. «Schau, Christiane. Man muss zahlen.»

«Ach, glaubst du wirklich, das kontrolliert jemand?»

«Keine Ahnung, ich kenn die Gepflogenheiten hier in Dubuque nicht.»

«Da kommt doch jetzt nicht gleich die Polizei.»

«Die Polizei vielleicht nicht, aber so ein Parksheriff.»

Christiane verliert langsam die Geduld. «Manchmal muss man halt irgendwo parken.»

«Ja, aber wir können doch wenigstens ein paar Dollar einwerfen.»

«Mensch, ihr Millennials bekommt immer gleich einen Herzinfarkt wegen irgendwelcher Regeln.» Sie äfft mich nach: «Ja, aber das MUSS man machen. Das ist die REGEL.»

«Wir müssen's ja nicht auf eine Strafe anlegen.»

«Wir werden schon nicht gleich verhaftet werden.»

Ich suche ein paar Münzen und werfe sie in die Parkuhr. «Wegen vier Dollar erspare ich mir lieber den Stress.»

Christiane schüttelt den Kopf: «Wie soll denn das funktionieren mit der Anarchie, wenn ihr euch schon vor einer Parkuhr zu Tode fürchtet.»

«Egal.»

«Bloooß nicht gegen das Gesetz verstoßen.» Ihr Weinschorlentrauma kommt wieder hoch: «In meiner eigenen Stadt wolltet ihr mir das Autofahren verbieten. Zwei Kilometer geradeaus. Wegen ZWEI Weißweinschorlen!»

Die Parkuhr funktioniert nicht. Der Fußweg zum Mississippi ist schwer zu finden. Wir irren umher, unter einer Brücke fragen wir einen betrunkenen Mann mit struppigem Bart nach dem Weg zum Fluss, der irgendwo hier ganz in der Nähe sein muss. Er deutet auf die Autobahn und murmelt kryptische Halbsätze. Dann zeigt er in verschiedene andere Richtungen und verschwindet hinter einem Busch.

Die Idee, das Auto zu parken und von der Stadt aus gemütlich an den Fluss zu spazieren, war natürlich europäische Verblendung. Selbstverständlich fährt man mit dem Auto über eine Straße bis zum Ufer. Wir irren eine Weile weiter umher, dann klettern wir über ein paar Leitplanken, und als wir mitten auf dem Highway stehen, gefangen in der Peripherie, geben wir auf und marschieren zurück zum Wagen. «Siehst du, kein Einsatzkommando», sagt Christiane.

Wir fahren gemütlich zum Hafen. Alles ist zubetoniert und deprimierend. Ein Regelkrampf überrollt mich wie eine Wehe. «Ahhh!» Das einzig Schöne weit und breit ist ein kleiner Kieselstrand mit Schwemmholz. Ein Strohhalm, an den ich mich klammere. Es gefällt mir nicht so gut, doch Christiane ist glücklich, sie streckt ihre Nase in den Wind. «Mh, wie gut es riecht.» Sie sieht aus wie ein kleines Mädchen. Glücklich und frei. Huckleberry Rösinger.

Weil das Licht schön ist, mache ich melancholische Fotos von ihr am Steg. Sie blickt in die Ferne. «Kontrolle», ruft sie, als ich das Handy wieder in die Tasche stecken will, und schaut gierig die Fotos durch. «Aha. Aha. Das nicht. Das auch nicht. Das löschen. Das AUF JEDEN FALL löschen. Das kannst du mir schicken.»

«Das erste ist doch voll schön», sage ich. «Das weiche Licht macht voll die gute Haut.»

«Gute Haut ist egal, ich will das, wo ich am dünnsten aussehe. Das ist toll, da sehe ich richtig mager aus», sagt sie fröhlich.

«Ja, wie nach der Chemo.» Nicht mal im Alter hört der Magerwahn auf, denke ich mir voller Zukunftsangst. «Im Alter sieht man doch eh besser aus, wenn man bissl molliger ist.»

«Schick mir das Magermodelfoto bitte per Whatsapp, das sende ich meiner Familie.»

Ich erinnere mich an die Jahre, in denen ich am wenigsten wog, am dünnsten war, am nächsten am Ideal. Die Menschen machten mir Komplimente, waren netter, wollten öfter mit mir schlafen, und jedes Kleidungsstück sah gut aus. Dabei war ich bulimisch, und die Umwelt feuerte mich dabei an. Eine Veränderung des Körpers ist wie Tourismus, ein Ausflug in ein anderes Land, im Land der krankhaft Schlanken waren die Menschen freundlicher und aufdringlicher. Sich gegen eine bessere Behandlung der Gesellschaft zu behaupten, erfordert mentalen Widerstand. Im Gegensatz zu spätpubertären Männern, die sich im Wald aussetzen lassen, um Igel zu erlegen, handelt es sich bei Body Positivity um wahrhaftes Survival Training. Aber es wird egaler, je älter man wird. Denn schöner wird man nicht mehr, deshalb sollte man sich lieber freuen, besser auszusehen als in zehn Jahren, anstatt sich im Nachhinein darüber zu ärgern, sich hässlich gefühlt zu haben, als man am süßesten war. Im FKK-Bereich sitzen die 90-Jährigen am entspanntesten.

Christiane schaut schon wieder ganz verträumt über das Wasser und fängt an zu singen.

Mississippi,
I'll remember you.
Whenever I should go away,
I'll be longing for the day,
When I will be in Greenville again.
Mississippi,
You'll be on my mind.

«Das haben sie in den Siebzigern immer im Radio gespielt.» Über uns fliegt ein mächtiger Vogelschwarm. «Sind das Pelikane?», fragt sie entzückt. «Ich glaube schon», antworte ich mütterlich. Die kleine Christiane freut sich. Die Vögel fliegen eine Schleife und sind nun von näher zu sehen. Einige von ihnen landen am gegenüberliegenden Ufer. «Pelikane! Das ist ja toll.» Wir schauen zu, wie sie ihr Gefieder ausschütteln. Die weißen Vögel haben vereinzelte rosafarbene Federn, als würden sie Rouge tragen. Von ihren Schnäbeln hängt der faltige Futtersack, dünn und adrig wie die Haut von Hoden.

«Ich hab noch nie Pelikane in freier Natur gesehen», sagt Christiane. «Ich glaub's nicht.»

Weil sie glücklich ist, bin ich es auch. Ergriffen bestaunen wir das Naturschauspiel. Dann öffnet Christiane ihre Umhängetasche und zieht einen kleinen Fisch heraus, keine Ahnung, wo der herkommt. Die Schuppen des Fischleins glänzen in der Sonne und es stinkt. Schimmernd und leblos hängt es in Christianes Hand. Sie streckt den Arm hoch und singt kraftvoll: «Mississippi, roll along until the end of time.» Sie schreit es fast.

Ein Pelikan, der größte von allen, wird auf sie aufmerksam, als würde er beschworen, dreht den Kopf und verlässt seinen Schwarm. Er segelt in unsere Richtung. Das ist verrückt.

«Christiane, was hast du vor?», frage ich sie, doch ihr Blick ist fiebrig, sie hört mich nicht. Ich weiche zurück vor dem größer werdenden Tier, gehe einige Meter rückwärts, Christiane bleibt einfach stehen. «Mississippi, you'll be on my mind.»

«Pass auf, Christiane!», rufe ich ihr zu. Doch sie bewegt sich wie in Trance. Das Tier ist nun ganz nah. Wenige Meter vor ihr segelt der Pelikan elegant zu Boden und bleibt stehen. Ganz ruhig. Er schaut sie an. Dann schreitet er auf sie zu, es sieht aus, als würde er lächeln. Sachte greift er mit dem Schnabel nach dem Fisch in Christianes Hand. Sie krault die Federn auf seinem Kopf, dann streichelt sie seinen Futtersack.

«Mississippi, you'll be on my mind!», singt sie jetzt leise wie ein Schlaflied. Er flattert mit den Flügeln, ich spüre den Luftzug in meinem Gesicht. Sie geht noch näher an das Tier heran. Jetzt hebt sie ein Bein, dreht den Rumpf und sitzt auf dem Rücken des Pelikans.

«Christiane, was machst du?»

Sie lacht nur leise. Mittlerweile sind auch andere Spaziergänger stehen geblieben. Der Pelikan schlägt die Flügel und beginnt mit Christiane auf dem Rücken in die Luft zu steigen. Sie singt, immer lauter: «Mississippi, I remember you ... Hahaha.» Die Passanten staunen, dann applaudieren sie. Die beiden fliegen immer höher, der Gesang wird leiser. Jetzt sind sie so weit weg, dass man im Sonnenlicht nur noch die Silhouette der Vogelreiterin sieht. Wolken ziehen. Sie fliegen auf und ab in sanften Wellen. Man hört die anderen Vögel schnattern. Die Zeit scheint still zu stehen.

Langsam kommen sie wieder näher, der Gesang wird lauter. «Mississippi.» Das Bild ist grotesk und wunderschön zugleich. Der Pelikan landet sanft. Die Spaziergänger jubeln. Christiane klettert lachend vom Vogel, dann umarmt sie ihn, sie blicken einander kurz an, er grunzt und fliegt ruckartig wieder davon. Christiane zupft sich kleine Federn von der Jacke. Ihr Blick ist aufgewühlt und glücklich. Der Vogel ist schon wieder ganz klein, als wäre er nie da gewesen. Die Spaziergänger haben ihre Wege fortgesetzt.

«Uff», macht Christiane, und: «Hast du ein Foto gemacht?»

«Nein, leider nicht, das ging alles so schnell.»

«Ach. Mensch, schade.»

Ich nicke, und wir beschließen, nach dieser Erfahrung auf der Hauptstraße essen zu gehen. Burger bieten sich an. Burger waren bis jetzt immer ok. Burger können sie in Amerika.

«Mensch, das glaubt mir doch jetzt niemand ohne Foto», sagt Christiane vorwurfsvoll.

Nach dem Essen gehen wir zur Tourist Information. Die Dame hinter dem Tresen interessiert sich für unsere Herkunft und erzählt von ihrem Enkel, der nach Berlin ausgewandert ist. Sie freut sich, ihn nach den Einschränkungen durch die Pandemie endlich mal besuchen zu können, und erzählt Christiane, wo er wohnt. «Das ist draußen am Flughafen», flüstert mir Christiane zu, «da wohnt kein normaler Mensch.»

In den Broschüren, die wir durchblättern, wird Diversität präsentiert. Die abgebildeten Menschen sind zu hohen Anteilen schwarz oder in gleichgeschlechtlichen Paarungen unterwegs, auf der ersten Seite erzählt der demokratische Bürgermeister von der Weltoffenheit Dubuques. Viele Menschen haben wir noch nicht gesehen, aber die waren alle weiß. Es gibt ein irisches Viertel, drei geschlossene Geschäfte sind mit Kleeblättern verziert, dahinter kämpft sich die älteste Zahnradbahn Amerikas auf einen Hügel. Die berühmteste Sehenswürdigkeit, Nummer drei der TOP 5 Things To Do. Die legendäre Bahn ließ im 19. Jahrhundert ein Bankier erbauen, der in seinem hochgelegenen Nobelanwesen pünktlich Mittagsschlaf halten wollte, bevor er wieder ins Kontor musste. Nun steht sie der Öffentlichkeit zu Diensten. Es ist nur ein einzelner Wagon, eine winzige Kabine mit Holzbank darin. Zwei Dollar werden in einen Münzschlitz geworfen, dann zieht man an einer Schnur, und oben auf dem Hügel läutet eine Glocke. Dort sitzt eine ältere Frau mit Baseballmütze, die, wenn sie das Bimmeln hört, aus jahrzehntelangem Schlaf erwacht und den Hebel umlegt, der das Spektakel in Gang setzt. Mühsam und ächzend schleppt sich das historische Fahrzeug fünf Minuten lang über die Schienen nach oben. Wir jubeln, denn manchmal muss man sich selbst vorspielen, dass etwas geil ist.

Von oben betrachtet liegen die Häuser der Stadt als braune Würfel vor uns wie nicht abgeholte Pakete. Ein letzter Blick auf den Mississippi.

«Ist das mit dem Vogel wirklich passiert?», fragt Christiane unsicher.

«Ich weiß nicht. Wenn man lange isoliert ist, fängt das Gehirn manchmal an, einem Streiche zu spielen.»

«Hm», sagt Christiane.

Wir lehnen an der Steinmauer und schauen nach Illinois und Wisconsin. Dann nach Wisconsin und Illinois. Dann noch mal rundherum. Es wird nicht besser. Ein Vogel schreit. Jemand schlägt die Glocke der Bahn. Dann ist es ganz still. Wir springen von der Panoramamauer und landen in unserem Auto. Immer noch kein Strafzettel. Immer noch kein Tornado. Als wir das Radio einschalten, spielt es «You're so Vain» von Carly Simon. Das kennen wir beide, und wir singen mit.

«Bei meinem Song ‹Melancholische Kompanie› singt ja Rio Reiser im Hintergrund», erzählt Christiane. «Weil er zufällig im Studio war. Ich bin damals erstarrt vor Ehrfurcht, aber man hat's auf der Aufnahme gar nicht gehört. Ich meinte, kann man ihn nicht lauter drehen? Aber dann sagte der Produzent, das wär doch cool so. Bei Carly Simon singt nämlich Mick Jagger im Hintergrund, und man hört es auch kaum. Das ist so ein cooles Understatement, weißte.»

Ich ziehe mein schönstes Kleid an, Christiane ihre beste Hose. Die Schminke lassen wir weg, man muss es nicht übertreiben. Vierzig Minuten nördlich von Grinnell liegt das Meskwaki Casino, ein Glücksspieltempel mit angeschlossenem Hotel und Entertainmentangebot. Die Meskwaki sind der größte First-Nations-Stamm Iowas. 4000 Angehörige gibt es noch, von denen ein Großteil in dem Reservat lebt, das das Casino beherbergt. Das restliche Reservat ist Außenstehenden nur zu besonderen Anlässen wie etwa dem jährlichen «Pow Wow» zugänglich, ins Casino kann man immer, jeden Tag im Jahr, 24 Stunden täglich, über welche anderen Orte lässt sich das schon sagen. Das Krankenhaus vielleicht.

Vielleicht ist es das, was ich am Trash mag: die Geborgenheit im Neonlicht, die bedingungslose Akzeptanz. Wir machen uns auf.

Eine eindrucksarme Fahrt später glitzert und leuchtet hinter einer Kurve die riesige Aufschrift des MESKWAKI CASINO wie ein Goldschatz am Ende eines Regenbogens. Ein bisschen Glamour, ein wenig Glanz, ein Hauch von Las Vegas. Ich kreische vor Aufregung. «Ein echtes Indianercasino.»

«Steffi, das sagt man doch nicht.»

Ich denke nach. «Doch, ich glaube schon. Ich glaub, in Europa ist das noch ok.»

«Es ist aber eine Fremdbezeichnung.»

«Wie würdest du denn sagen?»

«Amerikanische Ureinwohner.»

«Aber Amerika ist doch auch eine Fremdbezeichnung. Die Native Americans haben Amerika ja auch anders genannt.»

«Ach, egal.»

Hunderte Autos stehen am Parkplatz. «Voll viel los.» Eine schwerbetrunkene alte Frau wird gerade von einem Securitymann behutsam aus dem Casino geschoben. Sie wankt und schielt und hält ihre Tasche fest. Ein Auto bleibt vor dem Eingang stehen und eine junge Frau öffnet von innen die Tür. Die Betrunkene sackt hinein. Routiniert wird Mutti aus dem Casino geholt. Frischgemacht für die Kirche. Derselbe Securitymann kontrolliert nun unsere fremdländischen Ausweise. Er hat lange schwarze Haare und ein Augenbrauenpiercing. «Have fun, girls», sagt er zwinkernd. Nach dem Passieren des Drehkreuzes brechen die grelle Beleuchtung und das wüste Gedudel der Spielautomaten über uns ein. Ein Zauberland aus Farben und Tönen. Die AmerikanerInnen sitzen mit großen Pappkübeln vor den einarmigen Banditen. An die Wände werden mit einem Beamer Bilder von Gewinnern projiziert. Lächelnd zeigen unprätentiös wirkende Menschen ihre Glücksmomente. «Richard, 1800 $», steht über dem unscharfen Foto eines Mannes in Karohemd und mit Baseballkappe. Auf seine Hosenträger sind Bärenspuren gedruckt. Er lächelt verlegen, der Mann steht nicht oft im Mittelpunkt. Linda mit dem grauen Kurzhaarschnitt und dem Tom-und-Jerry-Pullover lacht offen in die Kamera. 7000 Dollar hat sie beim *Dancing Panda* gewonnen, und die Bären tanzen um einen mit Gold gefüllten Topf. Albert hat ein orange-schwarzes Karohemd an, in der Brusttasche steckt seine Brille. 13 000 Dollar. Sandra ist sorgfältig zurechtgemacht, sie hat lila Lidschatten, braune Locken, ein Top mit Palmen und türkise Ohrringe. 5000 Dollar. Neben den Fotos die Namen der Spiele. *Samurai 888, Triple Diamond, Ba Fang Jin Bao, Ultimate Fire Link, Fu Dai Lian Lian, Choy Sun Jackpots, Genies Price, King of Africa, Piggy Bank, Dancing Drums, Wicked Winnings*. Es ist der einzige Ort in Iowa, an dem Rauchen in Innenräumen nicht nur gestattet, sondern erwünscht ist. Einladend stehen Aschenbecher neben den Automaten und flüstern: «Lass dich gehen.» Stundenlang in schlechter Haltung versunken, die keinerlei Rückschlüsse auf irgendwelche Hirnaktivität ziehen lässt, rauchen alle Kette. Wohldosierte Glücks- und Unglücksmomente halten die Körper still, den Geist ruhig. Jeder Mensch denkt, er hat ein bisschen Glück verdient. Eine Frau raucht tatsächlich drei Zigaretten auf einmal.

«Hast du Casinoerfahrung?», frage ich Christiane, deren Gesicht sich schon wieder säuerlich zusammenzieht.

«Wo ich aufgewachsen bin», sie schaut sich traurig um, «gibt's ja auch ein großes Casino. Baden-Baden. Das war schon im 19. Jahrhundert ein Kurort für reiche Russen.

Schriftsteller wie Dostojewski und Puschkin sind da zum Spielen hin. Dostojewski war schwer spielsüchtig und hat seine Erfahrungen in ‹Der Spieler› verarbeitet. Das weißt du vermutlich gar nicht, weil du so ungebildet bist, aber er hat Baden-Baden gemeint und die Stadt im Roman Roulettenburg genannt.»

«Der gequälte Künstler im Casino. Genau wie wir hier.»

«Nein, nicht wie hier. Das ist da voll elegant, man muss sich schick machen. Ganz anders als hier.» Christiane blickt sich um, zu den erschöpften AmerikanerInnen, die ihre Löhne verspielen. «Na ja, Sucht ist Sucht. Dostojewski war beim Spielen auch nicht erhabener als die Leute hier.»

Ethnisch ist es hier übrigens viel diverser als sonst in Iowa. BLING BLING. Einer mageren alte Frau mit Rastazöpfen springen die Münzen in den Pappeimer. «Schau, wie schön!», sage ich. «Du musst die schönen Sachen sehen. Die hat jetzt voll viel Geld gewonnen.» Routiniert wirft sie den Gewinn, einen Jeton nach dem anderen, zurück in den Münzschlitz.

Vor dem Casinorestaurant steht eine lange Schlange. Heute ist *Seafood All You Can Eat Day*. 30 $ für unendlich viele Shrimps. Ich muss an die Simpsons-Folge denken, in der Homer beim All You Can Eat am Shrimp Buffet nicht mehr aufhört zu essen. «Das können wir ja später probieren. Meeresfrüchte! Die sind in Iowa sicher besonders gut», versuche ich Christiane aufzumuntern.

«Ich spiel am liebsten Roulette. Das ist so elegant mit den Croupiers und den französischen Wörtern», sagt Christiane. Leider ist bei allen Roulettetischen der Mindesteinsatz zehn Dollar, das ist es uns dann doch nicht wert. Zehn Dollar auf einmal verspielen macht keinen Spaß. Ab 30 Euro Verlust finde ich Glücksspiel deprimierend. Wir setzen uns zum

Automatenroulette. Dort hängen die Geizigsten über den Bildschirmen im Kreis rund um ein Rouletterad. Die Einsätze positioniert man via Touchscreen, dann schiebt man ein paar Pennies rein, und hin und wieder springt ein Dollar als Gewinn raus. Wir verlieren.

Im Casinoshop kann man unzusammenhängende Waren kaufen. Feuerzeuge, kitschige Standuhren, Stofftiere, Zigaretten, Handtaschen gefälschter Marken, kleine Aufmerksamkeiten, mit denen Spieler ihre Familie über die Hypotheken oder das verhinderte Studium hinwegtrösten. Ein Set aus glänzenden Töpfen und polierten Pfannen steht in der Auslage. Jeden Monat wird so eins verlost. Im anliegenden Hotelfoyer ist die Geschichte der Meskwaki in einer kleinen Ausstellung aufbereitet. Gemälde von Häuptlingen, eine Schautafel über die Wanderung des Stammes von Kansas nach Iowa. Hungrig nach Kultur liest Christiane sich alles durch, während ich an den kostenlosen Getränkespendern die Drinks durchprobiere. Root Beer, Brisk Ice Tea. Nach dem dritten Glas Mountain Dew habe ich das Gefühl, dass meine Nieren karamellisieren. Sie fühlen sich glasiert an, wahrscheinlich kann man die äußerste Schicht mit einem Löffel aufknacken wie Crème brûlée.

«Christiane, komm, schau mal!» Ich habe eine Bingo Hall entdeckt. «Wie bei den Golden Girls!» Ein zweihundert Quadratmeter großer Raum, in dem alte Damen mit toupierten weißen Haaren sitzen und mit dicken Filzstiften auf Zettel tupfen. Es sind Bingostifte, die man in verschiedenen Ausführungen kaufen kann. Die klobigen Stifte mit flippigen Verzierungen heißen Dabber und sind so konstruiert, dass auch die schwächste Omahand mit wenig Anstrengung einen leuchtend bunten Punkt auf die Bingokarte tupfen kann wie einen zarten Kuss. Auf den Dabbern sind Herzen,

Marienkäfer, Goldsäcke und Glitzerplüsch, aber auch freche Motive wie halb nackte Männer mit Waschbrettbäuchen oder das Logo von Louis Vuitton. An den Wänden klebt rührend gebasteltes Dekor aus Seidenpapier, wie in einem Kindergarten. Die Lesebrillen hängen den Frauen an goldenen Kettchen von den Hälsen, wenn sie die Karten volldabben, klimpert es leise. «BINGO!», krächzt eine Frau mit leicht violettem Haar, doch sie hat sich geirrt.

Das Seafood Buffet ist leider schon geschlossen. Bleibt als einzige Verpflegungsoption eine Wärmetheke, an der vertrocknete Burger und runzlige Nuggets zur Wahl stehen. Man muss die ausgedörrten Klumpen ein paar Minuten in Ketchup einlegen, damit sie die Speiseröhre hinuntergleiten können. «Stell dir einfach vor», sage ich Christiane, «es wäre Gemüse.» Nach dem Essen trägt sie den Verpackungsmüll zur Tonne. Sie schiebt die Plastikteller ins Innere und dreht sich zu mir. «Kuck mal, über der Tonne steht extra, dass man das Tablett nicht reinwerfen soll.» Sie schaut mich erschüttert an: «Die Leute hier würden allen Ernstes sonst auch das Tablett wegwerfen.»

Neben dem Buffet spielt jetzt ein Musiker, er heißt Cody Hicks. Fast jeden Tag treten hier Music Acts auf. Die Tischplatten des Barbereichs sind verziert mit Pokerkarten, nur sieht man statt Bube, Dame oder König Meskwakikrieger mit Federschmuck. Christiane holt zwei Whiskey Cola vom Tresen, in den kleine Spielautomaten eingelassen sind, damit die Leute auch während des Bestellvorgangs wie ferngesteuert weiterspielen können. Cody Hicks trägt ein ärmelloses Flanellhemd, seine Arme sind tätowiert, in seine Ohrläppchen sind Tunnel gefräst und er singt ein Lied über Autosschrauben, Kurvenfahren und Nascar-Rennen. Er erzählt, dass er Vater vierer wundervoller Kinder ist.

Eine junge Frau vom Nebentisch blickt mich mit weit aufgerissenen Augen an. Ich kenne diesen Ausdruck. So schauen die Leute, wenn sie mich erkennen. Die freudige Fassungslosigkeit, einer großen Künstlerin zu begegnen, man merkt das gleich. Manchmal passiert es auch im Ausland, wenn ich gar nicht damit rechne. Bei jeder Reise ungefähr einmal. Ich fülle die Star-Rolle gut aus, bin freundlich zugewandt, jovial, die Erregtheit des Fans souverän abfedernd. In der Regel fängt es mit einer Entschuldigung dafür an, dass sie mich bewundern. Die Fans sagen Dinge wie: «Oh Gott, du findest das jetzt sicher voll blöd, aber ich find dich so toll.» Sie denken, ihre Freude stelle eine Belästigung dar, weil sie sich so unwürdig fühlen neben mir, dass sogar ihre Komplimente unangenehme Nähe darstellen. Mit einem milden Gesichtsausdruck erkläre ich ihnen dann, dass es mich immer freut, anerkennende Worte zu bekommen. Das ist noch unglaublicher für sie: Wie großartig, dass ich so am Boden geblieben bin. Ich freue mich. Man kann gar nichts falsch machen. Einmal wurde ich in Wien auf der Straße nach dem Weg gefragt. Ich erklärte, wo die gesuchte Straße ist, und ein Radler, der gerade vorbeifuhr, rief mir zu: «Ach, toll! Sie sind immer sozial engagiert.» Und das ist das Schöne am Berühmtsein.

«Oh my god. Are you *Jodie Harms*?», fragt mich die junge Frau jetzt freudestrahlend. Nun freue ich mich, dass ich offenbar aussehe wie irgendeine berühmte Midwest-Persönlichkeit, eine Countrysängerin vielleicht oder Miss Butterkuh 2015.

«No, sorry», antworte ich belustigt. «I'm Stefanie.»

«Ah, ok, sorry. You look like Jodie.» Ich lache verlegen, schüttle meine Haare, und sie: «I thought we were in High School together.»

Was? Wie bitte? «Man sieht doch, dass ich nicht von hier bin», sage ich zu Christiane. «Allein mein Kleidungsstil.»

«Na, davon wäre ich jetzt nicht so überzeugt. Du dachtest jetzt echt, die erkennt dich, das hab ich voll gemerkt.» Ich überprüfe mein Spiegelbild am schwarzen Handydisplay. Hat die Ernährung mich verändert? «Du hast ja auch bäuerliche Wurzeln», legt Christiane nach. «Das spüren die. Das habe ich auch gleich gespürt.» Habe ich jede europäische Erhabenheit verloren? «Jodie, die Farmerstochter aus Altoona.» Nein, man sieht mittlerweile wirklich nicht mehr, dass ich etwas Besonderes bin.

Christiane hat zugesagt, bei meiner ersten Unterrichtseinheit dabei zu sein. Große Erleichterung. Die Einheiten sollen drei Stunden dauern, ich darf aber auch früher aufhören, denn vorbereitet habe ich mich nämlich nur auf zwei. Ich habe ein eigenes Büro bekommen, an der Tür hängt ein Schild mit meinem Namen. Das Impostor-Syndrom, von dem viele KünstlerInnen berichten, also die Angst, dass irgendwann einmal rauskommt, wie völlig talentlos man in Wirklichkeit ist, ist mir eigentlich fremd. Viele interpretieren diese Angst als klassenspezifisches Symptom von Aufsteigerbiografien. Meine Theorie ist genau umgekehrt: Bei einem Arbeiterkind muss das Künstlerische ja schon auffälliger ausgeprägt sein als bei Kindern aus dem beflissenen Bildungsbürgertum, weil man sonst gar nicht auf die Idee käme, das Künstlerdasein wäre eine Berufsoption. Das muss einem schon deutlich von außerhalb der Familie herangetragen werden. Da spreche ich eher den Leuten ihre Kompetenz ab, mein Talent zu beurteilen. Diese Bürosituation allerdings fühlt sich dann doch stark wie strafrechtlich zu ahndende Hochstapelei an. Sogar Sprechstunden soll ich geben für die StudentInnen, erklärt die Professorin, die würden sie aber bei einer so kurzen Einheit wie meiner wahrscheinlich gar nicht in Anspruch nehmen. Was sollte ich auch mit ihnen besprechen? Die Noten? Natürlich bekommt jeder eine Eins. Allein, damit ich beliebt bin.

Neben dem Büro gibt es eine kleine Küche mit Kaffee und Kopierern, einen Aufenthaltsraum und noch ein Büro. Zwei hilfsbereite Frauen sitzen an ihren Computern und halten das Institut zusammen. Wenn ich den Raum betrete, fragen sie mich gut gelaunt, wie es mir geht. Beim ersten Mal erkläre ich ihnen, dass es mir «OK» gehe, ich aber verunsichert sei, da ich ja selbst gar nicht richtig studiert hätte und es mich überfordere, jemanden unterrichten zu müssen. Dass ich noch nie an so einer Institution gearbeitet hätte, dass ich mich inkompetent fühle und nervös sei. Zu viel Information, sagen ihre Blicke. Die routinierte Frage nach dem Wohlbefinden für einen larmoyanten Vortrag über das eigene Elend zu nutzen, ist österreichisch und komplett unangemessen. Auch die Künstler-Egozentrik, der ganze introspektive Vortrag über die eigene Befindlichkeit, übersteigt die Etikette. Freundlich versichern sie mir, es werde schon gut gehen, und Christiane und ich müssten vor unserer Abreise unbedingt noch das Plakat signieren, auf dem ihr Auftritt angekündigt war. Krampfig versuche ich, was Normales zu antworten. Ich versuche mich zu erinnern, was normal ist. Seit ich hauptberuflich Künstlerin bin und somit jeder Konvention enthoben, weiß ich es noch weniger als davor, als ich noch hauptberuflich Alkoholikerin war. Eine lockere Floskel. Ein Spruch aus dem geheimen Wissen über soziale Unbefangenheit. Das Wetter? Nur nicht zu viel nachdenken. Bin ich Autistin? Auf Tiktok wurde es mir vorgeschlagen. Oder ist obsessive Grübelei Teil meines Berufsbildes? Vielleicht sind Benimmregelbücher gar nicht so schlecht als Fundament für zwischenmenschliche Eloquenz.

«Thank you», sage ich und frage mich, wofür ich mich bedanke. Oh Gott. Fluchtartig verlasse ich das Büro.

«Daran musst du dich einfach gewöhnen», erklärt mir die Professorin bei der Übergabe des Büroschlüssels. «Ich war von der Freundlichkeit der Menschen anfangs auch überfordert.» Es ist also doch was Kulturelles, es liegt nicht an mir. «Es ist ganz normal, dass man hier zwischendurch mal sagt: Schöner Tag. Oh, wie aufregend. Wir sind begeistert, dass du bei uns bist. Man muss da nicht so drauf eingehen.»

«Ich werde passende Antworten üben.»

«Am ungewöhnlichsten war, dass meine akademische Arbeit so positiv gewürdigt wird.» Sie bietet mir eine vegane Gummischlange an. «In Österreich wirst du immer erst mal kritisiert und fertiggemacht. Hier sind alle nett und wohlwollend.» Die Professorin hat Cartoons von mir an der Wand hängen, das schmeichelt mir, macht mich verlegen, setzt mich unter Druck. In echt bin ich gar nicht witzig.

«Kann ich mit den Schlüsseln eigentlich überall rein?»

«Du solltest in alle Gebäude kommen.»

Gleich fantasiere ich von nächtlichen Streifzügen durch das Chemielabor. Mit Christiane Fangen spielen bei den Biologieexponaten. Sie versteckt sich hinter dem ausgestopften Braunbären, aber ich sehe ihre Schuhe. Wir lachen und stoßen an mit eingelegten Gürteltieren. «Gibt's auch ausgestopfte Tiere an der Uni?», frage ich. Die Professorin schaut mich fragend an. «Die Leute, die hier so arbeiten, sind ganz normal aus Grinnell, oder?»

«Ja, das sind alle Leute aus der Stadt.»

«Aber interessant, dass sie trotzdem queer sind und so was, würde man jetzt nicht denken, in so einer Kleinstadt.»

«Wie kommst du darauf?», fragt die Professorin.

«Na ja, die eine aus der Verwaltung zum Beispiel, die so nonbinary wirkt, die mit dem Bürstenhaarschnitt und dem Herrenhemd.»

«Die ist mit einem Mann verheiratet und hat drei Kinder.»

«Echt? Ich war fix davon überzeugt, dass sie queer ist.»

«Ich hab anfangs auch oft gedacht. ich wäre hier in einer Lesbenbar, weil alle Frauen wie Butches aussahen, kurze Haare, breite Schultern. Aber so ziehen die sich hier einfach an.» Flanellhemd, Billardqueue in der einen, Bud Light in der anderen Hand. Genau wie Roseanne. «Die mit dem Bürstenschnitt ist hobbymäßig Tornadochaserin.»

«Tornadowas?»

«Wenn ein Tornado kommt, jagt sie den mit dem Auto, fährt ganz nah ran und ist mit dem Walkie Talkie mit anderen Tornadochasern vernetzt.»

«Echt?»

«Sie hat sogar einen eigenen Youtubekanal, wo sie ihre Tornadovideos hochlädt.»

Zu Hause erzähle ich Christiane gleich, dass die Lesbe gar nicht lesbisch ist, sondern Tornadojägerin.

«Ach, und ich dachte, die hätte voll mit mir geflirtet», bemerkt Christiane enttäuscht. Dass außergewöhnliche Künstlerpersönlichkeiten, wie wir beide sie haben, uns für Heteromänner nicht attraktiver, sondern noch unattraktiver machen, damit muss man sich abfinden. Das weibliche Genie ist immer allein, und wenn Männer sagen, sie stünden auf Frauen mit Humor, meinen sie in der Regel, die Frauen sollen über *ihre* Witze lachen und nicht witziger sein als sie.

Wenn wenigstens ein paar lesbische Frauen uns romantisch verehren, spendet das ein wenig Trost.

In der Küche erzähle ich Christiane, was ich alles vorhabe mit den StudentInnen, während sie sich ein Sandwich macht. Den Thunfischaufstrich vom hippen Supermarkt verputzen wir immer schnell, der ist richtig gut. Mit Toastbrot konnte ich sowieso noch nie umgehen. Aufgeregt zähle ich alle Essentials und Theorien zum Humorthema auf, die ich vorbereitet habe. Warum Gegensätze lustig sind, warum Tabus lustig sind, warum die Wahrheit lustig ist. Die Funktion des Witzes bei Konflikten. Humoristische Sabotage im Aktivismus. Satire und Autorität. Galgenhumor. Der Funktion des Witzes nach Freud. Als ich fertig referiert habe, sagt sie nur: «So hektisch willst du die ganze Zeit reden?»

Ich schätze Christianes schonungslose Ehrlichkeit, ihre Direktheit ist einer der Gründe, warum ich gerne Zeit mit ihr verbringe. Man weiß, woran man ist, keine aufgesetzte Freundlichkeit, keine schwülstigsten Umarmungen, kein Honig ums Maul. Aber jetzt macht sie mich fertig. «Kannst du nicht einfach was Aufmunterndes sagen?», sage ich den Tränen nahe. «Manchmal will man doch nur was Nettes hören.»

«Oh, Tschuldigung, dachte, du willst eine ehrliche Meinung.»[20]

20 Bei aller Seelenverwandtschaft zur verehrten Autorin ist mir die hier beschriebene Reaktion völlig unverständlich. Ich hatte nur ganz freundlich darauf hingewiesen, dass man im Fremdsprachenunterricht langsam und verständlich sprechen sollte, dass es sich anbiete, vorab einen groben Zeitplan zu erstellen, und dass Lernende dankbar seien für übersichtliche Tafelbilder. Stefanie Snowflake ...

«Ja, aber vielleicht ein bisschen sanfter, wenn ich doch gleich da hinmuss. Du siehst doch, wie aufgewühlt ich bin.»

«Tschuldigung, ich wusste nicht, dass du immer nur positive Sachen über dich hören willst.»

«Come on. Es ist eine Ausnahmesituation.»

«Ok. Das war das Beste, was ich je gehört habe. Die Frau ist ein Genie, nicht nur in der Kunst, sogar im Unterrichten ist sie überragend. Ein Universaltalent. Gebt ihr eine Professur.»

Jetzt bin ich beleidigt. «Da gibt's ja wohl noch Nuancen dazwischen.» Eine verwundete Maus. «Ich hab doch wirklich voll Angst.» Trauriger Blick.

Christiane reißt sich zusammen. Man sieht, wie viel Kraft sie der empathische Moment kostet: «Ok, sorry. Das wird schon. Stell dir einfach vor, du machst eine Lesung, das finden die Leute ja immer lustig. Die machst du ja immer gut.»

«Hmja, aber das ist ja was anderes, außerdem verstehen die mich vielleicht gar nicht.»

«Umso besser, schreib einfach immer wieder mal was an die Tafel. Dann lernen sie Vokabeln.»

«Hm. Ok.»

«Und wenn du nicht mehr weiterweißt: ‹Stadt, Land, Fluss› spielen.»

«Na gut», sage ich dankbar.

Es ist alles eine Frage der Performance. Alles im Leben ist Behauptung. Andere behaupten, die Zukunft vorhersagen zu können, also kann ich auch behaupten, unterrichten zu können. Andere behaupten, eine Nation führen zu können, also kann ich behaupten, Creative Writing Teacher zu sein. Alles eine Frage der Überzeugung. Menschen sind Mitläufer, unfähig zu hinterfragen, sie brauchen Halt und glauben einem alles, wenn man es nur gut genug erzählt. Aber ich bin zu ehrlich, ich bin wie Abraham Lincoln, ich kann nicht lügen. Mein Wesen ist rein wie das von Jesus. Die Hände schwitzen, als ich das Unigebäude betrete. Meine Unterlagen kleben an ihnen fest. Die Architektur von Bildungsinstitutionen ist immer beklemmend, Räume wechseln, zuhören, mitschreiben, unterordnen, mitspielen. Ich habe in solch einem Rahmen noch nie funktioniert. Die Leute hier nehmen das alles ernst.

Der Raum, in dem ich gleich unterrichten soll, ist mit einem Dutzend chinesischer StudentInnen gefüllt. Sie tippen konzentriert in ihre Laptops und scheinen nicht auf mich gewartet zu haben. An der Tür klebt ein Zettel: «Welcome to Chinese study group». Etwas stimmt nicht. Ganz falsch. Ich bin nicht richtig. Verkehrt. Error. Eine Katastrophe. Alles bricht zusammen.

Verzweifelt schreibe ich der Professorin eine Whatsapp-Nachricht. Sie schreibt zurück, sie hätte jetzt keine Zeit, die Zimmernummer sei richtig, ich solle den Raum einfach in Anspruch nehmen, so was passiere oft am Semesterbeginn. Lieber würde ich einen Flug nach Österreich buchen, abhauen. Aber wie, ohne Führerschein? Der einzige Bus ist heute schon gefahren. Autostoppen behördlich verboten. Fahrrad habe ich keines. Suizid?

Als ich den jungen ChinesInnen sage, dass hier jetzt Creative Writing vom German Departement stattfinde, wird das sofort akzeptiert. Mit den Laptops unterm Arm wuseln sie raus. Christiane kommt jetzt auch nach. «Das ist ja gar niemand», sagt sie.

«Die kommen ja erst.»

«Wär doch gut, wenn niemand kommt. Dann musst du auch nicht unterrichten.» Stimmt.

Dann trudeln sie doch ein, einer nach dem anderen. Alle tragen Maske. Am Ende sitzen sechs junge Menschen unsicher und aufmerksam auf ihren Plätzen. Es sind ja noch Kinder. Ich entspanne mich und beginne mit einer Vorstellungsrunde. Eigentlich kann ich Gruppen gut anleiten, erinnere ich mich nun. Ich übernehme gerne die Führung, leite den Weg, gehe voraus. Ich bin eine Führungspersönlichkeit, ein Girlboss, ein Machtmensch, tyrannisch veranlagt. Wir gehen den Kursplan durch, das hat mir die Professorin geraten. Syllabus besprechen ist ein guter Anfang, um die ersten Stunden zu überbrücken. Ich frage nach, warum sie sich für Deutsch als Fremdsprache interessieren. Die AmerikanerInnen in der Runde haben alle entfernte deutsche Vorfahren, die ChinesInnen würden gerne mal in Deutschland arbeiten. Das Niveau ist durchwachsen, aber die Angst zu sprechen erstaunlich gering. Die erste Aufgabe, die ich nach dem Aufwärmen stelle: Jeder soll eine Anekdote erzählen und dabei das Mittel der Übertreibung einsetzen. Übertreibung zur Komik. Ich gebe ihnen fünfzehn Minuten Zeit, ein paar Minuten mehr, dann sollen sie die Texte zu zweit besprechen und diskutieren, ob man das Geschriebene gut versteht. Diese Strukturierung hat mich am meisten Überlegungen gekostet. Wie baut man eine Stunde auf? Was macht man alleine, was ist gruppentauglich? Ist Textevorlesen eine gute Idee? Wie kriegt man die Zeit rum? Die Besprechung in Zweiergruppen war ein Tipp der Professorin. Dann folgt der Vortrag in der Gruppe. Ich erinnere mich an meine früheren Workshop-Erfahrungen. Menschen verstehen kurze Anweisungen immer falsch und machen einfach etwas völlig anderes. Die entstandenen Texte haben teilweise gar nichts mit meiner Aufgabenstellung zu tun, aber wir nehmen sie als Anlass für Gespräche, um einander besser kennenzulernen. Deutsch üben, darum geht es doch im Grunde. Christiane plaudert mit.

Sie erzählen, woher sie kommen, aus kleinen Midwest-Städtchen, aus Chicago oder aus Shanghai. Wir reden über die Waffenbegeisterung der Amerikaner, und eine Studentin erzählt uns, wie gerne sie schießt. Dass man das auch als Studentin in so einem liberalen College einfach so sagen kann, überrascht Christiane und mich doch. Da, wo sie herkommt, auf der Farm, gebe es eben nicht viel anderes, sagt die Studentin. Also gehen sie und ihre Geschwister in den Garten und schießen. «Wir schießen in den Wald! Es ist Spaß!», sagt sie begeistert und imitiert mit dem Finger eine Pistole. Dann erzählt sie, dass sie Brustschwimmen studiert.

Wir unterhalten uns über Christianes Auftritt, den alle gesehen haben, und Christiane erzählt, ihr liebstes Stilmittel beim Texteschreiben sei das Jammern. Jammern und sich beschweren, das sei für sie die stärkste Inspiration. Alle lachen. Ich bin neidisch. Christiane redet seltsam leise, als wolle sie mich von meiner nervösen Lautstärke runterholen. Je nervöser ich bin, desto schneller und lauter rede ich. Überkompensation. Ich schreie fast. Christianes Tonfall hingegen ist schon offensiv sanft, so spricht sie doch sonst nie wie eine Therapeutin. Ok, wenn sie das so herausfordert, werde ich einfach noch leiser reden. Ein Flüsterwettbewerb.

Und doch beruhigt mich ihre Anwesenheit. Die zwei Stunden sind schnell vorüber. Am Ende verabschieden sich alle fröhlich. Große Erleichterung. Wir holen uns noch Wasser aus den Trinkwasserhähnen, die überall im College installiert sind. Aus denen schmeckt es am wenigsten nach Chlor. Dann spazieren wir die wenigen Hundert Meter zurück zum Haus. Ich zünde mir eine Zigarette an, sobald es erlaubt ist.

«Lief doch gar nicht schlecht oder?», sagt Christiane.

«Nein, ich bin wirklich erleichtert.»

«Du hast etwas voll Autoritäres an dir.»

«Danke, das höre ich gerne.» Das höre ich wirklich gern. «Manchmal denke ich mir, vielleicht könnte ich Menschen richtig bewegen, weißt du, eine Sekte gründen oder eine Revolution leiten.»

«Wegen einem Kompliment brauchst du nicht gleich größenwahnsinnig zu werden.»

Ich bin Gott.

Am frühen Abend machen wir zur Entspannung einen Ausflug. Der «Rock Creek State Park», ein Campingareal rund um einen See, ist ein gut erreichbares Erholungsgebiet. Landwirtschaftliche Geräte fahren an uns vorbei, groß wie Dinosaurier, viel größer als jeder österreichische Traktor. Ein Mähdrescher ist so hoch, dass wir mit dem Auto darunter durchfahren könnten. Es ist sehr warm geworden. Gerne würde ich in den See hüpfen, doch die Professorin meinte, das Wasser wäre so stark von Pestiziden verseucht, dass man vom Schwimmen Ausschläge bekäme. Im Erholungsgebiet stehen Grillanlagen herum, Campingwagen, ein Shop für Angelköder ist geschlossen. Alles wirkt staubig und wie vor langer Zeit verlassen. Ein Informationsschild klärt auf, dass der See jährlich 25 000 Tonnen Düngemittel aufnimmt. Wir betrachten die Enten. Dann setzen wir uns auf eine hölzerne Hollywoodschaukel, die bei jeder Bewegung knarrt. Hinter uns ein hoher Mast für die Tornadosirene.

Ich habe Sehnsucht nach Tornados. Ein Tornado wäre cool. Christianes Abfahrt steht bevor.

«In Berlin muss ich dann mit meinem Theaterstück anfangen.» Christiane hat einen Auftrag als Regisseurin und Autorin. Es soll um Klassenverhältnisse gehen. Für uns ist das schon lange Thema, aber in den letzten Jahren ist es in den Feuilletons so richtig angekommen. Ihr erstes Stück behandelte die Berliner Wohnungspolitik in Form eines wohnungspolitischen Musicals und war ein großer Erfolg. Man bekam Ohrwürmer von den Protestliedern und ging mit dem utopischen Gefühl raus, dass nun alles besser werden würde. Das zweite, über feministische Utopien, entstand in der Pandemie. «Es hat mich total über Corona hinweggerettet, dass wir proben durften. Dadurch war ich ständig unter Leuten.»

«Theater würde mir auch Spaß machen.»

«Machst du doch eh auch.»

«Ja, aber ich mein so richtig im Ensemble, nicht allein. In einer Gruppe. Wie du.»

«Du, wenn du möchtest, kannst du bei meinem Stück mitspielen, das wär gut, dann kommen mehr Leute.»

Da fällt mir wieder ein, dass ich neulich zugesagt habe, für ein Wiener Theater einen Text über die neue Querfront von Esoterikern und Rechtsextremen zu schreiben, angelehnt an eine Rede, die ich auf einer Demonstration gehalten habe. Mein antiesoterischer Kampfspruch «Scheißt ihnen in die Klangschalen.» verbreitete sich danach viral im Internet. Oft bekomme ich ähnliche Aufträge nach gelungenen Einzeilern im Netz, aber wie will man aus einem genial pointierten Satz ein Theaterstück machen?

«Ich hab ja schon alles mit dem Spruch gesagt. Deshalb ist

er ja gut», jammere ich. «Dass die Leute das nicht verstehen. Ich habe gar keine Idee.»

«Steffi, das ist doch ganz normal. Die richtig guten Einfälle hat man immer knapp vor der Deadline.»

«Den Stress hat man aber Monate.»

«Und man kann sich natürlich auch nicht ganz drauf verlassen, dass einem alles kurz vor der Deadline einfällt.»

«Nein, das ist schon sehr riskant.»

«Aber Mitspielen im Theater ist schon auch anstrengend. Das darfst du dir nicht so einfach vorstellen. Vor der Premiere heult immer jemand. Jeder heult mindestens einmal bei den Proben. Es sind ja alle so sensibel und kleben wochenlang aufeinander. Das ist wie Therapie. Es ist wahnsinnig nervenaufreibend. Aber auch schön.»

Ein Weißkopfadler segelt an uns vorbei. Obwohl der Himmel wolkenlos ist und die Sonne strahlt, scheint alles irgendwie erstickt, vielleicht sind das die Pestizide. Den Boden des Sees kann man nicht sehen. Alles in Amerika ist mir unheimlich, wie die Butter. Christiane hat die Butter einen ganzen Tag draußen vergessen, aber sie wurde nicht weich. Sie war so hart, dass man damit gegen die Arbeitsplatte klopfen konnte. Wegen der Maisfütterung, angeblich. Bald muss Christiane abreisen, das stimmt mich melancholisch. Davor wollen wir noch ein paar Tage in Chicago verbringen. Ein etwa Sechzigjähriger mit einem Iowa-Hawkeyes-Pullover geht mit seinem Hund an uns vorbei.

«Heya, it's a lovely day, isn't it?»

«Yes, it is!», rufen wir. Dann schauen wir den Enten zu.

«Ach, war der lieb.»

«Ja, die Leute hier sind so fröhlich und angstfrei.»

«Ich mein den Hund. Genau so einen lieben Hund hätte ich auch gerne», sagt Christiane.

«Für Hunde habe ich keine Gefühle, ich sehe in ihnen immer nur so erniedrigte Wölfe.»

«Ach Quatsch. Die Beziehung zwischen Mensch und Hund ist voll besonders. Das ist eine ganz alte, magische Verbindung.»

«Ich glaub, da wird nur was projiziert auf die Hunde. Das können die Hunde gar nicht widerlegen, dass sie dich lieben, weil sie nicht sprechen können.»

«Du hattest halt noch nie einen Hund, sonst würdest du so was nicht sagen.» Christiane schaut dem Hund verliebt nach. «Wir hatten ja so einen ganz abgelegenen Bauernhof, die nächsten Kinder waren richtig weit weg. Ich bin tagelang oft nur mit meinem kleinen Hund unterwegs gewesen. Das war eine richtige Freundschaft.»

«Na ja, ich weiß nicht.»

«Natürlich, ich hab's doch erlebt.»

«Aber der war total abhängig von dir. Der Hund liebt dich ja sogar, wenn du ihn schlägst. Das ist keine gesunde Beziehung. Nicht gleichberechtigt. Hundeliebe ist meiner Meinung nach ein Zeichen für einen autoritären Charakter.»

«Überhaupt nicht. So ein Hund ist ein Gefährte. Das ist ein Bündnis, man ist ein Rudel. Die sind treuer, als Menschen je sein können. Außerdem bist du viel autoritärer als ich.»

«Genau diese Aussage: Hunde sind die besseren Menschen. Das bedeutet ja, dass du Menschen besser fändest, wenn du sie an einer Leine führen könntest, und dass sie immer lieb sein sollen und sich freuen, wenn du ihnen Schlachtabfälle hinwirfst. Da liegt die Perversion.»

«Du spinnst ja. Das ist ja auch nicht normal, keine Gefühle gegenüber Tieren zu haben. Vielleicht bist du Psychopathin. Hast du das mal deine Therapeutin gefragt? Ihr Millennials seid doch alle übertherapiert.»

«Die Rechten hier idealisieren den Hund auch total, weil sie Menschen hassen. Und die übersteigerte Hundeliebe in den Städten ist ein Zeichen für eine wohlstandsverwahrloste, individualisierte Gesellschaft. Man kann sich gezüchtete Zuneigung kaufen und platzsparend einsperren. Am schlimmsten find ich's, wenn man sich Hunde nach ästhetischen Vorlieben anschafft. Zuerst trendet der Mops, dann der Dackel, dann der Pudel. Wie ein Konsumartikel.»

«Ich hätte gerne einen kleinen schwarzen.[21] Das wär so schön.»

«Warum kaufst du dir denn keinen?»

«Ach, das wär so anstrengend, immer runtergehen und dann wieder in den vierten Stock mit dem. Das wär total unvernünftig.»

«Vielleicht schenk ich dir einen zum Geburtstag.»

«Ja, dann hätte ich eine Ausrede.»

Für die Rückfahrt nehmen wir eine andere Straße. «Abwechslung», sagt Christiane. «Vielleicht kommen wir ja an einem neuen Supermarkt vorbei.»

Über der Interstate 80 geht die Sonne unter, von den Billboards lachen uns Immobilienmakler entgegen. Bibelsprüche sind eher selten in Iowa, der Staat gehört nicht zum Bible Belt, er gilt vielmehr als vergleichsweise tolerant für einen ländlichen Bundesstaat, es ist ein Swing State, der mal demokratisch, mal republikanisch wählt. Und Iowa war immer ein free state, in dem Sklaverei verboten war.

Wir fahren der Sonne entgegen. Von Weitem erkennt man die Silhouette von irgendetwas Großem. «Können wir mal

21 Wie oft denn noch? Ich hasse kleine Hunde! Ich will einen mindestens halbhohen!

stehen bleiben?» Roadside Attractions entlang der Highways sind in den ganzen USA verbreitet. Meist sind es ursprünglich Werbeträger für verloren in der Landschaft liegende Restaurants: gigantische Kühe, eine riesige Pistazie, im Wind wackelnde Wurstwesen. Und manchmal ist es etwas wie hier. Die Professorin hat davon erzählt. Eine Manifestation individueller Schöpfungskraft mitten im Feld: die große Wagenradskulptur. Wir schauen nach oben, in Hunderte rostroter Räder, die in den Himmel ragen. Im Abendlicht leuchten die Kreise. Ein Farmer hat 300 alte Wagenräder zu einer zwanzig Meter hohen baumartigen Skulptur zusammengeschweißt. Aus der Ferne wirkt es wie Textilgewebe, aus der Nähe wie orientalische Ornamente. Ein Kreis aus Rädern umrundet das Werk am Boden.

Wollte der Mann irgendeine höhere Wesenheit beschwören, fragen wir uns wie Anthropologen, die steinzeitliche Höhlenbilder betrachten. Was hat ihn bewogen? Liebe? Glaube? Wahnsinn? Rache? Die Sehnsucht nach Schönheit, Weltflucht, Kontemplation?

«Irgendwie ist es ja cool, wenn Kunst so entsteht. Einfach aus sich selbst heraus», sage ich zu Christiane. An einem Schild steht, dass der Farmer Maasdam die Skulptur mit 90 Jahren erbaut hat, als ganz alter Mann, mithilfe eines Krans. Sonst erfährt man nichts über ihn.

Abends öffne ich mir eine Flasche Rotwein aus Kalifornien aus dem Hipster-Supermarkt. In außergewöhnlichen Stresssituationen kommt Suffdruck. Premieren, Lesungen neuer Texte. Christiane ist nicht bereit, sich mit mir zu besaufen. Ein Glas trinken wir gemeinsam bei einer Runde Tabu. Dann macht sie sich bettfertig, während ich mit der Flasche in der Hand sitzen bleibe.

«Trinkst du jetzt alleine weiter?», fragt sie verwundert.

«Ja, der schmeckt mir.»

«Wenn du meinst.» Christiane holt ihr Zahnputzzeug. «Ich hab Freundinnen, die trinken manchmal so eine Flasche Rotwein abends vorm Fernseher. Würde ich nie tun.»

«Ich glaub, Rotwein ist so ein Einsamkeitsgetränk. Einsame Frauen trinken gern eine Flasche Rotwein.»

«Fühlst du dich so?»

«Weiß nicht. Ich hab früher auch nie allein getrunken, das fand ich immer beruhigend. Aber in den Lockdowns hab ich's dann mal gemacht. Immer nur Rotwein, und man hat dann mit Freundinnen gechattet, die auch Rotwein getrunken haben.»

«Das klingt nicht gut.»

«Der gibt so einen warmen, betäubenden Rausch, und es ist der einzige Alkohol, der wirklich gut schmeckt.»

Christiane geht schlafen, ich setze mich noch vor den Computer und schaue sehnsuchtsvoll auf die Chatgruppen mit meinen engsten Freunden. Alle sind offline. Vielleicht ist ja bald schon jemand wach, irgendjemand, den ich volllabern kann mit betrunkenen Gedanken. Es ist sechs Uhr morgens in Österreich, hier ist es kurz vor Mitternacht. Ich rauche selbstgedrehte Zigaretten auf der Veranda. Wie gut sich das anfühlt, wie absolut richtig, wie angenehm im Hals, in der Lunge, im Bauch, wie eine Massage von innen, und gleichzeitig weiß man, wie schrecklich es morgen wird, wie schmerzend, wie falsch. Die Fehlprogrammierung des Süchtigen. Na gut, eine anständige Flasche Rotwein steckt man schon weg. Die Qualität ist entscheidend. Aber das viele Rauchen.

Am nächsten Morgen bin ich etwas schläfrig, aber nicht schlimm verkatert. Manchmal funktioniert das, unklar, woran es liegt. Oft reichen wenige Gläser Wein, und ich wache auf wie verprügelt. Dann Rückzug ins Fort, Beruhigungsschleife aus dummen Serien, Lieferservice und sozialen Medien.

«Hast du die Flasche echt noch ausgetrunken?», fragt Christiane streng.

«Ja», sage ich. Mein antiautoritärer Komplex ist stärker als meine Scham. Ich schäme mich nur so lange, bis jemand erwartet, dass ich mich schäme. Dann schlägt Scham in Trotz um. «Wenn sie erst mal offen ist, trink ich die auch aus.»

«Solltest du nicht tun.»

«Seit wann bist du so sittenstreng, du bist doch selbst Punkrockerin.»

«Na ja, mittlerweile muss ich mehr auf mich achten.»

Christiane war nie süchtig, aber exzessiv. Ein bisschen Champagner, ein bisschen Kokain. Einmal hat ein Freund, mit dem sie mal eine Nacht durchmachte, einen Hirnschlag erlitten, seitdem lässt sie die Finger davon. Für Pulverdrogen wie Kokain war ich nie anfällig, allein aus praktischen Gründen. Mal mitmachen, ja, aber die Motivation, sie selbst zu besorgen, auf irgendwelchen Toiletten Pulver mörsern, Röhrchen drehen, hatte ich nie, das ist mir rein logistisch immer zu anstrengend gewesen, dazu kommt eine gesunde Skepsis gegenüber Substanzen unbekannter Herkunft, die gerne anal transportiert werden. Dunkle Lieferketten. Dann die ganzen Kokainkriege. Und die wirklich hängen gebliebenen Kokainisten, die man in der Kunstszene mitbekommt, die sich durch Dauerkonsum in völliger Selbstüberschätzung verlieren, die eigene Peinlichkeit nicht mehr mitbekommen, schrecken auch ab. «Ich mach das nicht mehr», sagt Christiane. «Zu viele Opfer, Schlaganfälle, Verelendung im Bekanntenkreis.»

«Ich hab sogar kurz überlegt, allein ins Rabbitt's zu gehen.»

«Mach das lieber nicht, Steffi. Ich hab schon gemerkt, dass du manchmal so Momente hast, wo du die Kontrolle verlierst.»

«Früher bin ich ständig allein besoffen in solche Kneipen gegangen. Das hatte auch eine Romantik, so auf tragische Poetin, Abenteurerin. Die einsame Wölfin, die durch die Kneipen fällt. Als Frau natürlich immer gefährlicher, aber das war mir egal.»

«Vielleicht wolltest du ja nur wen kennenlernen. Die Leute geben das nicht so gern zu, dass sie nicht nur wegen der Musik und der Kunst ausgehen.»

«Sondern auf der Suche sind nach einem Fick.»

«So musst du das jetzt auch nicht gleich ausdrücken. Du könntest auch Sehnsucht nach Liebe sagen. Das wär ganz poetisch.»

«Ich glaub, oft will ich einfach nur Aufmerksamkeit. Ich weiß auch nicht. Jedenfalls ist es besser geworden. Irgendwann geht es einfach nicht mehr. Ab dreißig, vierzig merkst du einfach, was noch Party ist und was ein richtiges Problem.»

Zwei befreundete Schriftstellerinnen sind derzeit in der Umgebung von Wien auf Entzug, in unterschiedlichen Kliniken, beides gute Künstlerinnen. Die eine macht in ihrer Therapie gerade eine Skulptur aus Glas, die andere arbeitet in ihrer Klinik mit Speckstein. Ich habe mir das immer schön vorgestellt, auf der Psychiatrie zu sein, wie eine nettere, betreute Kunstuni. Am plötzlichen Interesse an Specksteinschleifen, sagt die Freundin, das fällt ihr jetzt erst auf, erkennt man den vorangegangenen Psychiatrieaufenthalt. Speckstein ist ein Therapieding. Im Kunstzubehörgeschäft vorm Specksteinregal kannst du dir gleich denken: Junkie, Alki oder herkömmlicher Burnout. Auf dem Weg der Heilung beim Schleifen eines Kerzenständers. Weil sie Humor hat, finde ich ihre Entzugserlebnisse nie traurig. Tatsächlich beneide ich sie um die guten Geschichten.

«Ich trinke immer dann wenig, sobald ich einen festen Freund habe», sage ich.

«Also doch Sehnsucht nach Liebe.»

Der letzte Tag mit Christiane bricht an. Danach bin ich ganz alleine in Amerika. Morgen werden wir nach Des Moines fahren, das Auto zurückgeben, beim Professor übernachten. Er bringt uns wieder zurück zum College, wir packen Christianes Sachen, und dann geht's im Bus in die andere Himmelsrichtung, nach Chicago. Vom Collegegelände fährt der um neun Uhr in der Früh fünf Stunden in die Großstadt. Die Studierenden nutzen ihn kaum. Sie machen auch wenig Ausflüge. Praktika, Besuche daheim, Tausende Kilometer entfernt, aber ansonsten bleiben sie im Collegealltag.

Christiane und ich sind schon richtig ineinander verwachsen, nun bricht ein Teil weg. Andererseits entdeckt man Neues, wenn man nicht immer zu zweit herumhockt, man ist offener für Bekanntschaften. Es gäbe noch viele Attraktionen zu besichtigen, die allerdings zu weit entfernt sind für einen Tagesausflug. Also entscheiden wir uns heute für die von niederländischen Immigranten gegründete Stadt Pella, die eineinhalb Stunden südlich von Grinnell liegt.

«Jeden Tag ein neues Abenteuer», sage ich aufgekratzt zu Christiane, die gerade ein Thunfischsandwich schmiert. Der Aufstrich ist wirklich hervorragend. «In Pella gibt es jedes Jahr ein riesiges Tulpenfestival.» Ich packe sie am Oberarm: «TULPENFESTIVAL!»

«Ruhig bleiben, Frau Sargnagel, nicht gleich die Nerven wegschmeißen», sagt Christiane. «Je besser wir uns kennen, desto ärger gehst du aus dir raus. Auf der Tour warst du nicht so irre. Du lachst auch die ganze Zeit.»

«Ich lache normalerweise eigentlich voll wenig. Nur wenn du da bist, muss ich so viel lachen, weil du so lustig bist.»

«Das ist ein schönes Kompliment», sagt Christiane.

Eine Freundin von Christiane, professionelle Jodlerin in Kreuzberg, nennt es Jazz, was Christiane macht, ganz entspannt klimpern die Witze dahin, ohne Nachdruck, ohne Überbetonung.

Der Haushalt ist schon etwas vernachlässigt, das System der Müllabfuhr haben wir immer noch nicht ganz verstanden. An einem bestimmten Tag muss man die Kübel an die Straße schieben. Das habe ich einmal gemacht, aber sie blieben einfach so stehen. Wahrscheinlich nicht weit genug. Vor unserer Garage türmen sich Müllsäcke. Peinlich eigentlich. Was wohl die Nachbarn denken? Heute hat es plötzlich fast dreißig Grad. Klimawandelpanik. Das Wetter wird immer unheimlicher. Früher war Reden übers Wetter banalster Small Talk, jetzt ist es so, als würde man über die Apokalypse munkeln. Der Midwestwind hält die Temperaturen aber angenehm mild.

Nach einer ruhigen Fahrt erreichen wir das beschauliche, kleine Städtchen. Das Zentrum ist voll mit kleinen Geschäften. Pella wirkt belebt, einige Menschen gehen spazieren, richtige Fußgänger, und wir parken neben einer großen Windmühle, auf der «Vermeer Mill» steht. Als wir losgehen, um die Stadt zu erkunden, und um die Ecke biegen Richtung Hauptplatz, kann ich kaum glauben, was ich dort sehe. Mitten auf der Straße stehen etwa fünfzig Kinder um die zehn Jahre in Turnhosen und T-Shirts. Vor dem großen Betonpfeiler, auf dem eine niederländische Flagge und das Stadtwappen hängen, darüber die Aufschrift TULIP TIME, stellen sie sich konzentriert in zwei Reihen auf. Die Mädchen tragen geflochtene Zöpfe. Als hätten sie's für uns inszeniert. Aus Lautsprechern beginnt kratzig ein holländisches Volkslied zu spielen, und die Kinder, die alle schwere Holzschuhe tragen, wie man sie aus Amsterdamer Souvenirgeschäften kennt, fangen an zu tanzen. Klapp, klapp. Sie hüpfen, steppen und üben eine Volkstanzchoreografie, bei der sie sich an den Händen halten und in Reihen mit den Holzschuhen klopfen. Es klappert über die ganze Straße. Überwältigt schauen wir den tanzenden Kindern zu.

«Wahrscheinlich üben sie für das Tulpenfest», sage ich. «Was für ein Zufall, dass das gerade heute passiert.» Es ist richtig schön.

Als sie fertig sind, schauen wir uns um. Ganz neue Läden! Endlose Konsummöglichkeiten. Und alles so schnuckelig! «Authentic Dutch Street Food» steht vor einem Lokal. Es bietet Kroketten, Bitterballen und Frikandel feil. Die Leute wirken alle viel vitaler als in Grinnell. Hinter der Hauptstraße haben sie sogar eine Gracht installiert. Ein etwa ein Meter breiter und hundert Meter langer Kanal schlängelt sich durch gepflasterte Plätze. Die «Gracht» ist ein flaches, längliches Becken mit leuchtend türkisfarbenem Boden wie bei einem Swimmingpool. Europa, aus Plastik nachgebaut. Eine Reihe Antiquitätenläden liegt vor uns.

«Bitte nicht, Steffi», sagt Christiane bekümmert. «Bitte, bitte, bitte nicht schon wieder in den Antiquitätenladen.»

Wir entscheiden uns stattdessen für einen Buchladen namens «Sanctuary». Er liegt zentral an der Hauptstraße und ist gut besucht. Im Gegensatz zum College-Buchladen in Grinnell, der neben Heften und Kulis Bücher über Transidentität, Rassismus oder Feminismus in der Auslage hat und Sticker mit «THEY THEM» verkauft, ist dieser Buchladen ausschließlich christlicher Literatur gewidmet. Es gibt Kalender mit den zwölf Aposteln und Glückwunschkarten mit Bibelpsalmen. Auf den Kinderbüchern sind kleine Lamas oder Pandas, unverfängliche Cartoontiere werben für Inhalte wie «Auserwählt fürs heilige Königreich», «Meine größte Liebe ist der Herr» oder «300 Nachtgebete für Kinder, 300 Gespräche mit Gott». Es gibt eine Frauenabteilung mit Büchern zum Thema «Aufopfern für den Glauben» und eine Männerabteilung mit Ratgebern wie «Der brave, gottesfürchtige Mann». Drei Regale sind ausschließlich mit Liebesromanen gefüllt, deren Umschläge stark bearbeitete Fotos von schönen, jungen Frauen mit züchtigen weißen Hauben zeigen, Felder, Pferdekutschen oder mit der Sense mähende Bauern im Hintergrund. Die Buchtitel: «Die Hoffnung einer Schwester», «Wenn das Herz weint» oder «Der ungewollte Amish-Zwilling». Christliche Liebesromane, habe ich irgendwo gelesen, bedienen in Amerika einen Millionenmarkt. Die Autorinnen sind meistens selbst aus dem Kreis der Evangelikalen und auch die Leserinnen hauptsächlich fundamentalistische Christinnen zwischen fünfzig und sechzig, die sich nach noch mehr Lebenshärte sehnen, deren Sehnsuchtsorte für Liebesträume die traditionellen Amish-Kolonien sind, in denen es keine Musikinstrumente und keine Elektrizität gibt. Die Erotik geht nicht über Küsse hinaus. Ein Alltag aus Demut und Selbstkasteiung: 50 Shades of Fromm.

Die Amish selbst stehen dieser Kommerzialisierung zwiespältig gegenüber. Teenagerinnen verschlingen die Romane heimlich unter der Bettdecke, ältere mahnen, die idealisierte romantische Liebe wecke falsche Erwartungen an das Eheleben. Das sieht ja auch Christiane so, aber die Konsequenz der Amish ist nicht Schlussmachen und zufrieden Alleinbleiben, sondern Aushalten und Durchbeißen.

Im Kuchengeschäft probieren wir uns durch Waffeln, Eis und Milchkaffee, und alles schmeckt tatsächlich köstlich.

Die Trennung von Christiane lässt sich nun aber nicht mehr lange hinauszögern. Sie hat ein Leben außerhalb unserer Zweisamkeit. Vielleicht ist es auch besser so, möglicherweise wären irgendwann Spannungen entstanden, die in ein Zerwürfnis gemündet hätten, und wir haben noch so viel vor miteinander. Vielleicht hätten uns eventuelle Reibungen aber auch aneinander wachsen lassen, bis wir noch besser zusammengepasst hätten. Wir hätten begonnen, uns gegenseitig zuzudecken, den Rücken zu kratzen, an den Stellen, die man nicht erreicht. Das vertraute Furzen hätte begonnen, was bedeutet, dass die Verlustängste abnehmen. Ich hätte sie im hohen Alter gepflegt hier in Iowa, ihr die Oreos püriert, den schwarzen Speichel von den Mundwinkeln getupft.

Doch Christianes Arbeit ist getan, und sie hat einen Eindruck hinterlassen, Iowa geprägt wie ein Kornkreis. Jetzt muss sie Ostern feiern in Hügelsheim, mit ihrer echten Familie. Aber ich bin auch gerne alleine mit meinen Gedanken, denn kreativen Menschen ist nie unnütz langweilig. Die Langeweile ist der Acker, auf dem die Fantasie zu blühen beginnt. Ich könnte auf ganz neue Ideen kommen, vielleicht macht mich die Bedürftigkeit offener, und ich höre auf, Christiane vor mich herzuschieben, wenn ich schüchtern bin.

«Geh aber nicht allein besoffen ins Rabbitt's», sagt Christiane nachdrücklich. «Besoffen findest du die Stammgäste dann alle total gut aussehend, ich kenne dich.»

«Man muss wirklich aufpassen in so Nachtlokalen, weil sich die Standards verschieben. Die am wenigsten heruntergekommenen Leute wirken dann plötzlich richtig scharf. Und dann triffst du sie bei Tageslicht und bemerkst erst die seltsame Haut und die kaputten Zähne.»

Zwei Tage werden wir noch gemeinsam in Chicago verbringen, The Windy City.

«Ich muss dann unbedingt noch Ostergeschenke für meine Enkel kaufen», kündigt Christiane an. «Am besten Autos.»

Über die Greyhoundbusse, die einzigen Anbieter eines nennenswerten öffentlichen Verkehrssystems, gibt es viele Legenden. Vor Kurzem, erzählt die Professorin, wurde jemand während einer Fahrt geköpft. Die Buchung haut auch nicht hin, weil die Webseite unsere Kreditkarten nicht akzeptiert. Christiane, moderner als ich, hat aber Paypal, und bald sind die zwei Tickets geschossen. Wir zweifeln allerdings an der Existenz des Busses, bis jetzt haben wir noch überhaupt kein öffentliches Verkehrsmittel in dieser Stadt gesehen.

«Glaubst du, es gibt wirklich einen Weg raus?», frage ich Christiane. Vielleicht ist er schon längst abgeschafft und verschrottet worden, weil niemand mitfahren wollte. Christiane wiegt stumm den Kopf.

Das letzte gemeinsame Frühstück. Toast mit leuchtend gelbem Gummikäse. Ich kaue langsam, um das Ende der gemeinsamen Zeit hinauszuzögern. Ich habe noch nie alleine in einem großen Haus gelebt, schon die Vorstellung ist unheimlich. Kurz darauf rollen wir mit Christianes Koffern zum Rosenfeld Center, einem Gebäudekomplex des Colleges, der von emsigen StudentInnen bevölkert ist, die an ihrer

Zukunft basteln. Wir sind die Einzigen, die an der Haltestelle warten. Kein Zeichen von einem Bus. Zur Sicherheit fragen wir bei den StudentInnen nach. Sie glauben, dass es ihn gibt. Und dann schiebt sich tatsächlich der graue Bus mit den Windhunden träge um die Ecke. Er ist der einzige Bote der Außenwelt. Ein Gruß aus der Realität ans behütete Campusleben. Der einzige Collegegast, der nicht eingeladen und kuratiert wurde. Ein Gefährt voll unberechenbarer Gäste. Die Greyhoundbusse sind das Transportmittel der Ärmsten, dabei kostet die Fahrt nach Chicago 80 Dollar. Es sind kaum weiße Leute im Bus. Menschen warnen vor diesem Beförderungsmittel wie vor einer gefährlichen Gegend, die man nicht betreten sollte. Junkies, Obdachlose, Kriminelle. Als Leute aussteigen, weil der Bus eine kleine Pause einlegt, und die Fahrgäste Studentinnen nach einer öffentlichen Toilette fragen, merkt man, wie eingeschüchtert diese gleich sind. Nach der Kontrolle unserer Fahrkarten und dem Verstauen unseres Gepäcks steigen wir ein. Verwahrlost wirken die Leute im Bus nicht; was sie vor allem gemeinsam haben, ist eine Aura von Erschöpfung. Ein Drittel trägt Sonnenbrille im dunklen Bus, die Kapuzen hängen in die Gesichter. Viele schlafen tief. Vier Kleinkinder fahren mit, zwei Babys, mehr Frauen als Männer. Eine Gruppe Mexikaner scheint frisch vom Bau zu kommen, der Staub hängt noch an ihren Arbeitshosen. Eine Teenagerin spielt laut Musik von ihrem Smartphone. Christiane und ich quetschen uns in einen Doppelsitz, dann geht die Fahrt los. Das Teenagermädchen hört weiter Musik. Eine alte Frau mit grauen Dreadlocks und tiefen Falten tippt sie an. Als das Mädchen zu ihr blickt, hält sie ihr wortlos die eigenen Kopfhörer hin. Das wirkt überhaupt nicht passiv-aggressiv, sondern pragmatisch und lösungsorientiert. Verlegen lehnt das Mädchen ab und dreht die Musik leise.

Der nächste Halt: Iowa City. Hier gibt es eine große Uni. Zehntausende studieren hier, und im Gegensatz zu Grinnell gibt es echte Fraternities und Sororities, Burschen- und Mädelsschaften mit Einstiegsriten für Mitglieder aus gutem Hause. Der berühmte Iowa Writers' Workshop ist in dieser Stadt angesiedelt, der etablierteste Studiengang für kreatives Schreiben in den USA. Viele der AbsolventInnen streben mittlerweile Karrieren bei Netflix und anderen Serienanbietern an. Der Busfahrer, ein Weißer mit Schnauzbart, sagt die Station an. Da er offenbar weiß, dass hier mehr Leute aussteigen müssten, als sich zur Tür bewegen, geht er die Reihen auf und ab und wiederholt immer wieder «IOWA CITY». Er sagt es nicht verärgert, sondern mit der Bestimmtheit eines Sozialarbeiters, der mit bestem Willen versucht, seine Klienten durchzubringen. Als niemand mehr sich aus dem Sitz erhebt, stöhnt er resigniert durchs Mikro: «I did everything I could. You're going to Cedar Rapids now.»

Christiane und ich essen Äpfel und schauen aus dem Fenster. Ein einziger Typ ist mit uns in Grinnell eingestiegen. Er ist groß, Typ Indie-Hipster, und tippt auf seinem Laptop. Vermutlich ein Professor oder Assistenzprofessor. Eine Stunde später wiederholt sich das Ritual des Buspassagiermanagements. Dreimal sagt der Fahrer durchs Mikro, dass jetzt Cedar Rapids komme, dass er in Chicago keine Vorwürfe hören wolle, wenn jemand eigentlich nach Cedar Rapids wollte. Jeder, betont er, sei selbstverantwortlich beim richtigen Aussteigen. Eigenverantwortung. Daran glauben nur Menschen mit wenig Erfahrung. Er sagt noch mal, alle müssten jetzt genau zuhören, wir seien nun gleich in Cedar Rapids. Als der Bus stehen bleibt, steigt wieder niemand aus. Er seufzt und geht noch mal durch die Reihen, ruft jeder Person den Halt zu, tippt schlafende Leute an der Schulter an. Nun erheben sich tatsächlich drei weitere Fahrgäste aus den Sitzreihen und steigen aus. Ein letztes Mal ruft er: «WHO ELSE WANTS TO GO TO CEDAR RAPIDS.» Keine Reaktion. Er dreht sich um, schüttelt den Kopf und sagt: «Ich habe alles versucht, ihr fahrt jetzt nach Chicago.» Er hat gekämpft.

Der Sitz vor uns ist lose geworden, bei starkem Abbremsen schiebt er sich ruckartig gegen unsere Schienbeine. Die Frau, die vor uns sitzt, entschuldigt sich jedes Mal, wenn sie samt Sitz auf uns fällt, aber wir sagen, sie könne ja nichts dafür. Ich stemme meine Füße ab jetzt gegen den Sitz, damit unsere Kniescheiben nicht zertrümmert werden. «That's the greyhound experience», sagt ein Mann weiter hinten, der uns als Neulinge identifiziert hat, und die anderen lachen.

«Das Internet funktioniert aber super», sagt Christiane freudig. Bei der nächsten Pause setzen wir uns auf nun freigewordene Sitze. Es gibt jetzt eine Rast. Auf den beiden Straßenseiten stehen sich je eine Kum-and-Go- und eine Love-Tankstelle gegenüber. Bevor er die Türen öffnet, erklärt der Busfahrer in seinem pädagogischen Tonfall: «Wir halten jetzt kurz, da könnt ihr euch Snacks kaufen, damit ihr bis Chicago durchhaltet. In der Kum and Go haben wir Hausverbot, weil beim letzten Aufenthalt zu viel gestohlen wurde. Ich bitte euch also, eure Produkte zu bezahlen, ich habe nämlich keine Lust auf einen Polizeieinsatz. Ich möchte heute keine Verhaftungen in meinem Bus. Die Love lässt uns noch rein, aber es ist alles streng videoüberwacht. Kein Alkohol! Wenn ihr zurückkommt, überprüfe ich eure Rechnungen.»

Er hat schon viel erlebt, doch er ist Mensch geblieben, er ist auf der Seite der Fahrgäste, oder er hat gelernt, dass er mit dieser Haltung die wenigsten Scherereien bekommt. Wenn wir alle zusammenhalten, schaffen wir es, daran glaubt er. Für uns fühlt es sich so langsam weniger wie eine Busfahrt an als wie eine lange Reise mit ungewissem Ausgang. Als der Mann hinter uns aufsteht, bricht die Armlehne aus der Halterung. «Greyhound», sagt er, und wir lachen diesmal mit. Dann stehen wir vor der Tankstelle wie eine verschworene Außenseitergemeinschaft. Die skeptischen Blicke des Tankstellenpersonals schweißen zusammen. Ich rätsele, welcher der zehn Automaten etwas ausspuckt, was meiner Vorstellung von Kaffee am nächsten kommt. Ich probiere es mit «Ice Coffee», und die Sauce, die aus der Maschine läuft, schmeckt wie geschmolzenes Softeis mit Karamell. Dazu kaufe ich mir eine Banane, das Einzige, was ansatzweise gesund wirkt. Hoffentlich wurde kein Sirup reingespritzt. Als Christiane die Frucht erblickt, schaut sie mich schockiert an: «Die musst du aber draußen essen.»

Ach, stimmt ja: ihre schwere Bananenphobie. Auf Tour herrscht im Wagen strenges Bananenverbot. Als Denice Bourbon am Hintersitz nichts ahnend eine Banane zu schälen begann, fing Christiane fast an zu kotzen. Wir mussten halten, die Banane flog raus. «Strenges Bananenverbot!», schrie Christiane.

Wir stehen mit etwa dreißig anderen am Parkplatz herum und essen unsere Snacks. Viele sitzen am Boden. Ein paar rauchen. Die Kinder quengeln. Die Rechnungen haben wir behalten, weil wir dem Busfahrer glauben. Er kontrolliert sie aber nicht, es war nur eine Drohung, wie man das von Lehrern kennt, die auf Schulfahrt ankündigen, man müsse sie abends anhauchen, dann aber selbst besoffen sind. Bei den nächsten Stationen wiederholt sich das Ausstiegsprozedere.

Christiane ist eingeschlafen, als wir in die Stadt einfahren. Am Horizont erscheinen Hochhäuser und ich stupse sie an. «Ich hab nichts gestohlen», ruft sie aus dem Traum erwachend.

«Chicago!», sage ich euphorisch. «Wir sind in Chicago.»

Kurz ist sie verwirrt, dann sagt sie: «Ach, wie schön.»

Am Busbahnhof, an dessen Türen Verbotsschilder für Handfeuerwaffen angebracht sind, müssen wir uns erst mal orientieren. Ich habe uns im Netz ein kleines günstiges Hotel downtown gemietet. Nahe am Zentrum, gute Bewertung, getrennte Betten. Die Busstation suche ich über Google Maps. Reisen ist nur noch ein stumpfes Bedienen von Apps, denke ich mir, nichts überlässt man mehr dem Zufall. Man sieht sich die Restaurants an, bevor man sich reinsetzt, die Speisekarte, die Bewertungen, alles ist erschlossen, einen zwei Jahre alten Reiseführer lesen gleicht einem Triumph des Wagemuts. Dabei ist es mir gar nicht wichtig, alles organisiert zu wissen, aber man schaut dann doch alles nach, weil es bequemer ist, und hasst es gleichzeitig, wie ferngesteuert durch die Städte gelotst zu werden. Man freut sich, wenn das Internet mal nicht funktioniert und man so verrückte Sachen tun muss wie Menschen nach dem Weg fragen. Geheimtipps gibt es nicht mehr. Entdecken ist tot. Früher bedeutete Reisen, von einer Ungewissheit in die nächste zu taumeln, nur um Grundbedürfnisse wie Schlafen, Essen, Klogehen zu erfüllen. Daraus ergaben sich unwahrscheinliche Momente. Man machte in Absteigen Bekanntschaften mit Leuten, die auch von einer gewissen Abenteuerlust getrieben waren. Es gab noch Distinktion: Individual- vs. PauschaltouristInnen. Mittlerweile organisiert man Apps für die Besichtigung von Katastrophengebieten. Alle wollen individuell sein, und man kann sich als echte Individualistin nur noch abheben, indem man ironisch normale Dinge tut, ironisch ein Haus bauen, ironisch einer Blaskapelle beitreten.

Wochenlanges, zielloses Reisen empfinde ich aber, seit ich nicht mehr jugendlich bin, eigentlich als stumpfen Konsum privilegierter IdiotInnen. Dicht auf den digitalen Fersen anderer stumpfer KonsumentInnen.

«Steffi, man kann auch manchmal einfach Schilder lesen», sagt Christiane, während ich die Augen fest auf die Wegbeschreibung der App richte. «Ihr wisst überhaupt nicht mehr, was Schilder sind, oder? Weißte, es gibt so Schilder, da stehen Beschreibungen drauf mit Pfeilen. Kuck, da vorn ist eine U-Bahn.»

«Ah. Das ist aber die falsche, wir brauchen diese eine Busstation, die genau hier sein sollte.»

«Ja, aber manchmal stimmen Sachen von Google Maps einfach nicht.»[22]

....

22 Selten habe ich die unerschrockene Stefanie Sargnagel so hilflos erlebt. Als am Busbahnhof in Chicago – anders, als es die App versprochen hatte – kein Linienbus anhielt, brach ihre schöne Google-Maps-Welt zusammen und sie verlor jeglichen Halt. Auf was in der Welt ist Verlass, wenn noch nicht mal Google Maps funktioniert! Zum Glück erinnerte ich mich der alten Kulturtechnik des Vorbeifahrenden-Taxis-mit-Handzeichen-signalisieren-dass-man–mitfahren-will, und wir wurden gerettet. Am nächsten Tag kam es zu einer unserer wenigen Auseinandersetzungen – ich kann mich insgesamt nur an zwei erinnern. Beim Streit um die einzige Steckdose in der Hostel-Lobby – bei parallel sinkendem Akkustand – war die Freundschaft zum ersten Mal kurzzeitig auf eine harte Probe gestellt. Als wir dann also in Chicago die berühmte Magnificent Mile suchten und Google Maps uns schon mehrmals in die Irre geführt hatte, entdeckte ich, dass wir bereits in der herrlichen Straße waren. Doch S. blickte nicht vom

Ich schaue mich nach jemandem um, den ich nach der Busstation fragen kann. Vor dem Greyhound-Terminal stehen nur zwielichtige Gestalten. Mein erster Impuls ist es, den weißen Typen zu fragen, der den Mülleimer leert, aber ist das nicht rassistisch? Dann denke ich, es liegt an seiner Berufsuniform und seiner zielgerichteten Tätigkeit, während die anderen Menschen an der Busstation planlos herumstehen. Aus innerem Widerstand frage ich stattdessen einen Typen mit Schnapsflasche in der Hand, um niemanden zu diskriminieren. Sicher freut er sich, mal nach dem Weg gefragt zu werden wie ein ganz normaler Mensch. Er schreit zur Antwort irgendwas mit Satan.

«Warum fragst du denn den kaputtesten Typen auf dem ganzen Platz?», seufzt Christiane. Der Typ beginnt die Bibel zu zitieren: «HE THAT IS WITHOUT SIN AMONG YOU ...» Wir beschließen, ein vorbeifahrendes Taxi zu halten. Der Typ mit der Schnapsflasche ruft uns warnend nach: «IF YOU DIE YOU DIE! I CAN'T HELP YOU! DEATH IS COMING! DEATH IS COMING OVER US!»

«Thanks for your help!», rufe ich, und wir steigen ein. Wir geben dem Taxifahrer, einem dünnen Mann um die sechzig, den Namen unseres Hotels durch. Fünfzehn Bucks würde das kosten. Woher wir denn seien. «Austria», sage ich.

«Ach, da spricht man also Deutsch?»

«Ja, genau, und sie ist aus Berlin, Deutschland.»

«First time Chicago?»

Handy auf und murmelte nur: «Nein, es sind noch 650 Meter.» Ich rief: «Aber guck doch mal, Steffi, es steht doch sogar auf dem Straßenschild!» Nur widerwillig hob sie den Kopf – wahrscheinlich dachte sie, ein Witzbold habe die Schilder vertauscht, denn Google Maps ist in der Welt der Millennials realer als die Realität.

Jawoll. Er erzählt, dass er mit siebzehn aus Nigeria hierhergekommen ist. Seit 50 Jahren lebt er in den USA. Er kurvt uns routiniert durch die Stadt. «Ich hatte ein Studentenvisum und habe dann Politikwissenschaften in Alabama studiert. Das waren andere Zeiten damals, als schwarzer Student im Süden. Haha. Aber ich habe den Master nie genutzt, habe immer dem Dollar hinterhergejagt.» Wir fahren an von Feuertreppen umgürteten Häusern vorbei. «Always chasing the dollar ...»

Eine bedauerliche Geschichte, denke ich, die Abstiegsbiografie eines Bildungsaufsteigers. Doch er erzählt sie als Gewinnergeschichte. «Ich habe so viel Geld nach Nigeria geschickt, das könnt ihr euch nicht vorstellen», sagt er zufrieden. «In Alabama haben sie mich nur als Tellerwäscher genommen, aber hier in Chicago stand mir jeder Job offen! Taxifahren, LKW, Supermärkte beliefern. Die besten Jobs!»

Der Lake Michigan wird sichtbar, wunderschön und so türkis wie das karibische Meer.

«Nach ein paar Jahren konnte ich 20000 Dollar nach Nigeria schicken. 20000 Dollar! Das Leben meiner Eltern hat sich komplett verändert. Komplett! Sie hatten im Alter plötzlich das beste Leben.»

«Und wie findest du das Leben in Chicago?»

«Eine großartige Stadt. Amerika ist das Land der Freiheit, der Möglichkeiten.» Er schreit fast vor Begeisterung. «Hier können alle Träume wahr werden.» Dann ruft sein Sohn über die Freisprechanlage an. Eine Kinderstimme erzählt von einem Footballmatch. Nach dem Telefonat sagt der Fahrer: «Gideon ist jetzt acht. Ich habe mich erst spät fürs Eheleben und Kinderkriegen entschieden.» Er lacht: «I am a late bloomer.» Ein Spätzünder. Er wünscht uns noch viel Spaß in Chi Town, als er uns vor dem Hotel rauslässt. Chi

Town nennen die Insider die Stadt. Der Sohn heißt genau wie Christianes Enkel. Wir richten ihm Grüße aus.

Unser kleines, funktionales Zimmer hat ein Stockbett, und ich lasse Christiane die Wahl. Sie nimmt das untere. Wir verstauen unsere Taschen, dann ruhen wir uns erst mal ein bisschen aus.

«Wie bei der Klassenfahrt», sage ich. «Da können wir uns abends unsere Geheimnisse erzählen.»

«Ich habe keine Geheimnisse», sagt Christiane. «Man nennt mich auch die Frau ohne Geheimnisse.»

Wir laden unsere Geräte. «Wie würdest du eigentlich ohne Handy in einer fremden Stadt zurechtkommen?», fragt Christiane.

«Ich bin früher ja auch ohne Smartphone gereist. Man hat sich halt durchgefragt.»

«Ach, ok, das kannst du also schon.»

«Wenn ich muss.»

Schon bei den ersten Schritten überwältigt uns das kulturelle Überangebot. Musical, Vorträge, Konzerte, Comedy. An jeder Ecke leuchtet ein Entertainmentangebot. Man muss erst wieder damit umzugehen lernen. Auf allen Fotos, die ich von Christiane mache, scheint sie zu tanzen. Am Chicago River bleiben wir stehen und betrachten den Trump Tower. Wie der Lauf eines Gewehrs zeigt das Gebäude Richtung Himmel. Darauf die Lettern TRUMP, und mir fällt auf, wie gut der Name zur Person passt. Trampeln, Trumpf, Triumph, Trompete, rammen, rumpeln, alles, was einem laut und dominant mit einem Stoß die Schädeldecke zertrümmern könnte.

Die Wolkenkratzer sind beruhigend wie das Meer. Der Blick auf das Meer beruhigt angeblich wegen der Weite. Der schweifende Blick kann nahende Gefahren erkennen, die

Zukunft wirkt kontrollierbar. Die Sicht auf Berge aus der Enge eines Tals spannt an, verhärtet und macht aggressiv. Der Antrieb für den Bergsport, das nervöse Stapfen auf die Spitze, eine völlig sinnlose Tätigkeit, bei der jährlich Tausende Menschen verunglücken, dient dem Wegmarschieren von Spannungen und Angst, bis der Blick wieder frei ist, das grausame Tal weit unter einem liegt. Die Spiegelungen des Himmels in der Geometrie der Gebäude ähneln dagegen ruhigen Gewässern. Geordnet, logisch, überblickbar. Alle Gesetze der Mathematik befolgend. Die Welt als chaotische Ansammlung von Zufällen, individuellen Bestrebungen und sich immer neu zusammensetzenden Mustern scheint berechenbar. Obwohl die Blöcke eigentlich Gefäße für erdrückende Großraumbüros und öde Arbeitstage sind, empfinde ich bei ihrem Anblick tiefe Ruhe.

Jetzt wollen wir erst einmal die berühmte Deep Dish Pizza einer italienischen Kette verkosten. Die hat einen Mürbeteigboden, der wie ein Topf mit einem Pfund blubbernden Käses aufgefüllt ist. Eine italoamerikanische Delikatesse, Midwest Pie trifft Mozzarella. Ein steinalter Kellner rennt gekrümmt durch das volle Lokal. Er ist schon achtzig, sagt er, Sizilianer zweiter Generation, und möchte das gehetzte Restaurantleben nicht aufgeben. Er bringt uns die kleinste Portion dampfenden Glücks, die man hier haben kann. Trotz seines verkrümmten Körpers, er ist beinahe rechtwinkelig, hat er einen eloquenten Schwung in seinen Bewegungen. Und er lässt seinen Charme auf uns los: «Na, habt ihr einen Mutter-Tochter-Abend, Ladys?»

«Nein, wir sind nur Freundinnen», antwortet Christiane. Sie lächelt falsch. Ein Hauch von Ärger legt sich dabei über ihre Stirn. Falsch Lächeln sieht man sie selten, es scheint sie anzustrengen. Die Kuchenform, in der die Pizzakreation liegt, steht jetzt zwischen uns. Der Speichelfluss ist angeregt. Ich schneide gierig und hebe das größte Stück auf Christianes Teller, zu dem sich ein langer Käsefaden zieht. Mhhh. Fett tropft auf den Tisch. Der cremige Käse harmoniert perfekt mit der fruchtigen Tomatensauce. Unsere Geschmacksknospen blühen zum ersten Mal, seit wir in Amerika sind, wieder auf. Gereifte Würze, komplexe Aromen statt dubioser Konsistenzen und scharfer Süße. Wir fallen in einen seligen Käserausch, die Fäden ziehen sich quer über den Tisch, umweben uns wie ein Netz, das sich zu einem Kokon schichtet, aus dem man am Ende zufrieden schlüpft wie ein fetter Schmetterling.

Nach der ersten Portion sagt Christiane: «Dass der echt dachte, ich wäre deine Mutter ...» Sie kratzt mit dem Messer Käse aus dem Topf.

«Wieso?»

«Ich sehe doch nicht aus wie deine Mutter. Dass das sein erster Gedanke ist, ist doch komisch.»

Ich bin nicht sicher, ob sie einen Witz macht. «Aber meine Mutter ist genauso alt wie du, sechzig Jahre.»

«Aber trotzdem.» Sie meint es ernst. Kurz war ich mir nicht sicher, aber in ihrem Blick liegt echter Verdruss.

«Christiane, deine Tochter ist älter als ich.»

«Ja, stimmt», sagt sie, als hätte sie es vergessen. Als würde man immer wieder vergessen, wie alt man ist. Meine Großmutter sagte beim Anblick von Fotos oft erschrocken: «Ich sehe aus wie eine Großmutter!»

«Ja, stimmt. Meine Tochter ist ja vierzig.»

«Zwei Frauen mit unserem Altersunterschied, das ist halt meistens Mutter und Tochter.»

«Trotzdem.» Sie schmollt. Ist sie verrückt geworden? Hält man das Älterwerden wirklich nur aus, indem man die Realität trotzig verneint? Ist das das Geheimnis ihrer Jugendlichkeit? «Ich wirke doch objektiv jünger.»[23] Ich gehe nicht weiter darauf ein, widme mich dem Käse, lecke mir die schmierigen Lippen, während Christiane sich weiter aufregt. «Mutter, pfft. Alter Dummkopf. Der ist ja selbst mindestens achthundert Jahre alt.»

Mit Ende dreißig setzt der Alterungsprozess bei mir auch deutlich ein, die Witze über Lungenkrebs sind nicht mehr so lustig wie früher. Trotzdem hat man nicht das Gefühl, man selbst verändert sich, sondern die anderen. Als würde man in einem Zug sitzen und denken, man steht, während die Landschaft vorbeifährt. In den Bars sitzen auch keine Zwölfjährigen, es sind nur Mittzwanziger, deren milchige Gesichter einem fremd geworden sind, weil sich im eigenen Umfeld die Poren vergrößern. Alle FreundInnen werden hässlicher, auch die, die immer die Schönsten waren, ziehen keine Blicke mehr auf sich. Jetzt merken sie vielleicht, dass die Männer immer aus Gründen so nett zu ihnen waren. Meine hübschesten Freundinnen hatten oft ein verzerrtes

23 Auch an dieser Stelle bricht sich wieder der strukturelle Ageismus der Autorin bahn. Es berührt mich in der Tat ungut, wenn ich für die Mutter von Freunden und Freundinnen gehalten werde. Und zwar nicht wegen der irrationalen Hoffnung, dass wir als ungefähr gleichaltrig durchgehen könnten, sondern weil ältere Frauen in Anwesenheit von jüngeren Menschen grundsätzlich für deren Mütter gehalten werden. Als gäbe es nur einen einzigen Grund für eine Sechzigjährige, sich im öffentlichen Raum zu bewegen: Sie ist von ihren Kindern mitgenommen worden. Bei einem gleichaltrigen Mann wäre man automatisch davon ausgegangen, seine jüngere Begleitung wäre seine Freundin, eine Kollegin oder Bekannte.

Männerbild, weil diese ihnen gegenüber ihr Bestes gaben, während sie bei mir nur halb so gut zuhörten.

Sie wussten gar nicht, welche Männer tatsächlich anständige Typen waren, die alle Frauen respektierten. In meiner dünnsten Phase kam es mir absurd vor, dass Männer mit mir reden wollten, die nicht von meiner Persönlichkeit eingenommen waren, sondern von meiner runtergehungerten Taille. Einerseits schmeichelte es mir, andererseits fand ich es beleidigend, wie meine Individualität beschnitten wurde. Aber mit den Jahren verschwinden die Schönheitshierarchien, und die Wahrnehmung der Welt gleicht sich an. Altern ist Attraktivitätskommunismus.

Christiane schmollt immer noch. Ich versuche die Stimmung zu retten. «Was wollen wir denn morgen machen?»

«Ist mir egal», sagt sie bockig.

Der Kellner kommt und läutet mit einer Glocke, die durchs ganze Lokal schallt. «Gratuliere, ihr habt ja die GANZE Pizza aufgegessen, haha.» Die Nachbartische schauen ungläubig zu uns rüber. Er trägt den leeren Teller wie eine Trophäe davon und sagt noch mal laut: «They finished it!»

«Wow, impressive», ruft ein anderer Mitarbeiter vom anderen Ende des Restaurants.

«Schafft das sonst niemand?», fragt Christiane entsetzt.

«Congratulations», ruft jetzt der Koch, der aus der Küche winkt. Ein Tisch applaudiert.

«Das war eh die kleine Pizza», sage ich zu Christiane. Die Leute vom Nachbartisch heben die Daumen. Unangenehm. Als wir sehen, dass im hinteren Teil des Restaurants zwei Kellner beginnen, einen Pokal zu polieren, verlassen wir schnell das Lokal. Wir marschieren Richtung Millennium Park.

Für die Abendunterhaltung schlage ich ein Stand Up

Open Mic vor. Das ist etwas sehr authentisch Amerikanisches, dem man sich als Tourist schon widmen kann, auch wenn sich das in den letzten Jahren auch im deutschsprachigen Raum immer mehr durchsetzt. Stand-up-Comedy boomt im Moment so stark wie vor einigen Jahren Poetry Slam. Alle, die früher Poetry Slam gemacht haben, machen jetzt Stand-up. Mit dem Auftritt auf Poetry-Slam-Bühnen konnten ehrgeizige Texter vor großem Publikum auftreten und effektvoll um Beliebtheit rangeln. Jetzt dominiert Stand-up bei Leuten, die schnell und niedrigschwellig ein großes Publikum generieren wollen. Als ich vor Kurzem durch verschiedene Umstände mit einer Runde aufstrebender Stand-Upper in einer Berliner Kneipe trank, bekam ich einen Einblick in das Mindset junger Comedians. Am Tisch herrschte ein Vokabular, wie man es in Unternehmerkreisen der Digitalbranche vermuten würde. Zackig, motiviert, keine Zotigkeit alter Bühnenspaßmacher, keine Altkabarettisten-Melancholie. Ein großer blonder Typ erzählte, er habe gerade ein «double up» gehabt, also zwei Auftritte hintereinander, in den letzten Tagen seien es insgesamt sieben gewesen. Mit Comedy kann man Geld verdienen, und es herrscht amerikanische Arbeitsmoral statt Berliner Müßiggang. Sie reden darüber, wer gebombt wurde (kein Gelächter bekam), wie sie getaggt haben, wer geburnt, geopt hat, wie der beat ihres Timings war und wer wen gehackt und gerippt hat und wie man am besten killt. Man tauscht sich aus darüber, wer die meisten Tiktok-Follower hat und wie man die Algorithmen optimiert. Tiktok beschleunigt das Timing von Humoristinnen auf Sekundenschnelle, eine Pointe, die sich im alten Kabarett über Minuten entfalten musste, lebt von Mikromomenten. Es klang stressig, als würden sie tatsächlich arbeiten wollen.

Auf Empfehlung einer Bekannten gehen wir ins Cole's, das sei eine punkige Hipsterkneipe im Szeneviertel «Logan Square», die Stand-up-Bühne gelte als «Underground». Auch hier händigt man den verlotterten Barkeepern einfach die Kreditkarte aus, schaut zu, wie sie auf ein ranziges Pult neben zehn andere Kreditkarten wandert, und hofft, dass man sie nicht vergisst. Wir trinken Negronis, die hier mit dem Hahn aus einem Fass gelassen werden. Das Publikum ist ansprechend, nicht zu stylish, aber auch nicht streng links uniformiert, künstlerisch, aber ungepflegt und nicht prätentiös, MusikerInnen, KellnerInnen, SozialarbeiterInnen in bunten Hemden, die sich richtig betrinken wollen. Alle Ethnien und Körperformen sind vertreten. Dicke Frauen verstecken sich nicht, sondern tragen bauchfrei, stehen flirtend an der Bar und mitten im Geschehen. Eine beinahe perfekte Kneipe, zur Abrundung fehlen noch ein paar alte Trinker. Aus dem Hinterzimmer hört man die Anmoderation für den Abend. Carolin, eine dicke schwarze Frau in einem kurzen gelben Kleid, macht Stimmung. Sie organisiert die Abende einmal die Woche; gerade erzählt sie von ihrem Skiurlaub in Aspen, einer amerikanischen Luxus-Enklave. Denn als Rich Kid müsse sie ja jede Saison in Aspen Ski fahren. Neugierig recherchiere ich ihr Instagramprofil. Man sieht sie wirklich mit wohlhabend wirkenden Menschen im Schnee, sie studiert Medizin. Alle Vorurteile, die man gleich hat – maximal Mittelschicht, unsportlich, low life –, sind unzutreffend.

Immer wieder werden Gratisgetränke im Publikum verteilt. Schnäpse, Bierdosen. Die Stimmung ist ausgelassen, heiter, wegen jedem Scheiß wird gebrüllt vor Lachen. Die Auftritte dauern maximal fünf Minuten, hier kann man Witze für Soloprogramme üben. Manche haben ein Notizbuch mit auf der Bühne und streichen demonstrativ die Witze durch, bei denen nicht gelacht wurde, was wiederum als Pointe funktioniert. Ein Typ tritt auf, er sei Filipino und werde ständig für einen Mexikaner gehalten. Danach kommt ein junger Nerd, der uns auffordert, die Reichen zu bekämpfen. Er tue das, indem er jeden Abend auf Instagram Jeff Bezos Sohn Hasskommentare schreibe. Eine Frau greift das Thema des harten Chicagoer Winters auf und dass hier alle nur auf die paar Wochen Sommer warten würden. Eine Kunststudentin polnischer Abstammung singt am Klavier bekifft Lieder darüber, was sie tun würde, wenn sie Millionärin wäre. Eine pakistanische Performerin erzählt ihre Erlebnisse mit pakistanischen Taxifahrern, die für sie «Uncles» sind und über deren Körperbehaarung und «Big Bush Energy» sie erregt nachdenkt, wenn sie hinter ihnen sitzt.

«Ich find's super», sage ich. «Gute Typen. Guter Vibe.»

«Ich find das alles so mittel», antwortet Christiane, und ich sehe in ihrem Blick, dass sie etwas Ähnliches fühlt wie ich. Wir gehören nicht ins Publikum, wir gehören auf die Bühne. Wir wissen, wie es geht, wir kennen die Knöpfe, die man drücken muss, damit sie einem zu Füßen liegen. Wir wollen die Beliebtesten sein. Wir wollen die Publikumsliebe, nicht anderen dabei zusehen, wie sie die Publikumsliebe bekommen, das ist nicht die Rolle, in der wir uns wohlfühlen. «Ich bräuchte nur zwei Schnäpse, dann würde ich sofort auf die Bühne», sagt Christiane gierig. Wir wollen die Komplimente, wir wollen Drinks spendiert bekommen, wir wollen bescheiden tun, während man uns mit Anerkennung überhäuft. Auf Englisch spontan zu performen schaffe ich allerdings nicht, da hätte ich mich vorbereiten müssen. Außerdem muss man sich anmelden und darf nicht spontan ans

Mikro. Ich nehme mir vor, auf einen Kurzauftritt in Chicago hinzuarbeiten. Noch einen Negroni, dann fahren wir mit einem Uber zurück in unsere Unterkunft und fantasieren von unseren großen USA-Karrieren.

In einem kleinen mexikanischen Frühstückslokal gönnen wir uns am nächsten Morgen ein hippes Avocado-Frühstück mit Hash Browns.

«Ich brauche dann noch Geschenke für meine Enkel», fällt Christiane ein.

«Du solltest ihnen so amerikanische Süßigkeiten kaufen. Darauf fahren Kinder ja voll ab, Süßigkeiten, die sie nicht kennen.»

«Nee, das sind ja so liebe Ökokinder, die essen gar nicht viel Süßes. Ich brauche Autos. Autos finden sie toll.»

Ich google Spielzeuggeschäfte in der Nähe, aber die sind alle geschlossen. Also probieren wir den Target aus, eine Drogerie-Kette. Wir streifen durch die Regale auf der Suche nach Mitbringseln. Immer wieder bringe ich Christiane verrückte Süßigkeiten.

«Nee, Steffi, Autos, wir kaufen Autos.»

«Aber Autos sind so langweilig.» Ich liebe es, Kindern Geschenke zu kaufen, solange sie noch keinen eigenen Willen entwickeln. Kinder haben nämlich den banalsten Geschmack, immer ziehen sie seelenlosesten Trash den zeitgeistig skandinavisch illustrierten Kinderbüchern vor. Sie sind Mainstream. Polizei, Prinzessin, Bulldozer, Glitzerketten, die plattesten Klischees sind ihnen gerade gut genug. Wenn sie das Interesse an niedlichen Holztieren und gehäkelten Dackeln aus Biowolle verlieren, höre ich meistens auf mit Geschenken.

Wir inspizieren lange die öden Miniaturautos. Am besten sind welche, die was können. Türen oder Kofferraum öffnen oder aufziehen. Christiane versucht alle Autos aufzuziehen. Zwei sausen durch das Geschäft, ich muss hinterherrennen und sie einfangen.

«Cool wäre was richtig Amerikanisches wie die gelben Taxis oder Schulbusse», sage ich.

«Nee, das wollen die nicht. Feuerwehr ist gut. Polizei.» Christiane findet einen handgroßen Rettungswagen. Ein grünes Sportauto. Eine Großpackung mit sieben Autos hat einen Polizeiwagen dabei. Aber alle sieben will sie nicht kaufen, weil die anderen Autos langweilig sind, und sie will auch nicht so viel ausgeben. Während ich weiter Autos aufziehe und durchs Geschäft sausen lasse, tippt sie mich an. Sie zeigt in ihre Jackentasche, in der zwei kleine Polizeiautos liegen. «Kuck, die sind mir einfach so in die Tasche gehüpft.»

«Christiane! Bitte nicht. Hier kommen wir wirklich gleich in den Knast.»

«Ach was, ich mach dann einfach auf verwirrte alte Frau. Ich kann auch so mit den Händen zittern.»

Ich schaue mich panisch um. «Wenn du dich so auffällig verhältst, dann erwischen sie uns natürlich.» Ich habe nichts gegen Klauen, wirklich gar nicht, aber in einem Land, in dem man wegen Schwarzfahren eingesperrt wird, muss man es ja nicht darauf anlegen. Ich sehe schon die Fotos vor meinem geistigen Auge. Christiane, ein Schild mit Nummer vor der Brust, Blitzlicht in den Pupillen. Sie sagt: «Bitte das, wo ich am dünnsten aussehe.»

Endlich sind wir zwei Straßen weiter und Christiane holt ihre Beute hervor: «Kuck, so viele Autos, die werden sich freuen.» Zwei Autos hat sie gekauft, die anderen hat sie alle gestohlen. Aus Hosen und Jackentaschen tauchen immer mehr auf. Von oben bis unten voll mit Spielzeugautos.

Schwerer Autodiebstahl. Außerdem hat sie eine teure Bodylotion eingesteckt. «Ich liebe es, mich mit teurem Zeug einzucremen, dann fühle ich mich immer so luxuriös.»

«Ich hab mich schon gewundert, dass du so viele Hautpflegeprodukte im Bad hast, passt gar nicht zu dir.» Wir entfernen uns vom Laden. Langsam entspanne ich mich.

«Weißt du, wenn man alleinstehend ist, muss man sich einfach manchmal selbst massieren.»[24]

«Ich sollte mich auch öfter eincremen, meine Beine sind immer so trocken, aber ich misstraue diesen ganzen Produkten irgendwie. Sind ja alles Konzerne, die wollen, dass man noch mehr von dem Zeug braucht.»

«Also nur weil du deine rissigen Füße mal einschmierst, bist du nicht gleich ein Opfer der Kosmetikindustrie.» Sie öffnet die Flasche. «Riech mal, wie das duftet. Du kannst gern ein bisschen was nehmen für deine schuppigen Waden. Das wird dir guttun.»

«Hm, ich probier's mal.» Wir spazieren Richtung Lake Michigan. «Selfcare hat bei Frauen ja auch eine politische Dimension.»

24 Hier gibt die Autorin das Gespräch total verstümmelt wieder. In Wahrheit zitierte ich aus einem der etwa 60 Beziehungsratgeber, die ich zur Recherche meines Anti-Beziehungsratgebers «Liebe wird oft überbewertet» durchgearbeitet hatte: «Kaufen Sie sich eine teure Creme! Lassen Sie ein Schaumbad ein! Verwöhnen Sie sich! Kitzeln Sie sich selbst mit einer Feder!» Außerdem klaue ich keine Cremes, ich habe aber Freundinnen, die meine Vorliebe für luxuriöse Pflegeprodukte kennen und mir welche zum Geburtstag schenken.

«Also, es ist echt kein politischer Akt, sich mit Bodylotion einzuschmieren. Eure Generation ist völlig verrückt geworden.»

«Na ja, gut zu sich sein, seinen Körper lieben, auch wenn einem die Gesellschaft was anderes vermittelt, kann einen schon stärken.»

«Also, du meinst, du bist so eine dermaßen wichtige Akteurin der Revolution, dass schon einen Tropfen Pflege auf deinen Körper schmieren ein politischer Akt ist?»

«Genau.»

«Du könntest dir mal eine rebellischere Frisur machen. Ich hatte als Feministin immer einen Kurzhaarschnitt. Aber ihr langhaarigen Mädels habt ja immer Angst um eure Weiblichkeit.»

«Ich hab halt schöne Haare, das ist einer meiner best features, neben meinen langen Wimpern. Lass mir doch das bisschen Schönheit.»

«Das ist total angstgetrieben.»

«Setz mal lieber deine Maske auf, du Risikogruppe.»

Langsam muss Christiane packen. Wir fahren mit der U-Bahn zum Flughafen, die Verbindungen sind toll, man ist in 30 Minuten da. Gemeinsam suchen wir ihren Schalter; ich bestehe darauf, dass er links ist, sie darauf, dass er rechts vorne ist, dann diskutieren wir, wer rechthaberischer ist, am Ende triumphiert sie, und ich ärgere mich.

Dann der Abschied. Echte Trauer. Was soll ich denn jetzt alleine anstellen in Grinnell? Ich mache ein Abschiedsfoto.

«Es war lustig mit dir», sage ich melancholisch, und dann ... umarmen wir uns. Eine ehrliche Umarmung, eine Umarmung, die sich natürlich anfühlt. Die Umarmung ist nicht zu lang, wir wissen, wann es reicht, dann geht sie durch die Schranke zum Security Check. Sie dreht sich noch einmal um, winkt, dann ist sie weg und ich bin ganz alleine. Ganz alleine in Amerika.[25]

Meine Verlorenheit am anderen Ende der Welt macht mich schwermütig. Die ersten Tage verbringe ich sehr viel Zeit im Bett und komme immer schwerer aus den zerwühlten Decken. Ich hätte es wissen müssen. Die Fantasie vom weltabgewandten Geistesmenschen, allein mit seinen Gedanken, unabhängig und glücklich mit den Büchern, überträgt sich für mich nie in die Realität. Einsame Wanderungen, meditieren, in sich gehen. Am Ende starrt man aufs Handy. Früher wurde mir, wenn ich alleine unterwegs war, das Abenteuer vor die Füße gelegt. Es ist das Privileg der Jugend, das ständige Interesse der Umwelt auf sich zu ziehen. Die schwindende Ausstrahlung beeinflussbarer Naivität macht alleine in eine Bar gehen nicht mehr aufregend, sondern verzweifelt. Und kaum muss man sich nicht mehr unerwünschter Aufmerksamkeit erwehren, sehnt man sich nach ihr.

Ich versuche Halt in kleinen Dingen zu finden. Den Eichhörnchen. Ihre kleinen, schwarzen Augen erinnern mich an Christiane. Wir könnten jetzt gemeinsam verdrossen sein. Aus der Ferne erscheinen die wendigen Tiere niedlich, sie

25 Arme Steffi – ich dachte, sie käme sehr gut ohne mich zurecht, weil sie doch immer so furchtlos und eigenständig war! Und ich dachte, sie bräuchte mich auch nicht, denn am allerglücklichsten schien sie mir sowieso, wenn sie allein in der Küche stand und ganz versunken ihr Handy anlächelte. Wahrscheinlich beim Betrachten einer fertiggestellten gelungenen Insta-Story – vollkommen eins mit sich und dem Internet, seinen Möglichkeiten und ihrem Werk.

hüpfen durch die Campusalleen. Aus der Nähe betrachtet sind sie es nicht. Das eingefallene Gesicht, die knochigen Wangen, das rattig Verschlagene, die messerscharfen, gelben Zähne. In ihren Baumhöhlen, stelle ich mir vor, massakrieren sie Spatzen. Ihr borstiger Drahtbürstenschwanz, der ranzige Atem, Geruch verfaulter Nüsse. Die Krallen schlagen sich in die Rinden. Die Bäume weinen vor Schmerzen. Schauriges Nagen, ganz leise. Kleintiere sind vereinzelt entzückend, in Grüppchen ein zauberhaftes Naturschauspiel, treten sie in Massen auf, kippt es ins Eklige, und ihr unkontrolliertes Gezappel verbreitet Angst vor Krankheit und Tod. Parasitenwirte, Seuchenherde, Boten der Apokalypse.

Nach der Zigarette gehe ich wieder ins Haus und lege meinen Kopf dorthin, wo ein paar Tage zuvor noch Christiane lag. Ich rieche an der Couch. Einsamkeit ist so sinnlos. Einsamkeit macht nervös und destabilisiert. Menschen sind Herdentiere, sie brauchen den Pulsschlag anderer. Draußen scheint die Sonne, aber wenn man erschöpft ist, brennt das schöne Wetter in den Augen und fröhliche Menschengruppen auf Wiesen werden zum Beweis der eigenen Unzulänglichkeit. «Ich will mit keinem reden und ich will nicht ins Café, alles was draußen ist, tut weh.» Ich spiele das Lied von Christiane am Laptop. Niemand hat schönere Lieder geschrieben als sie. Soll ich die Antidepressiva wieder anfangen? Zwei volle Packungen habe ich zur Sicherheit mitbekommen. Reiß dich zusammen, würde Christiane sagen.[26]

26 Ergänzung: Es wird ja zu Recht überall geschrieben, dass ernsthaft an Depression Leidenden mit dem Spruch «Reiß dich zusammen» nicht geholfen ist. Bei kleineren depressiven Verstimmungen kann

Es ist die Strukturlosigkeit, die mich entscheidungsschwach macht. Wann essen, wann dösen, wann arbeiten? Aber alles ist ok. Alles wird gut. Kein Grund, sich selbst leidzutun. Andere Menschen haben echte Probleme.

Ich schaue mir den Eventkalender auf der Webseite des Colleges an. Yoga, Brasilianisches Jiu Jitsu, der Filmclub der Studierenden. Wäre es seltsam, als Gastdozentin aus Österreich dort aufzutauchen? Einen kurzen energetischen Schub nutze ich zum Verlassen des Hauses, ich mache einen Spaziergang ans andere Ende von Grinnell, da war ich noch nicht. Auf dem Weg komme ich an einem See vorbei, an dem Graugänse herumwatscheln, aber alles hier wirkt künstlich, als hätten sie den See gerade eingelassen und die Graugänse ausgesetzt. Eine Filmkulisse. Vielleicht werde ich psychotisch. Ich fotografiere ein paar Häuser. Die Vorgärten. Ein Bewohner kommt aus seiner Eingangstüre, ich zucke erschrocken zusammen. Mache mich gefasst auf unangenehme Fragen. Er will nicht argwöhnisch wissen, warum ich sein Haus fotografiere, wie es mir in österreichischen Dörfern nach Provinzlesungen schon oft passiert ist, «Wer san Se, wos mochn Se do, warum mochn Se Fotos?» Er fragt

er aber durchaus hilfreich sein. Wer zum Beispiel wie die Korrektorin an einer leichten, aber nachhaltigen Morgendepression leidet und nach jedem Aufwachen sorgfältig alle vergangenen und zu erwartenden Enttäuschungen gedanklich durchgehen muss, die Niederlagen der letzten Jahre Revue passieren lässt und sich die nahe Zukunft tiefschwarz ausmalt – sich dann aber harsch zurechtweist «Jetzt reiß dich zusammen, du blöde Kuh, und steh auf!», kann sich mit diesem beherzten Ausruf am eigenen Schopf aus dem düsteren Gedankensumpf ziehen.

nicht, was ich hier zu suchen habe, wer ich bin, bezichtigt mich auch keines geplanten Einbruchs, sondern winkt mir mit flatternder Hand zu, lacht sein naiv heiteres Midwest-Lachen, seine Wangen röten sich, eine Tubamelodie setzt ein und er ruft: «Heya, nice weather, isn't it?»

Ich lache zurück. Aus der offenen Türe duftet es nach Apfelkuchen. Die Blumen in seinem Vorgarten beginnen zu singen. Ein Schwarm Spatzen steigt in die Luft. Die Eichhörnchen klettern kichernd auf die Bäume, sie haben die Zipfel eines Transparents im Mund. Schon bin ich besser gelaunt, die Welt gewinnt wieder Farbe. Sie hüpfen auf das Hausdach und rollen das Transparent aus. Man hört einen Luftstoß. Schriftzüge erscheinen: TRUMP – NO MORE BULLSHIT.

Ohne eine gewisse Tagesstruktur werden die meisten depressiv. Menschen brauchen Aufgaben, Rituale und Ordnung. Die wenigsten sind in der Lage, sich selbst durchzugliedern, die Zeit wird schwammig ohne fremdbestimmte Tagespunkte, man löst sich auf. Die legendäre soziologische Studie «Die Arbeitslosen vom Marienthal» fand heraus, dass mit der Arbeitslosigkeit sogar die Schrittgeschwindigkeit beim Überqueren der Straße abnahm. Ich bin ein durchschnittlicher Trottel mit durchschnittlichen Trottelproblemen. Ich setze meinen Weg fort, gehe an der episkopalen Kirche vorbei, eine von fünfzehn verschiedenen Kirchen in Grinnell, neben der Prairie Lakes Church, der Christian Church, der Grinnell Church of Christ, der United Methodist Church, der First Presbyterian Church, der Church of the Nazarene, der Immanuel Lutheran Church, der Calvary Baptist Church, der First Friends Church, der St. John's Lutheran Church und der St. Mary's Catholic Church. An deren Eingangstüre sticht mir ein Plakat ins Auge. Ein Event.

Ich liebe Events. Euphorie. Zuversicht. Auf dem A4-Papier ist das Foto eines Kirschkuchens abgedruckt. Genau genommen ist es ein Pie, ein typisch amerikanischer gedeckter Kuchen, Mürbteigmantel, oben kleine mit der Gabel gestochene Löcher. Aus der Teigkrustenummantelung quellen Kirschen und Sirup hervor und ergießen sich auf den Teller wie heiße Organe aus einem frisch geöffneten Bauch. Warm. Darauf eine Kugel Vanilleeis, die schon angeschmolzen ist. Das will ich. Ich möchte es. Ich will ein Kirschkuchen sein, in der Mitte einer Farmerfamilie am Sonntag nach der Kirche, keine zerrissene Künstlerseele in der Fremde, die versucht, sich die Ichbezogenheit wegzuspazieren. Ich will Teil eines Ganzen sein, Teil der Gemeinschaft, ein Rädchen im landwirtschaftlichen Betrieb, unterdrückt sein von einem Vater, der eine unbehandelte posttraumatische Belastungsstörung aus dem Kriegsdienst hat, der mir mit der Militärakademie droht, wenn er mich beim Träumen erwischt. Ich will eine Mutter, die nie gelernt hat, einen eigenen Willen zu formulieren, und ich will Geschwister, die bei Walmart arbeiten und mich zum Barbecue einladen, wenn die Sonne scheint. Ich will den Schweinen Namen geben und beten, bevor ich sie esse. Ich will den Blumen beim Wachsen zusehen und einen pornosüchtigen Freund namens Jeff, der mir den Hintern versohlt und einen Heiratsantrag macht in seinem Pick-up-Truck, hinten auf der Ladefläche unter dem Mond. Ich möchte Gott in meinem Leben und den liberalen Teufel bekämpfen. Ich will heiraten, und ich will häusliche Gewalt unter einem ausgestopften Fisch und einen Sohn, dessen unterdrückte Gefühle sich so lange aufstauen, bis sie sich in einem pubertären Amoklauf mit den Waffen aus dem Schrank neben meinem Bett entladen. Und dann erschießt er alle, Opa, Oma, Tante, Onkel, Jeff und den Hund und den

Nachbarn mit dem Youtubekanal über Bootsreparatur, und nur mich, mich lässt er überleben. Dann besuche ich ihn im Gefängnis, ein einziges Mal, und ich bringe ihm seinen Lieblingskuchen, Kirschkuchen, ganz warm, und die Kirschen quellen heraus wie Blut, dann gehe ich nach Los Angeles und verwirkliche meinen Traum: Ich werde Künstlerin. Ein Star wird geboren. Doch dann verfalle ich dem Fentanyl, dem stärksten Opioid auf dem Markt.

Das Plakat bewirbt einen Kuchenbackwettbewerb, dessen Einnahmen sozial schwachen Familien zugutekommen. Einreichung vormittags, Bewertung nachmittags. Der erste Mai ist notiert.

Ziel meines Spaziergangs ist der Hazelwood Cemetery, eine schmucklose Grabsteinlandschaft, graue Klötze ohne Beete liegen auf der baumlosen Hügellandschaft unter bewölktem Himmel. Gravierte Bilder von Pferdekutschen, der Route 66, Hirschen und großen Karpfen. Haustiere. Wimpel der Iowa Hawkeyes. Plastikblumen. Sprüche. Wenn Tränen eine Treppe bauen könnten, würde ich in den Himmel steigen und dich nach Hause holen. Veteranen. Namen wie Belcher, Dudley, Schmidt, Morgan, Wozny, Vogel, Gilliland. Ich fotografiere alles und stelle es in die sozialen Medien.

In der Mitte des Friedhofs steht ein großer Sockel zum Gedenken an den Gründervater der Stadt, den ehrenwerten JB Grinnell. Ein frommer Bauernjunge aus einfachen Verhältnissen, aufgewachsen in Vermont, der von Bildungshunger getrieben fortzog in die Küstenstädte und in New York zu einem glühenden Gegner der Sklaverei wurde. Sein Lebensweg wird durch den Abolitionismus bestimmt: Aus Missouri und Washington wurde er aufgrund seiner radikalen Ansichten vertrieben, und nachdem er im Zug Streit mit Sklavenjägern angefangen hatte, so sagt es die Legende, die ausgerückt waren, um Geflüchtete zurück in die Plantagen zu bringen, riet ihm der Schaffner aufgrund seiner Einstellung, er solle sich doch in der Prärie Iowas niederlassen. Das tat er. An einer Eisenbahnkreuzung, die ihm gefiel, gründete er die Stadt Grinnell, in der er seine politischen Ansichten verwirklichen konnte. Die Freiheitsrechte schwarzer Menschen waren seine Lebensaufgabe, während ihm interessanterweise die Indigenen und ihr Landrecht egal waren, die waren für ihn als unchristliche Trinker von der Rettungsbedürftigkeit ausgeschlossen. Hinter seinem Haus machte er seinen Schafstall zu einem Knotenpunkt der Underground Railroad, dem berühmten Untergrundnetzwerk, das die Flucht nach Norden ermöglichen sollte. Dort konnten die Flüchtigen rasten und sich für die Weiterreise stärken. Einige der ehemaligen Sklaven versuchte er auch in der neuen Stadt zu integrieren, er schickte sie in die Schulen, förderte ihre Ausbildung, aber der Widerstand in der Bevölkerung wuchs, man warf den Fremden vor, hinter kleinen weißen Mädchen her zu sein, und nach dem Angriff eines rassistschen Lynchmobs, der daran scheiterte, dass die Abolitionisten die schwarzen Männer bewaffneten, riet er ihnen doch lieber, weiter Richtung Norden zu ziehen, in Sicherheit. Das Grinnell College ist auch auf seine Initiative hin gegründet worden.

Auf dem Rückweg schaue ich, was es im Kino gibt. «Sonic 2» und «Fantastic Beasts 3». Bei beiden habe ich die Vorgänger nicht gesehen, und daher bin ich nicht sicher, ob ich Teil zwei und drei verstehen würde. Ich muss aber eh zurück, unterrichten. Im Secondhandshop schaue ich, was es Neues gibt. Ein Button der Country Music Fan Fair Tennessee 1984. Ein Bowlingabzeichen der Iowa Seniors in Form eines Sterns. Eine Tasse, auf der ein kleiner Farmer seiner Farmerin «Maw, come git yer coffee» zuruft. Ein Bild von einem Adler vor der US-Flagge, auf dem «Freedom ist not free» steht. Salz- und Pfefferstreuer aus dem Yosemite Park. Ein T-Shirt mit der Aufschrift «Idaho has it all». Eine Sonderausgabe des Time Magazine über Joe Biden. Eine Anziehpuppe namens «Charmin Chatty». Der Bildband zu einem Schönheitswettbewerb in Pasadena 1982. Eine volle Pepsi-Sonderedition-Flasche vom Heißluftballon-Festival in Albuquerque 1995. Eine Mr.-Peanut-Sparbüchse. Ein ausgewaschenes T-Shirt von «The Walking Dead». Ein E.T. aus Plüsch. Das Bild einer Cartoonkatze in einem Baseballtrikot der Tigers. Sie spielt mit angestrengtem Blick Geige, ihr Baseballschläger liegt daneben. Am Notenständer steht «Little Tunes for Little Cats». Das Bild wurde 1965 gedruckt, und ich kaufe es für drei Dollar. Keine Ahnung weshalb.[27]

Dann wird es so langsam wirklich Zeit. Ich wandere durchs Collegegebäude und suche mein Klassenzimmer. Das Seminar beginnt. Heute widme ich mich der Beschreibung von Situationen, dazu habe ich den Studierenden aufgetragen, beim Mittagessen in ihrer Kantine verschiedene Verzehrtypen zu beobachten. Eine gute Idee, sie ist von Christiane. Die schaufelnden Sportler, die verträumten Künstlerinnen, die sezierenden Naturwissenschaftler. Die Aufgabe wurde verstanden und gut umgesetzt. Ich versuche ihnen den Spaß an Lautmalerei zu vermitteln, mit der sie

27 Wenn ich auf der letzten Seite doch noch Rührung verspürte und ein leises Bedauern, S. mutterseelenallein in der Einöde zurückgelassen zu haben, bin ich bei dieser weiteren völlig sinnlosen Aufzählung ihrer Thriftshop-Preziosen nun aber doch heilfroh, beizeiten das Weite gesucht zu haben.

ihre Beschreibungen plastischer und geräuschvoller machen können. Wie nebenbei lernen sie auch Vokabeln, eine wirklich gute Idee. Wir sammeln Verben: schmatzen, schlucken, schlecken, naschen, mampfen, schlürfen, kleckern, patzen, stochern, spucken, knabbern, schlabbern, blubbern. Pantomimisch erkläre ich die Verben, deren Übersetzung mir nicht einfällt. Stopfen, fressen, speisen, kauen, mahlen, nibbeln, schlingen, kosten oder auch: ein Würstchen inhalieren. Ein Nugget wegsaugen. Den Donut verschwinden lassen. Verdauen. Reflux. Magenschmerzen. Darmverschluss. Die Nahrungsmittel durch die Innereienlandschaft wandern lassen. Die Ausscheidungen lassen wir aus, mit Fäkalhumor möchte ich sie nicht überfordern. Mein Unterricht ist unstrukturiert und wirr, völlig abrupt endet er. Ich sage einfach: Jetzt ist es vorbei. Kein Aufbau, keine Dramaturgie. Verlorene Gesichter. Meine Therapeutin sagt immer, ich würde sie nie richtig begrüßen. Man müsse aber markieren, wann eine Begegnung beginnt. Dafür habe ich kein Talent. Zum Abschluss sage ich den Studierenden, dass es keine Hausaufgabe gibt. Erleichterung. Dankbarkeit. Zuneigung. Verrückt, wie ich es in der Hand habe, ihr Leben zur Hölle zu machen. Nächstes Mal gebe ich ihnen viele Hausaufgaben, um sie dann wieder von den Hausaufgaben zu erleichtern. Hin und Her. Zuckerbrot und Peitsche. Ein Heiß-kalt-System, das emotionale Abhängigkeit erzeugt. Immer unberechenbar bleiben. Sie denken wirklich, ich hätte Ahnung von dem, was ich tue. Natürlich werde ich gut zu ihnen sein, es sind ja nur sechs Einheiten. Manipulative Machtspielchen zahlen sich da gar nicht erst aus.

Ich gehe nach Hause, öffne eine Flasche Wein, trinke zwei Gläser, rauche Kette. Entspannung setzt ein. Schluck für Schluck bahnen sich manische Gefühle durch jeden vernünftigen Gedanken. Je länger man Alkoholmissbrauch betrieben hat, desto verrückter macht einen das Zeug, und dann tue ich, wovor Christiane mich gewarnt hat: Ich gehe, von Einsamkeit und Sehnsucht nach Aufmerksamkeit getrieben, alleine in die Rabbitt's Tavern.

Obwohl ich diesen Lifestyle mehr oder weniger aufgegeben habe, kann mich die Schönheit von Absturzkneipen nach wie vor in Versuchung führen. Je undurchsichtiger die Scheiben, desto begehrlicher wird mein Blick. Was passieren da hinter zentimeterdicken Staubschichten und zerfransten Gardinen für Unerhörtheiten? In diesem Milieu kommt man Menschen nahe. Nirgendwo anders werden Fremde so zwanglos zu einer Schicksalsgemeinschaft. Da muss schon normalerweise ein Aufzug stecken bleiben oder eine Naturkatastrophe die Menschen zusammenschweißen. Abgeschottet von der Außenwelt versinken, als würde man gemeinsam im Bauch eines untergehenden Schiffes hocken. Verhaltensregeln verlieren ihre Gültigkeit. Alle sind eingeladen, sich komplett gehen zu lassen. Diese Räume, in denen der snobistische Blick nur sinnlose Versumpfung wahrnimmt, sind für mich wie ein Lagerfeuer, das in einer gehetzten Welt zum Ausruhen einlädt. Geborgenheit. Die Depression nach außen stülpen, die Verantwortung ausziehen wie einen schweren Mantel, dem Saufdruck nachgeben.

Ich betrete das Lokal und sehe die traurigen Augen und das am Bauch verknotete Flanellhemd wieder hinter den Kanistern mit Truthahnmägen. Dieselbe Barkeeperin wie letztes Mal. Sie hat siebzehn Geschwister, das hat sie erzählt. Ich bestelle einen Wodka auf Eis. Homer spielt Dart und Loki sitzt mit einem hageren Freund am Tisch. Er gestikuliert beim Erzählen einer Geschichte, der Hagere reagiert mit spärlicher Mimik. Noch bin ich gehemmt und wage nicht, mich einfach dazuzusetzen. Noch wirkt die Droge nicht. Ich wäre gerne ein Mensch, der sofort mit jedem redet, Tausende Fragen habe ich, alle interessieren mich. Aber ich bin gefangen im Kopf einer verklemmten Grüblerin, und die Menschen merken, dass man sie taxiert, abtastet, beobachtet, analysiert. Jeder Mensch ist ein Kunstwerk. Ich muss mich ihnen näher trinken. Schluck für Schluck. Loki merkt nicht mehr viel, dafür ist er heute schon zu voll. Er winkt mich rasch nach meiner Ankunft an den Tisch, sein betrunkenes Monologisieren entlastet mich von der Bürde, mich vernünftig unterhalten zu müssen. Es geht um jemanden, der gestorben ist. Der Vater seines Kindheitsfreunds, der auch gestorben ist. Seine Exfrau hat es ihm erzählt, aus deren Haus er vor Kurzem ausziehen musste. Deshalb trinkt er jetzt so viel. Ein paar Monate durfte er auf ihrer Couch schlafen, jetzt ist er zu seinem Freund gezogen. Aber es sei ganz anders, heimzukommen in ein Haus, in dem es nach Kindern, nach Babys riecht. Nach Milch. Nach gekochtem Essen. Auch die stinkenden Windeln vermisst er. Den ganzen Blödsinn, den sie machen. Das alles riecht so gut. Das vermisst er. The smells.

Die Barkeeperin möchte heute früh zusperren, teilt sie den Jungs mit. «Ich komm hierher, seit ich vierzehn bin», erklärt Loki. «Hier habe ich mein erstes Bier getrunken. Nicht wahr, Janine?» Sie lacht ihm zu, und Loki erklärt, es gebe noch eine After Hour im Eagles Club. Davon hat mir auch die Professorin schon erzählt. Aber ein After Hour Club in Grinnell erschien mir unwahrscheinlich. Wie machen sie After Hour und wer? Der Eagles Club, erzählt Loki mir, ist eine Bruderschaft, ein Charity-Verein, ähnlich wie der Lions Club, nur weniger elitär. Es sind Netzwerke, die gemeinnützige Events veranstalten. Sie kümmern sich um die Veteranen, wie sich alle braven Amerikaner um die Veteranen kümmern. Dort gehen sie immer hin, wenn das Rabbitt's zusperrt, und dort sind dieselben Leute, die ins Rabbitt's gehen, man wechselt die Bars, aber es sind überall dieselben Leute.

Man muss nur zwei Ecken weiter, drei, maximal vier Gehminuten. Die Barkeeperin kommt mit, ebenso Homer und der hagere Freund. Es sieht aus wie in einem Vereinslokal, einem Hobbykeller aus den Achtzigern, Pokale stehen auf Regalen, es gibt ein paar alte Sofas, eine kleine Bar. Eine Handvoll Leute sitzt hier schon. Hinter der Bar steht ein molliger schwarzer Typ mit einem knielangen T-Shirt. Es ist Mittwoch, die After Hour gibt es fast jeden Tag. Loki geht zur Jukebox, legt Falco auf und erklärt den anderen, ich wäre aus Austria. Ich bin leicht angetrunken und finde Loki immer charmanter, aber doch noch nüchtern genug, um dies als Warnzeichen zu deuten, keine harten Drinks mehr zu bestellen. Der Vollbart, der stämmige Körperbau, die Truckermütze. Die schönste Stelle eines Mannes, denke ich mir lächelnd, ist der Bartansatz zwischen Wangen und Kieferknochen. Dort vergrabe ich gerne meine Nase. Dahin gebe ich meine Küsschen. Loki hat auch so eine Stelle. Aber zu Hause wartet der süße Spanier, der mir viel mehr bedeutet. Loki ist ein richtiger Bär. Und Bären sind die vollkommenste Form des Mannes, sie sind breitschultrig, haarig, dunkel und haben im Idealfall einen gemütlichen Bauch. Sie sind stark, aber auch sanft und kuschlig und einfach scharf. Ich möchte mich auf haarige, nackte Männerbäuche legen wie auf eine Wolke. Nicht auf der karierten Couch im Trailerpark aufwachen, sage ich mir. Nicht in der Trailersiedlung kuscheln. Nicht immer die räudigsten Männer des Planeten aufreißen. Zu Hause wartet dein duftender Freund. «Drah die net um!», tönt es aus den Boxen. «Schau, schau, der Kommissar geht um.» Der Barkeeper singt mit, er heißt Brian, wie ich mittlerweile weiß, wie der Religiöse von den Backstreet Boys. Eine sehr betrunkene Frau redet mich von der Seite an. «My ancestors were from Slovakia!», lallt sie lächelnd. Sie ist gepflegt, jung, mollig, lange dunkle Haare, schön geschminkt.

«We are all Americans, if we want it or not», wirft Loki ein.

Sie reagiert: «Fuck America. I will not drink Trump's Kool Aid. I will never drink Trump's Kool Aid.» Kool Aid ist eine Limonadenmarke, und der Spruch bezieht sich auf den Massenselbstmord der «Peoples Temple»-Sekte, die sich in den Siebzigern auf Anweisung ihres Führers mit Zyanidlimonade hinrichtete. Sie empört sich in mäandernden Sätzen über geplante Abtreibungsverbote, wiederholt sich, wie es Betrunkene machen. Denn niemand, NIEMAND hätte ein Recht, über ihren Körper zu bestimmen. Dann ruft sie in die Runde: «My body, my choice.» Zustimmendes bis indifferentes Murmeln. Katie, wie sie sich vorstellt, arbeitet in einem Versicherungsunternehmen. Katie hätte heute befördert werden sollen, aber die Stelle hat ihr Kollege bekommen. «Just because I have a vagina.» Jetzt weint sie fast, und ich streichle ihr den Oberarm. Obwohl ich noch kaum ein Wort gesagt habe, erklärt sie, ich sei wahnsinnig nett.

«To feminism», sage ich und stoße mit ihr an.

Sie relativiert. «I'm not a hardcore feminist.» Ein Schluck. Ein Schluchzen. «I love my husband. He is such a good guy.» Sie bestellt noch einen Whiskey Cola. Dann deutet sie auf ihre Brust: «I will not drink Trump's Kool Aid.»

Chris geht in den Hinterhof eine rauchen, also mache ich

das auch. Es ist herrlich, unter Kettenrauchern zu sein. Vom nicht Abhängigen fühlt sich der Abhängige automatisch verurteilt, wie Fleischesser von Veganern. Sie brauchen gar nichts tun, es reicht schon, dass sie nicht das tun, was man selbst vielleicht lieber auch nicht tun würde. Zwischen denen, die sich gehen lassen, hingegen herrscht ein verschwörerisches Zugehörigkeitsgefühl. Wir können gemeinsam schlecht sein, amoralisch und daneben. Ein Arschtritt für die Weltverbesserer und Streber. Primitiv, aber ehrlich, Asi, aber echt. Man weiß, woran man ist. Niemand will die anderen erziehen, niemand will zeigen, dass er der Strebsamste unter den Strebern ist, dass man es noch richtiger machen kann als die anderen, dass man noch mehr als eine Eins verdient, eine Eins plus. Eine Eins plus plus plus. Die defizitäre Persönlichkeit wird nicht verleugnet, der Schwanz liegt auf dem Tisch, runzlig und verklebt.

Ich trinke ein Hard Seltzer aus der Dose, ein Damendrink, Schnaps mit Limonade oder was auch immer das ist. Für meine Herkunft interessiert man sich außer in kurzen euphorischen Ausbrüchen kaum. Katie kommt jetzt auch zum Rauchen raus. Chris sieht zerzaust aus, er ist sehr mager und sein Bart wie sein Blick haben etwas Zerfahrenes. Er erzählt, dass er heute bei der Arbeit auf der Baustelle einen elektrischen Schlag bekommen hat. Er spürt's noch immer. Man spürt es auch, wenn man ihn ansieht. Seine großen Augen im schmalen Gesicht sind aufgerissen, als wäre er erschrocken, er scheint wirklich unter Spannung zu stehen. Das war in Missouri. Sein Bein kribbelt noch, er hat Glück gehabt, dass er nicht auf einer Leiter stand. In Missouri arbeitet er gerne, denn die Rednecks da unten sperren einen nicht wegen jedem Scheiß in den Knast, Schwarzarbeit ist auch kein Thema.

«Have you been to the hospital?», frage ich.

«No, I passed out for a second, but then I was up again.» Dann lacht er und zieht an dem Joint, den Homer ihm rübergereicht hat. Er wird auch mir angeboten, aber wie bei vielen, die in der Jugend zu viel gekifft haben, löst Marihuanakonsum bei mir mittlerweile starke Paranoiazustände aus, leichte Halluzinationen oder richtige Trips. In Grinnell hat Chris keine Arbeit mehr gefunden, seit die Papierfabrik geschlossen wurde. Ob sie je weg wollten aus Grinnell? Katie war immer schon hier, sie war am Iowa College, hat eine gute Ausbildung, ein solides Leben, einen sicheren Job, einen süßen Mann, den süßesten, den allerallersüßesten. Chris möchte gerne nach Oregon, weil Kiffen da legal ist. Vom Hinterhof sehen wir, wie ein Mann den Eagles Club verlässt und zum Parkplatz geht, er wankt von links nach rechts, immer kurz vorm Umkippen fängt er sich wieder. Dann steigt er in seinen Pick-up-Truck und fährt davon.

Es ist früher Nachmittag, als ich aufwache. Erstes Gefühl: trockener Mund und Reue. Die Nacht fordert ihren Tribut. Der erste klare Gedanke, den ich fassen kann: Das war es wert. Oft ist es das nicht mehr wert, aber das war es wert gestern. Ich muss das Nachtleben Stück für Stück aufgeben, die Ressourcen bauen ab. Die regenerative Kraft der Jugend verlässt mich, die eigene Sterblichkeit wird mir bewusst, ich dachte, ich würde niemals altern, aber es passiert, egal wie infantil ich mich verhalte. Ein trauriger Abschied von einer ganzen Welt, einer ganzen Identität. Denn mit dem Abschied vom Exzess bricht ein ganzer Teil der Wirklichkeit weg. Der Irrsinn der Nacht. Die aufdringliche Art Betrunkener, wenn der Schmerz, das Begehren, das Nähebedürfnis und die Gewalt ungefiltert aus ihnen rausbrechen. Es gibt keinen Underground bei Tageslicht. Der Tag zwingt einen wieder ins Vernunftkorsett. In Nachtlokalen durfte man schon vor hundert Jahren das Geschlecht wechseln, untertags war es verboten. Wenn man aufhört, in der Nacht zu leben, weiß man weniger über die Welt.

Am Ende waren wir an einem Lagerfeuer im Trailerpark. Auf Bierkisten sitzen. Zigaretten ins Feuer schnippen. Orangene Lagerfeuergesichter, umgeben von Sperrmüll. Die Whiskeyflasche im Kreis reichend. Covid vergessend. Heute muss ich an alle schlimmen Dinge auf einmal denken, Krieg, Klimawandel, alle Fehler meines Lebens. Reiß dich zusammen und steh auf, höre ich Christiane sagen. Es ist nur der Kater, keine echte Depression, es wird vorbeigehen.

Ich schleppe mich zum Supermarkt, um Fertiggerichte zu kaufen und Wasser mit Kohlensäure, ein Luxus für fünf Dollar die Flasche. Es gibt nichts Befriedigenderes, als eine frisch geöffnete Flasche Mineralwasser in die vom Alkohol dehydrierte Kehle zu leeren, es ist besser als ein Orgasmus. Das Fertiggerichtangebot ist herausragend, manche Produkte wirken beinahe gesund. Pizza mit Blumenkohlteig, Mac and Cheese auf Reisbasis, indisches Dhal. Zu Hause wärme ich mir gleich was auf und nehme es mit ins Bett. Der Laptop gesellt sich dazu. Mein Handy liegt auf der Matratze. Neben dem Bett die Mineralwasserflaschen. Wie eine kleine Familie kuscheln wir uns zusammen.

Während es immer populärer wird, über psychische Krankheiten zu schreiben oder zu sprechen, um damit Bücher oder andere Produkte zu verkaufen, sind die begleitenden Bilder immer noch stark ästhetisiert. Die echte Depression stellt niemand online. Die leeren Colaflaschen, die sich im Schlafzimmer türmen, die Essensreste auf dem Kissen, die Landschaft aus Handy, Laptop, Tablet, Vibrator,

Tablettenschachteln, die sich im Bett bildet. Sexy Selfies mit traurigen Augen statt Bremsspuren in tagelang nicht gewechselten Unterhosen. Melancholische Film-Noir-Bilder statt leeren Chipstüten und Obstfliegen. Nie in sozialen Medien gesehen ebenfalls: die Pissflasche. Wenn man nicht mal mehr zum Pinkeln das Bett verlassen will und die Eichel stattdessen dicht an eine leere Spriteflasche drückt. Die Versuchung bleibt mir Gott sei Dank erspart.

Den Kontakt zu meinem Freund habe ich vernachlässigt, der Zeitzonenunterschied macht es schwer, sich regelmäßig auszutauschen. Ich vermisse ihn sehr und habe ihm gestern noch ein Busenbild geschickt, von oben mit zusammengepressten Armen, damit sie besonders prall wirken. Seine Antwort: «Bist du besoffen?» Nacktbilder schicken ist verdächtig, es beißt sich mit meiner Persönlichkeit. Erotisch verspielte feminine Gesten habe ich nicht drauf, mein Begehren drückt sich brachial und unverstellt aus. Weiblichkeit ist ein Schauspiel, das ich nicht beherrsche. Im Feminismus ist das schon lange nicht mehr verpönt, sondern anerkannte Variante im Genderspiel. Queerfeministinnen lackieren einander beim Theorielesekreis auch mal gegenseitig die Nägel. Statt posierten Nacktbildern und Dessous mit Strassbesatz gibt es bei mir aber feste Umarmungen und voluminöse Schamhaarpracht. Da bin ich mehr Second Wave. Nackt am Esstisch sitzen, selten rasieren, grob an die Eier grapschen. Im lesbischen Geschlechtsleben wäre ich eine Butch, im heterosexuellen Verhältnis bin ich verloren. Die Heterobutch ist verdammt zu einem Leben als Außenseiterin, sie muss in den Bergen leben mit ihrer Axt und auf Verirrte warten, denen sie die Beine abtrennen kann, damit sie bei ihr bleiben.

Eine Nachricht von der Professorin. Sie hat ein schlechtes

Gewissen, weil sie die Fotos von meinen einsamen Spaziergängen am Friedhof gesehen hat, und lädt mich zu einem Ausflug ein. Zwischenmenschlicher Kontakt scheint mir heute aber zu viel Herausforderung. Alles, was ich will, ist endloser Schlaf. Am liebsten würde ich mein halbes Leben verschlafen. Ich bin eine begabte Schläferin und kann Tage im Bett verbringen, ohne unruhig zu werden. Wenn mich wer dabei löffelt, könnte ich für immer ruhen. Es ist nur die Gesellschaft, die einem einredet, dies wäre kein legitimer Lebensentwurf. Viele Depressive aus meinem Umfeld fanden den Hausarrest in der Coronazeit entlastend, da ihre Alltagsuntauglichkeit plötzlich weltweit akzeptiertes, ja, vorbildliches Benehmen war. Manchmal muss nur das Setting stimmen. Und manchmal braucht man einen Kater, um eine Entschuldigung zu haben, sich nicht zu regen und das Zentralnervensystem zu entspannen.

Die Mac and Cheese tropfen aufs Leintuch, und manchmal mag ich genau das, die Ranzigkeit der Essensreste, die einen einkreisen. Und die «Real Housewives of Beverly Hills» warten auf mich. OMG. Die sind sicher nie verkatert, die bekommen am nächsten Morgen einfach eine Orangensaft-Infusion vom Hollywood-Doc. Am Ende verrecken aber auch die Reichen an denselben Drogen wie die Armen. Angeblich ist die eine auf Schmerzmitteln. Seit ich mich genauer über die sogenannte Opioidkrise in den USA informiert habe, verstehe ich besser, warum in sämtlichen amerikanischen Serien jemand schmerzmittelabhängig ist. Früher ist es mir gar nicht aufgefallen, dass es in jeder Produktion mindestens eine Person mit Schmerzmittelsucht gibt. Man dachte, es geht um Kopfwehtabletten, aber es ist natürlich Oxycodon, das hochpotente Opioid, das über Jahre schon bei kleinsten Beschwerden verschrieben wurde, für das der Pharmakonzern Purdue eine hochaggressive Marketingkampagne fuhr, als schon längst klar war, dass das Zeug schwerst abhängig macht, bis die Leute die Pillen schluckten wie Smarties. Ganze Bergarbeitersiedlungen wurden opioidabhängig, ganze Dörfer zu Junkievierteln. Die Fentanylschwemme aus Mexiko dockte dann an die schon aufbereiteten Süchte an.

Ich masturbiere zweimal hintereinander. Katergeilheit. Meiner Theorie nach wurzelt die in der Traurigkeit, man braucht Dopamin, egal wie. Haben Traurige mehr Sex? Möglicherweise. Je älter und hässlicher man wird, desto besser wird der Sex. Je älter und hässlicher man wird, desto idealer ist der Geschlechtsverkehr, obwohl er von außen betrachtet immer grauenvoller aussieht. Die Außenwirkung wird einem zum Glück immer gleichgültiger, das eigene Wohlbefinden rückt in den Vordergrund, und das Sich-fallen-Lassen wird immer einfacher. Das Bestreben, ein Objekt sein zu wollen, den Projektionen anderer genügend, nimmt ab, und man rutscht immer tiefer in sich selbst, ins Subjekt. Wilde Zerrissenheit weicht träger Zufriedenheit, denn zu etwas anderem als gut zu sich zu sein fehlt einem sowieso die Energie. Eincremen, hat Christiane gesagt, immer schön eincremen. «Heute bin ich irgendwie erledigt, aber morgen würde ich gern!», schreibe ich der Professorin. Ich vermisse meine Mutter. Sie kommt mich bald besuchen. Mama, denke ich wie ein kleines Kind und sauge die cremigen Mac and Cheese in mein Inneres. Mami!

Am nächsten Morgen holt mich die Professorin für einen Ausflug ab. Sie erzählt vom Arbeitsleben und welche namhaften Intellektuellen in nächster Zeit ans College kämen. Außerdem könnte ich, wenn ich möchte, beim Maifest eine

Lesung an der Iowa University halten. Sie war gerade reiten bei einer Frau, die in Kellogg eine Lipizzanerzucht betreibt. Die Frau lebt alleine in ihrer Villa und kann Hilfe gut gebrauchen. Für ein bisschen Stallarbeit darf man kostenlos ausreiten. Ich merke, die Professorin ist einer dieser Tiermenschen, die alleine der Umgang mit Tieren glücklich macht. Das Leben ist gut zu ihr. Gesicherte Stelle, gutes Einkommen, viel Platz, ein Haus, ein Freund, ein Hund, Literatur, Ausritte. Bald gebe es eine Versammlung der Unterrichtenden, erzählt sie mir, um über ein neues Beschwerdesystem für StudentInnen zu diskutieren, dem die meisten Unterrichtenden skeptisch gegenüberstünden, Stichwort Cancel Culture.

«Kann ich da auch kommen?», frage ich.

«Wenn du möchtest.»

Wir fahren Richtung Des Moines, gehen sehr gut asiatisch essen, das heißt mittelmäßig, aber für Iowa-Verhältnisse exzellent, und dann kommt das eigentliche Highlight unserer Reise: Bass Pro Shops. Das Logo fiel mir schon bei der ersten Fahrt nach Des Moines positiv auf.

Bass Pro Shops ist ein monströser Einkaufskomplex in Form einer stilisierten Riesen-Holzhütte aus braunen Baumstämmen, die neben der Interstate 80 ein paar Kilometer vor Des Moines steht. Das Logo des Ladens ist ein Barsch mit aufgerissenem Maul, darunter steht in großen Lettern: OUTDOOR WORLD. Auf dem Dach weht die amerikanische Flagge. Ein Disneyland für Jagdbegeisterte, alles, was das Survivalherz begehrt. Beim Eintreten findet man sich zuerst in einem stilisierten Jagdchalet-Wohnzimmer wieder: großer Kamin, davor schwarz-rot karierte Couch, Vitrinen mit alten Büchern, ein Vollholzcouchtisch. Über dem Kamin hängen 35 präparierte Hirschköpfe mit erloschenen Augen.

Auf den Vitrinen stehen Lampen aus Geweihen. Bärenfelle liegen auf Polstermöbeln und hängen von der Wand. Ringsum ausgestopfte Wildgänse und Rebhühner, manche hängen kopfüber von der Decke. Ein großes Ölgemälde zeigt eine historische Jagdszene. Hier sitzen und die Natur beherrschen. Dann die Drehtür zur Verkaufsfläche. Welcome to Iowa's Sportsman's Paradise, steht an einem Balken, und auf dem Balkon wiederum sieht man zwei riesige ausgestopfte Elche, die Geweihe in einer Kampfszene verhakt. Sportboote und Offroadtracker. Wir sitzen Probe. Die ganze Verkaufshalle ist innen mit Landschaftsbildern bemalt, Teiche, Wälder, Flüsse, Schilf, fliegende Enten umringen einen. Und vor einem: eine unendliche Variation von Camouflage. Schilf, Blätter, Äste, Nadelwald, Laubwald, digitale Muster in Pixeloptik oder die klassische Multicam-Marmorierung, wie man sie von den US Marines kennt. Nie habe ich über die Tarnmuster nachgedacht, hier überwältigt mich ihre Vielfalt. Je nach Terrain, Jahreszeit und Lichteinfall ändert sich das Schema. An einer Reihe von Hosen sind Eichenblätter aus zartem Gewebe appliziert. Sogenannte «Ghillie Suits», Ganzkörperanzüge, die wie mit Moosen und Gräsern bewachsen sind, lassen einen eins werden mit dem Waldboden. Jacken, T-Shirts, Fleecepullis, enge Kleider, Latzhosen, Westen, Mäntel, Shorts, Handschuhe, aber auch Kinderkleidung, Seidenblusen, Strickwaren – die ganze Familie kann sich tarnen, unbemerkt durch die Wälder ziehen und aus dem Hinterhalt attackieren. Es gibt Bettwäsche, Leintücher, Kissenüberzüge, Handtücher, alles komplett in Camouflage.

Mitten im Raum ein großer Plakataufsteller: «Die Umwelt muss geschützt werden.» Dazu ein Bild vermummter Männer im Wald, ausgerüstet mit automatischen Schnellfeuerwaffen. Die Naturschutzmiliz. Unter einer Herde ausgestopfter Wildschweine sind Tonnen von Munition gelagert, Wände aus mit Patronen gefüllten Schachteln, Milliarden Schuss, die darauf warten, tierisches und menschliches Gewebe zu zerfetzen, Milliarden Wunden, Milliarden durchlöcherte Konservendosen. Tausende Gewehre stehen in allen Farben und Variationen an den Wänden. Unter ausgestopften Bären liegen Armbrüste. Es gibt spezielle Pfeifen, um Elche oder Truthähne anzulocken. Gummimützen in Form von Rebhühnern, um sich inkognito unter ihnen aufzuhalten. Alles bebildert mit Fotos von Models, die sich Dreck ins Gesicht geschmiert haben und sich auf eigene Faust gegen eine feindlich gewordene Welt verteidigen. Drei Regale voller Fleischwölfe, Wald und Wiese wollen verwurstet werden. Zur Unterhaltung zwischen den Waffenkäufen ist eine Schießbude aufgestellt worden. Für einen Dollar schießen die Professorin und ich auf eine mit Wildtieren und Vogelscheuchen belebte Landschaft. Trifft man mit dem Laserstrahl aus dem Gewehr, wird eine Mechanik ausgelöst, ein Feuer beginnt zu leuchten, ein Füchslein schreit, ein Häschen fällt um. Als ich ein Foto von ihr machen will, sagt sie, es wäre ihr lieber, wenn ihre FreundInnen sie nicht so sehen.

Das hier ist das Epizentrum militärischer Männlichkeitsideale, hier werden die kleinen Jungs mit Stahl gebürstet, aufgehetzt und scharf gemacht. Auch eine Kosmetikabteilung gibt es: Seifenserien mit dem Namen «BIG ASS BRICK OF SOAP». Bloß nicht Verschwulen beim hygienischen Mindestaufwand. Die Körperpflege muss einen Hauch Gefahr vermitteln, Brutalität, das Einschäumen soll sich anfühlen wie eine Bärenfalle am Bein, zumindest im Kopf, das Marketing muss so tun, als hätten sie Rasierklingen und rostige Schrauben in die Lauge gestreut, damit die Männlichkeit nicht bedroht wird. Die Gerüche, aus denen man wählen kann, heißen «Gun Smoke» («Riecht wie Patronenhülsen im Sonnenuntergang»), «Frisch geschlagene Pinie» und Menthol, verkauft als «Geruch der Produktivität», illustriert mit einem starken Arm, der einen Schraubschlüssel in die Luft streckt. «Die Seife für den Mann, der früh aufsteht.» Ich hätte weitere Vorschläge: Motoröl, die Seife, die dreckiger macht. Ziegelstein, die Seife, die dir die Knochen bricht. Spermaseife, riechen wie eine 24 Stunden lang sprudelnde Ejakulation. Gesichtsmasken aus Schleifpapier, für Hornhaut auf den Wangen. Schwämme aus Wildschweinleder. Ohrstäbchen aus zehn Zentimeter langen Eisennägeln.

An einer anderen Ecke kann man sich mit Propaganda der National Rifle Organisation eindecken. T-Shirts und Poster mit der Aufschrift: «American by Birth – NRA Member by Choice». Sprüche, die das Recht auf Waffen hochhalten, kann man außerdem auf Postern, Uhren, Wandteppichen, Tellern und Tassen bekommen. «Faith, Family, Flag, Freedom», steht auf Hoodies. Auf einem Shirt ist ein großes Fadenkreuz: «Das ist mein Peace-Zeichen». Und immer wieder die Gadsden Flag: eine gelbe Fahne mit Klapperschlange und dem Satz: «Don't tread on me». Sie stammt ursprünglich als Symbol der Unabhängigkeit aus der Amerikanischen Revolution, später wurde sie von der gegen Obama protestierenden Tea-Party-Bewegung wiederentdeckt und ist mittlerweile ein Erkennungszeichen der extremen Rechten und von Verschwörungstheoretikern. Fußmatten tragen Aufschriften wie «Menschen toleriert, Hunde willkommen» und «Schütze deine Familie», darauf ein Hund, der eine Waffe in den Pfoten hält. Ich schicke ein Foto an Christiane, als Beleg für meine Hundetheorie.

Am atemberaubendsten aber ist die Kinderabteilung. Sie

umfasst 200 Quadratmeter und bereitet schon die Säuglinge auf ein Leben an der Waffe vor. Mit dem Finger taste ich mich fasziniert an den Produkten entlang. «My first Camo», steht über einer Reihe von Camouflage-Strampelanzügen, auf die Identitäten wie «Zukünftiger Jäger» oder «Jägerprinzessin» gestickt sind. Babydecken in Tarnmustern. Trotz des geschlechterübergreifenden Camouflage-Themas sind die Outfits gegendert, genauso wie die Waffen. Pump Guns für Mädchen sind pink, ihre Camouflage-Overalls sind mit rosa Tüllröckchen und Schleifchen verziert. Die Jungs verkleidet man als klassische Milizen. Es gibt Bilderbücher mit Titeln wie «Wild jagen für Kinder» (negative Amazonbewertung: «Für Kids mit Jagderfahrung nichts Neues»), ein Brettspiel, das «Hunting-Opoly» heißt, darauf ein Hirsch mit Fadenkreuz zwischen den Augen. Pelzmützen mit Racconschwänzen. Spielzeugwaffen in allen Ausführungen. Pump Guns, Kentucky Rifles, klassische Westerncolts, Gewehre, Cowgirl Pistols und Magnums. Miniatur-Campingausrüstungen, Jäger-Actionfiguren, sowohl weiblich als auch männlich, und Puzzles von romantischen Jagdszenen. Schon ein Fünfjähriger kann nach ein paar Weihnachtsgeschenken aus dem Bass Pro Shop in freier Natur ein Kaninchen mit bloßen Händen ausnehmen. Für Babys gibt es Mobiles mit kleinen Rehen, so lernen sie das Spähen nach Beute schon im Gitterbett.

In der angeschlossenen Bowlinghalle «Uncle Buck's Fish Bowl», die vage maritim eingerichtet und in blaues Licht getaucht ist, genehmigen die Professorin und ich uns auf einem Haifisch sitzend einen Milkshake und sprechen über die Abgründe des Gesehenen. Auf dem Rückweg halten wir an einem See und beobachten Pelikane. Ganz ruhig. Ganz still. Der Wind weht heute nicht.

Zurück in Grinnell sind wir mit Professorenkolleginnen in der Weinbar verabredet. Die Attraktivität der jungen Akademikerinnen ist erschütternd. Hatte ich gehofft, aufgrund der nationalen Verfettung in Iowa von einer 4 auf eine 7 aufzusteigen, rutsche ich in Anwesenheit der Bildungselite in den Minusbereich. Große Menschen mit schlanken Figuren und perfekten Zähnen umrunden mich, und ich möchte ins Rabbitt's, zu den Krummen und Molligen. Alle sind ausnahmslos eloquent und witzig. Da mein Englisch nicht gut genug ist, um jeden doppelbödigen Witz sofort aufzunehmen und zu kontern, werde ich zu einer Stillen in der Runde, eine Rolle, die mir nicht gefällt. Mein Status als berühmte Künstlerin, so stellt mich die Professorin vor, reicht nicht aus, um die Aufmerksamkeit auf mich zu ziehen, zu verwöhnt ist das Milieu von der Anwesenheit internationaler Celebritys. Die Stimmung aber ist lässig und unaffektiert, es herrscht nicht der typisch bürgerliche Beflissenheitswettbewerb, wie man ihn aus dem deutschen akademischen Milieu kennt, man will eine gute Zeit haben und sich nicht gegenseitig beeindrucken. Neben mir sitzt eine blinde Professorin indischer Abstammung, deren Schwerpunkt postkoloniale Literatur ist. Obwohl sie nicht sehen kann, sind die Farben ihres Outfits stilbewusst kombiniert. Sie benutzt dafür eine Farberkennungs-App. Durch das Collegeleben bewegt sie sich fast autonom, unterstützt allein von Kolleginnen und Fahrtendiensten. Bis auf das Ankommen mit eingehaktem Arm und Blindenstock fällt es kaum auf, dass sie einen Sinn weniger einsetzt. Sie ist humorvoll und schlagfertig. Um den Zeitpunkt zu erfassen, wann man niemandem ins Wort fällt und mit dem nächsten Witz kontern kann, scheinen visuelle Signale nicht ausschlaggebend zu sein. Ich muss mich immer sehr anstrengen, Menschen nicht ins Wort zu fallen, und staune oft darüber, wie es bei anderen funktioniert, fünf Menschen, die wissen, wann sie einsetzen müssen, die den Rhythmus einer plaudernden Runde intuitiv finden. Neben der Literaturwissenschafterin sitzt eine Philosophin, deren Eltern vom Balkan nach Washington immigriert sind. Sie hat dunkle Haare, sieht aus wie ein albanisches Model und beschwert sich mit intellektueller Strenge über die mangelnde Disziplin im Unterricht. Dabei gestikuliert sie ausladend, wie ein erzürnter Starphilosoph bei der Podiumsdiskussion. Man würde auf die Spleens der Studierenden viel zu stark eingehen, manche in ihrer Klasse behaupteten, sie könnten sich aufgrund psychischer Probleme nur konzentrieren, wenn sie während des Unterrichts Candy Crush spielen. Die reine Verarschung. Und überhaupt, wenn man diese Studenten frage, was für Filme sie mögen, würden sie einem die Liste der beliebtesten Netflixserien aufzählen. In ihrer Jugend hätte man sich noch über Film Noir und Nouvelle Vague die Köpfe heiß geredet. Das sei so faul. Geistige Verwahrlosung. Verblödung breite sich aus, falsche Toleranz. Triggerwarnungen kämen ihr sicher nicht über die Lippen.

Eine Anthropologin aus Südafrika stößt dazu, sie forscht zu Townships und hat sich gerade mit einem Arzt verlobt, sie wollen gemeinsam nach New Orleans ziehen. Ihr makelloses Gesicht und die blonden Haare strahlen ein Leben ohne Rückschläge aus, sie könnte Werbeträgerin für Hautcreme sein. Ihre Eltern waren ebenfalls Uniprofessoren, in Kapstadt. Ein jüdischer Orang-Utan-Forscher verteilt CBD-Gummibärchen in der Runde, eine lesbische Wirtschaftswissenschaftlerin spaziert mit ihrer Partnerin vorbei, sie ist neu in der Stadt, stellt sich vor und führt den pointiertesten Small Talk, den ich je gehört habe. Smalltalken ist wirklich zu Hause diktiert sie Alexa die Einkaufsliste, über den mitgebrachten TV-Stick schaut sie Netflix. Innovationen werden ausprobiert und in den Alltag integriert. Sogar ihren Freund hat sie aus dem Internet. Von neuen Apps erfahre ich in der Regel über sie. Seit Kurzem hat sie ein Angebot der Wiener Stadtverwaltung installiert, mit dem man auf Schandflecken im Stadtbild aufmerksam machen kann. Als sie vor zwei Wochen das Bild einer kaputten Parkbank hochgeladen hat, war diese am nächsten Tag repariert. «Super, oder?» Als wäre man der Bürgermeister. Sie hat sich 50 GB Datenvolumen mitgebracht, während ich mich immer noch von einer WLAN-Quelle zur nächsten hangele. Alles ist organisiert, kompakt, ready to go. Cyborg Mom. Mutter hat vor nichts Angst. Sie ist der stabilste Mensch, den ich kenne. Nur der Raketenantrieb am Rücken fehlt. Vor dem Fenster machen wir ein Foto für ihren Whatsapp-Status. Die Statusfunktion auf Whatsapp ist eine Social-Media-Subkultur für über Sechzigjährige, niemand sonst hat je davon gehört. «Tante Anna hat es schon kommentiert.» Sie zeigt mir das Display, auf dem unzusammenhängende Zeichen erscheinen. «Sie checkt Whatsapp einfach nicht.»

Bei unserem ersten Spaziergang die Straße herunter geraten wir in eine Menschenansammlung, genauer gesagt sind es zwei, die sich gegenüberstehen. Eine Frau trägt ein Plakat: «My Pussy, my Power». Vor ihr ein Mann mit grüner Neonjacke, auf dessen Schild steht: «Repent, Turn to Jesus or BURN!» Das «Burn» ist in Flammen geschrieben und der Schrifthintergrund ist loderndes Feuer. Frauen rufen: «My Body, my Choice.» Es ist eine Demonstration gegen die Verschärfung der Abtreibungsgesetze.

Ich dränge meine Mutter, sich mit mir von der Menge mitreißen zu lassen. Wir bewegen uns immer tiefer in die ein amerikanisches Talent, alle scheinen fähig, einen Gag aus dem Ärmel zu schütteln. Das letzte Pärchen besteht aus einer Psychotherapeutin und einem Jazzmusiker aus Neufundland, die nur wenige Monate hier sind. Beide sehen aus, als würden sie von früh bis spät Yoga machen. Kurz gehen sie in ihre Wohnung, die über der Weinbar liegt, um mit einer Platte voll gesunden Snacks zurückzukommen: Oliven, Hummus, europäischer Käse, Chips aus Grünkohl und selbstgemachte Falafel. Ich bin die Einzige, die Kette raucht, und merke eine gewisse Irritation bei der Therapeutin, als würde ich den Wellnessvibe dieser Schöngeister mit einer Schicht Dreck überlagern und killen. Aus Trotz gegen die Schwingungen, die ich wahrnehme, rauche ich noch mehr, schmiere den Teer auf die Poren, rauche mir die Finger gelb und belaste die Atmosphäre wie Klimaleugner, die den Auspuff extra vergrößern, um sich mit Arroganz gegen die Erniedrigung durch Klügere zu behaupten. Am liebsten würde ich die Marlboro direkt in den Hummus stecken.

Die strenge Philosophin sagt mit einem gewissen Stolz, bis vor Kurzem habe sie auch noch geraucht, und die Professorin genehmigt sich österreichisch inkonsequent hin und wieder eine. Ich trinke heute wenig, die anderen schenken sich fleißig ein, und langsam beginnen die zwei, mehr zu rauchen. Triumph. Ich lege wohlwollend meine Packung auf den Tisch. Als das Thema auf New Orleans fällt, regt die Philosophin sich über einen Menschenschlag auf, den sie nur dort getroffen habe: Junge Leute aus gutbürgerlichem Hause, sie tragen Dreadlocks und zerschlissene Hosen und tun so, als wären sie obdachlos, obwohl sie Geld hätten, und für diese Subkultur gebe es einen eigenen Namen. Lange rätseln wir, was sie meinen könnte, bis ich das Wort finde, das sie sucht: «Crust Punks.»

«YES, EXACTLY, CRUST PUNKS! Die leben in ihren Autos, weil sie's cool finden.» Ich muss lachen, weil das auch der dominante Stil in österreichischen autonomen Zentren ist, und erzähle von besetzten Häusern, in denen Schilder wie «Dreck ist Freiheit» hängen.

«Ja, das schreiben sie, weil sie zu Weihnachten zu den Eltern können. Niemand, der Krieg erlebt hat, würde so einen Bullshit schreiben.» Ihr Zorn belustigt mich. Persönlich liebe ich die ranzige Ästhetik linksradikaler Räume, allerdings ist mir bewusst, dass für viele Menschen Improvisation nicht Ausdruck von Kreativität ist, sondern eine Überlebenstechnik, auf die sie lieber verzichten würden.

Inzwischen ist man dazu übergegangen, über die Ursachen des allgemeinen Rechtsrucks zu diskutieren, wie überall in linken, liberalen Kreisen, anekdotisch, ohne Lösungen zu finden. Am Ende ist klar, dass der Kapitalismus uns alle umbringen wird, und eine latente Erschöpfung gegenüber identitätspolitischen Diskursen macht sich breit. Als die Weinbar zusperrt, wechseln wir ins Hotel Grinnell. Eine leere Halle mit Bar und ungemütlichen Stühlen. Nachdem nur noch die Professorin, die Philosophin und ich übrig sind, geht es um Schönheitsoperationen, und beide sind sich einig, dass ich die niedlichste Nase hätte und ein beneidenswertes Kindergesicht. Nun rege ich mich darüber auf, wie offensichtlich es doch ist, dass ich die dickste von allen bin, und ganz egal, welche Körperideale gerade in Mode sind, sie beide mit ihrem niedrigen Körperfettanteil stünden ganz oben in der Hierarchie. Die Philosophin sagt, sie würde töten für meine Nase, ich sage, dann müssten Sie aber auch das Bauchfett nehmen und die kurzen Beine. Außerdem, sage ich, hätten beide tolle Zähne. Das sei aber alles nicht so toll, sagt die Philosophin, wie meine langen Wimpern. Alle ihre Schwestern hätten sich die Nase machen lassen, aber sie wolle dagegenhalten, man muss gegen solchen Körperterror einfach protestieren, dabei würde sie so gern, sagt sie und bewegt mit dem Finger den Nasenknorpel hin und her. Wir vergleichen und verkrüppeln uns kurz gegenseitig, bis wir wieder vernünftig werden und uns aufs Neue über das Patriarchat beschweren, das schuld daran ist, wie wir uns hier so demütigen, anstatt über Literatur und Kunst zu debattieren. Dann reden wir über Dating. Der junge Mann an der Bar, ein Student, sagt, er müsse nun schließen. Eingehakt und schnatternd ziehen wir zurück zu unseren Häusern am Collegecampus. Die Professorin kommt noch kurz zu mir, ich habe Bier im Kühlschrank. Sie meint, wenn sie schon mal ausgeht, dann lange, auch wenn die Optionen spärlich sind, aber am Trailerpark Lagerfeuer ist sie auch schon gesessen. Die Professorinnenrunden würden auch mal im Rabbitt's landen, es sei nur manchmal schwierig mit People of Color, wenn die Stammgäste rassistisch werden. Da reicht es dann nicht, wenn man sagt: «Shut the fuck up, Johnny!», da muss man dann das Lokal verlassen.

Ich nutze die Gelegenheit, um ihr die Falltür zu zeigen, die ich in einem begehbaren Kleiderschrank gefunden habe. Allein habe ich mich noch nicht getraut, die näher zu untersuchen, weil es zu unheimlich ist. Die Professorin schaut mich verwirrt an. «Ich will nur wissen, was da oben ist!», sage ich, führe sie ins obere Stockwerk und schiebe einen Sessel unter die Klappe. Von unten ist sie leicht beschädigt, als hätte jemand daran gekratzt. Ich steige auf einen Sessel und stoße an die kleine Tür. Sie klemmt und der Putz splittert von der Decke. «Ich will das jetzt aufmachen», rufe ich, «hilf mir, Christiane!»

«Vicky», korrigiert mich die Professorin und schaut mit

besorgter Miene hoch zu mir. Ich werde immer ungeduldiger und stemme mich mit beiden Händen gegen die Klappe. Als das Holz zu splittern beginnt, zieht sie mich am Rock, den ich extra fürs Ausgehen angezogen habe, und sagt, ich soll sofort aufhören, das ist College Property, das ich da beschädige, am Ende wird sie noch verantwortlich gemacht. Durch einen Spalt meine ich ein Eichhörnchen grinsen gesehen zu haben.

«Na gut.» Ich steige verschwitzt vom Stuhl. Es ist zwei Uhr morgens, die Professorin macht sich auf den Weg zu ihrem Haus neben dem Golfplatz. Sie geht einfach zu Fuß, obwohl es fünfhundert Meter sind.

«Morgen ist die Versammlung, falls du sie dir anschauen willst», sagt sie noch und verschwindet in der Dunkelheit.

Nach dem Aufwachen erinnert mich mein Handy daran, dass ich zu einem Zoom Call verabredet bin, die Zeitzonen treffen sich nur so zu einer Überschneidung, die sich für sinnvolle Gesprächstermine eignet: früher Abend in Österreich, Vormittag in Iowa. Es gibt einen Arbeitsauftrag zu besprechen, von einem Südtiroler Kunstverein wurde ich gebeten, Plakate für eine Kampagne gegen häusliche Gewalt zu entwerfen. Unkonventionell dürfen sie sein, aufrüttelnd, als eigenständige Kunstwerke sollen sie funktionieren. Poster, die im ländlichen Tiroler Raum provozieren sollen. Grundlage des Projekts ist die Zusammenarbeit zwischen Künstlerinnen und Gewaltschutzorganisation, deshalb werde ich mit dem Psychologen einer Innsbrucker Männerberatungsstelle verbunden. Nach einigen Verbindungsschwierigkeiten erscheinen auf dem Bildschirm nebeneinander unsere blassen Gesichter, die Kuratorin, der Psychologe, ich. Ein bisschen Small Talk, dann können wir einander befragen.

Wie immer bei solchen Onlinetreffen schaue ich vor allem mich selbst an und muss aufpassen, dass ich nicht unnatürliche Posen annehme oder anfange, an Mitessern zu kratzen. Dinge, die ich für ein Selfie tun würde: Augen größer aufreißen, das Doppelkinn perspektivisch kaschieren, Lippen schürzen, nur um mich selbst davon zu überzeugen, dass ich so aussehe wie mit Filter. Ich konzentriere mich wieder auf die anderen, bevor ich wichtige Informationen verpasse, denn ich habe ein Haar am Kinn entdeckt, das beginnt, mich abzulenken.

Das gemeinsame Gespräch soll der Rahmen sein für meine kreativen Entwürfe. Wir unterhalten uns etwa eine Stunde über die Arbeit des Psychologen, seine Klienten, aus welcher Motivation sie kommen, freiwillig oder verordnet, wie erfolgreich die Therapien sind. Vielen Männern, erklärt der Psychologe, müsse man Selbstreflexion über die eigene Gefühlswelt erst nahebringen, und es gebe hoffnungslose Fälle, das seien meistens jene, die zur Therapie gezwungen werden und sich aus der eigenen Verantwortung rausreden. Gewalt betreffe jede Schicht, allerdings seien Akademiker geübter darin, die eigenen Gefühle zu benennen. Am einfachsten sei es mit Männern, die nach der ersten Grenzüberschreitung selbst Hilfe suchen. Wie hält man Männer davon ab zuzuschlagen? Das wichtigste Werkzeug sei das Bewusstwerden über sich anbahnende, unkontrollierbar scheinende Wutanfälle. Anzeichen erkennen und dann nach der Ohnmacht, die dem Ausbruch vorangeht, in Form eines «Time out» aus der Situation hinausgehen, selbst wenn dies Frustration beim Gegenüber auslöst, das vielleicht weiterstreiten möchte. An die frische Luft, zehn Minuten aus dem Haus, die Wallung wegspazieren, die Gefühle durchziehen lassen. Ich muss an die Wutanfälle meiner Pubertät denken. Wenn ansonsten der Verlust der Beziehung drohe, sei oft hohe Veränderungsbereitschaft da. Außerdem, meint er, würden sie in der Männerberatungsstelle einen Gewaltbegriff anwenden, der sich von denen der Opferschutzinstitutionen unterscheide, was auch mal Konfliktpotenzial unter den Institutionen biete. Im Gegensatz zu den Frauenhäusern muss die Männerberatung nämlich eine Bereitschaft zeigen, die bei vielen Feministinnen verpönt sei, aber für die Arbeit unabdingbar: Empathie mit dem Täter zeigen. Von Gewalt sprächen sie also nur, wenn es sich um körperliche Übergriffe handle, selbst wenn der physischen die psychische Gewalt vorausgehe. Würden sie den Gewaltbereich ausdehnen, Demütigungen und Erniedrigungen verbaler Natur miteinbeziehen, subtile Ausdrucksformen von Hass, Aggression und Ablehnung als Gewalt benennen, sei eine Schwammigkeit im Raum, die sich Täter leicht zunutze machen. Die Männer, die ihre Frauen schlagen, können dann sagen: «Meine Frau hat mir zuerst Gewalt angetan. Deshalb habe ich mit Gewalt reagiert.» Die Wut der Männer über die allgemeinen Demütigungen im Leben entlädt sich abends zu Hause, vor allem in Kombination mit Alkohol. Mehr Frust, mehr Bier, mehr Schläge, eine traditionelle Wechselwirkung. Gewalttaten steigen beispielsweise nachweisbar, wenn das eigene Land bei der Fußball-WM verliert. Fußballmatches, erfahre ich, werden auch möglichst früh am Abend ausgestrahlt, sodass der Alkoholpegel am Ende weniger hoch ist. Dadurch reduzieren sich nachweisbar Gewalttaten an Matchtagen. Mein letzter Entwurf, für den sich alle Beteiligten entscheiden werden, ist der Satz: «Alle töten ihre Frauen, niemand tötet seinen Chef.» Und es wird einen kleinen Skandal geben, weil, so behaupten Kritiker, es eine Aufforderung zum Mord an Vorgesetzten ist.

Erschöpft drehe ich ab, deprimiert nicht nur von hochwallenden Erinnerungen an eigene Erfahrungen, sondern auch von meiner Unfähigkeit, Entscheidungen zu treffen. Ich könnte schwimmen gehen oder ins Fitnessstudio. Ich könnte wieder nach Chicago fahren. Wasser brauche ich. Mit einem Kanister in der Hand gehe ich unauffällig den kurzen Weg zum Collegegebäude. Bloß niemandem begegnen, leise, leise. Während sich der Kanister am Trinkwasserhahn gluckernd füllt, lese ich die Flugblätter an den Schwarzen Brettern durch. Christiane hängt noch da, sie schaut mit Zigarette in der Hand und gehobenem Kinn entrückt aus dem Bild, darunter der Titel ihres Abends: «Overrated Love. Songs and Stories.» Einladungen für Stammtische zur Sprachvertiefung, German Table, French Table, Infos über Austauschprogramme mit Europa und Großbritannien, ein Informationstreffen zu Berufswegen in der Sozialarbeit. Wahnsinn, denke ich mir, Hunderttausende Euro Schulden auf sich nehmen, um Sozialarbeiterin zu werden. Eine Einladung zur Black Church am Sonntag, ein E-Mail-Kontakt, an den man sich wenden kann, wenn man sich vom Unidruck überwältigt fühlt. Ein Wettbewerb für das schärfste Chili. Trashige Grafiken für selbstorganisierte Konzerte, ein Versprechen von Subkultur. Alle Termine schon gewesen. Anregungen zur Reflexion sexueller Übereinkünfte: «Ein Ja reicht nicht für die ganze Nacht.» Selbstorganisierte Sprachkurse für Hindi, Urdu, Gebärdensprache. Die Ankündigung einer Reggaeton-Party. Eine Aufforderung, der Gewerkschaft arbeitender Studierender beizutreten, illustriert mit einer roten Faust und dem Satz «Workers of the World Unite». Ein Aufruf, sich an einer Studie zur Perspektive autistischer Transgenderstudierender anzumelden. Ein Workshop über soziale Protestbewegungen, in dessen

Rahmen man eine eigene soziale Protestbewegung entwickeln soll. Das Foto eines Kandidaten für die Studierendenvertretung. Er will sich dem Kampf gegen den wachsenden Rassismus im College widmen. Das strategische Gaslighting seitens Gewalttätern und den Handlungsunwillen der Administration bekämpfen. Eine Lesung von Michelle Zauner, die aus ihrem Bestseller «Crying at H Mart» liest, in dem sie die Trauer um den Tod ihrer koreanischen Mutter durch das Kochen traditioneller Rezepte mit Zutaten vom H Mart vertreibt, einem koreanisch-amerikanischen Hypermarkt. Außerdem ein Auftritt ihrer Band «Japanese Breakfast», die gerade sehr angesagt ist, aber leider musikalisch so gar nicht mein Fall. Ein paar Tage später werde ich das Konzert trotzdem besuchen, aufgeregte junge StudentInnen hüpfen nüchtern in einem Festsaal, der an eine Turnhalle erinnert. Die Musikerin ist Heldin der koreanischen Studierenden, die Professorin wird mir später erzählen, das Konzert hätte 20 000 Dollar gekostet.

Entlang der Wege auf dem Campus hängen Plakate vor den Gebäuden, die die Einzigartigkeit der hier Studierenden emporheben. Courage entsteht nicht aus sich selbst. Sie entsteht aus Grinnellians! Gerechtigkeit steht nicht für sich selbst ein! Das tun Grinnellians! Ein Plakat sagt: The world needs more Grinnellians.

Zu Hause lege ich mich wieder ins Bett und starre stundenlang auf das Smartphone. Eine tröstende Stumpfheit legt sich auf mich wie eine Gewichtsdecke. Meine neueste Vorliebe bei den Videos, die einem unaufhörlich auf den Social Media entgegengespült werden, ist Mukbang. Mukbang hat in Korea begonnen und ist im gesamten asiatischen Raum beliebt, vor allem in Indien, China, Japan, Indonesien. Man schaut jungen, meistens attraktiven Menschen beim Essen zu. Sie vertilgen Unmengen von Nahrungsmitteln, löffeln Suppen oder lutschen ganze Schweinebeine vom Knochen. Feinjustierte Mikrofone sorgen dafür, dass man das Knuspern, Schlucken und Einspeicheln, das Knabbern und Schlürfen so deutlich hört, als wären es die eigenen Essgeräusche. Als wäre man ihnen ganz nah, als wäre man in ihnen. Die Wirkung befriedigt auf nichtsexuelle Art, es ist aber nahe dran. Ein tiefsitzender Trieb wird stimuliert, warmes Kribbeln legt sich auf die ganze Hirnhaut. Das Video, das ich auswähle, hat fünfzehn Millionen Aufrufe und viel Frittiertes im Standbild. Eine Erklärung für den Erfolg ist die wachsende Vereinzelung junger KoreanerInnen. Die Leere, die Einsamkeit, die Sehnsucht, mit anderen Menschen an einem Tisch zu sitzen und zu essen, mit einer Freundin, einer Schwester, einer Großmutter, einem Kind. Es gibt unzählige Versionen, bei mir zeichnet sich nach und nach eine Präferenz ab. Schmale, junge Gesichter sind wichtig, wobei man nicht unbedingt das ganze sehen muss, die Augen sind nicht wichtig. Einige Mukbang-Stars zeigen sich nur bis zur Nase. Milchige Teints, puppenhafte Züge müssen den perversen Fressexzess kontrastieren, man möchte keine Konsequenzen sehen, sondern genussvolle Enthemmung von Menschen, die niemals zunehmen. Gemüse langweilt mich, ebenso Fisch, Wurst gibt mir nichts, Suppen machen mich nicht an. Ich bevorzuge Koreaner und Chinesen, denn die Inder schlingen vor allem Reisgerichte breiiger Konsistenz runter, die nicht so schön knuspern. Nahrungsmittel, die ich nicht kenne, lösen nichts aus, es fehlt die emotionale Verbindung. Am häufigsten klicke ich die Hühnerbeine an, die sind weltweit auch am populärsten. Rötliche und orangefarbene Nahrungsmittel haben die höchsten Klickzahlen. Corndog ist ebenfalls einer meiner Favoriten. Der klassische Corndog ist eine teigummantelte Wurst an einem Holzstock, kräftig durchfrittiert. Ich bevorzuge aber Käse, weil die Konsistenzen geiler sind. Eine Knusperschicht über flaumigem Teig, darin geschmolzener Käse, hart, fest, weich, flüssig, nacheinander. Die Kruste zerbricht unter den weißen Zähnen, und dann fließt sämig der Käse, zieht sich vom Teig in kleine Münder. Onion Rings, die in fettige Soßen getunkt werden, liebe ich auch. Aber nichts toppt ein paniertes Hühnerbein, wenn das zarte Fleisch vom Knochen genagt wird. Riesige Nudeltöpfe sind ein Highlight. Wenn die Münder drei Kilo Nudeln mit roter Soße wegschlürfen. Manchmal kochen die Mukbang-Performer auch, bevor sie essen, man kann ihnen bei der Zubereitung der Speisen zusehen. Solche Videos spule ich vor, langweilig. Während Corona haben sich die Klickzahlen für Mukbang verdreifacht, genau zu der Zeit habe ich ebenfalls damit angefangen. Diätwahn trägt auch zu Popularität bei, so die Theorie. Die hochkalorischen Obszönitäten, die man sich verbietet, kann man sich so wenigstens passiv gönnen. Manche Videos sind beschleunigt und die zarten Personen bekommen dadurch etwas Mäusehaftes. Ich seufze und empfinde mehr Erleichterung als Gewissensbisse darüber, dass ich so meine Lebenszeit verschwende. Das mache ich über Stunden, bis es dunkel wird über Iowa und mit dem nächsten Morgen eine neue Hoffnung erwacht, das Leben auf die Reihe zu bekommen.

Während ich mir Spiegeleier brate, sagen sie im Radio, dass in Florida das sogenannte Don't-say-gay-Gesetz unter Gouverneur Ron DeSantis verabschiedet wurde. Es soll Aufklärung über Homosexualität an Schulen unmöglich machen, schon die Erwähnung des Wortes «Gay» im Unterricht kann als Gesetzesübertretung verfolgt werden. Florida lässt mich an Orangen denken, entspannte Großmütter, die mit Sonnenhut den Ruhestand genießen, und queere Partys an den Strandboulevards von Miami, der Ort, an dem die Golden Girls unter Palmen rumhuren und Alligatoren aus Sümpfen winken, wo Sea World und das Disneyland Kindheitsträume zu erfüllen versprechen.

Für den heute stattfindenden Kuchenwettbewerb ziehe ich ein Blümchenkleid an und binde mir einen Zopf. Ich packe meine Geldtasche und eine Packung Zigaretten, dann spaziere ich in die Stadt. Vor der St. Paul's Episcopal Church suche ich das Getümmel backwütiger Gemeindemitglieder, aufgeregter Kinder, den Glanz speichelnasser Schleckermaullippen, das ich mir vorgestellt habe, doch da ist nur eine Tür, an der das Plakat mit dem Kirschkuchen hängt. Zwei Luftballons sind an der Klinke befestigt. Kurz überlege ich, wieder umzudrehen, die geschlossene Tür wirkt doch recht abweisend. Dann gebe ich mir aber einen Ruck und drücke die Klinke. Zaghaft betrete ich eine Art Aufenthaltsraum mit gelblichen Wänden und bunten Einwegtischtüchern auf weißen Tischen. Zwanzig Menschen stehen lose im Raum und widmen sich verschiedenen Tätigkeiten. Ich werde beiläufig begrüßt, als sei man mein Erscheinen seit Jahrzehnten gewohnt. «Ach ja, die kleine Steffi, Tochter vom Rübenbauern aus Winfield.» Alle tragen Maske, also setze ich meine auch auf. Da ich außerhalb des Colleges noch nirgends jemandem begegnet bin, der eine Schutzmaske trägt, erkläre ich es mir mit dem hohen Alter der Anwesenden; der Altersdurchschnitt liegt bei circa siebenundneunzig Jahren. Die Stimmung ist angenehm familiär, meine Ankunft wird widerstandslos akzeptiert. Auf einem langen Tisch, hinter dem zwei alte Damen stehen, die mit ihren dünnen, runzligen Ärmchen üppige Pies appetitlich drapieren, stehen

Reihe für Reihe die Kuchenstücke. Kleine Kärtchen beschreiben die angebotenen Sorten. Himbeere (Achtung, Nüsse in der Kruste!), Kürbis-Dattel, Sauerrahm-Stachelbeere, Salzkaramell, Kokos-Sahne, Bananenschaum mit dünner Schokoladenschicht, Apfel, Zitronencreme, Rhabarber und natürlich: Kirsch. Gegen eine Spende nach eigenem Ermessen darf man sich so viele Pies nehmen, wie man essen kann, aus der kleinen offenen Küche reicht einem dazu jemand einen Styroporbecher, in den dünner Kaffee gegossen wird, und bei der letzten Station kratzt eine Dame frostiges Vanilleeis mit dem Löffel aus einer Plastikbox und legt einem gutmütig eine Nocke auf den Pie. Die schürzentragenden Ladys nennen mich Honey und fordern mich auf, ruhig mehr zu nehmen, damit was auf die Rippen kommt. Dosen mit Schlagobers stehen bereit. Nur zugreifen. Keine falsche Scheu. Meine Augen werden feucht und ich greife nach dem Cherry Pie. Schüchtern umklammere ich den Teller und setze mich mit geducktem Kopf auf einen leeren Platz. Ich lege alles zurecht und schaue mich um. Nachdem ich mich versichert habe, dass ich nichts falsch mache, führe ich mir mit einer Plastikgabel die Liebe einer fremden Großmutter in den Mund ein. Auf der Tischplatte liegen verstreut ausgedruckte Geschichten sozial schwacher Stadtbewohner. Sie tragen das Logo des Social Entrepreneur Club Grinnell. Dieser vergibt Mikrokredite ohne Zinsen an Menschen in Notlagen, so steht es auf dem beiliegenden Kärtchen. Und dann lese ich die Geschichte von Christine, die zwei Jobs und drei Kinder hat. Eines wurde krank, und da sie deshalb zu Hause bleiben musste, verlor sie ihren Job und ist nun drei Monatsmieten im Rückstand. Ich frage mich, wie sie den Kredit denn überhaupt zurückzahlen soll. Eine alte Frau kommt an meinen Tisch und bittet mich um Erlaubnis, sich zu mir zu setzen. Selbstverständlich, sage ich, spüre aber sofort eine aufsteigende Verkrampfung. Nur nicht verkrampft wirken, nur nicht verkrampft wirken. Ganz natürlich bleiben. Die Frau ist so unbefangen, dass sich meine Anspannung nach wenigen Worten löst. Es ist vielleicht die Erhabenheit des hohen Alters. Sie fragt mich, wer ich bin und was ich mache. Der Sessel quietscht und ein alter Mann setzt sich jetzt auch noch zu uns. Er stellt sich als Frank vor. Die beiden kennen einander nicht, vielleicht ist der Kreis viel weniger verschworen, als ich dachte. Doch dann erörtert man gleich gemeinsame Bekanntschaften. Er ist nämlich der Bruder von Harold. Und der ist der Schwager von Aileen. Er trägt Kappe und Flanellhemd und ist sicher Ende achtzig. Dorothy bringt ihn auf den neuesten Stand unserer Tischsituation und erklärt, dass ich vom College bin. Sie sagt es langsam, die Plauderei ist nicht schnatternd erregt, sondern ein Satz folgt gemächlich dem nächsten, dazwischen eine Gabel Blaubeer-Pie. Wenn ich normalen Menschen erklären muss, dass ich Künstlerin bin, berührt mich das immer peinlich. Einerseits ist die Berufsbezeichnung so unscharf definiert, dass es heißen könnte, ich bin eine weltweit erfolgreiche Kunstmalerin, aber ebenso, dass ich nach der Frühschicht im Lager Raumschiffe aus alten Schuhschachteln für meine imaginären Katzen baue. Außerdem ist kaum ein anderes Berufsbild so romantisiert, man geniert sich einfach, wenn man «artist» sagen muss. «Oho, eine Künstlerin ist die Dame. Eine arbeitsscheue Schmarotzerin, die nicht mal vor unseren Pies haltmacht. Na, schmeckt's wenigstens, Frau Künstlerin? Schon inspiriert?» Und warum male ich nicht Blumen mit Airbrush, von denen ich Postkarten dabeihabe? Stattdessen muss ich Dorothy erklären, dass ich Cartoons für eine Wochenzeitung zeichne. Das ist die greifbarste meiner künstlerischen Tätigkeiten. Sie antwortet freudig, ach, das sei schön, ihr Mann zeichne auch. Früher war er der Zeichenlehrer an der örtlichen Highschool. Seit er pensioniert ist, malt er den ganzen Tag. Wir haben so viel gemeinsam, denke ich mir, Dorothys Mann und ich. Wie überheblich von mir. Natürlich gibt es auch hier Künstler. Schöngeister. Grenzgänger. Vielleicht ist er sogar ein richtiger Freak. Isst Pilze in der Scheune, trippt am Rasenmäher, vielleicht ist er nonbinary oder neurodivers.

Dann reden Dorothy und Frank darüber, was sie gerade anbauen, Kürbisse, Bohnen, was heuer gut gedeiht, was weniger gut. Die Aufnahme und Weitergabe von Informationen verläuft in unserer Kuchenrunde so langsam, dass man den Wörtern zusehen kann, wie sie von einer Seite des Tisches zur anderen kriechen, als würden sie auf dem Rücken einer alten Schildkröte an den Kuchen vorbei getragen und vor dem anderen abgestellt werden. Mein Puls ist ruhig wie bei einer angeleiteten Traumreise in der Gruppentherapie. Es entspannt mich, denn es gibt keine Gelegenheit, aus innerer Hektik in Fettnäpfchen zu treten. Frank erzählt jetzt, dass er früher bei der Navy war, vor allem in Asien, Hongkong, Vietnam, Japan. Das muss ja aufregend gewesen sein, sagt Dorothy mit großen Augen, und Frank sagt: «Alles, was ich gesehen habe, war Wasser.»

Dann kommt Unruhe im Raum auf, weil die Pie-Gewinner verlesen werden. Ahhh! Die Spannung steigt. Die Verkostung seitens der Jury erfolgte hinter den Kulissen, was ich dramaturgisch als Schwachpunkt sehe, trotzdem bin auch ich aufgeregt. Die Jury steht nun aufgereiht, zwei Männer und eine Frau, deren Fachkompetenz nicht weiter erörtert wird, und sie verkündigen das Ergebnis: Der erste Platz wird an den Blaubeerkuchen verliehen. Eine herzlich lachende Frau nimmt die Urkunde entgegen, eine Schürze, bestickt mit den Worten «Pie Master», wird ihr überreicht. Platz 2 und Platz 3 bekommen jeweils einen Kochlöffel und einen Topflappen. Dorothy fragt mich, welche Sorten gewonnen haben, sie habe es nicht genau gehört, und als ich es ihr sage, ist sie entzückt, dass es der Kuchen ist, der halb aufgegessen vor ihr steht. «Der Blaubeerkuchen ist köstlich, der hat es verdient!» Dann holt sie noch ein Stück, das sie ihrem Mann mitbringen will. Der mäht gerade zu Hause den Rasen (nackt auf LSD).

Dorothy fängt an, sich zusammenzupacken, also verabschiede auch ich mich langsam. Zweisamkeit mit Frank möchte ich vermeiden, denn vielleicht haben wir uns ohne Dorothy, die ja unser Bindeglied war, nichts mehr zu sagen, und um stille Momente ohne das Gefühl von Peinlichkeit zu überdauern, sind wir noch nicht vertraut genug. Beim Rausgehen bedanke ich mich in den Raum, die silbernen Köpfe drehen sich mir zu, die Augen weiten sich liebevoll, Hände werden gehoben, und ich schwebe selig die Straße zurück zum Campus, gestärkt von der Zuneigung der Pfarrgemeinde.

Nachmittags ist die Versammlung, von der die Professorin erzählt hat. Beim Eintritt ins Collegegebäude und den Saal voller Professorinnen ist mir die Maskenpflicht eine große Erleichterung, sie hält bedeckt, schafft Unauffälligkeit, erleichtert vieles. Mikromimik, nervöses Mundwinkelzucken können einen nicht verraten, und man ist nicht ständig damit beschäftigt, das zu überspielen. Das Gegenüber nimmt an, man lächelt unverdächtig, während die Lippen angeödet nach unten hängen, verbissen schmal werden oder die Zunge raushängt. Der Coronasommer war ein Geschenk für soziale Nervenbündel. In Kombination mit Sonnenbrille lässt die Maske einen dem Unsichtbarsein schon ziemlich nahekommen, ich werde jedenfalls die Tage vermissen, als ich mich derart vermummt durch die Welt bewegen konnte. Nur auf der Bühne kann ich frei ich selbst sein.

Hunderte Stühle warten auf die Lehrkräfte des Colleges. Gehen soll es heute im Wesentlichen darum, ob StudentInnen die Möglichkeit haben sollen, anonym Beschwerden über Lehrende einzureichen. Diese Möglichkeit gibt es zwar schon, genau wie die Möglichkeit, ProfessorInnen anhand eines Feedbackbogens zu bewerten, aber eine handfeste Beschwerde muss momentan noch persönlich an eine Mediationsperson des Colleges gerichtet sein. Zu Gesprächen zitiert zu werden, in denen mehr Sensibilität eingefordert wird, ist also nichts Neues für die Anwesenden. Liberal Arts Colleges versprechen, das Miteinander möglichst gleichberechtigt zu gestalten und ein Gefühl für Diversität zu haben. Dadurch bekommen naturgemäß die Autorität sozialer Sanktionen, Beschämungsmechanismen und, so würden es traditionelle Unterrichtende wohl nennen, die Dreistigkeit rotzfrecher Gören mehr Gewicht. Eine ältere Philosophieprofessorin meldet sich zu Wort: Eine Studentin habe ihr letztens, als sie gerade Habermas durchgenommen hätten, gesagt, sie wolle nicht mehr ständig über alte, weiße Männer reden. Sie sagt es empört. «Die Studierenden haben offenbar keine Angst, so was zu sagen, das muss nicht verstärkt werden.» Wenn das so weitergehe, meint sie, werde sie Inhalte aus Angst vor Anfeindungen selbst zensieren. Man kann aber, denke ich mir, auch nicht andere für die eigene Feigheit verantwortlich machen. Der Freund der österreichischen Professorin meldet sich zu Wort, er stammt aus einem Land, in dem Monarchie und Zensur herrschen, die

Professorin hat mir mal augenrollend erzählt, aus Prinzip würde er auch die Meinungsfreiheit von Rechtsextremen um jeden Preis verteidigen. Er hat sich auf die Diskussion vorbereitet, das Thema treibt ihn an.

«Intellektuelle Unbequemlichkeit darf nicht vermieden werden», sagt er. «Man kann nicht sämtliche kontroversen Diskussionen verbannen, nur damit sich alle immer wohlfühlen. Die Welt ist nicht schwarz-weiß. Und man muss auch über Definitionen sprechen: Selbst das Konzept ‹Race› hat global gesehen völlig unterschiedliche Bedeutungen. Es kann nicht sein, dass man Probleme bekommt, nur weil man rechts oder links vom liberalen Spektrum steht. Das erzeugt eine Atmosphäre der Angst.»

Unruhe zieht durch den Raum. Ein anderer Professor, wie er Person of Color, erhebt die Stimme, verweist darauf, dass Rassismus nun mal immer noch in uns allen verankert sei und wir hier in einem tief rassistischen Land lebten. Er habe so viel Rassismus in seinem Leben erlebt, es müsse unser aller Bestreben sein, diesen zu bekämpfen. Allgemeine Zustimmung. Der Affenforscher hebt die Hand: Er habe eine befristete Stelle, und in einer neoliberalen Arbeitswelt werde so ein Anstellungsverhältnis immer prekärer. Für ihn als jungen Akademiker ohne Absicherung würden die vorgeschlagenen Maßnahmen Druck und die Angst vor Rufschädigung erzeugen. Es werde einfach immer riskanter, nuanciert zu diskutieren, und das führe für niemanden zu einer Verbesserung, sondern nur zu einem «Kapitalismus mit wokem Antlitz». Eine andere Professorin stimmt ihm zu; sie möchte nicht zu Entschuldigungen gezwungen werden, die nicht aufrichtig seien, man müsse immer das Gespräch suchen, aber dieser Entschuldigungszwang sei sinnlos. Eine schwarze Professorin meint, man solle sich nicht schon aus

Prinzip feindlich begegnen. Das College sei doch ein Ort, um zu lernen, auch für die Lehrenden, und man dürfe keine Angst haben vor Lernprozessen. Ich möchte einen Pie Contest vorschlagen. Das hier ist eine Diskussion, die man in linken akademischen Kreisen rund um den Globus kennt. Verpetzen, öffentliche Anklagen, sozialer Druck. Und Idealisten an liberalen Privatunis sind nervöser als konservative Altprofessoren an den öffentlichen Unis in Wien, weil sie auch viel angreifbarer sind. Man will kein Arschloch sein, man will systemische Diskriminierung nicht ignorieren, aber genauso wenig möchte man sich von jungen Menschen auf dem Höhepunkt ihrer aktivistischen Pubertät in einem Rausch neu erlangter Macht, alles und jeden anklagen zu können, in den Nervenzusammenbruch canceln lassen. Man möchte, dass Menschen, die Marginalisierung erleben, eine Stimme haben, man möchte aber nicht von frechen Fratzen emotional erpresst werden. Ein Dilemma. Aber nichts ist gratis. Ohne Verhandeln kein Fortschritt, ohne Qualen keine Übereinkünfte, no pain, no gain.

Am Ende wird per Abstimmung beschlossen, dass die Abstimmung auf einen späteren Zeitpunkt verschoben werden soll. Ich sehne mich zurück nach dem Gemeindesaal. Aber wer weiß, ob nicht auch diese Idylle trügt. Wer weiß, wie viel Neid und Missgunst unter den Kuchenbäckerinnen herrscht. Wer weiß, wie viele schon aus dem Contest gecancelt wurden, weil sie aufgrund privater Probleme einen Fertigkuchen von Walmart eingereicht haben. Die Abgründe harmonisch wirkender Gemeinschaften lernt man erst mit der Zeit kennen.

Am wenigsten haben ohnehin die Sekretärinnen, die Hausmeister, die Putzkräfte, die Gärtner, die Köche der Kantine zu melden.

In den nächsten Tagen unterrichte ich und schlage die Zeit im Fitnesscenter tot, ich schaue mir Vorträge und Lesungen an und schwimme Runden im College Pool. Früher dachte ich, Menschen, die ins Fitnesscenter gehen, hätten ihr Leben im Griff. Seit ich selbst trainiere, weiß ich, je verlorener man ist, desto öfter verschlägt es einen an die Hantelbank, und ich sehe dort keine disziplinierten Erfolgsmenschen mehr, sondern nur noch traurige, verbeulte Opfer moderner Vereinzelung. Ich schleiche mich zu einem Open-Mic-Abend der Studierenden im Partykeller, bei dem sie Lieder und Gedichte vortragen und dazu nur Tee trinken. Dann fahre ich wieder mit dem Greyhoundbus nach Chicago.

In Chicago wartet die Mutter auf mich. Sie wollte es sich nicht entgehen lassen, mich zu besuchen, und ich möchte ihr das Land der unbegrenzten Möglichkeiten zeigen. Sie mitnehmen in die Fernsehserien, die wir in meiner Kindheit zusammen gesehen haben, wenn sie abends von der Arbeit kam.

Ich reise einen Tag früher an, wieder mit Greyhound vom Grinnell College über Iowa City. Mit einer Kette von Tankstellensnacks verkürze ich mir die Fahrt. Rice Crispies, braune Würstchen, aus denen nach dem Biss ein Brei fließt, der nach Schwein schmeckt, aber auch nach Huhn, aber auch nach Rind. In meinem Rucksack liegt neben Kleidung für zwei Tage das abgegriffene Skript meiner beliebtesten Lesungswitze, grob übersetzt. Ich möchte es probieren. Der Text ist mit dem Handy aufgezeichnet, sodass ich ihn immer wieder anhören und mitsprechen kann, das habe ich mir bei besser vorbereiteten KollegInnen abgeschaut. So gut habe ich mich noch nie auf etwas vorbereitet, irgendwann muss man ja anfangen, sich zumindest etwas Mühe zu geben. Demonstrative Faulheit, völlige Gleichgültigkeit gegenüber Bühnen- und Fernsehauftritten ist subversiv, waghalsig und lustig, anarchistisch und ehrenhaft, solange man jung ist und, wie ich früher, eigentlich Callcenter-Angestellte. Bei einem akzeptierten Mitglied des Kulturbetriebs und Teil der gehobenen Mittelschicht ist demonstrative Faulheit hingegen verwöhnt, überheblich, dekadent, moralisch verwahrlost und irgendwie rechts. Also übe ich mittlerweile zumindest ein bisschen. Ich habe mir ein günstiges Airbnb in Logan Square gemietet und durchforste erst mal Comicshops. Abends gehe ich in die mir bereits bekannte Cole's Bar, vorbei an einer gut besoffenen Ansammlung von Menschen mit selbstgestochenen Tattoos und Bandshirts, einen Negroni vom Fass in der Hand, um mich aufgeregt für meinen fünfminütigen Live-Auftritt im Hinterzimmer anzumelden, der zu meinem internationalen Durchbruch führen wird, weil man noch nie etwas ähnlich Originelles, annähernd Beeindruckendes gesehen hat.

Als ich im leeren Hinterzimmer stehe und mich verwirrt umschaue, werde ich informiert, dass der Comedy Club heute ausfällt. Die Organisatorin ist krank, das habe man doch auf Instagram verkündet. Die Enttäuschung ist groß, mein Herz wird schwer. Die Comfort Zone hat mich eingeholt, gescheitert und zugleich erleichtert darüber, keine Herausforderung annehmen zu müssen, trinke ich meinen Negroni alleine an der Bar. Der Auftritt, der mein Leben verändert hätte. Eine andere Möglichkeit gibt es nicht. Das war aber nicht der einzige Grund, heute die Underground Bar zu besuchen. Ich habe eine Verabredung mit einer Exildeutschen. Simone und ich kennen einander aus dem Internet, seit wir Jugendliche sind. Wir haben beide in einer mittlerweile ausgestorbenen Blogging-Community Tagebuch geführt. Sie ist eine der wenigen, die nicht aufgehört haben, dort zu schreiben. Seit quasi zwanzig Jahren verfolgt man das Erwachsenwerden der anderen, geheime Gedanken, detailliert beschriebene Affären. Eine Onlinebeziehung, die einer Zeit entstammt, als Menschen sich noch schämten zuzugeben, dass sie mit Pseudonymen wie ConverseLover07 Texte mit Fremden austauschen, die Pseudonyme wie WhereIsMyMind86 tragen. Als man Foren und Chatrooms noch für einen Tummelplatz der Abartigen und Loser hielt und sich im Internet noch nicht sozial aktive Gewinnertypen im Wettbewerb um das geilere Leben veräußerten. Als es schwer zu erklären war, was man da eigentlich macht, wenn die Eltern schlafen gehen und nur das Bildschirmlicht einen beleuchtet in der PC-Ecke im Wohnzimmer. Es gab noch kein Vokabular dafür, der Unterstellung zu widersprechen, keine Freunde zu haben, bloß weil nie welche physisch da waren. Das Internet war noch gehüllt in einen geheimnisvollen Nebel aus Anonymität, Einsamkeit und Perversion, eine Ersatzwelt für Entstellte und Gestörte. Die erste Interneterfahrung für Jugendliche meiner Generation war, dass einem irgendein älterer Jugendlicher ohne Triggerwarnung die Webseite rotten.com zeigte und damit die Frau, die sich die Zwei-Liter-Colaflasche eingeführt hatte, ob in die Vulva oder in den Anus, weiß ich nicht mehr, oder den Mann, dessen Kopf von einem Zug überfahren wurde, statt dem Gesicht nur noch eine Art Salamipizza auf den Gleisen. Ältere Mädchen zeigten einem, dass viel ältere Männer im MSN-Erotik-Chat sofort Sexfantasien schickten, wenn man sich Teeniegirl14 nannte, und man war überfordert, angewidert und erregt. Die Initiationsriten in den Cyberspace waren beinhart. Simone jedenfalls ist eines Tages einer im Internet entstandenen Liebe wegen in die USA ausgewandert. Nach einem Philosophiestudium, das sie wegen des Leistungsdrucks abbrach, jobbt sie mittlerweile als Betreuerin gut bezahlt in verschiedenen Sprachinstituten, ein entspanntes Leben ohne stressigen Karrierismus. Chicago, meint sie, sei einer der letzten urbanen Orte, an denen so ein Lifestyle noch möglich ist, die eisigen, nassen, windigen Winterwochen schützen die Stadt vor allzu unkontrollierter Gentrifizierung. Man kann sich hier Wohnen leisten, ohne drei Jobs auf einmal zu haben, ohne reich zu sein, man kann sogar Freizeit haben, obwohl man wohnt. Simones Wohnung liegt in der Nähe des Lake Michigan, zusammen mit ihrem Ehemann hat sie 100m² für 1000 Dollar. Die Gegend sei populärer geworden, aber da bei ihnen um die Ecke die große psychiatrische Klinik ist und hin und wieder Menschen mit Psychosen durch die Straßen laufen, bleiben die Preise unten.

Am aufregendsten an ihren Blogeinträgen fand ich immer ihre polyamourösen Beziehungskonstruktionen. Tagtäglich erzählte sie von bis zu drei parallel laufenden Romanzen, und das zu einer Zeit, in der offene Beziehungen noch kein vom Feuilleton breitgetretener Lifestyle waren, sondern ein Wagnis mit wenig Vorbildern. Im Moment hat sie ihren Ehemann, mit dem sie seit langen Jahren das Bett teilt, und ihren Freund, mit dem sie viele Ausflüge unternimmt. Ihr Ehemann hat drei Freundinnen. Ihre vielfältigen Liebesbeziehungen, reflektiert sie, seien auch durch die Abwesenheit von Familie motiviert gewesen. Es sei einfach schön, wenn es mehrere Leute gibt, die für einen kochen, die in einer engen Beziehung infolge körperlicher Intimität zu einem stehen. Simone trägt eine Indiefrisur, wie sie Ende der Neunziger beliebt waren, lange Stirnfransen, hinten kurz, und ein paar Piercings. Mit der Hälfte der Männer hier im Lokal hatte sie schon mal was. An der Bar gesessen und direkt im Lokal getindert. Sie lebt ihr Leben lustvoll und impulsiv. Nachdem wir dieses Thema durchhaben, reden wir lange über die deutsche Kulturszene, die sie von Ferne aufmerksam verfolgt, es folgt Namedropping, alles Leute, die ich langweilig finde, allein schon deshalb, weil sich ihre Werke im bürgerlichen Feuilleton etabliert haben. Ich frage sie, was in Chicago am Ersten Mai so passiert. Zu Hause lasse ich mir das nie entgehen, wenn man sämtliche linke Gruppierungen beim Aufmarschieren beobachten kann, wenn die sozialdemokratischen Bezirksgruppen aus allen Enden Wiens fahnenschwingend in die Innenstadt wandern, die Kommunisten schlechte Gitarrenmusik im Park machen und betrunken Bella Ciao singen, die linksradikalen Politikwissenschaftsstudenten singen, dass sie die Arbeiter von Wien wären, und die Autonomen böse dreinschauend durch die Stadt stapfen. Schließlich hat dieser Feiertag seine Wurzeln in Chicago, er wurde nach dem dortigen Haymarket Riot, als nach blutigen Protesten für den Acht-Stunden-Tag im Mai 1886 mehrere Arbeiterführer zum Tode verurteilt wurden, zum internationalen Kampftag der Arbeiterinnen ernannt. Simone, die selbst sehr politisch ist, sagt, da würde in Chicago eigentlich gar nichts stattfinden.

Dann landen wir bei Waffen. Viele ihrer Freundinnen seien schon mal in eine Schießerei geraten, in Chicago sind Schießereien Teil des Alltags. Oft gibt es an einem Wochenende zig Tote. Ich erzähle ihr, dass ich in Garfield Park war, und dass es gar nicht so schlimm gewesen sei, wie sie den Touristen erzählen. Am Tag nach Christianes Abflug war ich durch die Stadt spaziert und hatte mir verschiedene Neighborhoods angesehen, vor allem das Ukrainian Village mit seinen vielen Protestplakaten zum russischen Angriffskrieg. Irgendwann hatte ich mich verlaufen, und da ich mir vorher online die No-go-Areas angeschaut hatte, hauptsächlich um gegenüber Freunden zu behaupten, die würde ich nun alle besichtigen, wusste ich, wie sie hießen. Der Verdacht, in einem schlechten Viertel gelandet zu sein, war mir gekommen, weil es in einem großen Supermarkt, in dem ich mich orientieren wollte, kein WLAN gab und ich die einzige weiße Person war. Wenn große Ketten kein WLAN zur Verfügung stellen, heißt das meistens, sie wollen, dass die Leute schnell wieder verschwinden. Richard Lugner zum Beispiel hat aus dem Grund kein WLAN in seiner Lugner City, es würden auch so schon genug Leute rumlungern. Plötzlich fand ich keine der mir begegnenden Jugendgruppen mehr niedlich, und mir fielen Einschusslöcher an einem Auto auf. Aber wahrscheinlich war das alles übertrieben.

Sie blickt mich ernst an: «Da solltest du wirklich nicht hingehen!» Von solchen Vierteln halte man sich am besten fern, die Leute täten einem nichts, aber die Gefahr, in eine Schießerei zu geraten, sei real. Seit Trump Präsident war, erklärt sie, würden sich auch viele ihrer Freundinnen aus der linken Szene Waffen kaufen und Schießen lernen, auch wenn sie eigentlich alle gegen freizügige Waffengesetze seien. Nach zwei Drinks muss sie los, weil sie alles mit dem Fahrrad fährt. Ich bestelle mir mit einem Klick ein Uber zu meinem Airbnb. Ich hasse jede dieser Apps. Der Fahrer ist in zwei Minuten da, er ist redselig und griechischer Abstammung. Sofort möchte er über Politik sprechen, über den Kanzler von Österreich und den Ibiza-Skandal. Sebastian Kurz, dieser Smart guy. Was ich von dem hielte. Ein korruptes Arschloch, sage ich knapp. Ich bin müde und möchte keine kontroversen Diskussionen führen. Er erzählt, er habe vor der Pandemie ein Hotel auf Kreta eröffnen wollen. Business in Europe. Aber die Steuern. Pfuh. Völlig steuerverrückt. In Europa sei es nicht möglich, ein Geschäft aufzubauen, der Staat greife überall ein. Purer Sozialismus. Es sei unmöglich, erfolgreich zu werden. Unmöglich, Gewinn zu machen. Der Staat halte einen unten, der Zwang zur Sozialversicherung sei übergriffig. Das gehe hier viel einfacher, er habe es geschafft hier. Wir kommen am Ziel an, und er fragt, ob wir mal auf einen Kaffee gehen wollen, bisschen mehr plaudern. Ich rede mich raus. Obwohl es mich schon interessiert hätte, warum er als erfolgreicher Geschäftsmann noch Uber fährt.

Getrieben von der Angst, meine Mutter nicht zu finden, die ihren ersten Langstreckenflug hinter sich hat, laufe ich hektisch auf dem Flughafengelände herum. Allein verreist, zum ersten Mal. Mein Handy hat Empfangsstörungen. Panik steigt auf. Doch als ich zu den Ankunftsgates gelange, steht sie mit einem Kaffee vor dem McDonald's. «Meine Kundenkarte gilt hier nicht», sagt sie. «Ich hab's schon probiert.»

Der Flug war unkompliziert, allerdings schmecke der Muffin, den sie in der Hand hält, grausig. Selten habe ich meine Mutter etwas nicht aufessen sehen. Ich nehme auch einen Bissen und muss den Rest angewidert weglegen. Eine beißende Süße legt sich auf die Zunge, eine Art Waschmittelzucker. Aber jetzt umarme ich sie erst einmal, ausgehungert von der Einsamkeit der letzten Woche. Mama! Mutti! Bussi! Ich nehme ihr den Koffer ab. Weil morgen Muttertag ist, habe ich uns ein besseres Hotel spendiert, mit Sicht auf die Skyline und Frühstück inklusive, was in den Hotels von Chicago anscheinend kein Standard ist. Es brauchte etwas Recherche. Übermorgen bringe ich sie nach Iowa, nach Hause.

Ich bin ein wenig enttäuscht; ich hätte mir mehr Aufregung erwartet, ein Nervenbündel, Hysterie, der erste Amerikabesuch ist für die meisten Menschen wie ein Tauchen in die ultimative Superfiktion, Überwältigung, aber Mutters Gelassenheit ist entwaffnend. Sie steuert in der U-Bahn auf die Sitze zu, als würde sie hier seit Jahren wohnen.

Im Hotel diskutieren wir den weiteren Verlauf der Reise. Nach Iowa wollen wir den Rest der USA erkunden, dafür bleiben uns wenige Tage. Ich hadere, ob es Richtung Süden oder nach Westen gehen soll. New Orleans, Florida und die Südstaaten oder Los Angeles, San Francisco und die Küstenstraße Highway 1. Alligatoren, Geschichte, Musik, Karibisches Meer oder Popkultur, Hollywood, Pazifik und Steilküsten. Oder überhaupt nach Las Vegas. Alles steht uns offen, und egal wofür man sich entscheidet, etwas ganz Elementares wird man verpassen. Der Glamour Kaliforniens könnte die Bodenständigkeit von Iowa am besten aufwiegen, die Südstaaten allerdings locken mit einer eigenen Art von Mythos. Es muss eine richtige und eine falsche Entscheidung geben, und treffe ich die falsche, werde ich ein Dasein in ewiger Reue führen. Ich schaue aus dem Hotelfenster, die ganze Stadt spiegelt sich in einem gegenüberliegenden Hochhaus. Kalifornien ist zwar die teuerste Variante, aber am Ende entscheiden wir uns dafür. Nachdem sie im Zimmer auf und ab gegangen ist, damit sie ihre 10 000 Schritte zusammenbekommt, bucht Mutter gleich online einen Flug nach Los Angeles, wieder mit einer Selbstverständlichkeit, als hätte sie nie was anderes gemacht als internationale Jetset-Reisen. Als wäre sie nicht gerade noch in einer kleinen Favoritner Genossenschaftswohnung in Wien neben ihrem Freund vor dem Fernseher gesessen. Als wäre sie nicht das erste Mal in einer anderen Zeitzone. Was Technik betrifft, ist Mutter immer am Puls der Zeit. Sie hat Bluetooth-Kopfhörer, eine Smart Watch, die ihren Herzschlag aufzeichnet,

Demonstration. Auf Plakaten zerbrechen Hände Drahtbügel, mit denen früher in Hinterzimmern Schwangerschaftsabbrüche durchgeführt wurden. Nur einen Monat später wird der Supreme Court das Recht auf Abtreibung kippen und in die Hände der Bundesstaaten legen. In 24 Bundesstaaten wird Abtreibung illegalisiert oder stark eingeschränkt werden, auch in Iowa, Zeitungsberichte werden um die Welt gehen über die vergewaltigte Zehnjährige in Ohio, die nicht abtreiben darf, Frauen werden an Schwangerschaftskomplikationen sterben.

Stark bewegt spazieren wir weiter. Ob ich Kinder möchte, fragt mich meine Mutter nie. Sie macht keinen Druck. Dabei schreit mittlerweile jede Zelle meines Körpers nach Fortpflanzung, manchmal habe ich Momente, in denen ich ein Baby, das gar nicht da ist, förmlich in meinen Armen spüre. Es ist demütigend, der Biologie des eigenen Körpers so unterworfen zu sein und Männer als wandelnde Samenspender anzusehen, deshalb reden die Enddreißigerinnen nicht gerne über solche Gefühle. Wie einfach wäre es, wenn man voll Überzeugung sagen könnte, dass man die Mutterrolle ablehnt. Aber das Kindchenschema hat mich immer schon umgehauen, schon als ich selbst ein Kind war. Vom Slapstick auf Spielplätzen kann ich mich stundenlang unterhalten lassen. Angeblich hat Schwangerschaft ähnliche Auswirkungen auf das Gehirn wie Pubertät, die Zellen des Kindes setzen sich im eigenen Kopf fest. Man mutiert quasi, und dann scheidet man das eigene Herz aus, das unkontrolliert herumläuft und in Steckdosen greifen will. Das möchte ich dann doch nicht verpassen. Man darf sich nicht selbst belügen. Frauen leiden an unerfüllten Kinderwünschen und tragen sie immer länger mit sich. Irgendwann, denke ich, werden wir uns mit neunzig noch fragen, ob wir

Kinder wollen, und es ist voll okay. Die Säuglinge fallen uns dann schmerzfrei aus dem Beckenboden, jemand hebt sie uns auf und legt sie vorne in das Körbchen vom Rollator. Meine Abtreibung in den Zwanzigern werde ich trotzdem niemals bereuen, das habe ich noch keine Sekunde. Es war keine schwere Entscheidung.

Wir flanieren weiter die Straße runter zum Lake Michigan, der sich vor uns öffnet wie das Meer. Die Chicagoer erholen sich hier, fahren Fahrrad, führen schicke Hunde spazieren. Beinahe übergangslos laufen wir in eine weitere Menschenansammlung, die mit der vorherigen nicht weniger gemeinsam haben könnte. Junge Mädchen in Trachtenkleidern und mit roten Blumenkränzen auf dem Kopf tanzen in Kreisen zu slawisch klingender Volksmusik. Von Militärfahrzeugen winken Menschen: Es ist Polish Constitution Day Parade! Chicago hat die größte Diaspora der Welt, über eine Million Menschen im Großraum Chicago hat polnische Wurzeln. Polen, das Land, in dem Abtreibung fast total verboten ist. Die Leute tragen Plakate, die dazu aufrufen, die katholischen Kirchen Chicagos zu retten. Bilder von Papst Johannes Paul werden in die Luft gehalten. Die Kirche der Heiligen Dreifaltigkeit hat einen LKW mit Pappmaché zu einer Wolke umgestaltet. Kinder winken davon herab und schwenken kleine Fahnen. Die Trachtengruppen tanzen. Von einer fahrenden Imbissbude werden dampfende Kielbasawürste heruntergereicht. Alte Männer sitzen auf einem Wagen, der mit Sandsäcken belegt ist wie ein Schützengraben. Sie tragen Uniformen aus dem Zweiten Weltkrieg und schicken unter den schmissigen Klängen eines Partisanenlieds Küsse ins Publikum. Ostig wirkende Oldtimer rollen in Konvois die Straße entlang, es sind Polski Fiats und Warszawas. Eine Frau in wallendem rot-weißen

Mantel trägt ein Schild mit der Aufschrift: Nur Kriminelle und Nichtsnutze hassen die Polizei! Dann Ukraine-Solidaritätszüge: Beendet den Krieg, bewaffnet die Ukrainer. Der republikanische Gouverneurskandidat Rabine winkt aus einem Bus, der seine Wahlwerbung trägt: «Make Illinois great again», dann dünnt die Parade aus. Auf dem Weg zurück besuchen wir noch die Union Station, einen Bahnhof mit eleganter Säulenhalle im Beaux-Arts-Stil, museal und kaum belebt. Kein geschäftiges Gewusel, kein Gerenne beim Umsteigen. Die meisten Zugfahrten sind hier extravagante Erlebnisreisen, langsam und kostspielig bewegt man sich wie bei einer Kreuzfahrt durchs Land, um die Aussicht zu genießen, niemand nutzt Züge als alltägliches Verkehrsmittel. Der California Zephyr startet hier, ein Doppelstockzug mit auslandenden Fenstern.

Wir stehen am nächsten Tag an der Greyhoundstation, wo wieder Trauben armer Menschen auf ihre Busse warten. Viele tragen keine festen Schuhe, sondern Crocs oder andere Schlappen, ein Kind hat gar keine Schuhe, es sind viele Jogginghosen zu sehen. Eine Frau schnarcht halb auf den Sitzen liegend und dünstet chemisch riechenden Schweiß aus. Dürre Männer mit lederner Haut, Cowboyhüten und Vokuhila, denen statt Blut Selbstgebrannter durch die Adern fließt. Wir haben tadellose Sitze, die auch nicht auseinanderbrechen, und lassen Illinois an uns vorbeiziehen. Friedliche Stille im Bus. Bei einem Stopp in Davenport allerdings bricht Streit unter den Fahrgästen aus. Mutter schaut neugierig aus dem Fenster. Drei Frauen, die eben den Bus verlassen haben oder einsteigen wollen, ganz klar ist es nicht, brüllen einander an. Eine hält ein winziges Baby im Arm wie einen Laib Brot, während sie der anderen Schläge versetzt. Der Busfahrer steigt aus, um zu schlichten, begibt sich aber, nachdem er einen Stoß abbekommen hat, zurück in Deckung. Als ich mich, nachdem ich minutenlang aus dem Busfenster gestarrt habe, umdrehe, ist der Sitz neben mir leer. Mutter ist einfach rausgegangen, um dem Streit aus der Nähe zuzusehen. Sie steht mit touristisch interessiertem Blick vor der offenen Bustour und isst einen Müsliriegel, während auf dem Gehsteig der Gewalt die Taschen fliegen und die drei Gladiatorinnen kurz davor sind, sich gegenseitig die Schädel einzuschlagen.

Ich steige hektisch aus und rufe: «Geh sofort wieder rein.»

«Wieso?»

«Mama, komm jetzt rein.»

Sie bewegt sich zu den Stufen. «Ich wollte doch nur schauen», sagt sie und setzt sich.

«Hier weißt du doch nie, ob vielleicht jemand eine Waffe dabeihat!»

Der Konflikt draußen beruhigt sich, plötzlich sind die drei Frauen wieder höflich zueinander, als wäre das einfach nur eine kleine Meinungsauseinandersetzung gewesen, und wir rollen los. Beim Wegfahren sehe ich die Frau mit dem Baby dann doch noch einmal mit der Tasche ausholen. «Das Baby hat gar nicht geweint», sagt Mutter. «Daran merkt man, dass es das ganz normal findet.»

Am Campus in Grinnell angekommen, steigen mit uns ein paar Leute aus, weil sie auf die Toilette müssen. Ein Mann mit schmutziger Jogginghose fragt zwei Studentinnen, ob er hier irgendwo ein Klo benutzen könne. Sie schauen ihn und die anderen Leute stumm an, offensichtlich wissen sie nicht, was sie antworten sollen. Ich sage dem Mann, er müsse im Gebäude fragen, da gebe es Toiletten. Die StudentInnen reisen zwar regelmäßig in die Welt, um globale soziale Krisen zu analysieren, sie machen Freiwilligendienste in Burkina Faso oder Praktika in bulgarischen Elendsvierteln. Kommen soziale Probleme allerdings an ihren Campus, ohne dass sie bestellt wurden, ohne Vor- und Nachbereitung, ohne dass man weiß, wie lange der Aufenthalt dauert, sieht man die Ratlosigkeit in ihren Blicken.

Nachdem ich Mutter mit den Gegebenheiten des Hauses vertraut gemacht habe, putzt sie innerhalb von Minuten die ganze Küche, überzieht Betten, wischt den Boden, reinigt Regale und Arbeitsflächen, leert den Mülleimer, wechselt die Handtücher und bereitet ein Nudelgericht zu. Ich habe nur geblinzelt, und schon strahlt alles wie von mütterlicher Emsigkeit verzaubert, eine Sauberkeit, die herzustellen ich niemals in der Lage wäre, weil ich die Verunreinigung gar nicht wahrnehme. Das ist noch eine Generation, die nicht an grundlegenden Aufgaben der Lebensführung zerbricht. Zufrieden macht Mutter es sich auf meinem Fernsehsessel bequem und fängt an, «Ozark» zu schauen. Ich toleriere es großzügig. Sie hat sich den Ehrenplatz verdient. Allerdings beginne ich schon strategische Überlegungen, wie ich mir den Sessel in den kommenden Tagen wieder zurückholen werde.

Morgen, schlage ich vor, könnten wir die Amish besuchen, außerdem würde ich gerne nach Fairfield, eine kleine Stadt, die zwei Stunden entfernt liegt. Wir könnten aber auch die Brücken von Madison County besichtigen oder das Geburtshaus von John Wayne in Winterset, es gibt da eine Bronzestatue und ein Museum, allerdings war der Mann bekennender Rassist, also vielleicht doch lieber was anderes. Mutter ist offen für alles. Sie hat den Führerschein, und die Professorin will uns das Auto für einen Ausflug borgen.

So fahren wir tags darauf die Interstate 80 Richtung Osten nach Kalona. Eine Stunde von Grinnell entfernt leben und wirtschaften dort 1500 Amish. Die richtigen Amish, die mit den Hüten und den Bärten. Die Amish, die man aus Tausenden TV-Dokumentationen kennt, weil ihre radikale Ablehnung moderner Lebensführung inmitten der Konsumgesellschaft die Massen fasziniert. Aus großen Lagerhallen verkaufen sie in Kalona hochwertige Vollholzmöbel in rustikalem Design, die Amish gelten als gewissenhafte Tischler, besonders schätzt man ihre Schaukelstühle, weil sie einen aus den Wirren des modernen Lebens entführen und in eine tiefe Ruhe wiegen. In der Amish-Szene gelten die Kalona Amish als vergleichsweise liberal, was den Umgang mit Technik betrifft. Sie haben zwar keine Elektrizität in den Häusern, keine Fernseher, keine Autos, keine Computer, aber Großgeräte wie Waschmaschinen, Motorsägen oder die eine oder andere landwirtschaftliche Maschine sind zulässig. Die strengsten Amish haben nicht mal Kühlschränke und waschen mit der Hand, denn die körperliche Arbeit gilt als größte Hingabe an Gott und als wirksamster Schutz gegen krankhafte Grübelei, Versuchungen aller Art und Verfall der Sitten. Elektrizität macht unabhängig, und Unabhängigkeit löst den Familienkörper auf wie Säure. Jedes Familienmitglied zählt als wertvolle Arbeitskraft, die das Überleben der Gruppe sichert. Selbstgenügsamkeit statt individueller Entfaltung, die eigenen Wünsche werden aufgegeben, tief vergraben in die Doktrin von «Demut» und «Gelassenheit». Es ist ein langsames Leben, das sich gegen jede Effizienz entschieden hat und gegen wirtschaftliches Wachstum.

Es gibt aber eine Lebensphase, in der es von der Amish-Gesellschaft akzeptiert wird, dass dem eigenen Freiheitsstreben nachgegeben wird: Im Alter von sechzehn Jahren beginnt das «Rumspringa». Das adoleszente Amish-Kind wird je nach Siedlung mehr oder weniger deutlich ermuntert, das Leben außerhalb der Gemeinschaft bei den «Englishmen» zu erforschen und sich in der Welt außerhalb der Kolonie die Hörner abzustoßen. Jobs in Fast-Food-Ketten, Partys, Sex und Drogen, Musikkonsum, Konzerte, Computerspiele, Alkohol, Rauchen, ein Ausflug in ein Leben voll Verführungen. Fast alle kehren zurück, gebeutelt vom Exzess, latent drogenabhängig und erschüttert von der Welt ohne die alte Ordnung. «Rumspringa»-Veranstaltungen sind in manchen Regionen Amerikas als die wüstesten Partys der Gegend bekannt.

Als wir mit dem Auto durch die Siedlungen rollen, sieht man einfache Bauernhöfe und die berühmten schwarzen Kutschen. Eine ruckelt über die staubige Schotterstraße von Weitem auf uns zu, und zu unserem Erstaunen sitzen darin drei Buben, die höchstens sechs Jahre alt sind. Gekonnt treiben sie das Pferd mit einem Stock an und winken freundlich. Ein Amish-Mann hebt die Hand, während er mit der Sense die Wiese mäht, sein Hemd hat keine Knöpfe, denn Knöpfe sind Prunksucht und Sünde. Vor einer Reihe Holzhäuser auf einer Wiese sitzen und stehen Amish-Mädchen in blauen Kleidern und weißen Hauben. Ein Dutzend davon spielt Volleyball, die anderen sind Publikum. Ein Zeitvertreib, mit dem wir hier nicht gerechnet hätten. Rundum picknicken weitere Mädchen im Gras. Eine beschauliche Idylle, wie man sie aus den sogenannten Tradwife-Videos kennt, in denen rechte amerikanische Influencerinnen vorführen, wie herrlich das Hausfrauen- und Mutterdasein im Rahmen reaktionärer Geschlechterrollen ist. Das Tradwife ist der Gegenentwurf zur verbitterten männerlosen Feministin, ein Sehnsuchtsobjekt der Proud Boys, Incels und anderer männlicher Subkulturen. Denn die Emanzipation der

Frau ist einer der Gründe für die Einsamkeit der Männer. Das Tradwife ist fleißig, warm und auch ohne Schminke schön, das Haar ist voll, die Figur schlank, ganz ohne modernen Unsinn wie Botox, Kosmetik- oder Fitnessstudios. Die sportliche Figur und die immer gute Laune kommen von der schweren körperlichen Arbeit, den sieben Schwangerschaften, dem pausenlosen Kuchenbacken und dem natürlichen Hang zur Unterwerfung. Die Feministin hingegen ist aufgedunsen und unglücklich, hat grüne Haare und Piercings in der Nase. Trotz der Psychopharmaka, die sie nimmt, ist sie immer wütend, weil sie widernatürlichen Idealen gefolgt ist und nun in einer Sackgasse aus lesbischer Promiskuität und Abtreibungssucht steckt. Das schöne und immerzu heitere Tradwife hingegen fühlt tiefe Zufriedenheit, wenn es seinen angeborenen Instinkten folgt, sich beim Nähen filmt und Hunderttausende Dollar durch Merchandise und Werbepartnerschaften verdient. Die Fans finden den Widerspruch aus ständigem Dokumentieren und Verwursten des Familienlebens auf Social-Media-Plattformen bei gleichzeitiger Ablehnung des modernen Lebens völlig akzeptabel.

«Fragen wir doch, ob sie uns Eier verkaufen», fordert Mutter sensationslüstern. Mir ist es unangenehm, ich fühle mich jetzt schon wie im Menschenzoo, ich will die Amish in Ruhe in ihrem Lebensraum lassen, nicht durch Kontakt verderben, nicht streicheln, nicht anstecken mit Emanzipation oder Satanismus. «Ach, komm schon, die freuen sich doch, wenn sie, was verkaufen können. Fragen wir sie nach Eiern.»

Mutter bremst gegen meinen Widerstand und hält vor einem Bauernhaus. Oh Gott, wie aufdringlich. Die armen Amish. Kleine blonde Mädchen spielen mitten in einer Hühnerschar. Sie schauen uns neugierig an, manche laufen ins

Haus, andere aus dem Haus heraus. «Have you eggs?», fragt Mutter, und ich lege etwas ausführlicher dar, dass wir ihnen gerne Eier abkaufen würden, falls das möglich ist. Es kommen immer mehr Mädchen unterschiedlicher Größe aus dem Gebäude, alle hellblond und braun gebrannt, Staub in den Kleidern, leicht verkrustete Münder. Eine Frau mit einem Baby im Arm schaut jetzt aus dem Fenster. Sicher vierzehn Frauen und Mädchen umringen uns, man ist sich nicht sicher, wer von ihnen die Mutter sein könnte, gar die Großmutter und welche einfach nur Schwestern sind. «Vielleicht sind ja manche beides. Oder alles drei», wirft Mutter ein und lacht dreckig. Mit großen Augen schauen die Mädchen uns an, während eins in den Hühnerstall geschickt wird. Am Ende bekommen wir eine Zehnerpackung Eier für zwei Dollar. Große, pralle Eier mit dicker Schale. Mehr Bio geht nicht, orthodoxestes Bio, Bio-Extremismus, ungewaschene Eier aus unrasierten Kloaken gottgefälliger Hennen, gefüttert von unbehandelten Bauernhänden ungeimpfter Mädchen. Das wird schmecken. Dann lachen sie und winken uns, und die Kleinsten laufen ein Stückweit dem Auto hinterher. Angeblich leben die Amish ohne Kranken- und Sozialversicherung, abgesichert allein durch die Strenge der Gemeinschaft, nur ein winziger Anteil mit rebellischem Durchsetzungsvermögen macht den Highschool-Abschluss. Durch den Rückspiegel werden die Mädchen immer kleiner und kleiner, bis sie verschwunden sind.

Ich navigiere Mutter weiter, es liegen noch 50 Minuten Fahrt vor uns. In Fairfield, einer Stadt mit 9000 Bewohnern, gibt es etwas, das ich besichtigen möchte. Als wir bei einem Geschäft für landwirtschaftlichen Zubehör namens «Orscheln» vorbeikommen, bleiben wir sofort stehen, aktivieren den Selbstauslöser meiner Handykamera und machen ein Foto davon, wie wir unter der Aufschrift unsere Hintern aneinanderreiben. Orscheln. Das ist unser Humor. Wir fahren weiter Richtung Süden, durch die Städtchen Washington und Brighton, über den Skunk River, über die Pleasant Plain Road und an Perlee vorbei. Als wir in die Stadt kommen, unterscheidet sich das infrastrukturelle Angebot deutlich vom Rest Iowas. Es gibt Kunstgalerien mit Bergkristallskulpturen, tibetische Teppiche, mehrere indische Restaurants, Lotusblumen zieren Plakate, die für Seminare werben, Mandalas werden als Postkarten angeboten, ein Bistro verkauft Superfood Smoothies und ein Imbiss wirbt mit «Empowered Nutritions». Im Schaufenster eines Ladens, in dem ausschließlich Klangschalen angeboten werden, hängen Hunderte Portraits eines alten Mannes mit langen grauen Haaren, er trägt eine weiße Kutte, Blumenkränze, seine Stirn ist gelb bemalt. Es handelt sich um Maharishi Mahesh Yogi, Begründer der Transzendentalen Meditation, der hier mitten in Iowa eine Universität nebst Siedlung für seine Anhänger errichten ließ: die Maharishi International University. Es ist der berühmte Guru, dem die Beatles Ende der Sechziger in ein indisches Luxus-Ashram folgten, um sich seinen Meditationslehren zu widmen, gemeinsam mit Mia Farrow, Mike Love von den Beach Boys und dem britischen Sänger Donovan. Hunderte Journalistinnen taten es den Superstars damals gleich, und Maharishi gelangte als Heilsbringer auf die Titelblätter der internationalen Presse. Der Guru lebte schon seit den frühen Sechzigern in Kalifornien und dockte dann geschäftstüchtig an den Fernost-Hype und den Wunsch nach Bewusstseinserweiterung der Counter Culture an. Im Gegensatz zu anderen Meditationspraktiken, die bis dahin wenig popularisiert und anstrengend religionsnah waren, gilt seine Methode als in den Alltag integrierbar und karrierefördernd. Allein der Grundkurs kostet Tausende Euros.

In den Wochen ihres Ashram-Aufenthaltes schrieben die Beatles an die dreißig Songs ihres White Albums, bis sie sich nach und nach von Maharishi abwandten. John Lennon warf dem Guru einen sexuellen Übergriff auf Mia Farrow vor. Paul und Ringo werben allerdings bis heute für die Bewegung. John Lennons Lied «Sexy Sadie» trug ursprünglich den Titel «Maharishi» und war als Attacke gegen den Yogi konzipiert: «Maharishi – you made a fool of everyone», weiter unten im Text wird der Guru als «cunt» bezeichnet. Auf Wunsch von George Harrison änderte John die Lyrics.

Derzeit berühmtestes Aushängeschild für den Maharishi-Kult ist der Regisseur David Lynch, der Welttourneen unternimmt, um die Transzendentale Meditation als lebensverändernde Heilspraxis vor Fans seiner Filmkunst zu propagieren. An der Uni hier unterrichtet er Drehbuchschreiben als Fernkurs. Auch Oprah Winfrey hat die Uni unter medial verstärkten Begeisterungsbekundungen besucht. Ansonsten kann man hier Fächer wie Management, Programmieren, Physik oder Vedische Wissenschaften studieren. Man kann einen Bachelor in Aromatherapie machen, es gibt aber auch PhD-Programme für Erleuchtung oder den Masterstudiengang «Menschliches Potenzial». Auf der Webseite wird die Seriosität der privaten Institution durch andere esoterische Bildungsverbände bestätigt.

Das Stadtbild Fairfields ist geprägt von ätherisch wandelnden Althippies, sie betreiben die Restaurants, die Buchläden, sogar die Tourismusinformation. Als wir uns dort Stadtpläne organisieren, steht hinter dem Tresen eine Dame in wallenden Gewändern, mit übertrieben aufgerissenen Augen (Schilddrüsenüberfunktion oder Erleuchtung) und ausgefransten, hüftlangen weißen Haaren. Die banalsten Informationen über Einwohnerzahlen und Spaziermöglichkeiten werden mit einem therapeutischen Säuseln übermittelt, als würde man mit einer Flasche Aromaöl übergossen. Andere Menschen empfinden das vielleicht als zugewandt, denke ich mir, dieses Warme, klebrig Spirituelle, als würde die Seele begrapscht werden. Mutter und ich schütteln uns. Die wichtigste Information ist, dass wir die Universität einfach besichtigen können, das Gelände sei frei zugänglich. Für das Mittagessen empfiehlt sie uns das India Cafe.

Das Essen ist wirklich hervorragend, finde ich, allerdings ist Mutter so gar kein Fan der indischen Küche und stochert im Reis. Kurz wird mir schummrig, und ich habe eine aufrichtige Angst, dass psychoaktive Substanzen in den Kichererbsen waren, aber es ist wohl ein normaler kurzer Depersonalisationsanfall.

«Ist das eine Sekte oder eine Religion?», fragt Mutter, und die Differenzierung ist wohl nicht immer einfach. Die Maharishi-Anhänger selbst bezeichnen die Praxis als Wissenschaft, als Technik, und lehnen das Wort Religion ab. Dass eine Ausbildung zum Lehrmeister eine Million Dollar kostet, Kritiker verklagt und Aussteiger als Verräter diffamiert werden, macht die Gruppierung für Außenstehende wohl eher zu einer Sekte.

Ein älteres Hippiepärchen spricht uns an. Woher wir kämen und was uns hierher verschlagen hätte. Die Frau fragt in entrücktem Tonfall, ob wir Schwestern wären, was augenscheinlich überhaupt keinen Sinn ergibt. Christiane würde das freuen, denke ich mir. «You are both so pretty», sagt sie verstrahlt. Sie und ihr Mann seien Filmemacher und unterrichteten an der Universität Schnitttechnik. Fairfield sei ein wunderbarer Ort, von dem wir viel mitnehmen könnten.

Dann verlassen sie grußlos das Lokal und wandeln die Straße hinunter. Die Maharishi-Jünger werden von den übrigen Stadtbewohnern als Roos bezeichnet, eine Abkürzung für Gurus, die Maharishi-Anhänger selbst bezeichnen die anderen als «Townies». Der alte indische Lokalbesitzer serviert uns noch ein Mangolassi, dann machen wir uns auf den Weg zum Collegegelände.

In der Auslage einer Buchhandlung liegen ausschließlich Bücher zur Transzendentalen Meditation. Über dem Eingang hängt ein Schild, es annonciert «bewusstseinsbasierte Bildung – ein gigantischer Schritt Richtung menschliches Potenzial». Im Zentrum des Universitätsgeländes erheben sich die «Golden Domes», zwei riesige goldfarbene Kuppelgebäude, in denen Hunderte Menschen Platz haben. Dort wird, getrennt nach Geschlecht, dreimal am Tag meditiert. Eine der charakteristischsten Praktiken der Bewegung ist das «yogische Fliegen». Dazu begibt man sich in eine Schneidersitzposition und drückt sich mit Knien und Schenkel ruckartig nach oben, sodass man ein paar Zentimeter in die Luft geschleudert wird. Die Meditierenden hüpfen wie Hasen mit verknoteten Beinen durch einen mit Matten ausgelegten Raum. Das betreiben sie stundenlang, teilweise schon von Kindheit an. Die Grundschulen und Kindergärten unterrichten hier schon Transzendentale Meditation. Fortgeschrittene schaffen meterhohe Sprünge, und das Endziel ist es, tatsächlich physisch und nicht im übertragenen Sinne zu fliegen. Die TM-Anhänger sind wirklich überzeugt, dass durch jahrelanges Trainieren die Fähigkeit entsteht, durch die Luft zu schweben und in den Himmel abzuheben. Die Praktizierenden lassen sich gerne in dem Moment fotografieren, wenn sie in der Luft stehen, und sie haben ein Vorbild. Maharishi, da ist man sich einig, war in der Lage zu fliegen. Er hat es nur nie vorgezeigt, weil er zu bescheiden war.

Neben den Domen steht der Turm der Unbesiegbarkeit. Die Straßen auf dem Gelände tragen Namen wie «Invincible America Avenue», «Himmlischer Weg» oder «Taste of Utopia Street». Vereinzelt sieht man Studierende spazieren, sie sehen aus, als kämen sie direkt aus Indien oder aus Afrika. Dass es neben den indischen auch zwei äthiopische Restaurants in der Stadt gibt, bestätigt meine Vermutung. An manchen Türen hängen Schriftzeichen, die mir völlig unbekannt sind. Per Onlinerecherche finde ich heraus, dass das am ehesten Tifinagh sein könnte, die Schrift der Tuareg aus den Wüsten Nordafrikas. Zurück in Grinnell recherchiere ich noch Stunden, was wohl die Verbindung zwischen afrikanischen Berbern und der Maharishi-Sekte ist, bis ich herausfinde, dass es Schriftzeichen aus Wakanda sind, einem afrikanischen Fantasiestaat aus den Marvel-Superhelden-Comics. Das macht mich noch ratloser. Ein Großteil der Studierenden ist nicht weiß, sie scheinen aber auch keine AmerikanerInnen zu sein, sondern Studierende aus dem Mittleren Osten, Südostasien oder Afrika. Was hat das mit der Wakandinischen Schrift zu tun?

Eine der treibenden Ideen der weltweit verknüpften Maharishi-Institute ist die Überzeugung, der Weltfrieden werde eintreten, wenn sich nur einige Zehntausend Menschen zu einer Massenmeditation bewegen lassen. Neben dem Meditieren ist ein TM-Leben vor allem durch das Beschaffen von Spendengeldern geprägt. Studien aus dem TM-Umfeld versuchen den Nachweis zu führen, dass in der Nähe von Maharishi-Ashrams Gewalt und politische Konflikte statistisch abnehmen. Das Versprechen wissenschaftlicher Beweisbarkeit zieht sich durch alle Texte.

Nun sind wir vor einer kreisförmigen Betonstruktur angelangt, die aus kleineren kreisförmigen Objekten besteht und ein bisschen aussieht wie eine riesige Minigolfanlage. Es ist das «Maharishi Vedic Observatory». Diese mystische Messstation ist nicht wirklich errichtet worden, um etwas rational zu beobachten und zu messen, nein, es soll durch rein intuitive Betrachtung des Objekts ein inneres Gleichgewicht entstehen, das Geist und Körper vereint. Mutter setzt sich auf eins der runden Betondinger und checkt ihr Smartphone: «Erst 3500 Schritte!» Das heißt, wir müssen weiter.

Auch im Student Center wird man durch ein von zahlreichen Nationalflaggen gerahmtes Maharishi-Zitat begrüßt: «Erwacht zur Ganzheit und seid bereit, die Welt anzuführen». Am Schwarzen Brett hängen Spendenaufrufe von Studierenden, die ihre Ausbildungen zu Siddhas, also Erleuchteten, finanzieren oder eine Krankheit durch teure Lichttherapie heilen lassen wollen, daneben werden Vorträge von Quantenphysikern angekündigt. An den Wänden hängen weitere Zitate in goldener Schrift. Die Worte Selbst, Bewusstsein, Transzendenz, Erfüllung, Harmonie vermischen sich auf seltsame Weise mit dem semantischen Feld des Wirtschaftscoachings: Business, Erfolg, Maximierung des Potenzials. Maharishi hat weltweit fünf Millionen Anhänger und besitzt Immobilien mit einem Schätzwert von bis zu fünf Milliarden Dollar.

Fast alles ist hier weiß, beige oder golden, wie auf dem ganzen Gelände der «Vedic City». Wir gehen durch den leeren Speisesaal und gelangen zu einer kleinen Ausstellung über den Religionsstifter, die in knalligen Farben und mit Lichteffekten seinen weltumspannenden Erfolg zelebriert. Es beginnt mit einem glitzernden Schild, voll rosa Schmetterlingen und der Aufschrift: Der Zustand des Universums. Von allen Seiten wird man jetzt mit Videos des kleinen Mannes beschallt, Zeitungsartikel, wissenschaftlich anmutende Grafiken und Schaubilder. Modelle des menschlichen Körpers und blinkende Hirnmodelle sollen die biologische Funktionsweise des totalen Wissens demonstrieren. Maharishi hat ein eigenes naturwissenschaftliches System, Maharishi hat auch eine eigene architektonische Lehre begründet, ausgerichtet nach intelligenten Prinzipien der Natur. Mit einem nordwestlich ausgerichteten Fenster hat man naturgemäß wenig Erfolg im Leben, ein Eingang Richtung Südwest öffnet Ängsten Tür und Tor. Fünf Meilen nördlich von Fairfield wurde eine ganze Siedlung nach diesen Grundsätzen errichtet, die sogenannte vedische Stadt, eine kleine Gemeinde mit eigenem Bürgermeister, umfasst 150 Haushalte. Ein Areal, um das sich viele Gerüchte ranken, ist die Barackensiedlung am Rande der vedischen Stadt. Sie ist durch einen hohen Zaun abgetrennt vom restlichen Geschehen und beherbergt zweihundert Pandits, hinduistische Priester, junge Männer aus Nordindien mit beschränkten Aufenthaltsvisa, die das Gelände nur unter Aufsicht verlassen dürfen und für zweihundert Dollar im Monat den ganzen Tag als «Professionals» für die Harmonie der Gemeinde meditieren, als Generatoren für sozialen Frieden sozusagen. Über diese Gruppe, zu der es außer in einem zehn Jahre alten Zeitungsartikel im «Des Moines Register» wenig Informationen gibt, kursieren verschiedene Geschichten. Dem Artikel zufolge kam es zu einem Aufstand, nachdem einer der Pandits von den Behörden abgeholt und nach Indien ausgewiesen werden sollte, die anderen Pandits attackierten das Auto mit Steinen. Einige Stadtbewohner hegen den Verdacht, dass es sich um Opfer von Menschenhandel handeln könnte, als gesichert gilt, dass drei Viertel ihres Monatslohns an ihre Familien geschickt werden, um deren Überleben zu sichern. Andere Zeitungen haben über 160 junge Pandits berichtet, die für diese Art von Ausbildung nach Iowa abgeworben worden und spurlos verschwunden seien.

Im Obergeschoss des Visitor Centers ist die Universitätsbibliothek untergebracht. Dort sitzen StudentInnen über dicken Büchern und Laptops und büffeln Management und Informatik, Erleuchtung und Bewusstsein. Elektromagnetik dient zur Erklärung des Maharishi-Effekts, also der Beeinflussung der Weltpolitik durch Massenmeditation. In der Physikabteilung stehen Publikationen der Oxford University neben Druckwerken esoterischer Verlage. Ich frage mich, was einen dazu bewegt, aus Ostafrika nach Iowa zu ziehen, außerdem frage ich mich, wie ein zwischen Seriosität und Schwurbelei oszillierender Physikunterricht funktioniert. Die Universität ist mit 16 000 Dollar jährlichen Studiengebühren für ein privates US-College erst einmal günstig. Aussteiger aus der Sekte berichten aber, sie hätten im Lauf ihres spirituellen Weges mehrere Millionen Dollar bezahlt. Allein die Salbe, die man vor dem yogischen Fliegen auftragen muss, kostet über hundert Dollar.

Wir verlassen das Gelände, Mutter hat ihre Schritte für die App beisammen und Lust auf einen Snack, ich habe Kopfschmerzen von der naiven Bereitschaft der Menschheit, andere Leute zu Göttern zu verklären und ihr Leben kruden Visionen unterzuordnen. Ich muss meine eigene Sekte gründen, denke ich mir, eine starke Hand sein, manipulativ, aber gerecht. Im Big Acai Bowl bestellen wir ayurvedische Smoothies und eine Schüssel Datteln. Dann habe ich Glück; in einem kleinen Secondhandshop finde ich bergeweise MAD-Magazine der Achtziger. Ich kaufe dreißig Stück, und der Besitzer sagt, ich soll mich vor den Roos in Acht nehmen.

Am nächsten Tag habe ich meine letzte Unterrichtseinheit, eine ist ausgefallen, da meine Stunden falsch berechnet wurden. Weniger Arbeit, wie toll. Während Mutter Grinnell abspaziert und den Swimmingpool genießt, zeige ich den Studierenden Beispiele für humoristische Stilmittel aus dem MAD-Magazin und lese ihnen Listen von Tex Rubinowitz vor. Dann fordere ich sie auf, selbst Listen zu schreiben. Die Listen sollen möglichst absurd sein, erkläre ich, unpassende Zusammenzüge. Humor ist Bruch der Erwartungshaltung, erkläre ich völlig witzlos. Der langweiligste Unterricht der Welt.

Die ersten Listen entstehen. Ein Student hat eine Liste über die zehn lustigsten Filme erstellt. Ein anderer über die sieben beliebtesten Speisen. Nichts kapiert. Immerhin habe ich dazugelernt. Wir erstellen nun Themen für mögliche Listen, dann ist klarer, was sie zu tun haben. Sie haben Vorschläge wie: die sechs mutigsten Kleintiere. Die traurigsten Obstsorten. Sieben Gründe, sich im Kleiderschrank zu verstecken. Die konservativsten Tiere. Funktioniert also schon besser. Ich korrigiere sie an der Tafel und hoffe, sie haben irgendetwas gelernt. Christianes Vorschlag, die Themenverfehlungen mit Rotstift zu korrigieren und «Hat euch wer ins Gehirn geschissen» an den Rand zu schreiben, setze ich nicht um. Als Nächstes mache ich Cartoons mit ihnen. Das Bild einer stereotypischen Person soll angefertigt, eine Figur gezeichnet und dann mit Zuschreibungen per Pfeilen vervollständigt werden. Ein Mädchen wählt als Thema «Der unproblematische männliche Student». Der unproblematische Mann weiß immer, wo es Magic Mushrooms gibt, trägt Secondhandkleidung und Bernie-Sanders-Shirts, will polyamourös leben und spricht nicht darüber, wie reich seine Eltern sind. Gelungen. Ein anderer zeichnet eine Grinnell-

Studentin: 200-Dollar-Schuhe, Brillen ohne optische Gläser, kauft Kleidung nur auf dem Flohmarkt, wollte nie in Iowa leben und studiert zum Spaß Gender Studies. Dann beende ich den Unterricht abrupt, weil es spät ist, die Dramaturgie beherrsche ich immer noch nicht. Ich sage, wie sehr es mich gefreut hat, sie kennenzulernen, und wünsche ihnen alles Gute für die Zukunft. Und sie sollen sich melden, wenn sie mal in Wien sind. Dann frage ich mich, ob das unpassend war. Mit großen Augen schauen sie mich an.

«War das das letzte Mal?», fragt einer von ihnen.

«Ah ja, das hab ich vergessen zu sagen.»

«Und was ist mit den Noten?»

Er soll sich keine Sorgen machen, erkläre ich ihm. Und lächle milde.

Zu Hause hat Mutter Kaffee gemacht. Dann spazieren wir noch mal übers Gelände. Ein Abschiedsessen mit dem Professor wartet. Die Sonne scheint und auf der Campuswiese wurde ein kleiner Tisch mit Catering aufgebaut. Nicht nur wir verabschieden uns, sondern auch zwei Studentinnen, die ihr Hauptfach Deutsch abgeschlossen haben. Mutter schlägt freudig zu. Die StudentInnen sind in Plauderlaune. Die großen Abschlussreden in Grinnell werde ich verpassen, dabei ist dieses Jahr die Tochter von Martin Luther King eingeladen, wie man mir stolz erzählt, sie soll eine große visionäre Abschlussrede halten. Auch die Eltern der StudentInnen kommen von überall aus der Welt, um mit ihren Kindern den Abschluss zu feiern, Fotos zu machen, wie sie mit Talaren bekleidet ihre Diplome überreicht bekommen. Das alles werden wir versäumen.

Einer der StudentInnen erzählt, dass er am Abend ein Geigenkonzert in der Kirche gibt. Mutter wird es besuchen, während ich mich für die Abschiedsdrinks mit der Professorin zurechtmache. Viele Studierende am Tisch wollen nach dem Diplom in IT-Unternehmen anfangen, irgendwann möchten sie in Deutschland arbeiten. Als wir erzählen, dass wir morgen nach Los Angeles fliegen, sagen alle, dass wir es lieben werden, dass es da viel besser sei als im tristen Iowa. Der Lifestyle, das Wetter, der liberale Flair.

Abends treffe ich die Professorin im Rabbitt's. Im Haus stehen jetzt schon die gepackten Koffer, es ist Zeit, Abschied zu nehmen, Abschied von der größten Immobilie, die ich je bewohnt habe, und vom Fernsehsessel.

Das Rabbitt's ist heute voller StudentInnen. Das wirft meine Vorstellung von den streng geteilten Soziotopen über den Haufen. Als mir einfällt, dass ich keine Zigaretten habe, gehen wir noch kurz zur «Kum and Go»-Tankstelle. Ich verabschiede mich von den Hot Dogs. Einer meiner StudentInnen steht davor, er wirkt bekifft, als wäre er auf dem Weg zu einer Party und sie würden dafür noch Alkohol kaufen. Ich begrüße ihn entspannt, endlich außerhalb des Klassenzimmers, endlich auf Augenhöhe. Es war der künstlerische Student, der auch gern zeichnete, und ich frage, was abgeht, bereit, vor der Tankstelle ein Bierchen mit ihm zu kippen, ganz jovial, ganz cool. Doch er wirkt starr vor Schreck. Jetzt hat er einen rauschigen Abend mit seinen Freunden verbringen wollen, obwohl er möglicherweise nicht alt genug ist, und da steht eine Autoritätsperson und spricht ihn an. «Hey, ich bin es doch nur!», möchte ich sagen und ihm einen Fist Bump geben. «Ich bin nicht wie die anderen Professoren. Ich bin COOL!»

Doch da kommt schon sein Freund aus der Tanke, er verabschiedet sich schnell und verschwindet vor der aufdringlichen Alten, die mit ihm Party machen will. Enttäuscht gehe ich mit der Professorin zurück ins Rabbitt's. Ich wollte doch

Künstlerin werden, damit ich nie eine seriöse Rolle erfüllen muss. Inzwischen ist nur noch die Hälfte der StudentInnen da. Sie stehen mit den Stammgästen am Billardtisch. Ich dachte, es gebe keine Interaktion zwischen den Rabbitt's-Leuten und den College People, ich dachte, wir wären die einzigen Anarchos in einer gespaltenen Gesellschaft. Homer spielt mit einem Mädchen im Grinnell-Pullover Darts, als würde er das jeden Abend tun. Chris steht mit zwei Grinnell-Studenten am Billardtisch. Die Professorin und ich setzen uns an die Bar und bestellen Margaritas. Heute arbeitet nicht die übliche Kellnerin, heute steht ein schwarzer Kellner mit Rastas an der Bar. Es ist Bob, und alle freuen sich, dass Bob zurück ist. «Bob, you're back!», hört man immer wieder, aber woher er zurück ist, ist nicht klar.

Wir gehen zum Rauchen nach draußen, da sitzt schon Loki. Ein alter Freund, er lächelt und winkt. Als wir wieder drinnen sind, lehnt ein älterer Typ mit Krückstock und einem Verband am Fuß vor den Turkey Gizzards und diskutiert mit einem Studenten angeregt über Country Music. Die Professorin gibt mir Tipps für Los Angeles, Bustouren, wo sie einen zu den Anwesen der Stars fahren, außerdem könnten wir noch rüber nach Carmel by the Sea, da sei Clint Eastwood Bürgermeister gewesen. Ich nicke, aber wir haben nur sieben Tage, um Kalifornien zu bereisen.

Nach dem zweiten Margarita, sie schmecken schlechter und stärker als sonst, setzen wir uns wieder draußen zu Loki an den Tisch. Aus unserer Affäre wird wohl nichts mehr werden. Er ist wieder bei seiner Ex eingezogen, erzählt er, meine Chance ist vertan. Die Zeit ist viel zu schnell vergangen. Loki hat wieder einen sitzen, der Monolog läuft ganz von allein. Die Professorin und ich nippen an unseren Margaritas. Sie sei froh, sagt sie, dass das nicht ihre StudentInnen seien, die hier im Rabbitt's rumlungern, das sei immer ein bisschen peinlich. Ich frage Loki, wie es ihm geht. Er ist nun in dem Stadium der Betrunkenheit, in dem man schnauft und der Kopf schon leicht vornübergebeugt hängt. Ach, sagt er, ganz gut. Er hat seine Kinder gesehen. Morgen will er an den Hazelwood Cemetery, zum Grab seines Jugendfreunds. Ein Typ, mit dem er früher gemeinsam krumme Dinger gedreht hat, es ist sein zehnter Todestag. Sie waren wie Geschwister, schon ihre Eltern waren in derselben Clique. «Biker and Crackheads», sagt er lachend, «wie eine Familie.» Mit sechzehn seien sie dann zusammengezogen, sie hätten kleine Drogengeschäften gemacht, ein bisschen Meth, ein bisschen Gras, Ladendiebstähle, einfach, um über die Runden zu kommen. Aber dann sei ihre Bude von den Cops hochgenommen worden, er sei davongekommen, weil er gerade in Missouri arbeiten war, aber Archie, seinen besten Kumpel, hätten sie eingebuchtet. Vierzehn Monate habe er bekommen und alles ausgeplaudert. Er war jung, Loki sei ihm nicht böse gewesen. Archie habe aber so ein schlechtes Gewissen gehabt, dass er sich in der Zelle erhängt habe.

Archies Mutter habe ihm eine Kiste in die Hand gedrückt, mit einem Abschiedsbrief, in dem sein Kumpel sich entschuldigte, und ein paar Sachen, die sie gemeinsam gestohlen hätten, nichts wirklich Wertvolles, Schmuck, Sonnenbrillen, Kleinkram. Morgen geht er zu seinem Grab, dort trinkt er dann ein Bier und stößt mit ihm an. Damals sind einige seiner Freunde gestorben, ein Dreizehnjähriger, Kevin, sei gekidnappt worden, niemand wisse, von wem. Sie hätten ihn auf einem Feld gefunden, in der Nähe von Malcolm. Die Mutter war so süchtig, die wusste nicht, wo sie ihn vergraben haben. «He was a good kid», sagt Loki. Wir bestellen Shots und geben ihm einen aus. «You gotta stand up for your people», sagt er beim Zuprosten, «because the goverment is not standing up for you.»

«Are you rambling again?», fragt Homer, als er rauskommt, um sich auch eine anzuzünden.

«Fuck you, Homer», sagt Loki. Ich erzähle, dass ich nach Kalifornien fahren werde. Loki wünscht mir viel Glück und sagt, er hätte noch nie den Mittleren Westen verlassen.

Drinnen in der Bar machen die Professorin und ich uns an der Jukebox zu schaffen. Der Mann mit den Krücken hat angefangen, über die «Tacos» zu schimpfen, überall seien die, auf den Baustellen und so weiter, und würden Amerikanern die Jobs wegnehmen.

«Shut the fuck up, Henry, and drink your beer!», sagt der Kellner und droht ihm mit Rauswurf.

Henry kommt zu uns rüber, denn er möchte auch ein Lied aussuchen, einen Country Song von Hank Williams, am liebsten «Cold, Cold Heart». Ich frage, was mit seinem Fuß passiert ist. Ach, meint er, sie hätten ihm ein paar Zehen amputiert, Diabetes, ganz frisch. Er lacht. Fast hätte er den Fuß verloren, aber dann haben sie ihn doch drangelassen. Jetzt habe er 35 000 Schulden wegen der Operation. Wie krass, sage ich, dass er die Operation bezahlen muss, dafür, dass sie ihm was wegschneiden. Immer wieder verfällt man dem Impuls, Amerikanern vom perfekten Gesundheitssystem in den europäischen Ländern vorzuschwärmen, und meint, man könne damit auch nur einen zum Klassenkampf motivieren. Ja ja, sagt Henry, aber das Problem bei uns sei, wir hätten keine Freiheit. Es sei schon okay, für eine Operation zu zahlen, wenn man dafür seine Freiheit habe, im Sozialismus, wie wir ihn hätten, in einer Diktatur, würde er nicht leben wollen. Als sein Song spielt, verfällt er in eine stille Seligkeit. Der Kellner stellt ihm ein neues Bier hin und entschuldigt sich bei uns für ihn. Wir winken ab und bestellen noch zwei Margaritas. Mit Margaritas geht es weiter, bis die Professorin und ich Abschied voneinander nehmen. Wir umarmen uns vor meiner Haustüre. Das war Iowa. Morgen bringt uns der Professor zum Flughafen, und es geht an die West Coast.

Mutter hat online einen Mietwagen in Los Angeles reserviert, und als uns nach fünf Stunden Flug über monumentale Wüstenlandschaften die Wärme Kaliforniens entgegenschlägt, stehen wir in einer Schlange von fünfzig Menschen und warten auf den Schlüssel. Der erste Stopp ist ein Motel in der Nähe von Beverly Hills. Mutter fährt entspannt die fünfspurigen Autobahnen entlang, aus dem Radio tönt mexikanische Musik. Die langen Palmen ziehen über unseren Köpfen vorbei wie in einem Hip-Hop-Musikvideo. Zwei Gangsterrapperinnen in LA. Wir haben es geschafft. Statt dem Bentley ist es allerdings noch ein kleiner blauer Nissan. Thug Life light.

Los Angeles ist eine lose Agglomeration kleiner Siedlungen und ein dichtes Netz von Straßen, die Infrastruktur ist vollständig auf das Ziel ausgerichtet, optimalen Autoverkehr zu gewährleisten, öffentlichen Nahverkehr gibt es praktisch nicht. Gibt es nicht mehr seit dem Großen Amerikanischen Straßenbahnskandal. Von den dreißiger bis zu den sechziger Jahren wurden die kommunalen Straßenbahnnetze vieler Städte von einer Verschwörung von Ölkonzernen und Autobauern unter Leitung von General Motors allein zu dem Zweck aufgekauft, um sie stillzulegen und die Automobilproduktion anzuregen, in Los Angeles fuhr 1963 die letzte Tram.

Das Motel war das einzige in unserer Preisklasse, das ohne Onlinebewertungen wie: «Ein Obdachloser klopfte die ganze Nacht an meine Tür», «Überall Kakerlaken» oder «Habe eine Spritze im Bett gefunden» auskommt. Unser Zimmer ist geräumig und riecht nach kaltem Rauch. Hinter dem Motel gibt es einen kleinen trüben Pool, in dem man ideal mit einem Kopfschuss treiben kann. Nach dem Einchecken fahren wir sofort zum Griffith Park, um ein Foto vor dem Hollywood-Schriftzug zu machen und alle Menschen in Österreich auf einmal zu beeindrucken, doch der ganze Berg ist so dicht mit Autos zugeparkt, dass es unmöglich ist, stehen zu bleiben und einen Blick zu erhaschen. Also rollen wir runter nach Venice Beach, dem legendären Stadtstrand, an dem Leute skaten und musizieren und eine lange Kette an Geschäften Schwarzenegger-Shirts verkaufen, neben Damenslips, bedruckt mit «Cum Dumpster» oder «Degrade me». Überall Obdachlose, am Muscle Beach sitzen sie auf Couches und schauen den Bodybuildern beim Trainieren zu. Wahrscheinlich übernachten sie auch am Strand, der Sand ist weich und man hat viel Platz. Beeindruckend ist, dass sogar die Wohnungslosen hier wie Leute wirken, die eigentlich im Showbusiness arbeiten. Einer hat eine E-Gitarre umhängen, die am Boden schleift, während er die Straße runterschlurft, eine Frau hat daumendick aufgespritzte Lippen und riesige Silikonbrüste, ein anderer Obdachloser tanzt wie Michael Jackson. Auf dem Rückweg überrede ich Mutter zu einem Zwischenhalt. Das «Pump» ist eines der vielen Restaurants, die Lisa Vanderpump aus «Real Housewives of Beverly Hills» gehören, und ich möchte einen der Schauplätze sehen, an denen die glamourösen Freundinnen sitzen, mit denen ich monatelang vor dem Schlafengehen Zeit verbracht habe. Und es ist wirklich da! Vor meinen Augen! Es existiert. Leider ist es geschlossen, aber als ich über den Zaun blicke, kann ich erkennen, dass die Tische mit Fotos ihres Lieblingshundes Giggy dekoriert sind, ein Chihuahua, der aussieht, als wäre er in die Waschmaschine geraten. Vor dem Pump liegt ein Mann am Boden. Er hat sein schwarzes T-Shirt übers Gesicht gezogen und eine Jogginghose mit dem Star Spangled Banner drauf an. In diesem Aufzug windet er sich auf dem Asphalt, zieht dann das T- Shirt ganz über den Kopf, damit er etwas sieht, und bleibt mit offenen Augen regungslos liegen. Auch entlang des ganzen Santa Monica Boulevard kauern Obdachlose. Als wir abends noch eine kleine Runde über den Sunset Boulevard drehen, um etwas zu Essen zu suchen, und schließlich Avocado Toast für 16 Dollar finden, sind auf der Straße wieder fast ausschließlich Obdachlose. Langsam bekommen wir das Gefühl, durch einen gigantischen Slum zu wandern. Wo sind die Operierten, die Reichen, die Schönen, die Stars? Ich kann die Eindrücke nicht einordnen, während Mutter, die als Sozialarbeiterin für gewöhnlich nicht leicht zu erschüttern ist, gesteht, sie fände das alles jetzt schon ziemlich deprimierend.

«Schau, die Frau da zum Beispiel. Die ist ja bestimmt bald siebzig und muss in einem Zelt schlafen. Und da drüben der im Rollstuhl. Das ist das Schlimmste. Wie soll der aufs Klo gehen?» Ihr Blick aufs Elend ist geschult. Sie ist nie ängstlich, selten habe ich sie traurig gesehen. Kein rührseliger Mensch, der sich in pathetische Stimmung steigert, im Gegenteil gehen ihr genau wie mir Theatralik oder prätentiöse Gefühlsausbrüche sofort auf die Nerven, wir halten das wirklich nicht aus. Weinen habe ich sie nur zwei Mal gesehen. Umso mehr erschreckt mich nun ihre Erschütterung. So kenne ich sie nicht.

«Da könnte man eigentlich ganz einfach was tun», sagt

Mutter traurig. «So alte Leute einfach sich selbst überlassen, das ist so grausam.» Sie könnten sich in den Zelten ja nicht schützen vor Gewalt und Krankheit. Essen, Waschen, Klogang, alles muss organisiert werden, dabei die ständige Angst um das Wenige, das man besitzt. «Weißt du, was das für ein psychischer Stress ist? Das hält niemand lange aus, ohne Schaden zu nehmen!» Angst vor dem Wetter, Angst vor fremden Menschen, Angst, dass das Zelt abgerissen wird, wenn man nicht da ist.

Los Angeles wird nach der Ankunftseuphorie vor unseren Augen nach und nach ein unheimliches Meer von Zeltstädten, unmöglich, die Augen davor zu verschließen. Als wir an der schlimmsten Gegend vorbeifahren, Skid Row, ist die ganze Straße voll von verwahrlosten psychisch Kranken und vegetierenden Drogensüchtigen jeden Alters. Sie liegen als Häufchen Elend an jeder Ecke. Menschen mit offenen Wunden, die wie weggeworfen im Dreck sitzen. Man sagt, wenn Krankenhäuser oder Polizeistationen nicht mehr wissen, wohin mit Leuten, weil es keine Institutionen gibt, die sie aufnehmen, setzen sie sie auf Skid Row aus. Es ist eine Müllkippe für Menschen. Niemand hatte uns darauf vorbereitet, dass diese Glamour und Weltgewandtheit versprechende Stadt eine Riesenobdachlosensiedlung ist.

Eine Bekannte schickt mir einen Youtubekanal, den ein Fotograf aus der Stadt betreibt. Er führt Interviews mit Leuten aus Skid Row in dramatischen Schwarz-Weiß-Videos und wird in den Kommentaren dafür gefeiert, dass er ihnen eine Stimme gibt. Manche Gespräche sind interessant. Eifrig klicke ich mich durch die Videos, anfangs noch überzeugt, hier einem sozialpolitisch engagierten Künstler zuzusehen. In einem Video über seine Arbeit erklärt er, die Gründe, warum die Menschen hier landen würden, seien Armut, wenig

Bildung und die daraus entstehenden psychischen Erkrankungen. Er selbst ist schlank, durchtrainiert und blond, hat lange Läuferbeine und teure Kleidung. Alles an ihm ist spitz und offensiv. Während er einem anderen Youtuber Skid Row wie bei einer Safari zeigt, wirkt er seltsam euphorisiert. Er erzählt von einer Frau, die vor seinen Augen mitten auf die Straße geschissen habe, deutet dann auf die Menschen und sagt, das sei Material im Überfluss, er könne bis an sein Lebensende Interviews machen. Und wenn ihm die Leute ausgehen, sagt er, kommen neue mit dem Greyhound, viele Städte würden ihre Obdachlosen mit einem Busticket nach Los Angeles loswerden. Es hört nie auf. Und im warmen Kalifornien sei es auch einfacher, auf der Straße zu überleben. Man müsste so viel Geld in die Hand nehmen, um diese Leute von der Straße zu bekommen, sagt er. Am Ende sei das aber Verschwendung. A waste of money. Denn auch wenn man die Obdachlosen in kleine Zimmer sperren würde, wären sie seelisch immer noch Obdachlose.

«So ein Blödsinn», regt sich meine Mutter auf. «Jedem geht es besser mit einer Wohnung.»

Und viele, fährt er fort, wollten die Freiheit, wollten verantwortungslos in den Tag hineinleben, auf der Suche nach dem nächsten Schuss. Im Grunde würden sie die Wildheit der Skid Row lieben, sagt er, während er mit einem Grinsen durch den Schmutz spaziert.

Der Kanal des Fotografen hat fünf Millionen Abonnenten. Je länger ich die Videos ansehe, desto unerträglicher wird der drängende Tonfall in seinen Interviews, sein Gieren nach Missbrauchsschilderungen und Beschreibungen von Gewalt. Manchmal gibt er auch Geld, und wenn er dann enttäuscht ist von ihren weiteren Werdegängen, enttäuscht davon, dass sie sich nicht gebessert haben, stellt er sie vor laufender Kamera zur Rede. Die Menschen schämen sich, lügen, reden sich raus.

Ich denke an einen Freund, der sich in Wien als Sozialarbeiter in einem Rad aus zehn BetreuerInnen um eine einzige schwer psychisch kranke Frau kümmert. Eine Systemsprengerin, die keine Psychiatrie mehr aufnehmen will, und es ist beruhigend, dass es noch selbstverständlich ist, so viele Ressourcen für die Sorge um eine einzelne hilflose Person aufzuwenden. Als ich zurück in Wien bin und im Junkieviertel neben meiner Wohnung auf die Straßenbahn warte, die Abhängigen sehe, wie sie sich durch den Tag ringen, sehe ich auch ihre vergleichsweise saubere Kleidung, die geschnittenen Fingernägel, die frisierten Haare. Die meisten der Süchtigen, die man hier auf der Straße sieht, nehmen Substitol, retardiertes Morphin, das Heroinabhängigen ein vergleichsweise normales Leben ermöglicht. Die Leute aus dieser Szene allerdings missbrauchen es, kochen es auf und injizieren es sich, kombinieren es mit Angsthemmern oder Kokain und sind den ganzen Tag mit der Beschaffung beschäftigt. Sie verkaufen ihre übrigen Tabletten, um an Kokain zu kommen, müssen am nächsten Tag aber neue Tabletten besorgen und hetzen so durch die selbstschädigende Logik des Suchtkranken. Doch sie sind fast alle rasiert, geduscht, und die Kleidung ist intakt, die meisten haben Wohnungen, Gemeindebauwohnungen, die man nicht leicht verliert, und ich bin glücklich darüber, dass es noch ein Sozialsystem gibt, das einen auffängt.

Kalifornien ist der reichste Bundesstaat der USA, eines der reichsten Länder der Welt. Landwirtschaft, Öl, Tourismus, die größte Filmbranche, der wichtigste Tech-Standort des Planeten sorgen für ein Bruttoinlandsprodukt von 3,6 Billionen. Aber nichts davon trägt dazu bei, dass diese

Menschen Wohnraum haben, ganz im Gegenteil. Noch ausgehöhlter als Los Angeles ist San Francisco. Das nahe Silicon Valley hat den Immobilienmarkt so angeheizt, dass die durchschnittliche Miete bei 3000 Dollar liegt. Jeder öffentliche Platz in Zentrumsnähe erstickt unter Obdachlosigkeit. Auch der Reiseführer in dem klapprigen zweistöckigen Sightseeingbus, der uns Anekdoten über Hippies, Counter Culture und berühmte Beatnikkünstler erzählt, wirkt bei aller Eloquenz seines Vortrags so heruntergekommen, als hätte er ebenfalls keine Wohnung.

«Der hat eine total starke Gehbehinderung», sagt Mutter, als der alte Mann sich in seinen viel zu großen, schmutzigen Hosen die Stufen des Busses herunterkämpft. «In Österreich wäre der längst in Pension.» Die Verteilung der Obdachlosen ist bemerkenswerterweise sichtbar segregiert. Im koreanischen Viertel von Los Angeles sieht man vor allem asiatische Obdachlose, im Castro, dem legendären queeren Viertel, sitzen vor allem schwarze Transfrauen in der Gosse, im Mission District schlagen Mexikaner ihre Zelte auf. Entlang der Auffahrt zur Golden Gate Bridge stehen Autos, in denen Menschen wohnen, wer im Auto schlafen kann, muss nicht auf der Straße schlafen. Die Skid Row von San Francisco heißt Tenderloin, hier liegen die Menschen beinahe übereinander in der Gosse.

«Weißt du, das kann einem ganz leicht selbst passieren», sagt Mutter immer wieder betroffen. Ich überrede sie, eine Runde im Silicon Valley zu drehen. Was ich mir davon erwarte, weiß ich nicht genau, aber auch wenn man da nur Firmengebäude von außen anschauen kann, möchte ich wissen, wo meine digitale Seele lebt, wo die Menschen entscheiden, welcher Algorithmus mein Hirn heute zu Brei macht und meinen niedrigsten Impulsen Videos von lachenden

Babys zufüttert. Ich möchte wissen, wo meine Dopaminausschüttungen gesteuert werden und wo junge, männliche Start-up-Millionäre sich gegenseitig in ihrem Pionierdasein bestärken, während die Demokratie ihnen nachhechelt. Ich möchte mich an der Rezeption von Meta vorstellen. Ja, das bin ich: Ihre fleißige Userin, Sie kennen mich sicher: 60 000 Follower. Wir umkreisen also im Auto den Google-Campus, und ich schaue auf die bunten Google-Logos an den Fassaden, während Google Maps uns durchs Gelände googelt.

Dann fahren wir wieder zurück nach San Francisco, fahren an den Pazifik und schauen den Seelöwen am Pier 39 zu, gemeinsam mit anderen TouristInnen. Hunderte der Tiere liegen in Gruppen von fünf bis zehn auf den hölzernen Docks am Hafen. Es sind friedvolle, soziale Lebewesen, ihre glänzenden Körper liegen dicht nebeneinander und ruhen, nur hin und wieder gibt es einen Aufruhr, wenn einer von ihnen zu viel wackelt, zu viel zuckt oder zu laut grunzt. Dann regen sich die Körper, heben sich die Köpfe, und wenn einer zu viel Wind macht, schubst ihn ein anderer mit einem seitlichen Stoß ins Wasser. Er sucht sich ein neues Dock oder hüpft wieder auf dasselbe, versucht sich wieder einen Platz zwischen den anderen zu erschmiegen. Über Stunden wechseln Wellen der Ruhe mit Wellen des Aufruhrs, alles, um sich dem Ideal des perfekten Lebens im Liegen anzunähern. Die Kleinen liegen auf den Bäuchen der Großen, die Stresser werden so lange geschubst, bis sie sich wieder benehmen.

An der Küstenstraße Highway 1 sehen wir dann die größeren Verwandten, die Seeelefanten. Hunderte der zwei Tonnen schweren Tiere liegen vor uns nebeneinander am pazifischen Strand, als würden sie sich von einer langen Reise erholen, Monate waren sie alleine in der Tiefsee unterwegs, jetzt liegen sie halb vergraben im Sand und lassen sich eine neue Schicht Haut wachsen. Sie rubbeln oder kratzen sich nicht, sie lassen es einfach geschehen, lassen sich vom sanften Meereswind schälen, und die Zellen wachsen. Manchmal bäumen sich zwei Männchen auf und kämpfen spielerisch, beinahe zärtlich, fallen träge ineinander und bleiben wieder liegen, stunden-, tage-, wochenlang. Den größten Teil des Jahres sind die Seeelefanten Einzelgänger, sie schwimmen Tausende Kilometer durch die Weite des Ozeans und jagen Kalmare, ganz allein mit ihrem Echo. Nur zwei Mal im Jahr treffen sie aufeinander zum Pubertieren, Gebären, Befruchten, Säugen und Schmusen wie zu einem Festival, und dann liegen sie nur herum, übereinander, aufeinander wie Klumpen, wie Teenager, die gemeinsam nach einer Party eingeschlafen sind, zehren von ihrer Fettschicht, dem Blubber. Manchmal singen sie, manchmal schaufeln sie mit den Flossen ein wenig Sand auf sich selbst. Sie liegen, wie man nur liegen kann, sie sind begabte Lieger, versunken in sich selbst, die Sonne am ausgedehnten Fleisch, das Fell glänzt samtig, der Ozean glitzert. Man möchte sich zu ihnen legen, zwischen die weichen Körper, und die Welt vergessen, die Bedrohungen, den Druck. Wie Mowgli bei den Affen möchte ich nackt unter den Seeelefanten leben.

Die Spatzen pfeifen vom Laubendach, Christiane inspiziert ihre Beete im gemütlichen Freizeitoutfit. Sie spaziert von einem Ende des Gartens zum anderen, reißt mal da was ab, mal dort, und ruft zu mir rüber: «Du sitzt nur da und rauchst und schaust aufs Handy, anstatt meinen Garten zu bewundern und mir aufgeregt Fragen zu stellen.»

«Sorry, ich komm gleich.»

«Ich möchte ununterbrochene Begeisterungsstürme, sonst denk ich, dir gefällt's nicht.»

Ich trinke noch einen Schluck Kaffee. «Mir gefällt's voll gut», rufe ich von Weitem. «Was wächst denn da so?»

«Nee, so kauf ich dir das nicht ab.»

Ich raffe mich auf und trotte zu Christiane, die im Boden bohrt. Schaue ihr demonstrativ interessiert zu und sage noch mal: «Und, was wächst denn da so?»

«Weißt du, was das Schöne am Garten ist?», sagt sie vornübergebeugt und richtet sich schwer atmend wieder auf. «Dass man Gott ist.» Sie reißt mit der bloßen Hand ein Büschel Unkraut aus der Erde und begutachtet es. «Man entscheidet: Du darfst leben, du gedeihst, aber du, du stirbst! Haha.»

Ich schaue über das Kartoffelbeet. «Wolltest du mir nicht den See zeigen?»

«Ja, total gerne, wir können mit dem Fahrrad fahren. Mein Enkel hat seins noch da.» Wir gehen hinter das Haus, und dort zieht sie ein klappriges Kinderfahrrad aus dem Schuppen.

«Das ist ja voll klein.»

«Ach, das geht schon, du bist ja winzig mit deinen Stummelbeinen.»

«Es ist angenehm chaotisch hier.»

Sie zeigt auf ihren Garten. «Weißt du, wie viel Arbeit ich in das alles gesteckt habe. Kuck. Kuck! Diese ganzen Beete, die muss man graben. Du findest wahrscheinlich die Spießergärten schön, wo man mit dem Lineal den Rasen abmäht, damit alles unter Kontrolle bleibt.»

«Na, du weißt ja wohl, dass das nicht stimmt. Ich find's toll hier.»

«Ich zeig dir mal das Baumhaus!» Sie läuft zu der alten Kirsche und klettert über eine Leiter hoch in das Baumhaus ihres Enkels. Es ist selbstgebaut. Ich sehe sie durch eine Plexiglasscheibe auf allen vieren knien, sie ruft: «Komm hoch!»

Ich klettere ihr hinterher. Wir sitzen in der engen Holzkiste wie zwei Siebenjährige. Sie pflückt Kirschen vom Baum und gibt mir eine.

«Wollen wir mal hier oben schlafen?»

«Nee, dafür bist du zu groß. Lass uns lieber zum See fahren. Komm.»

Mit dem Rädern kämpfen wir uns über sandige Feldwege, umrahmt von Feldern voller Mohn und Kornblumen. Pferde traben an uns vorbei. Angestrengt trete ich in die Pedale des Kinderrads, während Christiane entspannt auf ihrem alten Damenrad neben mir hergleitet. Es geht bergab auf eine asphaltierte Straße, und ich merke, dass die Bremsen des Rads, auf dem ich zusammengekrümmt herumstrample, nicht funktionieren. «Scheiße, die Bremsen gehen ja gar nicht!», rufe ich panisch.

«Ach ja, das hab ich vergessen, dir zu sagen.»

«Was?»

«Die Bremsen gehen nicht, Steffi!»

Ich rase auf die Straße zu, versuche mit meinen Sandalen am Boden abzustoppen, meine Zehen schrappen über den Asphalt. «Auuu!» Ich kippe nach rechts in das Feld, lande kurz vor der asphaltierten Landstraße weich in den Blumen. Die Sonne brennt über uns. Ich zupfe mir vertrocknete Ästchen aus der Jogginghose. «So was musst du mir doch sagen!»

«Tschuldigung, ich hab's vergessen. Aber ist ja gut gegangen.» Kein Gefahrenbewusstsein.

«Das war schon gefährlich.» [28]

«Ach, jetzt übertreibst du. Kuck, da vorne ist schon der See. Und der höchste Hügel. Der Mount Everest von Pankow. Das war mal eine Müllkippe.» Hunde, Kinder und Pärchen liegen in der Sonne herum, der See ist trüb, aber hübsch anzuschauen. «Heute riecht's gar nicht so nach Hundekacke.»

Wir kaufen uns Softeis von einem Wagen, der einsam am Schotterweg parkt, lecken es weg und liegen den Rest des Tages auf dem Holzsteg, der ins Wasser führt, stundenlang, eingecremt und regungslos liegen wir wie zwei Seelöwen, manchmal zuckt eine kurz, wackelt, bis es wieder ruhiger wird. Ich gähne laut, rolle ein wenig zur Seite. Dann spüre ich einen Schubs und falle ins Wasser.

28 Nun ist ja Übertreibung ein zulässiges literarisches Stilmittel. Tatsächlich kam der Dreizehnjährige, bereits einige Zentimeter größer als Frau Sargnagel, immer gut mit dem Fahrrad zurecht. Außerdem muss man auf der besagten Strecke gar nicht bremsen, und selbst im unwahrscheinlichen Falle einer Kollision mit irgendwas wäre Sargnagel im Kornfeld oder auf dem weichen brandenburgischen Sandboden gelandet.

ZITATNACHWEISE

S. 149, Freddy Quinn, Der Wind der Prärie, Text: Fritz Graßhoff

S. 160, Pussycat, Mississippi, Text: Stephen Joseph McCarthy